김시습, 불교를 말하다

박희병朴熙秉

국문학자. 사상사 및 예술사학자. 현재 서울대학교 명예교수.

주요 저서

한국고전문학사 강의 1, 2, 3 (2023), 능호관 이인상 연보 (2022)

통합인문학을 위하여 (2020), 능호관 이인상 서화평석 1 회화 2 서예 (2018)

범애와 평등: 홍대용의 사회사상 (2013), 나는 골목길 부처다: 이언진 평전 (2010)

연암과 선귤당의 대화: 『종북소선』의 평점비평 연구 (2010)

저항과 아만: 호동거실 평설 (2009), 유교와 한국문학의 장르 (2008)

연암을 읽는다 (2006), 운화와 근대: 최한기 사상에 대한 음미 (2003)

한국의 생태사상 (1999), 한국전기소설의 미학 (1997)

김시습, 불교를 말하다
—『청한잡저 2』와 『임천가화』

박희병 지음

2024년 8월 26일 초판 1쇄 발행

펴낸이 한철희 | 펴낸곳 돌베개 | 등록 1979년 8월 25일 제406-2003-000018호
주소 (10881) 경기도 파주시 회동길 77-20 (문발동)
전화 (031) 955-5020 | 팩스 (031) 955-5050
홈페이지 www.dolbegae.co.kr | 전자우편 book@dolbegae.co.kr
블로그 blog.naver.com/imdol79 | 트위터 @Dolbegae79 | 페이스북 /dolbegae

편집 이경아
표지디자인 민진기 | 본문디자인 이은정·이연경
마케팅 심찬식·고운성·김영수 | 제작·관리 윤국중·이수민·한누리
인쇄·제본 영신사

ISBN 979-11-92836-88-1 (93810)

책값은 뒤표지에 있습니다.

김시습,
불교를
말하다

『청한잡저2』와 『임천가화』

박희병 지음

돌베개

김시습金時習(1435~1493)은 한국 문학사와 사상사에서 대단히 문제적인 인물이다. 그는 『금오신화』金鰲新話라는 불후의 소설을 남긴 문학가일 뿐 아니라 인민적 입장에서 활발한 사상 행위를 전개한 사상가이기도 하다. 그런데 문학가로서의 김시습은 널리 알려졌지만, 사상가로서의 김시습은 그리 잘 알려져 있지 않은 듯하다.

김시습은 유교만이 아니라 불교에도 조예가 깊었다. 그는 평생 유교와 불교를 넘나들며 사상을 모색했던바, 이 점에서 대체로 둘 중 어느 하나에 속한 채 사상 행위를 했던 전통 시대의 여느 사상가와 구별된다.

그렇기는 하나 바로 이 점으로 인해 김시습 사상의 본래면목은 여태껏 제대로 이해되지 못했다. 김시습은 평생 백척간두에서 자신이 지키고자 하는 바를 끝까지 지키다가 생을 마감한 인물이다. 하지만 죽은 지 몇 백 년이 됐건만 여전히 그 사상이 온전히 요해了解되고 있지 못한바 이에 대해 나는 오래전부터 애석한 마음을 품어 왔다.

김시습 사상이 제대로 이해되지 못한 데에는 김시습 사상 자체에 제일 큰 원인이 있다. 김시습은 유교적인 글을 쓰기도 하고 불교적인 글을 쓰기도 했으며, 도교에 관한 글을 쓰기까지 했다. 뿐만 아니라 김시습은 어떤 때는 승려로서의 정체성을 표방했으며, 어떤 때는 유자儒者로서의 정체성을 표방했다. 더 문제는 승려로 자처할 때 불교만이 아니라 유교에 대한 글을 썼고, 유자로 자처할 때 유교만이 아니라 불교에 대한 글을 썼다는 사실이다.

그렇다면 김시습의 사상적 정체성은 무엇인가? 이 물음 앞에서 사람들은 김시습을 유儒·불佛·도道 삼교를 회통시킨 사상가라 보기도 하고, 유교를 중심에 둔 채 불교를 포섭한 사상가로 보기도 하며, 불교에 귀의했다가 유교로 돌아선 사상가로 보기도 하고, 심유적불心儒跡佛 즉 마음은 유교이지만 겉으로 드러난 행적은 불교로 보기도 하는 등 이설이 분분하다.

이 문제를 제대로 규명하기 위해서는 김시습이 남긴 유교에 대한 텍스트와 불교에 대한 텍스트를 두루 검토하며 통합적으로 연구할 필요가 있다. 하지만 우리 학계의 연구 풍토는 유교 텍스트를 연구하는 학자는 유교 텍스트만 연구하고 불교 텍스트를 연구하는 학자는 불교 텍스트만 연구하는 것이 관행으로 굳어져 있다. 분과학문에 충실하다 보니 그리된 것이다. 그러다 보니 『열반경』涅槃經에서 말한 '군맹무상'群盲撫象의 상황이 초래되었다.

김시습의 사상 세계에서 유교와 불교가 각각 어떤 지위를 점하는가, 또 유교와 불교가 어떤 관계를 맺고 있는가에 대한 논의만 문제가 있는 것은 아니다. 김시습의 불교 사상 자체에 대한 논의도 충분히 제대로 이루어지지 않았다. 그래서 김시습이 쓰지도 않은 책이 김시습이 쓴 책으로 둔갑해 통용되고 있는가 하면, 김시습이 묵조선默照禪을 했다는 근거 없는 주장이

유포되어 있기도 한 실정이다. 우리는 김시습이 싯다르타를 여하히 이해했고, 불교의 본질을 뭐라고 봤으며, 불교 교리에 어떤 태도를 취했고, 권력과 불교의 관계에 어떤 입장을 취했는지, 그리고 그의 불교관이 생애에 따라 어떻게 변화해 갔는지, 이런 점에 대해 통 알지 못한다.

나는 어쩌다 지난해에 유교와 불교를 막론하고 김시습이 쓴 저술들을 두루 읽을 기회가 있었다. 유교와 관련된 글이야 젊은 시절 이래 익히 보아 온 것이지만 불교와 관련된 글은 그동안 등한시해 왔는데 이번에 그중 일부는 번역까지 하면서 깊이 들여다보았다. 특히 김시습의 '불교론', 즉 불교에 대한 담론에 해당하는 『청한잡저2』清寒雜著二에 큰 흥미를 느꼈다. 이 책은 김시습의 문집 『매월당집』梅月堂集에 실려 있음에도 불구하고 지금껏 별로 주목받지 못했다. 최근에 그 존재가 알려진 김시습의 불교 필기筆記 『임천가화』林泉佳話도 구해 읽어 봤는데 이 책 역시 불교론에 해당했다. 그러니까 김시습의 불교론 저작은 이 둘이 있는 셈이다.

김시습의 이 두 책은 불교를 '대상화'해 바라보고 있음이 특이하다. 그리하여 불교란 무엇인가, 불교는 정치와 인민의 삶에 도움이 되는가, 부처의 가르침은 어디에 그 본질이 있는가, 깨달음이란 무엇인가, 사찰은 무엇을 하는 곳인가, 승려의 본분은 무엇인가 등등에 대해 이야기하고 있다. 전근대 동아시아에 불경을 해석하거나 불서佛書의 요지를 밝힌 책은 수없이 많지만 정작 이런 종류의 책은 찾아보기 어렵다. 그러니 이 점에서도 김시습의 창발적 면모가 확인된다고 하겠다.

그리하여 나는 이 두 저술을 대상으로 김시습의 불교론에 대한 탐구를 시작했다. 그 과정에서 나는 김시습 사상의 총체상을 연구하기 위해서는 먼저 김시습의 불교 사상을 그 생애를 따라가며 검토하는 것이 필요함을 깨닫게 되었다. 말할 것도 없이 여기에는 당연히, 김시습이 그의 전 생애에 걸쳐 유교와 불교에 대해 어떤 태도를 취했으며 그의 사상 세계의 실제적 면모가 어떠했는가에 대한 문제의식이 깔려 있다.

이 책은 실질상 2부로 구성되어 있다. 제1부는 김시습의 불교론에 대한 연구이고, 제2부는 김시습 불교론이 개진된 두 저작인 『청한잡저2』와 『임천가화』에 대한 역주이다. 제1부는 애초 두 저작에 대한 해제 삼아 간단히 쓸 요량이었는데, 쓰다 보니 다루어야 할 문제들이 애초 생각했던 것보다 많아 분량과 내용이 해제의 범위를 벗어나게 되었다. 그래서 도중에 저술로 목표를 바꿨다. 그 결과 고전적 투식의 학술서와 좀 다르게 됐지만 이런 외양과는 관계없이 이 책은 나의 순수한 학술적 관심의 소산이다.

종전 우리 학계의 김시습 사상 연구에는 오해와 오독이 퍽 많은 편이라 불가피하게도 이 책에는 논쟁적 문제 제기가 적지 않다. 아무쪼록 이 책이 김시습 사상 연구의 수준을 한 단계 끌어올리는 작은 계기가 되었으면 한다. 췌세옹贅世翁을 위하여.

2024년 5월 30일
박희병

차 례

청한잡저 2
清寒雜著二

임천가화
林泉佳話

일러두기

1. 이 책에 언급된 『매월당집』梅月堂集과 『매월당속집續集』은 『매월당전집全集』(성균관대학교 대동문화연구원, 1973)에 실린 것을 말한다.
2. 『청한잡저2』와 『임천가화』의 번역문 뒤에 한문 원문을 병기했는데, 이체자의 경우 본자로 바꾸었다. 부록으로 제시한 「『수능엄경』발」과 「『법화경』발」 원문도 마찬가지다.
3. 이 책에 표기된 연월일年月日은 모두 음력이다.

김시습의 불교론

무엇을 어떻게 할 건가

1   작년에 나는 김시습金時習(1435~1493)의 불교 관련 저술들을 집중적으로 읽을 기회가 있었는데, 그 가운데 특히 유儒와 불佛을 회통會通하며 정치사상적 측면에서 불교를 논한 『청한잡저2』淸寒雜著二(이 책 제목에 대해서는 뒤에 이야기하기로 한다)에 큰 흥미를 느꼈다. 이상한 일이지만 이 책은 그간 학계에서 별로 주목받지 못했다.

　　종래 이루어진 이 책의 번역은 오역이 아주 많은 데다 주석역시 정밀하지 못해 나는 책 전체를 새로 번역하고 주석을 붙이는 작업을 시도했다. 그러던 중 김시습의 또 다른 불교 저술인 『임천가화』林泉佳話가 몇 년 전 차충환 교수에 의해 학계에 보고된 사실을 알게 되었다. 나는 박상휘 박사의 주선으로 일본의 소장처에서 촬영해 준 이 자료 파일을 건네받을 수 있었다. 검토해 보니 필사 과정에서 생긴 오탈자가 아주 많아 교감을 하지 않고서는 뜻이 통하지 않는 곳이 허다했다. 그렇긴 하나 그 내용은 몹시 흥미로웠다. 『청한잡저2』와는 그 저술 의도나 문제의식이 다른 책이지만 그럼에도 『청한잡저2』와 연결되는 부분이 없지 않았다. 요컨대 『임천가화』는 『청한잡저2』에 이어서 저술되었으며 『청한잡저2』와 함께 불교에 대한 김시습의 '입장', 즉 김시습의 '불교론'이 선명히 개진된 책이었다. 이 점에서 둘은 함께 묶일 수 있다고 여겨졌다. 이에 나는 내친김에 이 책의 교감과 역주에 착수해 올봄 작업을 끝냈다.

2   나의 이 글은 두 책의 성격을 밝히는 데 치력한다. 김시습이 남긴 책 가운데 불교론에 해당하는 것은 이 둘이 전부다. 그러므로 우리는 이 두 책을 통해 김시습이 불교를 어떻게 이해했는가, 부처를 어떤 존재로 봤는가, 불경 곧 부처의 가르침에 어떤 특징이 있다고 봤는가, 삼세설三世說·윤회설·천당지옥설과 같은 불교 교리에 어떤 입장을 취했는가, 불법佛法의 요체를 무엇이라고 봤는가, 깨달음이란 무엇이며 어찌해야 깨달음에 이를 수 있다고 봤는가, 군주의 불교 숭배나 승려의 정치 참여에 대해 어찌 생각했는가, 승려의 본분을 무엇이라고 봤는가, '지금' '이곳'의 불교 즉 '현실불교'를 어떻게 인식했는가 하는 등등에 대해 알 수 있다.

3   그런데 이 두 책의 독특한 성격을 해명하기 위해서는 김시습의 불교 관련 저술 전반에 대한 개략적인 검토가 불가피하다. 그래야 이 두 책의 고유한 위상이 드러나기 때문이다.

　그간 학계에서는 김시습이 이른바 『조동오위요해』曹洞五位要解를 저술했으며 조동종曹洞宗에 대한 애호가 있었던 것으로 보아 왔다. 그리하여 김시습이 묵조선默照禪을 했다는 주장까지 제기된 바 있다. 하지만 이는 사실과 다르다. 이 문제는 『청한잡저2』와 『임천가화』의 독해와도 관련이 없다고 할 수 없으므로 좀 자세히 검토하고 넘어가기로 한다.

4   또한 김시습의 이 두 책 이전에 나온 중국과 한국의 불

교론 저술 가운데 중요하다고 판단되는 것들을 대강이라도 살필 필요가 있다. 동아시아적 시야 속에서 김시습 저작의 특징을 포착해 내기 위함이다.

5   김시습은 21세 때(세조 1년, 1455) 삼각산 중흥사에서 과거 공부를 하던 중 수양대군이 왕위를 찬탈했다는 소식을 듣자 문을 닫고 3일을 나오지 않다가 홀연 통곡하고 책을 다 불태워 버린 후 미친 시늉을 하며 측간에 빠졌다. 이후 삭발하고 승려가 되어(법명 설잠雪岑, 호 청한자淸寒子) 관서·관동·호서·호남을 8년간 떠돌아다녔다. 이 시기를 '방랑기'라 이름할 수 있다. 29세 때(세조 9년, 1463)부터 36세 때(성종 1년, 1470)까지 금오산에 우거寓居했는데, 이 시기를 '금오산 시절'이라 이름할 수 있다. 37세 때(성종 2년, 1471) 마침내 서울로 올라오며, 이듬해부터 46세 때(성종 11년, 1480)까지 수락산에 우거했다. 이 시기를 '수락산 시절'이라 이름할 수 있다. 뒤에 자세히 논하지만 『청한잡저2』는 금오산 시절에, 『임천가화』는 수락산 시절에 쓴 것이다.

김시습의 이런 생애를 감안한다면 『청한잡저2』와 『임천가화』를 검토하기 전에 방랑기의 사상적 면모에 대해 간단히라도 들여다볼 필요가 있다. 이를 통해 우리는 방랑기와 금오산·수락산 시절 간의 사상적 연속성과 차이에 대해 알 수 있게 될 것이다.

6   김시습은 금오산 시절 초기에 성리학에 대한 연구를 본

격적으로 시작했다. 그래서 김시습이 이 시기에 자신의 사상을 성리학으로 전환했다고 보는 연구자들도 없지 않다. 하지만 이렇게 볼 경우 불교도佛敎徒로서의 정체성이 뚜렷이 표명된『청한잡저2』의 성립을 설명하기 곤란하다. 그러므로 이 시기 김시습의 사상 세계에 대한 전면적인 재검토가 필요하다. 즉 이 시기 김시습의 사상 세계에 있어 성리학과 불교의 관계에 대한 자세한 검토가 요청된다.

7   김시습은『임천가화』를 쓴 후 승복을 벗고 환속했다. 하지만 2년 후 다시 승복을 입고 산으로 갔으며 이후 죽을 때까지 승복을 벗지 않았다. 그렇기는 하나 이 시기 김시습은 유자儒者로서의 사상적 정체성을 표방했다. 흥미로운 점은 그럼에도 그가 불교를 부정하거나 배척한 것은 아니라는 사실이다. 그러므로 우리는『임천가화』이후 김시습의 사상 세계가 궁금하지 않을 수 없다. 이런 점을 고려해 이 글의 뒷부분에『임천가화』이후 김시습의 삶과 사상적 행로에 대한 고찰을 덧붙이기로 한다. 독자들은 이 부분을 김시습 불교론에 대한 에필로그 정도로 생각해 주시면 좋을 듯하다.

8   끝으로, 텍스트를 읽는 방법에 대해 좀 언급하기로 한다. 김시습은 다른 문인이나 지식인과 달리 삶의 굴곡이 아주 많은 인간이었다. 그의 사상은 그 삶의 굴곡과 밀접한 관련을 맺고 있다. 그러므로 이 점을 십분 고려해 김시습이 남긴 텍스

트를 독해할 필요가 있다.

그러므로 컨텍스트에 대한 깊은 고려 없이 김시습의 텍스트를 읽는다면 텍스트의 오독이 초래되기 십상이다. 왜냐하면 김시습은 상황에 따라 '본의'와는 다른 말을 하기도 하고, '팩트'와 조금 다르게 말을 한 경우도 있기 때문이다. 이런 경우 만일 텍스트의 자구字句를 액면 그대로 받아들인다면 우리는 실체적 진실을 제대로 파악할 수 없게 되며 결국 길을 잃어버리게 될 것이다.

물론 우리는 텍스트로부터 출발할 수밖에 없다. 그렇기는 하나 문제는, 의미가 꼭 텍스트의 발화發話 내부에 박제되어 있는 것은 아니라는 사실이다. 즉 실제의 의미는 텍스트 너머에 있기도 하다. 이런 경우 우리는 불가피하게도 텍스트의 자구를 넘어 사유하지 않으면 안 된다. 그래서 텍스트가 쓰인 상황이나 텍스트의 이면에 대한 검토가 필요하다. 요컨대 텍스트의 의미는 컨텍스트 속에서 비로소 확정된다.

김시습의 어떤 텍스트는 그 내부에 균열이나 모순이 내포되어 있기도 한데, 이를 면밀히 분석하면 그의 본래 생각이 무엇인지 파악해 낼 수 있다. 이런 작업은 퍼즐을 맞추는 것과 비슷하다. 뿐만 아니라 하나의 텍스트 속에 발화된 내용이 사실에 정확히 부합하는지 여부를 알기 위해서는 다른 텍스트와의 대조가 필요할 수도 있다.

이상의 사실은 김시습의 사상을 연구할 때 각별히 유의해야 할 점이다. 이와 함께 또 하나 강조해 두고 싶은 점은, 텍스트에 대한 '동태적 읽기'다. 무릇 한 사상가의 사상은 그의 생애와 결부해 동태적으로 독해되지 않으면 안 된다. 하물며 김시습은 유교와 불교의 사이에서 무게중심을 이리저리 바꾸어 갔던 사상가였기에 텍스트에 대한 동태적 읽기가 더욱더 긴요하다고 말할 수 있다.

김시습의 불교 관련 저술들

1   김시습은 상당히 많은 불교 저술을 남겼다. 꼽아 보면 다음과 같다. 『청한잡저2』, 『연경별찬』蓮經別讚, 『십현담요해』十玄談要解, 『대화엄일승법계도주』大華嚴一乘法界圖註, 『화엄석제』華嚴釋題, 『임천가화』.

2   『청한잡저2』는 김시습의 문집인 『매월당집』 속에 들어 있다. 원래 '잡저'雜著라는 제목으로 실려 있는데 잡저라는 명칭의 글은 다른 사람의 문집에도 많이 실려 있는바 이 글을 특칭特稱할 필요가 있어 '청한잡저'라 이름했다. 김시습은 매월당이라는 호로 널리 알려져 있지만 청한자淸寒子('청한'이라고도 함)라는 호도 있다. 『청한잡저2』는 청한자와 객의 문답으로 이루어져 있다. 그래서 '잡저' 앞에 '청한'이라는 말을 붙인 것이다.

3   『매월당집』에는 '잡저'라는 제목의 글이 두 편 실려 있는데, 모두 청한자와 객의 문답 형식을 취하고 있으며 10개의 소제목으로 구성되어 있다. 이로 볼 때 두 글은 일종의 자매편

에 해당한다고 말할 수 있다. 다만 하나는 도교를 비판한 글이고, 다른 하나는 불교를 옹호한 글이다.『매월당집』에는 불교에 대해 쓴『잡저』가 앞에, 도교에 대해 쓴『잡저』가 뒤에 실려 있다. 그렇긴 하나 글의 '형식'을 보면 불교 쪽『잡저』가 좀 더 완숙미를 보여 준다. 이로 볼 때 도교 쪽『잡저』가 먼저 작성되고 불교 쪽『잡저』가 나중에 작성되었으리라 여겨진다. 하지만 그 시간차는 크지 않아 거의 같은 때 쓰였으리라 짐작된다. 이에 도교에 대해 쓴『잡저』를 '청한잡저 1'이라 부르기로 한다.

4   『연경별찬』에서 '연경'蓮經은『묘법연화경』妙法蓮華經을, '별찬'別讚은 특별한 찬미를 말한다.『묘법연화경』은 보통 '법화경'法華經이라는 약칭으로 많이 불린다. 김시습은 중국 남북조 시대의 승려 천태 지의天台智顗(538~597)의 오시설五時說을 수용해『법화경』을 대단히 중시했다. 오시설이란 간단히 말해 다음과 같다: 석가의 평생 설법은 다섯 시기로 나뉘는데, 성도한 후 중인도中印度 바라내국波羅奈國 왕사성王舍城의 동북쪽에 있는 녹야원鹿野苑에서 처음『화엄경』華嚴經을 설했고, 다음으로 아함부阿含部의 경전을 설했으며, 그다음으로 방등부方等部의 경전을 설했고, 그다음으로 반야부般若部의 경전을 설했으며, 마지막으로『법화경』과『열반경』涅槃經을 설했다는 것. 이에 의하면 석가의 일대 설법은『법화경』을 설하기 위한 준비에 해당하며『법화경』이야말로 최고의 경전이다.

오늘날은 '대승비불설'大乘非佛說, 즉 '대승 경전은 부처의 말이 아니라는 주장'이 세계 학계의 정설로 받아들여지고 있지만, 전근대 동아시아에서는 대승 경전이 부처의 말임을 믿어 의심치 않았다. 그러니 김시습이 천태오시설을 받아들인 것은 별로 이상한 일이 아니다.

『법화경』은 「서품」序品, 「방편품」方便品을 비롯해 전부 28품으로 구성되어 있는데, 『연경별찬』은 28품의 내용을 하나하나 요약해 서술한 뒤 게송을 붙인 것이다. 이 게송이 곧 찬讚에 해당한다.

5   『십현담요해』는 「십현담」＋玄談을 '요해'要解한 책이다. '요해'는 요점 풀이를 뜻하는바 주해註解와는 성격이 좀 다르다. 주해는 주석을 붙인 것을 말하고, 요해는 텍스트의 정요精要, 즉 핵심을 포착해 제시한 것을 말한다. 김시습은 텍스트의 자구 풀이에는 별로 관심이 없었다. 그가 관심을 둔 것은 주로 텍스트의 요해였다. 김시습이 불서佛書를 탐구한 책으로는 『연경별찬』, 『십현담요해』, 『대화엄일승법계도주』, 『화엄석제』, 넷이 확인되는데, 책 제목에 각각 '별찬' '주' '석제'(뒤에 말하지만 『화엄경』의 제목에 대한 해석이라는 뜻이다)라는 말이 들어가 있기는 하나 대체로 모두 요해에 해당한다. 즉 텍스트의 자구 풀이를 한 게 아니라 텍스트의 핵심 내용을 파악해 그 요점을 말한 것이다. 이는 김시습 글쓰기 방식의 본질적 특징이라고 할 수 있으며, 여기에 그의 '정신적 특질'이 반영되어 있다는 사실을 유의할 필요가 있다. 즉 번다하거나 지리하거나 횡설수설하는 것을 싫어하는 그의 정신적 지향과 자세가 이 글쓰기 방식에 투사되어 있다. 이는 비단 불교적 글쓰기만이 아니

라 유교적 글쓰기를 포함한 김시습의 모든 글쓰기에 관철되는 특징이다.

6   「십현담」은 열 개의 현묘한 말이라는 뜻인데, 중국 당나라 말 송나라 초 조동종曹洞宗의 승려인 동안 상찰同安常察(?~961)이 선禪의 종지宗旨와 원리를 칠언율시 형식으로 읊은 10수의 게송을 말한다. 송나라 초의 승려 청량 문익清凉文益(885~958)이 여기에 주석을 붙였으니,『동안 찰 십현담 청량화상주』同安察十玄談清凉和尚注가 그것이다.

『십현담요해』는 조선 시대에 목판본이 몇 차례 간행되었다. 현재 몇 가지 본本이 전하고 있는데, 문명대본文明大本에는 "정덕正德 4년 을사 구월일 전라도 순천부 무후산毋後山 대광사大光寺 개판開板"이라는 간기刊記가 보인다. '정덕 4년'은 중종 4년인 1509년에 해당한다. 그런데 현재 전하는 본들에는 모두 청량 문익의 주와 김시습의 요해를 같이 실어 놓고 있는데, 청량의 주는 그냥 '주'註라 표시하고 김시습의 요해는 '경주'卿註(열경의 주라는 뜻. 열경은 김시습의 자)라 표시해 놓았다. 다들 김시습이 이렇게 편집해 놓은 줄 알고 있는데, 잘못 알고 있는 것이다. 이는 김시습 사후 누군가가『동안 찰 십현담 청량화상주』와 김시습의『십현담요해』를 합해 한 책으로 엮은 것이다. 그러니 책명을 '십현담요해'라고 해 놓았지만 김시습이 저술한 대로의『십현담요해』가 아니다. 원래의『십현담요해』에는 청량 문익의 '주'가 없고 김시습의 '요해'만 있었다.

『십현담요해』의 원모습은 성철 스님이 소장하고 있던『십현담요해』언해본을 통해 알 수 있다. 성철 스님 소장 언해본은 명종 3년(1548) 강화도 정수사淨水寺 각판刻版이다. 흔히 이 언해본이 본래의 『십현담요해』에서 청량의 주를 제거하고 김시습의 '주'(실은 요해)만을 실은 것이라고들 말하는데, 전도된 이해다. 이 언해본에는 '주'라는 말이 일절 보이지 않으며, 시 두 구절마다 그 대의를 밝힌 김시습의 '요해'만 있을 뿐이다. 이것이 김시습이 저술한 『십현담요해』의 본모습이다.

만해 한용운은 1925년 여름 설악산 오세암五歲庵에서 『십현담요해』를 우연히 읽고 『십현담주해註解』라는 책을 썼다. 한용운이 읽은 책은 청량 문익의 주가 있는 책이었다.

7 『대화엄일승법계도주』는 신라의 승려 의상義相이 저술한 〈화엄일승법계도〉華嚴一乘法界圖를 풀이한 책이다. 〈화엄일승법계도〉는 '법성게'法性偈라고도 하는데, 『화엄경』의 요지를 7언 30구 총 210자로 표현한 것이다. 210자를 도상圖像으로 배치했기에 '도'圖라고 했다.

김시습의 『대화엄일승법계도주』는 〈화엄일승법계도〉 30구 하나하나의 요지를 밝힌 책이다. 김시습은 허다한 불경 가운데 『법화경』, 『화엄경』, 『열반경』을 특히 중시했다. 오시설에 의하면, 석가는 성도 직후 『화엄경』을 설했는데 이 경이 방편을 베풀지 않고 바로 대승의 높은 법을 말한 것이라고 해서 '돈교'頓敎라 이른다.

8   김시습의 화엄학에 대한 조예를 보여 주는 또 다른 책이 『화엄석제』이다. 이 책은 『화엄경』에 대한 간요한 풀이이다. 『화엄경』의 본래 제목은 '대방광불화엄경'大方廣佛華嚴經이다. 『화엄석제』는 '대방광불화엄경'이라는 제목의 풀이를 통해 화엄의 핵심 교리를 밝히고 있다.

9   『임천가화』에서 '임천'林泉은 산림을 뜻하고 '가화'佳話는 아름다운 이야기를 뜻한다. 그러므로 이 책 제목은 승려가 산중에서 쓴 아름다운 이야기라는 정도의 뜻을 담고 있다. 하지만 뒤에서 보듯 이 책에 담긴 내용 대다수는 아름다운 이야기와는 거리가 멀며 목전의 현실불교에 대한 성토와 비판이 대부분이다. 그렇기는 하나 평생 숨어서 가난하게 살며 승려의 본분을 지킨 나잔懶殘 같은 분의 이야기는 아름다운 이야기라고 하지 않을 수 없다. 김시습은 이 책에 간혹 나오는 이런 종류의 이야기를 염두에 두고 '가화'라는 제목을 붙였을지도 모른다.

10   『임천가화』는 그간 제목만 전해 오던 책이다. 16세기의 문인인 권문해權文海(1534~1591)가 저술한 『대동운부군옥』大東韻府群玉과 17세기 초반에 활동한 문인인 김휴金烋(1597~1638)가 저술한 『해동문헌총록』海東文獻總錄에 김시습의 이 책 이름이 나온다. 그 뒤 이 책은 종적을 감추었는데, 몇 년 전 차충환 교수가 그 존재를 세상에 알렸다. 차 교수는 일본 도쿄에 있는 국립

공문서관國立公文書館의 내각문고內閣文庫에 소장된 필사본『매월당집』속에 이 책이 들어 있다는 사실을 확인해 학계에 보고했다.

『임천가화』에는 총 72개의 독립된 이야기가 실려 있다.『임천가화』의 이야기 중에는 "청한자가 말한다"(淸寒子曰)라는 어구가 이따금 보인다. 저자가 화자話者로 등장한다는 점에서『청한잡저2』와 통한다.

11 일각에서는 이들 저술 외에 이른바『조동오위요해』曹洞五位要解를 김시습의 불교 저술로 보기도 한다.『조동오위요해』가 김시습의 저작이라는 주장은 민영규閔泳奎 교수에 의해 처음 제기되었다.

> 김시습의『십현담요해』는 정확히 말해서 그의 미정고未整稿『조동오위요해』불분권不分卷의 일부분으로 보아야 할 것이다. (…) 이상의 미정고 목차에서 완성의 단계로 보아지는 것은 화엄 도은華嚴道隱('隱'은 '隆'의 오식誤植 – 인용자)의 서序와 단하 자순丹霞子淳의 서序, 그리고 동안同安의 「십현담」十玄談에 대한 요해要解일 것이다. 특히 단하의 109자 서문에 대한 김시습의 문자는 실로 파천황적破天荒的이다. 주자周子의 〈태극도〉太極圖와 또 그 주자해朱子解(주희의 풀이를 이름 – 인용자)를 적극적으로 원용함으로써 '피차동철'彼此同轍임을 증명한 것이다.(민영규, 「김시습의 조동오위설」,『대동문화연구』13, 1979, 82~83면)

'화엄 도륭의 서'란「조동오위군신도서」曹洞五位君臣圖序를, '단하 자순의 서'란「단하자순선사오위서」丹霞子淳禪師五位序를 말한다. 민 교수의 이 글에는 직관에 따른 주장만 있을 뿐『조동오위요해』를 저술한 사람이 김시습이라는 데 대한 고증은 찾아볼 수 없다. 이처럼 민 교수의 주장은『조동오위요해』의 판본이나 텍스트에 대한 제대로 된 검토를 거치지 않았지만 여태껏 학계에 정설로 통용되고 있는 듯하다.

민 교수는 고려 시대 일연一然이 보편補編한『중편조동오위』重編曹洞五位의 일본 간본刊本 중 일연의 서문이 시작되는 행 바로 위에 적힌 "傳付守澄上主雪岑"이라는 구절의 '雪岑'을 김시습으로 보았다. 그리하여 김시습이 본래 조동종에 관심이 컸던바 우리나라 조동종의 맥이 '일연-김시습'으로 이어진다고 했다. 이에 김시습이「조동오위군신도서 요해」,「단하자순선사 오위서 요해」,『십현담요해』와 같은 조동종과 관련된 저술을 한 것으로 확신했다.

김지견金知見 교수는 일연의「중편조동오위서」重編曹洞五位序에 대한 자세한 주석을 통해 민 교수의 주장을 뒷받침했다. 그는 '전부수징상주설잠'에 이런 주석을 붙였다.

제목의 '중편조동오위서'와 본문간本文間에 삽입된 문제의 여덟 자가 서문과 무관하다는 것은 명백하다.
'전부'傳付는 강후講後에 서책을 증여한 일을 표시한다. 즉 설잠이 강주講主로서 수징 상주守澄上主에게 증여했다는 것이다. 이때 판본板本 또는 사본寫本에 증사贈辭와 함께 기명記名한 것이다.

'수징'은 미상이다. 『망월대사전』望月大辭典의 연표年表에
후수미법황後水尾法皇의 제3황자皇子로서 '수징'의 이름
이 있지만 생몰년이 1625~1680년이니 설잠이 매월당
시습일 경우 연대가 서로 맞지 않는다.

'설잠'은 매월당 김시습(1435~1493)에 다름 아니다. 일
본의 조동종 가세家世에 설잠이라는 인물은 없고, 일연
의 『중편조동오위』를 진장珍藏해 이것을 강講하고 전부
傳付할 정도의 학식과 식견을 구비한 인물은 당대 일본
과 조선을 통틀어 설잠 김시습 외에 따로 있다고는 생각
되지 않는다. (…)

성종成宗 연간 일본에서 내조來朝한 승사僧使만도 거의
100회에 이르고, 그 일행은 적으면 28인 많으면 94인에
달했다. 전적典籍을 담당하는 이른바 장주藏主(원수円守 장
주, 광이光以 장주)가 수행隨行하기도 했는데 그중에는 사
찰의 역람歷覽을 허락받은 일도 있었으므로(『실록』實錄 권
10), 수징은 승사僧使의 일행으로서 설잠과 만났던 것은
아닐까 추측된다.(김지견, 「중편조동오위서고」重編曹洞五位序
考, 『공익재단법인 마쯔가오카분코松ヶ岡文庫 연구연보研究年報』
9, 1995, 124~125면)

하지만 일본 간본에 보이는 '雪岑'은 김시습이 아니라 에도
시대 초기 일본의 선승인 본진梵鋆을 가리키니, 그의 자가 셋신
雪岑이다. 그는 고미즈노 천황後水尾天皇(1596~1680)의 총애를 받
았다. '守澄'(슈초오)는 고미즈노 천황의 여섯째 아들로 불교에
귀의해 승려가 된 슈초오 홋신노오守澄法親王(1634~1680)를 가리

킨다. 그래서 군주나 신위神位를 뜻하는 존칭인 '상주'上主라는 칭호를 붙였다. '전부'傳付는 전하여 건네준다는 뜻이다. 그러므로 '傳付守澄上主雪岑'은 슈초오 상주와 셋신에게 전해 받았다는 뜻이다. 즉 슈초오 상주와 셋신에게서 일연의 『중편조동오위』를 건네받아 간행했음을 밝힌 것이 된다. 일본판 『중편조동오위』는 겐뽀오 엔류우玄峰淵龍(1643~?)에 의해 1680년에 간행되었다. 그러니 슈초오와 셋신 두 승려가 활동한 시기는 책의 간행 시기와 얼추 맞아떨어진다.

그렇다고 한다면 민 교수의 연쇄적 추론은 모두 사실과 어긋난 게 된다. 그리고 이 추론에 기대어 김시습이 일본에 "일연의 『중편조동오위』를 전"했으며 "이 책의 전승에 간여한 것은 분명"하다고 본 심경호 교수의 견해(『김시습 평전』, 379면, 382면) 역시 수긍하기 어렵다.

뒤에 살필 『임천가화』에는 중국 선사禪師들이 여러 명 거론되고 있는데 조동종에 관한 특별한 관심은 보이지 않으며, 오히려 북송 초 조동종의 묵조선풍黙照禪風을 강하게 비판하며 간화선看話禪을 주창한 임제종臨濟宗의 선사 대혜 종고大慧宗杲(1089~1163)의 말이 자주 인거引據되고 있다. 뿐만 아니라 김시습은 만년에 쓴 『잡설』雜說이라는 글에서 이리 말하고 있다.

또 오늘날 말하는 참선이란 것은 비록 고인古人의 공안을 들어 의단疑團을 짓지만 처사접물處事接物에 어두워서 다만 부질없이 공안을 들 뿐이다. 고인이 30년, 20년을 참선해도 들어갈 곳을 얻지 못한 것은 오로지 이 병통 때문이다. 성학聖學(유교)은 그렇지 않아 오로지 진실되게 전지田地(마음밭)를 밟아 모름지기 착실하게 함양한다.

이를 통해 김시습이 불교의 참선을 간화선으로 인식하고 있음을 알 수 있다.

그러므로, 김시습이 『십현담요해』를 저술한 것은 흔히 오해되고 있듯 조동종에 대한 각별한 애호 때문이 아니라 선리禪理에 대한 관심 때문이었다고 여겨진다. 『십현담요해』에 '정'正과 '편'偏이라는 말만 가끔 나올 뿐 조동오위의 핵심 개념인 '정중래'正中來나 '편중지'偏中至 같은 용어가 일절 구사되고 있지 않음에서 그 점을 알 수 있다. '정'이니 '편'이니 하는 말은 꼭 조동종이 아니라도 선가禪家에서 종종 사용하는 말이다.

더구나 '조동오위요해'라는 제목의 책은 실제로는 존재하지 않는다. 최귀묵 교수가 밝힌 대로 국립중앙도서관 소장본의 경우 표지 제목은 '조동오위군신도'曹洞五位君臣圖이고, 권미卷尾에는 '조동오위'曹洞五位로 표기되어 있다. 책 속의 글 가운데에는 요해나 주석이 달린 것도 있고 달리지 않은 것도 있다. 그러니 그 전체를 '조동오위요해'라고 이름하는 것은(민영규 교수가 처음 이런 이름을 붙였다) 꼭 적실한 것은 아니다. 기실 이 책은 조동오위에 대한 '이런저런 글들'을 모아 놓은 것이다. 그러니 '조동오위제서집록'曹洞五位諸書輯錄 정도의 제목이 더 어울린다고 생각된다. 이에 필자는 이하 이 책 제목을 '조동오위집록'으로 약칭하기로 한다.

12   최귀묵 교수는 『조동오위집록』에 수록된 「조동오위군신

도서 요해」와 「단하자순선사오위서 요해」에 나오는 글귀와 김시습의 다른 작품들(김시습의 글임이 분명한)에 나오는 글귀가 서로 일치하는 예를 몇 개 들어 보이며 이것이 「조동오위군신도서 요해」와 「단하자순선사오위서 요해」가 김시습의 글임을 입증하는 근거라고 했다(최귀묵, 『김시습의 사상과 글쓰기』, 소명출판, 2001, 127~128면). 하지만 이는 근거가 될 수 없다. 제시된 글귀는 모두 유교 경전이나 그 주석 아니면 불서佛書의 말인데, 꼭 김시습이 아니더라도 유교나 불교를 좀 아는 사람이라면 누구나 인거할 수 있는 말이기 때문이다. 글귀의 일치가 김시습이라는 증거가 되려면 그 어구가, 누구나 발화할 수 있는 일반적인 것이 아니라 김시습만이 발화할 수 있는 특수한 것이지 않으면 안 된다. 하지만 제시된 어구들은 모두 그렇지 않다.

13　　「조동오위군신도서 요해」와 「단하자순선사오위서 요해」는 과연 김시습의 글일까? 결론부터 말하면 이 둘은 김시습의 글이 아니다. 이 글들이 김시습의 것이 아님은 김시습의 글쓰기 방식, 그 정신과 사상을 제대로 좀 들여다본 사람이라면 어렵지 않게 알 수 있다.

　　무엇보다도 두 글이 보여 주는 '요해'는 『십현담요해』나 『대화엄일승법계도주』에서 확인되는 김시습의 요해 방식과는 크게 다르다. 앞에서 말했듯 김시습의 요해는 어구에 대한 '어석적'語釋的 풀이가 아니라 그 요의要義에 대한 촌철살인적 해석이다. 하지만 지금 거론한 두 글에서는 자구에 대한 어석적 풀이가 허다히 발견된다. 예를 들어 본다. 다음은 「조동오위군신도서 요해」의 경우다.

> ① '부'夫란 말을 시작하는 어사語辭이다(夫者, 起語之辭).
> ② '궁상'宮商은 오음五音의 명칭이고(宮商, 五音之名),
> (…) '도'徒는 공연히이고(徒, 空), '시'施는 베풀다이고
> (施, 設也), '망'亡은 없어지다이다(亡, 泯也).

①은 "夫耳目藏於胎殼"의 '夫' 자에 대한 요해이다. ②는 "宮
商玄象徒施, 半夜亡於暗明"의 '宮商', '徒', '施', '亡'에 대한 요해
이다. 다음은 「단하자순선사오위서 요해」의 경우다.

> ① '방'芳은 향기이고(芳, 香氣), '총'叢은 풀이 무리 지어
> 나는 모습이고(叢, 草聚生貌), (…) '염'艶은 꽃이 아름다
> 운 모습이다(艶, 花美貌).
> ② '최'摧는 꺾다이니 베어서 끊는 것을 이르고(摧, 挫折,
> 謂割斷), '잔'殘은 나머지이니 버려서 다시 집어 들지 않
> 는 것을 이른다(殘, 餘也. 謂棄之不復拈起). '겸'兼은 아우르
> 다이고(兼, 幷), '대'帶는 서로 맺다이다(帶, 相結).
> ③ '곡'曲은 상세함이다(曲, 詳悉也).
> ④ '약'略은 간簡과 같고(略猶簡也), '진'陳은 펴다이고
> (陳, 布), '관견'管見은 하찮은 견해이다(管見, 小解).

①은 "芳叢不艶"의 '芳', '叢', '艶'에 대한 요해이고, ②는
"摧殘兼帶"의 '摧', '殘', '兼', '帶'에 대한 요해이며, ③은 "曲爲
今時"의 '曲'에 대한 요해이고, ④는 "略陳管見"의 '略', '陳', '管

見'에 대한 요해이다.

이들 예를 통해 두 글이 자의字義 풀이에 힘을 쏟고 있다는 사실을 확인할 수 있다. 이는 김시습의 글쓰기 방식이 아니다. 김시습은 그가 쓴 것임이 분명한 그 어떤 글에서도 이런 초보적인 자의 풀이를 한 적이 없다. 김시습은 『임천가화』의 서문에서, '이 책이 이치에 통달한 이로 하여금 진리에 이르게 하는 데 도움이 되기를 바란다'는 취지의 말을 한바, 이 말에서 알 수 있듯 김시습은 대체로 '이치에 통달한 이'를 염두에 두고 글을 쓰지 않았나 한다. 하지만 「조동오위군신도서 요해」와 「단하자순선사오위서 요해」는 독자에 대한 기대 지평이 김시습의 글보다 훨씬 낮다. 사전적 어의 풀이가 그 점을 입증한다. 이 때문에 김시습의 글은 고준高峻한 동아시아 불교 담론의 장에 참입參入할 수 있어도 「조동오위군신도서 요해」와 「단하자순선사오위서 요해」는 참입하기 어렵다고 여겨진다.

14 뿐만 아니라 김시습은 유교의 특정한 텍스트와 불교의 특정한 텍스트를 서로 일대일로 맞세워 그 '일치'를 주장한 적이 없다. 하지만 「단하자순선사오위서 요해」는 조동오위와 주돈이周敦頤의 〈태극도〉太極圖 및 주희朱熹의 「태극도해」太極圖解를 서로 짝지어 "피차동철"彼此同轍임을 주장하고 있다. '피차동철'은 피차가 일치한다는 뜻이니, 이른바 '유불일치론'이다. 이런 태도와 사상은 김시습의 것이 아니다. 『조동오위집록』을 김시습의 저술로 보는 한 연구자는 이 책을 그의 만년작으로 추정했다(전준모, 「청한 설잠의 『조동오위요해』 연구」, 『한국불교사연구』 19,

2021, 217면). 김시습은 만년에 자기 사상의 중심을 유교에 두었으므로 이런 책을 저작했을 리 없다. 만일 그가 이런 책을 저작했다면 수락산 시절인 40대 때일 것이다. 그런데 김시습은 금오산 시절 이래 유교와 불교가 서로 통하는 점이 있음을 인정하면서도 피차동철이라고는 생각하지 않았다.

흔히 '회통'을 말하지만 회통은 일률적이지 않다. 사상가에 따라 회통의 수준과 방식은 다양할 수 있다. 「단하자순선사오위서 요해」는 유·불만이 아니라 유·불·도 삼자의 회통을 보여 준다. 요컨대 삼교일치론이다. 하지만 금오산 시절 이후 김시습의 사상은 비록 유불 회통의 면모가 있기는 하나 그럼에도 유불일치론은 아니다. 더군다나 삼교일치론은 더더욱 아니다. 흔히 오해되고 있는 것과 달리 김시습은 금오산 시절 이래 도교에 대해 대단히 비판적·부정적이었다(「단하자순선사오위서 요해」에서는 장자를 '남화노선'南華老仙이라고 지칭하고 있는데 그러므로 이는 김시습의 말이 아니다). 『청한잡저 1』에서 이 점이 극명히 확인된다. 김시습은 비록 담론 전개에서 더러 노장老莊을 인용하고 있음에도 불구하고 노장에서는 '경세적'經世的으로 배울 점이 없다고 보아 분명한 거리를 두었다.

한 가지만 더 지적한다. 「단하자순선사오위서 요해」의 태극 이해 방식은 주희의 것을 그대로 답습하고 있다. 즉 태극이 동動하여 양이 되고 고요하여 음이 된다는 것. 이는 김시습의 태극 이해 방식과 어긋난다. 김시습은 『주역』 「계사전」繫辭傳을 원용하여 주희와는 달리 '태극이 바로 음양'이라고 보았다. 이는 김시습의 독자적 자연 철학과 기 철학의 면모를 보여 주는바 김시습 사유 체계의 대단히 주요한 지점이다.

15　『연경별찬』,『십현담요해』,『대화엄일승법계도주』,『화엄석제』가 불경 혹은 불서에 대한 '풀이'라면,『청한잡저2』와『임천가화』는 불교에 대한 '입장' 표명이다. 이 점에서 이 두 책은 앞의 책들과는 그 성격을 달리한다. 요컨대 이 두 책은 요해가 아니라 불교 일반에 대한 김시습의 담론 구성, 즉 그의 '불교론'에 해당한다.

　　동아시아의 불교학은 불경 혹은 불서에 대한 풀이가 그 대부분을 점한다. 불교에 대해 부정적이든 불교를 옹호하든 불교 일반을 대상으로 한 논의는 그리 흔치 않다. 이 점에서『청한잡저2』와『임천가화』는 동아시아 불교학에서 주목을 요하는 책이다.

『청한잡저2』이전의 동아시아 불교론

1　　『청한잡저2』와『임천가화』이전에 나온 동아시아 불교론 저술 가운데 널리 알려진 것을 꼽는다면, 중국의 것으로는 당나라 때 한유韓愈(768~824)의「원도」原道, 북송 초 계숭契崇(1007~1072)의『보교편』輔敎編, 북송 때 고위 관료를 지낸 장상영張商英(1043~1122)의『호법론』護法論이, 조선의 것으로는 삼봉三峯 정도전鄭道傳(1342~1398)의『불씨잡변』佛氏雜辨, 함허 기화涵虛己和(1376~1433)의『현정론』顯正論을 들 수 있다. 이외에『유석질의론』儒釋質疑論이라는 책이 있어 함허 기화의 저작으로 보기도 하나 그 필치가 함허의 것 같지 않다. 이 책은 중종 32년(1537)의 서봉사瑞鳳寺 개판본이 있는데 저술 시기가 분명치 않

아 김시습 사후에 쓰였을 가능성도 있으므로 여기서는 다루지 않는다.

상기한 저술들은 불교에 대해 부정의 입장을 취했든 긍정의 입장을 취했든 불교를 하나의 대상으로 삼아 담론을 전개했다는 점에서 일치한다. 즉 순전히 불교 내부에서 불교를 논한 것이 아니라 불교를 일단 '타자'의 자리에 놓고 논의를 전개하고 있다. 이로 인해 불교는 즉자卽自의 자리에서 벗어나 대자화對自化된다. 이로써 불교에 대한 다소의 객관적·반성적 조망이 가능해진다. 그렇기는 하나 논자의 입장에 따라 평가가 엇갈리며 큰 차이를 보여 준다. 이제 이들 저술의 성격을 간단히 살피기로 한다.

2   먼저 「원도」, 『보교편』, 『호법론』부터 본다.

「원도」

한유는 고문古文 운동을 전개한 유자儒者인데, 유교를 수호하기 위해 불교 및 도교와의 사상투쟁을 벌였다. 이 과정에서 쓴 것이 「원도」인데, 불교와 도교를 이단으로 비판하면서 그 금지를 주장했다. 이 글은 유교를 수호하고자 하는 열의가 넘치지만 불교의 교리에 대한 이해를 결缺한 이데올로기적 공격에 해당한다. 불교는 부모와 군주를 버리게 하는바 인륜을 저버린 것이라고 비난된다. 불교가 '반인륜적'이라는 비난은 흔히 이 글로부터 비롯된다. 「원도」의 말미에는 폭력을 행사해서라도 도교와 불교를 막아야 한다는 주장이 보인다.

『보교편』

계숭은 일곱 살에 출가한 운문종雲門宗의 승려다. 유학에도 밝아 많은 유교 관련 글을 남겼다. 젊을 때 쓴 『황극론』皇極論이라는 저술은 『중용』에 대한 독자적 해석인데, '황극'(중정中正을 뜻한다고 봤음)은 비단 유교만이 아니라 불교에도 있는바 불교의 것이 훨씬 심오하다고 했다.

계숭은 북송 초에 사대부가 불교를 심하게 비판·배척하는데 위기의식을 느껴 불교를 옹호하고자 이 책을 저술했으며, 한유를 상세히 비판한 『비한』非韓이라는 책을 쓰기도 했다. 인종仁宗 황제의 인정을 받아 그 저술이 대장경에 포함될 수 있었으며, '명교대사'明敎大師라는 호를 하사받았다. 계숭은 천하의 안정은 불교 없이는 불가능하다고 했다.

계숭은 유불일치를 주장해 불교의 오계십선五戒十善이 유교의 오상五常과 합치한다고 했다. 그뿐 아니라 오계십선이 오상에 비해 교화의 효과가 훨씬 크다고 했다. 또 유교의 효는 '세간의 효'로서 유형有形의 애愛인 데 반해 불교의 효는 '출세간의 효'로서 무형無形의 애인바, 불교가 효를 넓히고 심화한다고 했다. 이는 불교우월론에 해당한다. 계숭의 불교우월론은 '부처가 이제삼황二帝三皇의 바탕'(「만언서 상인종황제」萬言書上仁宗皇帝, 『심진문집』鐔津文集 권8)이라는 주장으로 이어진다.

『호법론』

장상영은 고위 관료로서 유학을 옹호하고 불교를 비판하기 위해 불경을 읽다가 그만 불경에 매료되어 반대로 불교를 적극적으로 옹호하는 『호법론』을 저술했다. 『호법론』에서는 한유, 구양수歐陽脩, 정호程顥·정이程頤 형제의 불교 비판이 반비판되며, 삼교는 저마다 그 도로써 세상을 이롭게 하고 풍속을 교화하기에 어느 하나도 없어서는 안 된다고 했다. 장상영 역시 불교우월론을 폈다.

장상영은, 후세의 임금은 부처가 부촉付囑한 뜻을 잊어버려서는 안 되니, 사원을 건립하고 전답을 절에 맡겨 승려들이 편안한 마음으로 도를 행하게 해야 한다고 했다. 그리고 승려들이 입은 은혜의 근원을 캐 보면 모두 임금이 주신 것이라고 했다. 석가가 국왕에게 불법을 부촉했다는 말은 『인왕호국반야바라밀다경』仁王護國般若波羅蜜多經 「촉루품」囑累品에 나오는데, 장상영은 이를 부각시킴으로써 국왕이 불교를 보호하고 일으켜 세워야 함을 역설했다.

『호법론』에는 불교의 온갖 영험한 일들이 언급되며, 고승의 영이담靈異談이 여럿 소개된다. 장상영은 불교의 미신적·신비적 사고에 긍정적이었으며, 육도윤회六道輪廻와 천당·지옥을 인정했다.

3   다음으로『불씨잡변』과『현정론』을 보기로 한다.

『불씨잡변』

『불씨잡변』은 우리나라 최초의 불교에 '대한' 본격적 논설이다. 즉 한국 사상사에서 불교를 타자화한 책으로는 『불씨잡변』이 처음이다. 「원도」와 달리 『불씨잡변』은 불교에 대한 약간의 공부를 토대로 저술되었다. 『능엄경』楞嚴經, 『원각경』圓覺經, 『금강경』金剛經, 『기신론』起信論, 방 거사龐居士 게송偈頌 등이 인용되고 있는 데서 그 점이 확인된다. 그렇긴 하나 불교에서 말하는 '심'心과 '성'性에 대한 이해라든가 공적空寂에 대한 이해는 극히 피상적이며, 성리학이 절대 진리임을 전제로 한 일방적이고 편협한 담론에 지나지 않는다. 『불씨잡변』은 「원도」에서 제기된 '불교는 반인륜적이다'라는 논리를 그대로 따르고 있다. 인과화복설, 윤회설, 천당지옥설을 모두 그릇된 주장이라고 했으며, 선禪과 교敎 둘 중 선이 더 나쁘다고 했다. '교'는 비록 인륜은 저버렸지만 의리를 모두 상실하지는 않았는데 '선'은 문자와 언어를 벗어남으로써 의리마저 상실한 채 제멋대로 되어 버렸다고 보아서다.

　『불씨잡변』에서는 특히 다음 두 가지가 주목된다. 하나는 승려들의 사치한 생활에 대한 비판이다. 또 하나는 불교를 믿은 역대 중국 제왕의 행태에 대한 비판이다(이는 남송의 주자학파에 속한 진덕수陳德秀의 『대학연의』大學衍義를 주로 인용하고 있다). 특히 양梁 무제武帝가 불교를 혹애해 나라를 결딴내고 비참하게 죽은 일이 아주 자세하게 거론된다. 양 무제는 세 번 사신捨身한 것으로 유명하다. '사신'은 불교에서 자신의 몸을 바쳐 보시布施를 행하거나 부처를 공양하는 것을 이르는데, 그 방법으로는 분신, 신체 일부 훼손, 절의 노비 되기 등이 있다. 양 무제는 세 번 절의 노비가 되었다가 그때마다 절에 큰돈을 주고 속신贖身한 바 있다. 장상영은 『호법론』에서, 비록 양 무제의 사신은 잘못된 것이지만 그렇다고 해서 그가 대악大惡에 이른 것은 아닌바 그가 부처를 섬긴 것은 공자의 제자 안회顔回의 변통이 없는 인仁과 유사하다고 변호했다. 이와 달리 정도전은 양 무제가 불교에 빠져 나라를 거덜 낸 것을 제왕이 부처를 믿어 화禍를 얻은 대표적 사례로 꼽고 있다.

『현정론』

함허 기화는 성균관에서 공부하다 스물한 살 때 출가했다. 『현정론』은 조선 초의 배불론排佛論을 공박하고 불교를 옹호하려는 목적으로 쓰였다. 그래서 배불론자의 물음에 답하는 형식으로 되어 있다. 예컨대 불교는 인륜을 저버린다는 질문에는 이리 답했다: 부처는 성도한 후 고향으로 돌아와 부친을 뵈었으며 하늘에 올라가 모친을 위해 법을 설하였다. 부처의 법은 천하 후세에 전파되어 그의 부모를 대성인의 부모라 칭하기에 이르렀다. 그러니 어찌 대효大孝라 하지 않을 수 있겠는가.

따라서 부처의 출가는 권도權道로써 상도常道에 나아간 것으로 해석된다. 이런 해석은 일찍이 『보교편』에서 이루어진 바 있다(「효론」孝論 효략장孝略章).

불제자는 임금에게 충忠을 다하지 않는다는 질문에는 이리 답했다: 출가한 이들은 모두 아침에는 향을 사르고 저녁에는 등불을 켜 임금과 나라를 위해 축원한다. 그러니 어찌 충이라 하지 않겠는가. 부처님의 가르침은 형벌을 빌리지 않고도 사람을 모두 교화시키니 어찌 나라에 도움이 되지 않겠는가.

한편 유학자들은 인仁을 잘 말하기는 하나 완전히 실행하지는 못하는 데 반해, 불교는 자비慈悲와 불살생不殺生에 철저하다고 했다.

함허는 승려의 책임은 법을 널리 펴고 중생을 이롭게 하는 데 있는바 그렇게만 한다면 사람들의 봉양을 받아도 부끄러울

게 없다고 했다. 비록 법대로 봉행하지 않는 승려가 있다고 할지라도 너무 미워할 것은 아니며, 차츰 훈도해 그 도를 잃지 않게 해야 할 뿐이라고 했다.

『현정론』에는 부처가 죽을 때 임금과 신하에게 그 법을 부촉했다는 사실이 언급되고 있다. 단『호법론』에서는 '임금'에게 부촉했다고 했는데 여기서는 '임금과 신하'라고 했다.『현정론』에는 특히『보교편』의 영향이 짙다. 오계가 오상과 합치된다거나, 오제五帝와 삼왕三王이 부처를 만났더라면 무릎 꿇고 앉아 법을 들었을 것이라고 한 데서 그 점이 확인된다. 유교와의 일치를 주장하면서도 불교의 우월성을 내세운 것, 삼교계합三敎契合을 말하면서도 불교의 도가 제일 높다고 한 것도 계숭의 주장대로다.

4   김시습은 계숭의『보교편』과『심진문집』, 장상영의『호법론』을 읽었음이 확인된다. 정도전의『불씨잡변』을 읽었는지는 확인되지 않는다. 함허의『현정론』은 읽은 것으로 보인다. 김시습이 쓴「애물의」愛物義라는 글에서 인仁을 말할 때 인거된 글들은『현정론』에서 불살생을 말할 때 인거된 글들과 거의 겹친다. 이는 김시습이『현정론』을 읽었다는 한 방증이 된다. 김시습은 함허가 죽은 지 3년 뒤에 태어났다. 함허의 글에는 불교계의 위기의식이 반영되어 있는 만큼 그 글이 승려들 사이에 유포되었으리라 여겨지는바, 불교 문헌을 널리 보았던 김시습이 이 글을 접하지 못했을 가능성은 희박하다.

방랑기 김시습의 사상적 면모

1   김시습은 방랑기에 시를 많이 지은바 이 시들은 『유관
서록』遊關西錄, 『유관동록』遊關東錄, 『유호남록』遊湖南錄 세 책에
수습되어 있다. 그러므로 이 세 책에 실린 시들을 통해 이 시기
김시습의 사상적 면모를 재구再構해 낼 수 있다.

2   이 시기 김시습은 승려로서의 정체성을 뚜렷이 보여 준
다. "나 또한 불도佛徒이니 / 지극한 도를 평소 사모하였네"(我亦
空門徒, 至道吾素慕:「노옹이 내게 『도덕경』 한 부를 주기에」老翁授我道
德經一部, 『유관서록』)라는 말에서 그 점이 확인된다. 김시습은 여
러 절의 선방禪房을 찾아다니며 노숙한 선사禪師들과 대화하거
나 그 지도를 받고 있다. 가령 「산중에 여로如老가 있는데 산에
있은 지 오래라 하여 찾아가 대화하다」(山中有如老, 住山已久, 尋訪
相話, 『유관동록』)와 같은 시에서 그 점이 확인된다. '여로'如老에
서 '여'는 선사의 법호 가운데 한 글자이고 '노'는 존칭이다.

3   이 시기의 시들에는 선 수행의 환경 속에서 읊거나 참선
중인 자신을 읊은 시들이 적지 않다. 그래서 '선창'禪窓이니 '선
등'禪燈이니 '관선'觀禪이니 '선심'禪心이니 하는 시어들이 구사
되고 있음을 볼 수 있다. 김시습은 "본래 선가禪家에 아취가 많
다"(自是禪家雅趣多:「동쪽 별실에 쓰다」題東別室, 『유관동록』)라고 읊
기도 하고, "부생浮生이 환幻임을 비로소 깨치니 / 숙업宿業이 어

42

리석어 부끄러움이 많네"(始覺浮生幻, 多慚宿業癡:「선등」禪燈, 『유관동록』)라고 읊기도 했으며, "향불 피운 자리에서 나는 공空을 보노라"(一爐香榻我觀空:「김 직강直講과 옛이야기를 하며」與金直講話舊, 『유호남록』)라고 읊기도 했다.

한편 『원각경』을 읽은 뒤에 쓴 시에서는 "어찌하면 방편의 법을 버리고/글귀 밖에서 바로 깨달을 수 있을지"(那如抛去筌蹄法, 句外承當直下惺:「『원각경』을 보고」看圓覺經, 『유관동록』)라고 읊어 문자 밖에서 깨달음을 구하는 선승의 면모를 보여 준다.

김시습의 선승으로서의 경지는 특히 무생無生을 읊은 시들을 통해 엿볼 수 있다. '무생'이란 불생불멸不生不滅을 말한다. 불교에서는, 제법諸法의 실상은 본래 생멸이 없으며, 열반 즉 진여眞如는 무생이라고 본다. 김시습은 "무생을 만약 깨닫고자 한다면/억지로 관심觀心할 필요가 없네"(無生如欲悟, 不必強觀心:「관음사에서」觀音寺, 『유관서록』)라고 읊기도 하고, "툭 본원本源을 통하게 되면/생生도 멸滅도 또한 없으리"(豁然徹本源, 不生亦不滅:「진원珍原의 진산鎭山에 노승 신행信行이 있는데 정사精舍를 짓고자 해 '인월'印月이라는 이름을 지어 주다」珍原鎭山有老僧信行, 欲築精舍, 以印月名之, 『유호남록』)라고 읊기도 했다.

화두를 참구하며 참선하는 당시 김시습의 모습을 잘 보여주는 시로는, 「산중에 순로淳老가 있는데 나이가 많고 불법을 잘 알기에 수일간 대화하다」(山中有淳老, 年高知法, 對話數日, 『유관동록』)를 들 수 있다. 그 전문을 보이면 다음과 같다.

송창松窓에 앉아 천고千古의 마음 말하니
그 속에 고금古今이 없네.

부질없이 '뜰 앞의 잣나무'로 공안公案을 삼았는데
누가 시냇물 소리를 부처의 말이라 하나.
언어를 엎어 버리니 바야흐로 도를 알겠거늘
습기習氣를 없애고 참구하여 찾네.
달마는 마음을 바로 가리켜 문자를 여의게 했으니
깨닫고 나서 어찌 심천深淺을 논하리.

一話松窓千古心, 箇中無有去來今.
謾將庭柏爲禪旨, 誰道溪聲演佛音.
撞倒語言方解會, 消磨習氣始參尋.
西來直指離文字, 悟了何曾論淺深.

'뜰 앞의 잣나무'는 당나라 선사 조주趙州의 화두로 유명하다.

4   이 무렵 김시습이 가장 본받고자 한 승려—요샛말로 하
면 롤모델—는 중국 남북조시대 동진東晉의 혜원慧遠(334~416)
이었다. 혜원은 도연명陶淵明·뇌차종雷次宗 같은 유자와도 교유
했는데, 백련사白蓮社라는 결사를 만들어 종교 활동을 했으며,
죽을 때까지 20여 년간 여산廬山의 동림사東林寺에 은거해 수행
했다. 또한 그는 승려는 세속을 떠난 자이므로 군주에게 공경
의 예禮를 표할 필요가 없다는 주장을 담은 『사문불경왕자론』沙
門不敬王者論을 저술해 불교가 왕권에 종속되는 데 반대했다.

김시습은 "나는 애모하노라 혜원 공이／동림사에서 결사한
것을"(我愛慧遠公, 結社東林寺:「감회」感懷, 『유관서록』)이라 읊기도
하고, "혜공은 스스로 동림사의 달을 사랑해／구리로 만든 병

가볍게 들고 작은 샘물을 길었네"(遠公自愛東林月, 輕挈銅瓶汲小泉: 「산중에 여로가 있는데 산에 있은 지 오래라 하여 찾아가 대화하다」, 『유관동록』)라 읊기도 했다. 이 시절 김시습이 보여 준 혜원에 대한 존모는 『청한잡저2』로 이어진다.

5   김시습은 다음에서 보듯 이 시절에 벌써 '유석상종'儒釋相從을 언급하고 있다.

> 유석상종은 본디 그러하니
> 이고李翱도 일찍이 약산藥山 앞에서 깨달았네.
> 儒釋相從本固然, 李翱曾悟藥山前.

「송 소윤少尹 처검處儉의 운에 화답하다」(和宋少尹處儉韻, 『유관서록』)라는 시에 나오는 말이다. '유석상종'은 원래 유자儒者와 불도佛徒가 상종한다는 뜻인데, 유교와 불교가 교섭한다는 뜻으로도 해석될 수 있다. 이고李翱(772~841)는 한유의 문생으로, 고문古文을 배웠으며 유학에 조예가 있었다. 그는 낭주 자사朗州刺史로 있을 때 고승인 약산 유엄藥山惟儼(745~828)의 도를 흠모하여 산으로 들어가 그를 뵈었다. 다음은 『전등록』傳燈錄 권14에 나오는 말이다.

> 이고가 물었다.
> "무엇이 도입니까?"
> 약산은 손으로 위아래를 가리키더니 말했다.

"알겠소?"

이고가 말했다.

"모르겠는데요."

약산이 말했다.

"구름은 하늘에 있고 물은 병에 있소."

이고는 마침내 흔연히 깨달아 감사를 드리고는 게偈를 한 수 지었다.

이고는 유학자였지만 약산의 말을 듣고 이치를 깨칠 수 있었다는 것이다. 이 일화는 불교의 도가 유학의 도와 교섭할 수 있다는 사실을 말해 준다.

이리 본다면 김시습이 이고와 약산의 일화를 거론하며 유석상종을 말한 것은 유불의 회통 가능성을 염두에 두고 한 말일 수 있다. 유석상종은 유와 불 중 어느 하나만이 진리가 아니라 둘 다 진리임을 승인할 때에만 가능하다. 흥미로운 것은 이 일화가 『임천가화』 제72화에도 나온다는 사실이다.

김시습은 세조 3년(1457) 10월 벗 김수온金守溫이 하정부사賀正副使로 중국에 갈 때 평양에서 시를 지어 "유儒를 버리고 묵墨으로 들어가니 이 무슨 마음인가/이 도는 본디 물외物外에서 찾을 것이 아니네"라고 넌지시 충고하자 이리 화답했다.

길은 비록 다르나 오직 마음을 기를 뿐이니
마음만 기르면 공연히 다른 것을 찾을 필요 없네.
다만 사물상事物上에 무애자재할 뿐이니
조박糟粕을 뭣 때문에 일일이 찾으리.

岐路雖殊只養心, 養心不必謾他尋.

但於事上渾無寻, 糟粕何須歷歷尋.

「김문량金文良의 운에 화답하다」(和金文良韻,『유관서록』) 제1수
이다. '문량'은 김수온의 자다. 김수온의 시에서 말한 '묵'은 기
실 불佛을 가리킨다. 왜 유학을 버리고 이단인 불교로 들어갔
는가, 도는 불교에서 찾을 수 없지 않는가라는 힐난이다. 이러
한 힐난에 대해 김시습은, 유교와 불교는 길은 비록 다르나 마
음을 기르는 데 힘쓰는 것은 동일하니 마음만 길러 외물로부터
자유로우면 됐지 유교 경전을 일일이 탐구할 필요는 없다고 답
하고 있다. 문자 밖에서 깨달음을 구하는 선승다운 말이다.

주목되는 것은 김시습이 유교와 불교는 도가 비록 다르지
만 그럼에도 '마음 기름'(養心)을 중시한다는 점에서는 통한다
고 봤다는 사실이다. 즉 유불이 어떤 지점에서 회통한다고 본
것이다.

여기서 더 나아가 김시습은 다음에서 보듯 삼교일치三敎一致
를 말하고 있기까지 하다.

삼교는 도 닦는 과정이 비록 다르나
필경 그 지취旨趣는 동일하다네.
三敎進修異, 畢竟同一旨.

「『주심경』註心經 한 부를 얻고서」(得註心經一部,『유관서록』)
라는 시의 한 구절이다. '주심경'은 무구자無垢子 하도전何道全
(1319~1399)이 저술한 『반야심경주해』를 말한다. 무구자의 이

책은 불교의 테두리 속에 있지 않고 유교와 도교를 넘나들고 있어 삼교일치의 면모를 보여 준다. 그래서 김시습은 이 시에서 "불교에 집착하지도 않고／노자에 빠지지도 않고／오활한 유儒도 되지 않고서"(不着瞿曇氏, 不入柱下史, 亦不爲迂儒)라고 노래했던 것이다.

실제로 김시습은 당시 유불만의 회통이 아니라 도교에 대해서도 긍정적으로 생각하며 회통적 지향을 보여 주고 있다. 하지만 이는 김시습 사상 형성 과정의 한 국면을 보여 주는 것으로 이해해야 하며, 이 문제에 대한 그의 정견定見, 즉 확립된 견해를 보여 주는 것은 아니라는 사실에 유의해야 한다. 왜냐하면 김시습은 금오산 시절에 와서야 비로소 이 문제에 대한 자신의 정론定論을 확립하는바, 일정한 범위 내에서 유불 회통을 긍정하되 도교는 부정적으로 봄으로써 삼교일치를 더 이상 주장하고 있지 않음으로써다.

6   김시습은 1457년 관서에 노닐 때 『성리군서』性理群書를 입수해, 「『성리군서』를 얻고서」(得性理群書：『매월당집』 권9)라는 7언율시 2수를 지었다.

> 뭇 성인이 전한 것은 단지 이 마음이니
> 이 마음 밖에서 다시 무얼 찾으리.
> 사단四端을 잡고 놓음은 밖에 있지 않고
> 만고萬古의 건곤乾坤은 실로 오늘에 있네.
> 힘을 다하지 않았을 땐 선후先後가 있지만

본원本源을 다한 곳에 이르면 심천深淺이 없네.

수신제가치국평천하修身齊家治國平天下는

오직 존성存誠(성실한 마음을 가짐)에 있으니 공경하지 않

을 수 없네.

千聖相傳只此心, 此心之外更何尋.

四端操舍非由外, 萬古乾坤儘在今.

未喫力時有先後, 到窮源處無淺深.

修齊治國平天下, 惟在存誠罔不欽.

복희씨가 역易을 지어 백성을 깨우치니

성인聖人들이 서로 전해 차례로 뜻 밝혔네.

도道가 천년 동안 없어져 이설異說에 빠지자

하늘이 칠자七子를 내어 인애仁愛로 구하셨네.

비 갠 뒤의 바람과 달처럼 흉회胸懷가 맑고

옥빛에 종소리처럼 도덕이 순수하네.

벽壁에 숨기고 분서焚書해도 성인의 글 없어지지 않아

고개 들어 바라보니 별과 해가 맑은 하늘을 비추는 듯하

네.

羲皇作易牖斯民, 聖聖相傳次第陳.

道喪千年淪異說, 天生七子濟同仁.

光風霽月胸襟爽, 玉色金聲道德純.

孔壁秦灰文未喪, 擧頭星日映淸旻.

'성리군서'는 『성리군서구해』性理群書句解를 말한다. 이 책은
전집前集과 후집後集이 있는데 공히 23권이다. 전집은 남송의

주자학자인 웅절熊節이 엮고 웅강대熊剛大가 구해句解(즉 주해)를 붙였는데, 주돈이周敦頤·장재張載·정호程顥·정이程頤·소옹邵雍· 사마광司馬光·주희朱熹 등 일곱 사람의 글을 문체별로 싣는 한편, 장재의 『정몽』正蒙, 소옹의 『황극경세서』皇極經世書, 주돈이의 『통서』通書 등의 책을 수록해 놓았다. 후집은 주희가 여조겸 呂祖謙과 함께 편찬한 『근사록』近思錄, 남송의 채모蔡模가 주희의 격언을 편찬한 『근사속록』近思續錄, 채모가 장식張栻과 여조겸의 격언을 편찬한 『근사별록』近思別祿 3책이 합편되어 있으며 웅강대의 구해가 붙어 있다.

'성리군서구해'의 본 명칭은 '신편음점성리군서구해'新編音點性理群書句解이다. 이 책은 조선에서 원나라 판본의 복각본覆刻本으로 태종 15년(1415) 평양 감영에서 처음 간행되었다. 이후 세종 26년(1444) '신간음점성리군서구해'新刊音點性理群書句解라는 이름으로 중간되었다(이상의 사실은 김윤제, 「『성리군서구해』의 내용과 편찬 경위」, 『규장각』23, 2000; 류화정, 「『성리군서구해』의 판본 검토와 조선 전기 수용의 일면」, 『동양한문학연구』66, 2023 참조).

『성리군서구해』는 조선 사대부가 성리학을 공부할 때 많이 본 책이다. 16세기의 퇴계退溪 이황李滉도 이 책을 봤다. 문헌에 나타나는, 이 책을 본 최초의 조선인은 김시습이다. 김시습이 입수한 책은 평양에서 간행된 원나라 판본의 복각본으로 여겨진다.

명나라 성조成祖 때인 1414년 칙명으로 『성리대전』性理大全이 편찬되는데, 『성리군서구해』는 이 책의 편찬에 크게 이바지했다. 조선에서 『성리대전』이 처음 간행된 것은 세종 9년(1427) 경상 감영에서다. 김시습이 서울에서 『성리대전』을 구입해 경주 금오산으로 돌아온 것은 세조 11년인 1465년이다. 『성리군서구해』를 구한 지 8년 후다.

다시 앞의 시로 돌아가 보기로 한다. 이 시의 제2수 제1구에서 "복희씨가 역을 지어" 운운한 것은 『성리군서구해』 권10에 〈복희팔괘차서〉伏羲八卦次序, 〈복희육십사괘차서〉伏羲六十四卦次序 등이 있어서다. 제3구 중의 "도가 천년 동안 없어져"(道喪千年)는 『성리군서구해』 권1에 실린 주희의 글 「염계선생유상찬」濂溪先生遺像贊의 "도가 천년 동안 없어져"(道喪千載)에서 가져온 말이다. '칠자'는 주돈이, 장재, 정호, 정이, 소옹, 사마광, 주희를 가리킨다. 제5구 "비 갠 뒤의 바람과 달처럼 흉회가 맑고"는 주돈이를 가리킨다. 「염계선생유상찬」의 구해 중에 "염계선생의 흉회가 맑은 것이 비 갠 뒤의 바람이나 달과 같다"(其胸懷洒落, 猶光風霽月)라는 말이 나오는데 여기서 가져온 말이다. 이는 원래 황정견黃庭堅이 주돈이를 칭송한 말이다. 제6구 "옥빛에 종소리처럼 도덕이 순수하네"는 정호를 가리킨다. 『성리군서구해』 권1에 실린 주희의 글 「명도선생유상찬」明道先生遺像贊중의 "봄기운처럼 따뜻하고 산처럼 우뚝 섰으며/옥빛에 종소리 같네"(揚休山立, 玉色金聲)에서 가져온 말이다. '옥빛에 종소리 같다' 함은 얼굴빛이 옥처럼 온유하고 목소리가 종소리처럼 군셈을 말한다. 제7구의 "벽壁에 숨기고"는, 공자의 집 벽에 숨겨 놓은 경서가 한나라 무제武帝 때 세상에 나온 것을 이르고, "분서"는 진시황의 분서갱유焚書坑儒를 말한다.

「『성리군서』를 얻고서」는 『성리군서구해』를 읽은 뒤의 소회를 읊은 시다. 김시습은 어릴 때부터 유교 경전을 공부했지만 본격적인 성리학서를 접한 것은 이때가 처음이지 않나 여겨진다. 『성리대전』과 달리 『성리군서구해』는 주해가 아주 자세해 성리학 입문서로서의 면모가 있다. 김시습은 이 주해를 통해 성리학의 기본 개념과 송대 성리학자들의 사상 세계를 대략 파악할 수 있었으리라 본다.

이 시에서 우리는 다음의 몇 가지 사실을 알 수 있다.

첫째, '7자' 중 주돈이와 정호 둘을 부각시키고 주희는 언급하고 있지 않다는 사실이다. 이를 통해 김시습이 이 무렵 아직 성리학의 완성자 주희의 '독보적' 위상을 충분히 인식하지 못했던 게 아닌가 추론할 수 있다. 『성리군서구해』에서 주돈이는 송대 성리학의 개창자로서 자사子思와 맹자를 잇는 유교 도통道統의 계승자로 설정되어 있다. 김시습이 시에서 주돈이를 언급한 건 이 때문일 것이다. 정호는 그의 동생 정이와 달리 정공부靜工夫를 중시했다. 김시습은 당시 선禪에 힘쓰고 있었으므로 정호의 이런 면모에 끌렸을 수 있다.

둘째, 복희씨를 언급한 데서 알 수 있듯 '역'易에 대한 깊은 관심이 보인다는 사실이다. 김시습은 『주역』에 조예가 있었으며 특히 「계사전」繫辭傳에 대한 이해가 깊었다. 지금 전하는 김시습의 글들에서 그 점이 확인된다. 즉 「태극설」太極說, 「신귀설」神鬼說, 「인군의」人君義, 「애물의」愛物義, 「고금군자은현론」古今君子隱顯論, 「명분설」名分說, 『청한잡저1』 등은 모두 『주역』을 입론의 근거로 삼고 있다. 김시습이 금오산 시절에 쓴 『금오신화』의 한 편인 「남염부주지」에 이런 말이 나온다.

박생은 예전부터 늘 불교나 무속 신앙, 귀신 이야기에 의심을 품어 왔으나 확고한 생각을 가지지 못하고 있던 터였다. 그러다가 『중용』의 가르침에 비추어 보고 『주역』의 「계사전」을 자세히 살핀 뒤 자신의 생각이 틀리지 않았음을 자부하게 되었다.

'박생'은 「남염부주지」의 주인공이다. 김시습은 불교를 옹호하면서도 불교의 미신적·신비적 요소를 부정하는 자기 생각을 밝히기 위해 이 작품에 방법적으로 불교 배척론자인 박생을 등장시켰다. 그러므로 비록 박생에는 작자가 상당 부분 투사되어 있기는 하나 작자와 전면적으로 일치하는 것은 아니다. 하지만 인용문 중 '『주역』「계사전」을 자세히 살폈다' 함은 김시습이 그랬다는 말로 보아도 무방할 것이다. 박생은 "방 안에서 밤에 등불을 켜고 『주역』을 읽다가" 잠이 들어 염라왕이 있는 남염부주로 가게 된다. 이 말을 통해 김시습이 금오산 시절에 『주역』을 아주 열심히 연구했음을 알 수 있다.

셋째, "도가 천년 동안 없어져 이설에 빠지자"라고 한 데서 보듯 유교 이외의 사상을 '이설'異說, 즉 이단이라고 말하고 있다는 사실이다. '이설'에는 비단 양주楊朱, 묵자墨子, 한비자韓非子, 노장老莊만이 아니라 불교도 포함될 터이다. 그렇다면 김시습이 이렇게 말한 것은 그 스스로 불교를 이단으로 생각했기 때문일까? 그리 보기는 어렵다. 김시습은 이 무렵 불교도였음이 분명하기 때문이다. 그런데 왜 이리 말한 걸까? 『성리군서구해』를 읽은 뒤 '이 책의 관점에서' 말한 결과 이런 진술이 나온 것이라고 생각된다. 다시 말해 당시 김시습 스스로는 불교를 이단으로 생각지 않았으나 이 시가 『성리군서구해』를 읽은 뒤의 소회를 읊은 것인 만큼 책의 의의를 천명하기 위해 이리 말하지 않았나 한다. 김시습은 당시 불교도였음에도 불구하고

'유승'儒僧이라 해도 좋을 만큼 불교와 유교를 겸전兼全하고 있었다. 그러니 잠시 유교적 관점에서 이런 통념적 발언을 하는 것이 가능하지 않았나 한다.

앞서 말했듯 김시습은 세조 11년(1465) 『성리대전』을 구했으며, 이 책에 수록된 주희의 「재거감흥 20수」齋居感興二十首(이 시는 『성리군서구해』에도 실려 있다)를 본뜬 시 13수를 지은 바 있는데, 그 제4수에서 "이설을 막을 수가 없네"(異說莫可禦)라고 읊었다. 여기서 말한 '이설'은 「『성리군서』를 얻고서」에서 언급된 '이설'과 같은 의미다. 이 경우도 김시습 스스로 불교를 이단으로 간주해 이리 말한 것이 아니라 「재거감흥」 시의 관점 및 당시의 통념에 따른 진술로 봐야 온당할 것이다. 이에 대해서는 뒤에 다시 논하기로 한다.

넷째, 제1수에서 두드러지지만, '심'心이 대단히 강조되고 있다는 사실이다. 성리학에서도 '바른 마음'(正心)이 강조되지 않는 것은 아니다. 가령 주희는 성학聖學에 있어서 정심正心의 중요성을 말하면서 "천성千聖이 서로 전한 심법의 요체"(千聖相傳心法之要: 『성리대전』, 권63 「성학」)를 거론한 바 있다. 그렇기는 하나 주희의 사상 체계에서 '심'은 '성정'性情을 통괄하는데, '심' '성' '정' 셋 중 최핵심은 '성'이며 '성'은 곧 '리'理이다. 하지만 이 시에서는 '심'만 강조되고 있을 뿐 '성'과 '리'는 언급되고 있지 않다. 이 점에서 당시 김시습의 성리학 이해 수준은 아직 그리 높은 것은 아니지 않은가 한다. 그가 유독 '차심'此心을 강조한 것은 다분히 선가의 입장에서 성리학을 이해한 결과로 보인다. 좋게 보면 선과 성리학의 회통이라고 할 수 있을지 모른다.

"뭇 성인이 전한 것은 단지 이 마음이니/이 마음 밖에서 다시 무얼 찾으리"라는 말이나 "힘을 다하지 않았을 땐 선후가 있지만/본원을 다한 곳에 이르면 심천이 없네"라는 말에서는 간이簡易와 직절直截을 중시하는 선가의 돈오頓悟가 감지된다. "본원을 다한 곳에 이르면 심천이 없네"는 앞에서 언급한 「산중에 순로淳老가 있는데 나이가 많고 불법을 잘 알기에 수일간 대화하다」라는 시의 마지막 구 "깨닫고 나서 어찌 심천을 논하리"(悟了何曾論淺深)와 기맥이 통한다. 이처럼 돈오가 강조되고 있다는 점에서 김시습의 사상은, 비록 그 사상 체계는 서로 다르나 서경덕徐敬德의 사상과 통하는 바가 없지 않다.

만일 이황이 김시습의 이 시를 봤다면 김시습의 학문이 육구연陸九淵의 심학心學에 가깝다고 하지 않았을까? 물론 김시습이 육학陸學를 알았을 리는 없다. 조선 학인들이 육학을 알게 된 것은 조선에 양명학陽明學이 전래된 16세기에 와서의 일이다. 아호사鵝湖寺의 토론에서 그 차이점이 극명히 드러났듯 육구연은 '존덕성'尊德性을 중시한 반면 주희는 '도문학'道問學을 중시했다. 존덕성은 '심즉리'心卽理와 연결된다. 간이와 직절에 따른 마음의 깨달음을 중시했던 육구연은 격물치지格物致知를 통한 궁리窮理 공부를 중시한 주희를 지리支離하다고 비판했다. 이렇듯 주자학의 핵심 개념은 '격물치지'格物致知와 '궁리진성' 窮理盡性이다. 하지만 김시습의 이 시에서는 주자학의 이런 핵심 개념이 하나도 보이지 않는다. 이는 이 무렵 김시습의 성리학 이해 수준을 가늠해 보는 잣대가 될 수 있다.

김시습이 성리학의 사상 체계와 그 기본 개념들을 온전히 이해하게 된 것은 8, 9년쯤 뒤인 금오산 시절에 와서의 일이다.

「남염부주지」 중의 '일리론'一理論에서 그 점이 확인된다.

7   『유관동록』에는 「네 마리 새의 우는 소리를 읊다」(咏四禽言)라는 제목하에 네 수의 특이한 시들이 실려 있다. 「위수추리」爲誰趨利, 「역막파공」亦莫把空, 「불여귀」不如歸, 「비비」悲悲가 그것이다. 이 시제詩題들은 모두 새 울음소리를 본떴는데, '위수추리'는 '누구를 위해 명리名利로 달려가는가'라는 뜻이고, '역막파공'은 '또한 공空을 깨닫지도 못하고'라는 뜻이며, '불여귀'는 '돌아감만 못하다'라는 뜻이고, '비비'는 '슬프고 슬프다'라는 뜻이다. 희작戱作 같지만 희작은 아니다. 김시습은 이 시에 다음과 같은 서문을 붙여 놓았다: "산중에 네 마리 새가 있어 아침저녁으로 울어 깨우치게 하니 사람을 감동시킨다. 이에 시를 지어 세상을 깨우친다."

　　네 수 가운데 「역막파공」은 승려를 깨우치는 시다. 전문을 보이면 다음과 같다.

　　　　또한 공空을 깨닫지도 못한 채 앉아 있으니
　　　　승려 되어 한 몸을 그르쳤구나.
　　　　세상의 도리를 없애 버렸고
　　　　임금과 어버이를 배반하였네.
　　　　가슴은 삼생三生의 업業에 막혔고
　　　　머리는 백 척의 티끌 뒤집어썼네.
　　　　속인俗人이 되어
　　　　궁한 백성 되는 게 차라리 낫겠네.

亦莫把空坐, 緇衣誤一身.

人間滅道理, 世上叛君親.

胸礙三生事, 頭蒙百尺塵.

不如爲俗子, 例作一窮民.

　　승려가 되어 불법의 이치를 깨닫지 못하면 공연히 세간의 인륜만 저버린 게 되니 그럴 바에는 환속해 궁한 백성이 되는 게 낫다는 뜻을 노래했다. 이 시에는 '인륜성'의 문제가 제기되어 있다. 유교 사회에서 인륜성의 핵심은 '효'이며 그 연장선상에 '충'이 있다. 세속적 관점에서 본다면 승려의 출가 행위는 바로 이 효와 충을 저버리는 행위였다.

　　이 시는 승려들을 경계하기 위해 지은 것이고 꼭 김시습 자신을 향한 발화는 아닌 듯하다. 그럼에도 우리는 이 시를 통해 인륜성에 대한 강박이 승려 김시습의 의식 한 켠에 자리하고 있었음을 엿볼 수 있다. 그렇기는 하나 방랑기와 금오산 시절의 김시습에게는 아직 그것이 그리 심각한 문제가 되지는 않았다. 하지만 수락산 시절 전기 말末에 오면 상황이 달라지는바 김시습은 실존적으로 인륜성의 문제에 대한 심각한 고민에 사로잡힌다. 이 점에 대해서는 뒤에 『임천가화』를 논할 때 자세히 논하기로 한다.

8　　김시습이 방랑기에 쓴 시들에서는 현실불교에 대한 비판을 일절 찾아볼 수 없다. 또한 비록 유불 회통의 기미는 있어도 불교에 대한 정치사상적 이해는 찾아볼 수 없다. 불교의 삼

세인과설三世因果說, 천당지옥설, 윤회설에 대한 입장 표명도 발견되지 않는다.

방랑기 김시습에게는 이런 문제들에 대한 인식이나 이해나 비판이 아직 없었던 게 아닌가 한다. 혹은 이런 문제들이 아직 충분히 사유되지 못했던 게 아닌가 싶기도 하다. 이런 문제들을 의식의 한가운데로 불러들이면서 자신의 고유한 입장을 확립하는 것은 금오산 시절 및 수락산 시절 전기에 와서의 일이었다. 김시습은 이 시절에 와서 비로소 유·불·도 삼교에 대한 자신의 사상적 정론定論을 확립하게 된다.

그렇기는 하나 방랑기 김시습의 사유는 그 대부분이 금오산 시절과 수락산 시절 전기의 사유로 이어진다고 할 만하다.

『청한잡저2』

1 『청한잡저2』는 시종 객과 청한자의 문답 형식을 취하고 있다. 앞에서 거론한 불교론 저술 중 문답 형식을 취하는 것은 함허 기화의 『현정론』 하나다. 『불씨잡변』에도 이따금 문답이 보이나 그 전체가 문답으로 되어 있지는 않다. 따라서 『청한잡저2』의 형식은 『현정론』과 연결된다고 말할 수 있다. 다만 『현정론』의 경우 질문이나 답변이 모두 '왈'曰로 시작될 뿐 '왈' 앞에 주어가 나오지는 않는다. 그러므로 질문자든 답변자든 그 실체가 드러나지 않는다. 그러니 문장으로서는 무미건조하다. 이와 달리 『청한잡저2』에서 객과 청한자는 그 나름의 개성을 보여 준다. 객이 청한자를 힐난하는가 하면, 청한자가 객을 면

박 주기도 한다. 또한 객이 청한자와의 문답을 통해 차츰 새로운 인식으로 나아가고 있음이 확인된다. 이처럼 『청한잡저2』는 비록 사상서이기는 하나 문학 작품으로서도 훌륭하다고 말할 수 있다.

『청한잡저2』는 장르적으로 문대問對에 속한다. '문대'란 묻고 답하는 형식으로 작자의 생각을 밝히는 한문학 문체에 해당한다. 널리 알려진 문대의 예로는 담헌湛軒 홍대용洪大容(1731~1783)의 『의산문답』毉山問答을 들 수 있다. 『청한잡저2』는 종전에 그다지 주목받지 못했으나 『의산문답』에 견줄 만한 글로 여겨진다. 종래 김시습의 글로는 『금오신화』金鰲新話, 「태극설」太極說, 「신귀설」神鬼說, 「애민의」愛民義, 「방본잠」邦本箴 등을 문제작으로 꼽았으나, 『청한잡저2』는 이들에 못지않게 문제적인 작품이다.

2 　　김시습은 계승과 장상영의 책은 분명히 읽었고 함허의 책 역시 읽은 것으로 보이지만 그럼에도 유불일치론이나 삼교일치론을 주장하지는 않았다. '회통'이라는 관점에서 본다면 유불일치론은 '전면 회통'의 주장에 가깝다. 이와 달리 김시습의 경우 유불 회통의 범위가 제한적이었던바 '부분 회통'이라고 말할 수 있다. 김시습은 유교와 불교에 있어 정신적으로 서로 가장 근접한 것, 서로 가장 잘 통하는 것은 '인'仁과 '자비'라고 보았다. 둘의 핵심은 만물에 대한 인애仁愛, 즉 '사랑'임으로써다. 요컨대 김시습은 유교와 불교의 디테일이 아니라 그 근저에서 서로 통하는 점을 발견한 것이다. 「태극도해」와 조동오

위의 일치를 강변하고 있는『조동오위집록』의「단하자순선사오위서 요해」가 김시습의 글일 수 없음이 이 점에서도 확인된다.

김시습은 불교에서 말하는 오계 중의 '살생하지 말라'와 '도둑질하지 말라'가 유교에서 말하는 오상 중의 인仁과 의義의 자취를 드러내고 있다고 보기는 했지만(「4. 송계松桂」), 그렇다고 불교의 오계와 유교의 오상이 모두 서로 합치된다는 주장에는 동조하지 않은 것으로 보인다. 오계와 오상이 합치한다는 주장에서는, 음행을 하지 말라는 '예'에 해당하고, 망령된 말을 하지 말라는 '신'에 해당하며, 술을 마시지 말라는 '지'에 해당한다고 보았다. 이런 주장은 유교가 득세하는 세상에서 불교를 옹호하기 위한 것이기는 하나 좀 억지스러운 느낌이 없지 않다. 김시습은 합리적이고 냉철한 정신의 소유자답게 이런 무리한 주장을 받아들이지 않은 것이다.

이와 함께 주목되는 것은 김시습이 불교의 영험담이나 고승의 신이한 행적을 일절 언급하고 있지 않다는 점이다.『청한잡저2』와『임천가화』가 모두 그러하다.『호법론』에는 불교의 영험담이나 고승의 이적異蹟이 여럿 언급되는데, 이와 퍽 대조적이다. 뒤에 말하겠지만『임천가화』는 북송 때 승려 혜홍慧洪(1071∼1128)의『임간록』林間錄에서 아이디어를 얻은 책임에도『임간록』과 달리 고승의 신이한 행적이나 신통력에 대해서는 단 한마디도 하고 있지 않다.

이는 김시습이 부처가 인과화복설, 윤회설, 천당지옥설을 방편으로 설한 것이라고 보았던 것과 무관하지 않다. 즉 이것들은 '권'權(방편)이요 '실'實(실체적 진리)이 아니라고 본 것이다. 김시습은「신귀설」에서 사람이 죽으면 결국 그 기氣가 사라져 버리고 만다고 했다. 불교에서 육신은 사라져도 정신은 사라지지 않는다고 본 것과 배치된다. 김시습은 평생 이런 입장을 견지했으므로 인과화복설, 윤회설, 천당지옥설이 실체적 진리가 아니라고 본 것이다.

3   『청한잡저2』에서 가장 주목되는 점은 군주의 잘못된 불교 숭배에 대한 혹독한 비판이다. 특히 다음에서 보듯 양 무제에 대한 비판은 신랄하기 짝이 없다.

> (양 무제는) 이름을 탐내고 일을 벌이기를 좋아하여 오로지 부박浮薄하고 화려한 것만 숭상했으니, 그 선善은 도를 넓힌 게 아니고 그 덕德은 만물을 이롭게 한 것이 아니며, 지혜로운 듯 꾸며 어리석은 이들을 놀라게 하고 명예를 자랑하느라 온갖 일로 백성을 번거롭게 했으니, 이런 일을 이루 다 말하기 어렵소. (…)
> 몇 년간 위魏를 공격해 전쟁을 그치지 않았고, 10년 동안 둑을 쌓다가 죽은 사람들의 시신이 들판에 가득했건만, 탐욕과 분노의 마음이 불꽃처럼 타올라 사람이 죽는 것을 보기를 초개草芥처럼 여겼으니, 부처의 자비를 본받는 일과 또 어찌 그리 어긋남이 심하단 말이오.
> 게다가 정월에 예주豫州를 침략하고 2월에 팽성彭城을 공격하고서는 3월에 절에 사신捨身했으니, 앞의 침략이 옳다면 뒤의 사신이 그릇되고, 뒤의 사신이 옳다면 앞의 침략이 그릇된 것일 텐데, 다투어 침탈하기를 끊임없이

하면서도 사신 또한 그만두지 않아, 세 번 속신贖身한 뒤에 천자로 돌아오기에 이르렀소. (…)

양 무제는 거짓된 마음으로 선善을 한다는 이름을 낚으려고, 나라의 근본이 의거할 바를 잃는 것을 헤아리지 못하고, 종묘사직이 기울어 위태롭게 됨을 생각지 못한 채, 구구하게 이승二乘(소승)의 한 방편문方便門으로 여래如來의 크고 둥근 바다로 들어가려 했으니, 얼토당토 않음이 마치 똥을 새겨 향香을 구하고 모래를 쪄서 밥을 짓는 것과 같거늘, 가당키나 하겠소? 그러니 달마를 만나자 안목이 동요했으며 후경侯景에게 포위되어 다급하게 죽었으니, 이는 형세상 당연한 일이며 이상할 게 뭐 있겠소.(「6. 양梁 무제武帝」)

청한자가 객에게 한 말이다. 김시습은 양 무제가 국고國庫를 기울여 불사佛事를 크게 일으킨 것은 부처의 가르침과는 어긋나며 "거짓된 마음으로 선을 한다는 이름을 낚으려고" 한 것에 불과하다고 보고 있다. 그렇다면 국왕이 올바로 불법을 받드는 길은 무엇인가? 청한자는 이리 말한다.

부처를 섬김은 인애仁愛를 다하여 백성을 편안히 하고 중생을 제도함을 근본으로 삼아야 하며, 불법을 구함은 지혜를 배워 일의 기틀을 꿰뚫어 봄을 우선으로 삼아야 하오.(「7. 인주人主」)

인애와 지혜로 나라와 백성을 잘 다스리는 것이 부처를 제대로 섬기고 불법을 제대로 배운 것이라는 말인데, 이는 결국 인정仁政을 베풀어야 한다는 말에 다름 아니다. '인정'은 유교 정치사상의 핵심이다.

김시습은 국왕이 부처를 제대로 섬기는 일은 이곳저곳에 절을 짓거나 높은 탑을 세우거나 크게 법회를 열거나 사리를 받들거나 승려들을 불러 공양하거나 하는 것이 아니라는 것, 그것은 거짓된 마음으로 지혜로운 듯 꾸며 이름을 낚고 이익을 구하려는 것일 뿐이며, 마음을 밝히고(明心) 욕심을 줄여 자비 즉 인애의 마음으로 백성들을 편안히 잘살게 하는 것이야말로 불교에 대한 제대로 된 숭배라고 보았다. 청한자의 다음 말에서 그 점을 분명히 알 수 있다.

> 영녕사永寧寺와 요광사瑤光寺처럼 건물을 아름답게 하고 토목을 화려하게 하며 구슬로 장식해 사람들의 이목을 현란하게 하는 것이 어찌 부처가 바라는 바이겠소.
> 재물과 비단, 돈과 곡식은 백성의 기름을 긁어낸 것이요, 창고와 곳간은 백성의 피를 짜낸 것이니, 윗사람이 축적하고 거둔 것이 많으면 아랫사람의 소쿠리와 동이는 텅 비게 되고, 윗사람의 사치와 화려함이 심하면 아랫사람의 옷이 온전하지 못하다오. 그러므로 임금이 복을 닦아서 좋은 나라를 만들려면 다만 만백성을 사랑하기를 어린 자식처럼 하고, 사해四海를 다스리기를 한 몸처럼 해야 할 것이니, 한 백성이 굶주리면 '내가 한 백성을 굶주리게 했다'라고 말하고, 한 백성이 추위에 떨면 '내가 추위에 떨게 했다'라고 말해, 넓은 사해와 수많

은 백성을 모두 돌보아 기르고 교화하는 범위 속에 두는 것이 참으로 복과 선을 닦는 길이오.(「8. 위주魏主」)

　"재물과 비단, 돈과 곡식은 백성의 기름을 긁어낸 것이요, 창고와 곳간은 백성의 피를 짜낸 것"이라는 말과 비슷한 취지의 말이 김시습의 「애민의」와 「방본잠」에도 나온다. 이 두 글은 모두 유교의 관점에서 인민人民을 사랑해야 함과 인민이 국가의 근본임을 말하고 있다. 김시습은 15세기 후반 동아시아에서 가장 철저하고 급진적인 애민 사상을 전개한 인물이다. 주목되는 점은 김시습이 유교에서건 불교에서건 그 정치사상의 토대를 '애민'에 두고 있다는 사실이다. 이 점에서 김시습에게서 유교적 정치사상과 불교적 정치사상은 근본적으로 동일하다. 애민 사상가로서 그의 인민본위적人民本位的 입장이 일관되게 관철되고 있는 셈이다.

4　　　이에서 보듯 『청한잡저2』는 불교의 관점에서 군주란 어떠해야 하는가를 후반부에서 집중적으로 논하고 있다. 즉 군주는 불교에서 무엇을 배워야 하는가, 불교의 사회적·국가적 효용은 무엇인가, 군주가 불교를 숭상한답시고 해서는 안 될 일은 무엇인가, 불교의 핵심인 자비는 통치에서 어떻게 발휘되어야 하는가 등등의 물음에 대한 답이 제시되어 있다. 이는 불교적 정치사상에 다름 아니다. 김시습은 불교에 즉해 자신의 정치사상을 펼쳐 보이고 있다고 말할 수 있지 않을까. 그 정치사상의 요체는 그가 「애민의」나 「방본잠」과 같은 글에서 펼쳐 보

인 유교적 정치사상의 범주를 벗어나는 것은 아니지만, 다만 불교를 통과함으로써 그의 유교적 정치사상은 좀 더 심화되고 철저해질 수 있지 않았나 생각된다.

5   김시습은 유교와 불교는 서로 통하는 데가 없지는 않지만 그럼에도 기본적으로 유교는 유교이고 불교는 불교라는 관점을 취하고 있다. 둘은 통하는 데가 있지만 서로 다른 사상이라는 것. 하지만 "비록 (불교의) 백 가지 행실이 그 길은 다르다 할지라도 귀결점은 악을 징계하고 선을 따르게 함"(「8. 위주」)이니, 유교와 불교는 모두 세상에 도움이 되며 둘 다 진리인바, 불교를 이단으로 배척해서는 안 된다는 전제가 김시습 사고의 기저에 자리하고 있다.

뿐만 아니라 다음에서 보듯 김시습은 불교에는 유교에 없는 보배가 있다는 생각을 품고 있었다.

그러니 스승으로 섬긴다는 것은 한갓 예禮를 묻거나 정치를 물어 그때의 시무時務를 결단하거나 수업을 받아 의혹을 해소해 일시 도움을 받는 것이 아니라, 실로 받아 써도 다함이 없는 보배를 얻어 만세에 무궁토록 전하는 것이지요. 이 보배를 갖고 위에 있으면 높아도 위태롭지 않고, 이 보배를 갖고 아래에 있으면 순順하여 거스르지 않지요. 이것을 오륜五倫에 베풀면 오륜이 지극히 질서가 있고, 이것으로 오전五典을 다스리면 오전이 지극히 질서가 있으니, 만사萬事를 다스리고 만인萬人을

거느리는 데 이르기까지 어느 것인들 이 보배의 묘용妙
用이 아니겠소.(「3. 삼청三請」)

　여기서 '보배'란 보리菩提, 즉 불타 정각正覺의 지혜를 가리
킨다. 쉽게 불심佛心이라 봐도 무방하다. 불심의 요체는 김시습
이 보기에 하나는 '자비'이고 다른 하나는 '욕심 비우기'이다.
부처는 마음을 궁구하고 이치를 밝히는 데 온 힘을 쏟았다(「6.
양 무제」). 그래서 불심은 교화와 정치에 큰 이바지를 한다고 보
았다. 일면 계승의 '보교론'輔敎論과 통하는 사고다.
　『임천가화』에서도 불교의 독자적 진리성이 긍정되고 있음
을 볼 수 있다. 『임천가화』는 조금 뒤에 따로 살펴볼 작정이지
만 잠시 이 부분을 보기로 한다.

　　부처의 도가 삼무三武의 난難을 겪고도 실추되지 않은
　것은 그 말이 이치에 맞기 때문이다. 천하의 사물이 이
　치가 아니면 항구하지 못하고 도道가 아니면 장구하지
　못한데, 부처의 도가 항구하고 장구한 것은 그것이 이치
　에 맞기 때문이다. (…)
　대저 성하지 않으면 쇠하지 않고, 다스려지지 않으면 어
　지러워지지 않으며, 보존하지 않으면 멸망하지 않거늘,
　성盛을 알고 쇠衰를 알고 다스려짐(治)을 알고 어지러워
　짐(亂)을 알아 도에 이름으로써 인민을 교화해 무위無爲
　의 지경을 기약했으니, 누가 이보다 나을 수 있겠는가?
　이 때문에 부처의 도는 이치에 맞아 항구한 것이다.(제
　38화)

'삼무'란 북조北朝의 위魏나라 태무제太武帝와 주周나라 무제武帝, 당나라 무종武宗, 이 세 임금을 가리킨다. 모두 불교를 억압하고 금지했는데 그 시호에 다 '무'武 자가 들어 있기에 이리 칭한다.

6   김시습은 유교만이 진리가 아니며 불교 역시 하나의 독자적 진리임을 승인하고 있지만 그럼에도 불교가 유교보다 우월하다고 주장하지는 않는다는 점에서 계숭, 장상영, 함허와는 다르다. 김시습은 두 사상의 우열을 따지기보다는 그 공존을 염두에 두고 있다고 여겨진다.

한유와 정도전은 유교 편에서 불교를 논했고, 계숭과 장상영과 함허는 불교 편에서 불교를 논했다. 이와 달리 『청한잡저 2』는 유교와 불교 어느 일방一方이 아니라 그 '경계'에서 불교를 논했다고 할 것이다. 어느 한쪽을 두둔하거나 과대화하지 않음은 이에 기인한다. 김시습의 경계인적 면모가 여기서도 드러난다고 할 만하다(경계인으로서의 김시습은 박희병, 『한국고전문학사강의』제2권, 106~108면 참조).

7   주목되는 것은 『청한잡저2』에서는 부처가 불법佛法을 국왕에게 부촉했다는 설이 일절 거론되지 않는다는 사실이다. 『임천가화』에서도 마찬가지다. 국왕 부촉설은 계숭(「재서상인종황제」再書上仁宗皇帝, 『심진문집』권9), 장상영, 함허에게서 모두 보인다. 국왕 부촉설은 불교와 제왕, 불교와 권력의 결탁을 말하

고 있음에 다름 아니다. 불교와 권력의 결탁 내지 밀착을 반대한 김시습으로서는 불법의 국왕 부촉설은 얼토당토않은 주장으로서 일고의 가치도 없었을 터이다.

문제는 유불일치론을 주장한 계승·장상영·함허 모두 국왕 부촉설을 언급하고 있다는 사실이다. 이에서 유불일치론이 정치적으로 국왕에의 강한 의존을 보이며 권력과의 밀착을 희구하는 면이 있음이 드러난다. 김시습은 완전히 다르다. 그는 불교와 권력의 유착 내지 밀착을 부정적으로 보았으며 이를 극도로 경계하고 있다. 김시습의 비판적 지식인으로서의 면모가 불교 담론에서도 관철되고 있다 하겠다.

8   김시습이 양 무제나 북위北魏의 영태후靈太后가 진정으로 부처의 마음을 배우려고 하기보다는 헛되이 온갖 불사佛事를 일으켜 결국 백성들의 삶과 나라를 피폐하게 만든 것을 비판한 데에는 세조의 잘못된 불교 숭배에 대한 비판이 투사되어 있다고 여겨진다. 김시습이 쓴 「남염부주지」南炎浮洲志의 끝부분을 보면 염라왕이 이렇게 말하는 대목이 있다.

나라를 소유한 자는 폭력으로 인민을 겁박해서는 안 되오. 인민이 비록 두려워하며 따르는 듯 보이지만 속으로는 반역할 마음을 품어 시간이 흐르면 큰 재앙이 일어날 것이오. 덕 있는 자는 힘으로 군주의 자리에 나아가서는 안 되오. 하늘이 비록 자상히 말을 해 사람을 깨우치지는 않지만, 처음부터 끝까지 일로써 보여 주거늘, 상제

上帝의 명命은 지엄하다오. 대개 나라란 인민의 나라요, 명命이란 하늘의 명이라오. 천명이 이미 떠나고 민심이 이미 떠나면, 비록 몸을 보전하고자 한들 어찌 하겠소?

염라왕의 이 말을 듣고 주인공 박생朴生은 이리 말한다.

간신들이 벌떼처럼 일어나고 큰 난리가 거듭 생기는데, 위에 있는 사람(임금)이 위협이나 위선으로 훌륭한 임금 이라는 이름을 구한들 인민이 편안하겠습니까?

염라왕과 박생의 말에는 세조의 왕위 찬탈과 그릇된 불교 숭배가 은유되어 있다. 이 작품의 시대 배경은 "성화成化 연간 초"로 설정되어 있는데, '성화'는 중국 명나라 헌종憲宗의 연호 로 성화 원년이 조선 세조 11년(1465)에 해당한다. 이 작품은 실제로 성화 연간 초, 즉 세조의 재위 중에 쓰였다. 당시 김시 습은 경주 금오산에 우거 중이었다.

박생의 말 중 "위선으로 훌륭한 임금이라는 이름을 구한 들"은 『청한잡저2』에서 양 무제를 비판하는 청한자의 말 중에 나오는 "거짓된 마음으로 선을 한다는 이름을 낚으려고"와 부 합한다. 『금오신화』와 『청한잡저2』는 모두, 뒤에 다시 언급하 겠지만, 김시습이 금오산에 거주하던 시절인 세조 말년에 저술 된 것으로 추정된다.

김시습이 『금오신화』에서 세조의 왕위 찬탈에 대한 자신 의 감정과 태도를 우의寓意해 놓았음은 기왕에 밝혀졌지만, 『청 한잡저2』에서도 세조에 대한 날 선 비판을 했음은 종래 제대로 밝혀지지 않았다. 세조는 조선 왕조의 역대 임금 중 가장 호불好佛의 군주였으며 많은 불사를 일으켰다. 『금오신화』와 달리 『청한잡저2』에서는 특히 세조의 과도하고 잘못된 불교 숭배를 비판하고 있다. 인민과 국가에 해를 끼치고 있다는 판단에서다.

9   『청한잡저2』에서 최고의 주시 대상은, 하나는 군주이고 다른 하나는 고승이다. 군주에 대해서는 앞에서 충분히 말했으므로 이제 고승에 대해 조금 언급하기로 한다.

김시습은 도가 있는 승려, 즉 고승은 '일대사'一大師와 '만세법'萬世法이 될 수 있다며 이리 말한다.

반드시 말린 양식과 풀을 먹지만 그 도량이 광대하고, 허름한 집에서 가난하게 살지만 그 뜻이 담박하여, 요순堯舜을 빚어내고 고금古今에 부침하며, 자연의 흐름에 따라 노닐고, 무위無爲의 경지에서 맑고 담박해지니, 몸이 규범을 따르지 않아도 사람들이 바라보고 의젓하다 여기고, 초근목피草根木皮로 살아도 만물이 우러르며 더욱 높다고 여기지요. 그래서 물고기와 새와 원숭이도 그 덕에 감화되고, 인간계와 천상계의 중생이 그 도를 사모하지요. 대저 이와 같으므로 일대一代의 스승과 만세萬世의 법이 될 수 있는 거라오.(「2. 산림山林」)

고승이 대단히 이상화되어 있음을 볼 수 있다. 얼핏 보면 도교의 지인至人이나 유교의 고사高士와 비슷하게 그려져 있지만, 계율을 지키며 불법을 닦는다는 점에서 지인이나 고사와는 본질적으로 다르다. 김시습은, 고승은 "비록 임금을 대하여 경전(불경)을 담론하더라도 그 뜻이 교만하지 않으니, 유유자적하고 어디에도 구속됨이 없는 것, 이것이 고승의 행동거지"(「3. 삼청」)라면서 다음의 점에서 선비와는 다르다고 했다.

> 담담하게 세상을 떠나고 훌쩍 속세와 단절해 피차彼此의 정을 잊고, 또 궁달窮達에 대한 생각을 끊어, 나가더라도 수레와 일산日傘의 화려함이 없고 은거하더라도 나라를 저버렸다는 허물이 없으며, 담화로 사람을 깨우쳐 줄 만하면 격려하여 북돋워 주고, 세상 형편이 떠날 만하면 미련 없이 돌아가니, (…) 스스로 갔다 스스로 오는 것이 구름과 같고 학과 같거늘, 대체 무슨 관계가 있다고 세상에 나가느니 은거하느니 하는 논의에 참여하겠소?(「3. 삼청」)

고승은 임금을 섬기지도 않으며 어디에도 구속되지 않고 자유로우니 선비처럼 어떤 때 세상에 나아가고 어떤 때 은거해야 하는지를 논할 필요가 없다는 것이다.

10   김시습은 고승의 국정 참여에 대해 어찌 생각했을까? 대단히 부정적으로 보고 있다. 심지어 승려가 환속해 벼슬하는 것조차 부정적으로 보고 있다. 객과 청한자의 다음 문답에서 그 점이 잘 드러난다.

객이 말했다.

"그렇다면 승려 가운데 어진 자와 유능한 자를 가려 승복을 벗게 한 다음에 기용하면 어떻겠소?"

청한자가 말했다.

"삼군三軍의 장수는 빼앗을 수 있어도 필부의 뜻을 빼앗을 수는 없소. (…) 사람이 이 세상을 살아가면서 궁할수록 더욱 굳건하고 위태로워도 절개를 지켜야 하거늘, 어찌 허둥지둥하며 요랬다조랬다 하겠소. 세상에 나와 승복을 벗는 자는 지인至人이 아니외다."(「10. 인애仁愛」)

이 문제에 대한 김시습의 입장은 단호하다. 환속해 벼슬을 함은 떳떳한 행위가 아니며, 절개를 저버린 행위로 보고 있다. 이런 고승상高僧像에는 『청한잡저2』를 쓸 당시 김시습의 실존이 반영되어 있다. 이 무렵 김시습은 스스로를 고승으로 자처했던 것으로 여겨진다.

11   여기서 잠시 『청한잡저2』와 『임천가화』의 저작 시기에 대해 알아보기로 한다.

세조는 왕위 찬탈 과정에서 많은 사람을 살육했다. 단종도 죽이고 안평대군과 금성대군도 죽였다. 세조는 많은 불사를 일으켰다. 김시습은 『청한잡저2』에서 세조의 이런 행위가 위선이며 이익을 구하는 마음에서 나온 것으로 보았다. 그래서 "악은 감추고 선만을 드러내며, 이름을 탐하고 이익을 구하"는 사람은 부처가 받아 주지 않을 것이라고 했다(「9. 수隋 문제文帝」). 앞에서 지적했듯 세조에 대한 비판은 「남염부주지」에도 보인다. 「남염부주지」는 소설 형식을 빌린 사상서에 해당한다. 이 작품에 개진된 이기理氣 철학, 귀신론, 불교론을 통해 김시습이 이 글을 쓸 무렵 이미 성리학과 불교에 대한 자신의 '정론'定論을 확립했음을 알 수 있다. 「남염부주지」는 김시습이 잘 사용하는 어법으로 말한다면 '권'權에 의한 글쓰기이고 『청한잡저2』는 '실'實에 의한 글쓰기이지만, 그 기저에는 동일한 관점, 동일한 사고가 자리하고 있다. 김시습은 세조 말년인 금오산 시절에 성리학과 도교와 불교에 관한 자신의 관점을 정립했으며, 자신의 실존을 투사해 「남염부주지」, 『청한잡저 1』, 『청한잡저2』를 저술했다.

조금 전 말했듯 『청한잡저2』에서는 승려가 환속해 벼슬을 함은 떳떳한 행위가 아니며 절개를 저버린 행위라고 했다. 승려의 환속을 부정적으로 보는 이런 태도 역시 『청한잡저2』가 금오산 시절에 쓰였음을 입증하는 근거가 된다. 1468년 세조가 재위 14년 만에 죽고, 1470년 성종이 즉위했다. 김시습은 1471년 서울로 올라왔으며 1481년 환속하기 전까지 수락산의 폭천정사瀑泉精舍에 우거했다. 김시습이 양양 부사 유자한柳自漢에게 보낸 편지 중에 "지금 성상聖上(성종)께서 등극하시어 어진 이를 등용하고 간언諫言을 따르시므로 벼슬을 해 볼까 해서 10여 년 전부터 다시 육경六經(유교 경전)을 익혀 공부가 좀 늘었습니다"라는 말이 보인다. 이 말로 미루어 김시습이 금오산 시절을 마감하고 서울로 올라온 것은 막연한 대로 성종에 대한 기대와 벼슬에 대한 고려가 있어서이지 않았을까 한다. 물론 김시습은 올라오자마자 환속한 것은 아니다. 성종 6년(1475) 『십현담요해』를 쓰고 성종 7년(1476) 『대화엄일승법계도주』를 쓴 데서 확인되듯, 승려의 신분으로 계속 불교 공부를 하고 있다. 이들 책 외에 『화엄석제』와 『임천가화』도 대체로 이 무렵에 쓰였을 것으로 추정된다. 그렇기는 하나 금오산 시절과 달리 수락산 시절 김시습은 절개를 강조하며 승려의 환속을 절대 반대할 입장은 아니었던 것 같다. 적대시하던 세조는 이미 죽어, 새로운 임금 성종 치하에서 벼슬을 해도 무방한 상황이 되었음으로써다. 이리 본다면 『청한잡저2』를 수락산 시절의 소산으로 보는 견해는 그 타당성을 인정받기 어렵다.

12 그런데 여기에 하나의 문제가 있다. 김시습은 세조 9년(1463) 가을 효령대군孝寧大君의 요청으로 내불당內佛堂에 며칠 머물며 『법화경』의 언해를 도왔다. 그리고 2년 후인 세조 11년(1465) 3월 효령대군의 편지와 세조의 유지諭旨를 받고 상경해 원각사 낙성회에 참석했다. 당시의 일을 읊은 김시습의 시들이 몇 편 전하는데, 모두 세조를 성군聖君으로 높이며 그 불교 숭배를 극도로 찬미하고 있다. 세조 9년 가을 김시습이 자편自編한 『유호남록』遊湖南錄의 후지後志에도 세조의 성스러운 정치에 대한 극도의 칭송이 보인다. 이 때문에 김시습의 절의를 의심하는 사람도 있다. 꼭 그렇지는 않더라도 이 무렵 김시습이 "현실 공간을 평화스런 세계로 인정하고 질끈 눈을 감았"으며 "현실계를 있는 그대로 승인하려는 의식"을 보여 준다거나(심경호, 『김시습 평전』, 195·196면), 이 시들이 김시습과 "세조와의 관계가 아주 좋았음을 증명"하며 "그의 세조 찬양이 단순한 수사적 차

원 이상의 무엇인가가 있는 것으로 보"이는바 "김시습이 세조에 대한 논리적이면서도 신념에 가득찬 거부를 표명했더라면 그러한 시문이 나올 수 있었겠는가 의문을 가지게 된다"(김풍기, 「김시습의 언해 사업 참여와 절의의 문제」, 『한국문학이론과비평』 25, 2004, 42·43면)라는 주장이 제기되기도 했다.

과연 김시습은 이 시기에 와서 현실을 유연하게 있는 그대로 볼 수 있게 됐으며, 마침내 세조의 통치를 긍정하고, 그가 일으킨 대대적인 불사를 찬미하는 마음을 갖게 된 것일까? 혹은 갈등 속에 마음이 이리저리 동요해 한편으로는 세조를 찬미하는 시를 썼는가 하면 다른 한편으로는 그를 신랄하게 비판하는 글을 쓰기도 한 것일까? 만일 그러하다면 김시습은 상황에 따라 좀 오락가락하는 인간으로 이해될 수 있을 것이다.

결론부터 말하자면 이런 주장이나 생각은 모두 참이 아니다. 김시습은 이 시기에 와서 현실 인식이 바뀐 것도 아니고, 왕위를 찬탈한 세조에 대한 부정적 인식이 사라진 것도 아니며, 그가 일으킨 불사를 긍정적으로 본 것도 아니다. 그렇다면 김시습은 이 시기에 와서 왜 세조를 찬미하는 말을 한 것일까? 복싱의 용어를 빌린다면 나는 이를 '페인트 모션'feint motion 같은 것이라고 생각한다. 이 비유는 좀 엉뚱하다고 생각하는 분들이 있을지 모르지만 상황을 쉽게 이해하도록 해 주는 이점利點이 있다.

김시습이 원래 어떤 사람인지는 세조도 알고 있었고 권신權臣인 한명회韓明澮나 신숙주申叔舟도 알고 있었을 터이다. 당시는 지금과 같은 민주주의 사회가 아니다. 자그마한 빌미라도 보였다간 권력에 의해 목숨을 잃을 수 있다. 그러므로 효령대군의 요청과 세조의 부름을 받고 응하지 않았다면 어찌 됐겠는가. 더구나 김시습은 당시 승려인데다 주시의 대상이었다. 김시습 스스로 이 사실을 잘 알고 있었을 터이다. 그러므로 세조 찬미의 시들은 이런 의혹의 눈길을 의식해 쓴 것임이 틀림없다. 즉 사세부득해 '용비어천가'를 부른 것이라 할 수 있다.

13   그러므로 당시 김시습이 세조를 찬미하는 말을 한 것은 본심에서가 아니며 형편상 권도를 쓴 것이라고 볼 수 있는바 절의를 훼손했다고 말하기는 어렵다. 김시습의 '본심'에 유의해 말한다면 그는 지금 우리가 알고 있는 대로 죽을 때까지 절의를 지켰다고 말할 수 있다. 성종 24년(1493) 봄 죽기 직전에 자신의 자화상에 붙인 글인 「자사진찬」自寫眞贊의 마지막 두 구절 "너의 시신을 내버려야 할 곳은/구렁이라네"(宜爾置之, 溝壑之中)에서 이 점이 확인된다. 『맹자』의 "지사불망재구학"志士不忘在溝壑에 근거하는 이 두 구절에는 절의를 중시한 김시습 평생의 뜻과 정신이 담겨 있다(『한국고전문학사 강의』 제2책, 91~95면 참조). 그런데 『매월당집』에는 이토록 중요한 말인 '溝壑'이 '丘壑'으로 잘못 표기되어 있다. 김시습 사후 그 제자인 승려 조희祚熙가 김시습의 묘표墓表를 세웠는데 여기에 「자사진찬」이 새겨져 있어 그 사실을 알 수 있다. '丘壑'은 산수를 의미하는바, 이 단어를 쓰면 이 구절의 뜻은 이렇게 달라진다: "네가 있어야 할 곳은/산수간이네." '溝'와 '丘' 한 글자의 차이가 천양지차를 낳음을 알 수 있다. 하지만 유감스럽게도 『김시습 평전』을 비롯해 종래 연구에서는 이를 잘 분간하고 있지 못한 듯하다.

14　　일본 내각문고의 『매월당집』에는 국내에서 간행된 『매월당집』과는 달리 「병으로 열흘 동안 누워 있었는데 가을이 깊어져서야 일어났다. 지금에 느낀 바가 있어 옛날을 생각해 감흥시를 짓다」(病臥彌旬, 至秋深乃起, 感今思古作感興詩, 『매월당집』 권12)가 총 11수가 아니라 총 13수이다. 두 수가 더 있는 것. 차충환 교수가 이 사실을 알아냈으며 이에 대한 논문도 썼다(「일본 내각문고 소장 사본 『매월당집』의 문헌적 성격과 위상」, 『민족문화연구』 99, 2023). 이 시는 보통 「감흥시」로 불리니 이하 이렇게 부르기로 한다.

최근 이 시 하나를 집중적으로 분석한 논문이 나온 바 있는데(강창규, 「매월당 김시습의 감흥시 11수 연구」, 『한국문학논총』 90, 2022. 이하 이 논문을 「감흥시 연구」로 약칭함), 차충환 교수는 이를 참조하되 좀 다른 견해를 내놓고 있다. 이 시는 김시습이 1465년 원각사 낙성회에 참석했다가 세조의 만류를 뿌리치고 이해 가을 경주로 돌아온 뒤 주희의 「재거감흥 20수」齋居感興二十首를 본받아 쓴 것이다. 그러므로 지금 우리가 논의하고 있는 문제와 관련해 중요한 단서를 제공한다. 이에 여기서 좀 자세히 들여다보기로 한다.

「감흥시 연구」에서는, 김시습이 이 시를 통해 도교와 불교를 비판했으며 "성리학이라는 새로운 길에 들어서고자 하는 면모를 보인다"(26면)고 했다. 이러한 해석은 얼핏 보면 그럴듯해 보이지만 심각한 문제를 안고 있다. 사태를 피상적으로 이해하고 있다는 면에서 그러하다. 특히 당시 김시습의 불교관에 대한 이해에서 그러하다. 만일 김시습이 이 무렵 불교에 대해 어떤 입장이었는지를 정확히 독해하지 못한다면, 그가 성리학과 불교의 관계를 어떻게 설정하고, 불교의 의의와 역할을 어떻게 규정했는지 정확히 이해할 수 없게 된다. 이렇게 되면 마치 실타래가 온통 헝클어진 것과 같게 되어 우리는 당시 김시습의 생각에서 아주 멀어지게 된다.

「감흥시」가 성리학의 입장에서 중국과 우리나라의 역사를 조망하고 있음은 분명하다. 김시습이 이 무렵 자신의 성리학적 입장을 정초했음은 「남염부주지」를 통해 확인된다. 이 점은 앞에서 이미 말한 바 있다. 다만 여기에 하나를 더 보탠다면 이 시기에 쓴 『청한잡저 1』에서도 그 점이 확인된다는 사실이다. 즉 『청한잡저 1』의 「3. 성리性理」와 「6. 복기服氣」에는 이기심성理氣心性에 대한 김시습의 견해가 자세히 개진되어 있다.

한편 「감흥시」에서 불교가 비판되고 있음도 분명하다. 제4수에서 중국 송나라 때의 상황을 말한 것도 그렇지만 신라의 상황에 대한 언급은 더욱 구체적이다. 제7수에서 "분분하게 신라 말에 이르러/다투어 불교의 이로움 좇았네"(紛紛新羅末, 競遵西竺利)라고 한 것이나, 제8수에서 "탑과 절은 촘촘히 많기도 하고/거대한 불전은 높기도 하지/(…)/이익만 알고 화禍는 알지 못해/다투어 내생의 복을 바랐네/슬프다! 고울高鬱(영천)로/이리와 범이 들어옴을 깨닫지 못해"(縱縱塔利稠, 峨峨佛廟巨. 〔…〕知利不知禍, 競希來生福. 哀哉高鬱州, 不覺豺虎入)라고 한 것이 그것이다.

그런데 여기서 유의할 점이 있다. 『청한잡저2』에서 확인되듯 김시습은 현실의 불교를 비판할지언정 '불교 자체'를 부정한 적이 없다는 사실이다. 김시습이 비판한 것은 국왕이나 왕실이 나서서 불교 사원을 짓거나 불사를 일으키면서 불교를 대대적으로 숭배하는 행위이다. 이는 부처에게 이로움을 구하고

78

복을 비는 행위로서, 부처의 본의에 어긋난다고 보았다. 부처의 근본 가르침은 중생이 스스로 마음을 밝혀 깨달음을 얻어 미혹됨을 벗어남으로써 자비와 청정의 마음을 얻도록 하는 데 있는데, 이런 노력은 하지 않고 부처에게 복을 빈다고 부처가 복을 주지는 않는다는 것이다. 그러므로 김시습은 일체의 기복적 행위를 헛되고 잘못된 것이라고 했다. 만일 국왕이 많은 절을 짓거나 불사를 일으켜 이익과 복을 구한다면 국가는 위태롭게 되며 결국 멸망에 이를 수 있다고 보았다. 양 무제나 북위의 영태후가 그 단적인 사례다. 「감홍시」 제7수의 마지막 구절 역시 이런 잘못된 불교 숭배로 인한 신라의 멸망을 말하고 있다.

뿐만 아니라 김시습은 국가 통치는 기본적으로 유교의 도에 의거해야 한다고 보았다. 불교로 국가를 통치할 수는 없다고 본 것이다. 불교는 다만 마음의 다스림과 깨달음을 중시하므로 이로써 세상에 도움이 되고 나라와 인민에 도움이 된다는 것. 그렇기는 하지만 국왕은 무엇보다도 선왕의 도, 즉 유교의 도로 나라와 백성을 잘 다스리도록 해야 하며, 여력이 있을 때 불도를 행해야 한다고 보았다(「9. 수 문제」). 나중에 보겠지만 김시습은 『임천가화』 제14화에서, '불법佛法은 배우는 자가 따로 있으니 임금은 천하를 다스리는 데 전념하면 된다'고 했다. 이로 보면 김시습은 유교의 영역과 불교의 영역이 따로 있으며 이 둘이 뒤섞이면 안 된다고 여긴 셈이다. 요새 식으로 말하면 정치와 종교의 분리다. 종교의 의의를 적극적으로 긍정하되 정치와는 일단 선을 그은 것이다. 그럼에도 불구하고, 김시습은 유교의 가르침과 불교의 가르침은 어느 범위 내에서 그리고 어떤 측면에서 일정하게 서로 회통한다고 보았다. 이 점은 앞에서 이미 말했으므로 더 이상 말하지 않는다.

주희는 단지 현실의 잘못된 불교 숭배를 비판한 것이 아니라 불교 자체를 사도邪道라고 비판했다. 불교의 부정이다. 여기서 주희와 김시습은 길이 갈린다. 김시습은 그릇된 불교 숭배를 비판하고 있을 뿐 불교 자체를 부정하거나 사도로 규정하지 않았다. 비록 「감흥시」에서 불교를 '이설'異說이라고 말하고 있기는 하나 결코 '사도'라고 하지는 않았다.

15　　나의 말을 여전히 미심쩍게 생각하는 사람이 혹 있을지 모르므로 「감흥시」 제6수를 한번 자세히 들여다보기로 한다. 이 제6수는 지금까지 제대로 해석되지 못했으며, 불교를 비판한 내용으로 오독되어 왔다. 먼저 전문을 보인다.

불법은 서쪽에서 전래했는데
넓고 끝없는 언덕 같아라.
비록 어리석은 자의 미혹함은 얻었지만
식자識者는 많이 꺼려하였네.
마음을 건사함은 주공과 공자의 가르침과 비슷하나
상도常道를 벗어나 진실과 거짓이 뒤섞여 어지럽네.
자세히 왕통王通의 말 궁구해 보니
구부九部의 말은 부질없지 않네.
단지 보는 이의 잘못으로 인해
어떤 이는 들어오고 어떤 이는 저버리네.
(하지만) 어찌 성인聖人의 법도가

가지런하여 한만함이 없는 것과 같으리.

佛法自西來, 廣大無邊岸.

雖得愚者迷, 多爲識者禪.

操心似周孔, 外軌眞贗亂.

細硏王通言, 九部語非謾.

只緣見者惧, 或入或有畔.

何如古聖謨, 整整無漫瀚.

"마음을 건사함은 주공과 공자의 가르침과 비슷하나"는 불교의 심법心法이 유교의 심법과 비슷함을 말한다. "상도常道를 벗어나 진실과 거짓이 뒤섞여 어지럽네"는 불교가 유교의 도와 달리 권權과 실實, 즉 교화를 위한 허구로서의 방편과 실체적 진리가 혼효되어 있음을 말한다. "자세히 왕통王通의 말 궁구해 보니／구부九部의 말은 부질없지 않네"는 종래 제대로 해석되지 못했다. 왕통은 보통 '문중자'文仲子로 일컬어지는 중국 수隋나라의 유학자인데 『문중자』라는 저술을 남겼다. 그런데 '왕통의 말'이란 대체 무엇을 말하는 것일까? 『청한잡저2』의 「7. 인주」에 그 답이 보인다.

그러므로 문중자가 말하기를, "『시경』『서경』과 같은 경전이 성했으나 진秦나라 때 멸실滅失되었는데, 공자의 죄는 아니다. 불교가 성했음에도 양나라가 망한 것은 석가의 죄가 아니다. 『주역』에, '진실로 훌륭한 사람이 아니면 도가 행해지지 않는다'라고 하지 않았던가"라고 한 것이오.

문중자의 이 말은『문중자』「주공」편周公篇에 나온다.

그다음 구, "구부의 말은 부질없지 않네"에서 '구부'九部는 유교의 구경九經을 가리키는 게 아니라 불교에서 말하는 구부경九部經의 약칭이다. '구부경'이란 불경의 내용을 아홉 가지로 분류한 것을 말한다. 그러므로 "자세히 왕통의 말 궁구해 보니/구부의 말은 부질없지 않네"는 부처의 말, 즉 불경의 말이 부질없는 것이 아니라는 뜻이다. 즉 불교의 부정이 아니라 긍정이다. 그래서 이어서 이리 말했다. "단지 보는 이의 잘못으로 인해/어떤 이는 들어오고 어떤 이는 저버리네." '잘못'(惧)이라는 말은 종래 '즐거움'으로 번역되어 왔는데 오역이다. 이 구절은, 위에 인용한 문중자의 말을 감안하면 불교를 믿고 안 믿고는 불경을 읽는 사람에게 달렸을 뿐 불경 자체에 무슨 잘못이 있는 것은 아니라는 뜻으로 해석되어야 할 듯하다.

마지막 구절, "(하지만) 어찌 성인의 법도가/가지런하여 한만함이 없는 것과 같으리"는, 이처럼 부처의 말에도 진리가 담지되어 있기는 하지만 그럼에도 그 말은 넓고 끝없어 한만하므로 유교의 성인들 말씀처럼 가지런한 것만은 못하다는 뜻이다. 그렇기는 하나 불교를 부정하거나 불교에 도가 없다는 말은 아니다.

이상 살펴본 것처럼「감흥시」제6수는 불교 자체를 비판하거나 불교를 이단시하면서 부정하는 내용이 아니다. 세밀하게 보면 오히려 부처와 불교에 대한 긍정이 확인된다. 김시습은 성리학을 진리로 간주하고 있지만 그럼에도 불교를 부정하고 있지 않다. 오히려 부처의 말에도 진리가 담지되어 있다고 보았다. 김시습이 비판한 것은 겉치레에 치우친 그릇된 불교 숭배다. 이는 사람의 잘못이지 불경의 잘못이 아니다. 그릇된 불교 숭배는 나라를 망치고 인민에게도 해가 된다. 그러므로 김시습의 불교에 대한 이런 비판 행위는 주희가 벌인 것과 같은 '이단과의 사상투쟁'이라고 말하기 어렵다. 이단과의 사상투쟁이라고 하기 위해서는 불교를 적으로 간주하며 그에 대한 부정을 꾀하지 않으면 안 되는데, 김시습은 불교의 진리성은 긍정하되 그 그릇된 숭배 방식을 비판하고 있음으로써다. 이리 본다면 김시습의 불교 비판은 '불교란 무엇인가'라는 근원적 질문을 하면서 불교의 본래면목을 되찾으려는 시도로 이해될 수 있을 것이다.

16 앞에서 말한 대로 차충환 교수는 「감흥시」가 원래 11수가 아니며 13수임을 새로 밝혀냈다. 조선에서 간행된 문집에는 왜 이 2수가 빠졌을까? 그 내용이 세조의 불교 숭배를 찬미한 것이기 때문으로 보인다. 사실 이런 내용의 시를 문집에 싣는 건 좀 곤란한 일일 터이다. 이 2수의 내용은 「감흥시」 전체의 성격을 파악하는 데 매우 중요하므로 번거로움을 무릅쓰고 그 전문을 보이기로 한다.

다음은 기존 「감흥시」의 제10수 다음에 있어야 하는 시로, 전체 13수 중의 제11수에 해당한다.

하늘의 운행은 편애함이 없거늘
백성을 돌보고자 임금을 세웠네.
우리 임금은 하늘이 낸 성인

재능이 많으사 밝게 빛나네.

백성을 걱정하사 선량한 마음에 의지해

지극한 선의 기업基業 세우고자 했네.

크게 불법을 숭상하시어

밤낮없이 늘 생각하시네.

이미 불경 여럿 언해하시고

거기다 사찰도 여럿 건립하셨네.

보리심菩提心을 발함이 수隋 문제文帝를 능가하사

그 지극한 정성 귀신도 아네.

天運無私阿, 覽民立君師.

我王天縱聖, 多能於緝熙.

憂民放良心, 欲立至善基.

大崇西竺法, 宵旰常締思.

發心邁隋文, 至誠神所知.

　　다음은 기존 「감흥시」의 제11수 앞에 있어야 하는 시로, 전체 13수 중의 제12수에 해당한다.

시끄러운 저잣거리 옆에

절집을 지었네.

나무와 돌이 절로 모여

도성의 토목공사에 백성이 상하지 않았네.

낙성하는 날 무리를 모아

임금께서 손수 향을 올렸네.

한 떨기 상서로운 구름 드리우고

하늘에서 내리는 꽃비 향기로워라.

실로 천고千古의 뒤에

일찍이 없던 일로 회자되리라.

오호라, 낙성회 끝나던 날

적신賊臣이 엿보며 소란을 일으켰네.

이러니 어찌 선종善終을 할까

너희들은 조강糟糠으로 삼아야 하리.

擾擾街市傍, 締構岑寂房.

木石來有脛, 土國民不傷.

哀衆落成日, 御手親拈香.

一朶慶雲垂, 九天花雨芳.

實惟千古下, 飽聞曾未嘗.

嗚呼罷會日, 賊臣窺狂攘.

奈此修善終, 以爾爲糟糠.

제12수는 세조가 불교를 숭상해 불경의 번역과 사찰 건립에 힘을 쏟은 일을 찬양하고 있다. 제12수에 나오는 '적신'賊臣은 나라를 어지럽히는 불충한 신하를 이르는 말인데, 여기서는 상당부원군 한명회, 영의정 신숙주, 도승지 노사신盧思愼 등을 가리킨다(차충환, 「일본 내각문고 소장 사본 『매월당집』의 문헌적 성격과 위상」, 201면). "엿보며 소란을 일으켰네"라고 한 것으로 보아, 이들은 김시습이 낙성회에 참석한 데 이의를 제기한 것으로 보인다. '선종'善終은 천벌이나 사고로 죽지 않고 천수를 누림을 말한다. 마지막 구의 '조강'糟糠은 술지게미와 쌀겨를 말하는데, 여기서는 당시 사축서司畜署의 돼지 사료를 가리킨다.

예종 1년(1469) 6월 29일 기사 중의 공조판서 양성지梁誠之 상소문에 나오는 "사축서에서 돼지를 기르는 데 쓰는 조강"(司畜署養猪糟糠)이라는 말을 통해 그 점을 알 수 있다. 그러므로 "너희들은 조강으로 삼아야 하리"는 혹독한 저주라고 말할 수 있다. 이처럼 이 시는 세조의 원각사 건립을 찬양하면서 세조 치하의 간신들을 타매하고 있다.

그렇다면 이 제12수는 세조의 불교 숭배는 긍정하되 그 간신들에 대해서만 비판한 것으로 보아야 할까? 문면상 세조의 불교 숭배를 찬미하고 있음에도 불구하고 실은 세조의 그릇된 불교 숭배를 폭로하고 있다고 봄이 옳다. 생각해 보면 세조가 총애하는 권신들에 대한 비판으로부터 세조 역시 자유롭지 않다. 그들이 간신인 줄 모르고 총애했든 알면서 총애했든 모두 군주의 무능을 드러냄으로써다.

흥미로운 것은 「감흥시」를 세밀히 읽어 보면 거시적 및 미시적으로 균열과 모순이 발견된다는 사실이다. 이는 김시습의 의도된 작법作法으로 여겨진다. 미시적 차원의 예로는 제3수의 "황제가 바야흐로 불경을 주석할 때/주희는 『대학』의 서문을 완성하였네"(帝方注釋典, 熹成大學序)라는 구절을 들 수 있다. 여기서 황제란 남송의 효종孝宗을 가리킨다. 그는 불교를 좋아해 불경의 주석에 힘썼다. 이 구절은 황제가 인의를 바탕으로 나라와 백성을 다스리는 데 힘을 쏟지 않고 불경의 주석이나 일삼고 있는 행태를 비판했다. 그런데 제11수에서는 "이미 불경 여럿 언해하시고"라며 불경의 번역을 칭송하고 있다. 만일 하나가 참이면 다른 하나는 거짓이다. 이처럼 이 둘 사이에는 균열과 모순이 발견된다. 거시적 차원의 균열과 모순은, 「감흥시」

의 제7수와 8수에서 군주가 불사를 일으켜 결국 나라를 멸망케한 일을 비판했으면서 제11수와 제12수에서 세조가 불사에 치력한 일을 극구 찬미한 데서 발견된다. 그러므로 제11수와 제12수에서 만일 세조 찬미의 어조만 걷어 낸다면 남는 것은 세조의 아주 그릇된 불교 숭배에 대한 '기실'紀實, 즉 사실 그대로의 기록이다.

「감흥시」를 이렇게 독해해야 서시序詩에 해당하는 제1수와 결시結詩에 해당하는 제13수의 아귀가 맞는다. 김시습은 제13수에서, 고금은 흐르는 물과 같아 지금의 사람이 옛날을 탄식하듯 뒷사람 역시 지금 시대를 탄식할 것이라고 했다. 왜냐하면 김시습이 보기에 천도는 고금이 같기 때문이다. 그러므로 「감흥시」가 "세조와 세조의 불교 사업을 현실로 받아들일 수밖에 없다는 생각을 역사의 보편적 진리를 근거로 표출한 작품"이라는 주장(차충환, 위의 논문, 204면)은, 「감흥시」가 '불교를 이단으로 배척하면서 유교적(성리학적) 문명론으로의 전환'을 보여 주는 작품이라는 주장(강창규, 위의 논문; 김풍기, 「조선 초기 문명사의 전환과 김시습의 유금오록」, 『한민족문화연구』 62, 2018)과 마찬가지로 동의하기 어렵다.

17　　이렇게 본다면 금오산 시절 김시습의 불교에 대한 관점이 오락가락했다거나 성리학과 불교 사이에서 동요하다가 성리학으로 돌아섰다거나 하는 관점은 성립될 수 없다. 이 시절 김시습은 성리학, 도교, 불교에 대해 일관된 입장을 견지했다고 봐야 옳을 것이다.

「감흥시」는 성리학의 견지에서 쓴 시이기에 성리학이 부각되고 『청한잡저2』는 불교의 견지에서 쓴 글이기에 불교가 부각될 수밖에 없었지만, 그 기저부에서 작동하는 사고는 근본적으로 대동소이하다.

다만 「남염부주지」와 『청한잡저2』는 「감흥시」 이후 쓰인 것으로 여겨지는데(필자는 「남염부주지」가 먼저 쓰이고 이어 『청한잡저2』가 쓰였을 것으로 추정한다), 「감흥시」에서와 달리 불교를 '이설'異說, 즉 이단이라고 하고 있지 않다. 김시습은 「남염부주지」와 『청한잡저2』에서 불교에 대한 좀 더 명확한 입장을 보여 주고 있다고 판단된다.

「남염부주지」에서 주인공 박생은 유생儒生으로 설정되어 있으며 두어 사람의 승려와 막역한 관계를 맺고 있다. 당시 김시습은 승려였다. 스스로도 그리 자처했고 남들도 그리 인식했다. 그러므로 박생에 김시습이 투사되어 있음은 사실이나 그렇다고 박생과 김시습이 완전히 동일체同一體는 아니다. 이 작품은 허구인 소설이니 당연하다. 그러므로 박생이 작품 서두에서 「일리론」一理論이라는 성리설性理說을 써서 불교를 이단으로 공박함은 복선이 깔린 하나의 허구적 설정으로 보아야 할 것이다. 이를 곧이곧대로 김시습이 성리학에 의거해 불교를 이단으로 비판한 것으로 보면 안 된다는 말이다. 김시습은 자신의 실제 생각을 염라왕의 입을 빌려 말하고 있다. 다음 대목이 그것이다.

주공周公과 공자는 중화문명 중의 성인聖人이고, 석가는 서역西域의 간흉한 무리 중의 성인이라오. 문명사회가

비록 밝다 하나 인성人性에 순수함과 잡박함이 있으므로
주공과 공자가 인도하신 것이고, 간흉한 무리가 비록 암
매하다 하나 사람의 기질에 똑똑하고 둔한 차이가 있으
므로 석가가 깨우친 것이라오. 주공과 공자의 가르침은
올바름으로 삿됨을 물리친 것이고, 석가의 교법教法은
삿됨을 가설假設하여 삿됨을 물리친 것이라오. 올바름
으로 삿됨을 물리치기에 그 말이 정직하고 삿됨으로 삿
됨을 물리치기에 그 말이 허황되고 괴이한데, 정직하므
로 군자가 따르기 쉽고, 허황되고 괴이하므로 소인이 믿
기에 쉽소. 하지만 그 극치에 있어서는 둘 모두 군자와
소인으로 하여금 종내 정리正理(올바른 이치)로 돌아가게
하니, 혹세무민하여 이단의 도道로 그르치게 한 적이 없
다오.

요컨대 석가의 도는 유교의 도와 다르지만 그럼에도 이단
은 아니라는 것이다.

『청한잡저2』에서는 불교가 대단히 적극적으로 긍정되고 있
으니 불교를 이단으로 보지 않았다는 점을 굳이 입증할 필요는
없을 듯하나 그래도 이단이라는 말이 나오는 한 대목을 잠시
보기로 한다.

왕이나 제후가 예禮로써 공경한다고 해서 높은 것이 되
지 않고, 종들과 어울린다고 해서 낮은 것이 되지 않으
며, 이단이라고 백방으로 헐뜯어도 그 도는 더욱 굳고,
사특한 비방을 일삼으며 공격해도 그 종宗(진리)은 깎이

지 않소. 대저 이를 도가 있는 승려라 이르고 일대의 스
승, 만세의 법이라 이르지요.(「2. 산림」)

『청한잡저2』에서 '이단'이라는 말은 여기서 딱 한 번 나오
는데, 불교를 배척하기 위해서가 아니라 불교를 이단이라고 헐
뜯어도 그 도는 깎이지 않음을 말하기 위해서다.

18　끝으로 하나 더 검토해야 할 자료가 있다. 김시습이 훗
날 관동 시절에 양양 부사 유자한에게 보낸 편지가 그것이다.
유자한에게 보낸 편지는 지금 전부 여섯 통이 남아 있는데 그
중「상유양양진정서」上柳襄陽陳情書에는 김시습의 평생이 자세히
회고되어 있다. 그래서 연구자들은 김시습의 생애를 재구성할
때 이 편지를 아주 긴요한 논거로 삼곤 한다. 다음은「상유양양
진정서」의 일부이다.

　　세조世祖 즉위 초에 벗들과 세신世臣들이 모두 귀신 명
　　부에 올랐으며, 다시 이교異敎(불교)가 크게 흥해 사문斯
　　文(유교의 도)이 쇠락해 제 뜻도 황량해졌습니다. 마침내
　　승려들과 벗하여 산수에 노니니 친구들이 제가 불교를
　　좋아한다고 여겼지만 이도異道(불교)로 세상에 이름을
　　드러내려고 하지 않았기에 세조께서 분부하여 누차 불
　　렀음에도 모두 나아가지 않았습니다.

"세조 즉위 초에 벗들과 세신들이 모두 귀신 명부에 올랐"

다는 것은, 세조 2년(병자년, 1456), 병자옥丙子獄으로 사육신死六臣 등이 처형된 일을 가리킨다.

인용문 중 세조 때 "이교가 크게 흥해 사문이 쇠락"했다는 것은 일단 맞다. 그래서 「감흥시」에서 보았듯 김시습은 성리학을 옹호했던 것이다. 하지만 세조 때 "사문이 쇠락"해 "제 뜻도 황량해졌"(僕之志, 已荒涼矣)다는 말은 좀 따져 볼 필요가 있다. 이 말만으로는, 유교가 쇠락해져 자신의 마음이 황량해졌다는 것인지, 유교가 쇠락해진 탓에 그 영향을 받아 자신도 불교에 경도되었다는 것인지 분명하지 않기 때문이다. 하지만 그 뒤의 구절로 보아 이 말은 후자의 의미로 해독되어야 옳을 것이다. 그렇긴 하나 김시습이 세조 때 불교가 크게 성행한 탓에 자신이 불교에 관심을 갖게 된 것처럼 말한 이 대목은 꼭 사실은 아니다. 김시습이 방외方外로 들어간 것은 세조의 왕위 찬탈 이후 절의를 고수하고자 한 그의 뜻과 깊이 연관되어 있음으로써다.

"승려들과 벗하여 산수에 노니니 친구들이 제가 불교를 좋아한다고 여겼지만 이도로 세상에 이름을 드러내려고 하지 않았기에 세조께서 분부하여 누차 불렀음에도 모두 나아가지 않았"다는 구절 역시 말이 애매할 뿐만 아니라 꼭 맞는 말은 아니다. 당시 김시습은 고승으로 자처했으며 실제 고승으로서의 정체성을 갖고 있었다. 김시습이 세조의 부름을 마뜩잖게 여긴 것은 실은 세조에 대한 반감 때문이었다.

이에서 보듯 관동 시절 유자한에게 보낸 편지 중의 불교와 관련된 부분은 비판적 독해가 필요하다. 김시습은 사실을 말하면서도 뭔가를 약간 숨기거나 조금 다르게 말하고 있다. 모호한 화법은 이와 연관된다.

요컨대 유자한에게 보낸 편지에는 김시습 만년의 입장이 투영되어 있음을 고려해 읽을 필요가 있다. 관동 시절의 김시습은 금오산 시절이나 수락산 시절 전기와 달리 유자로서의 정체성을 표방했다. 게다가 이 편지가 사대부에게 보낸 것이라는 점이 고려되어야 할 터이다. 그래서 김시습은 젊은 시절 불교에 심취했던 일을 가능한 한 '과소의미화'過小意味化하려 했다고 여겨진다.

『임천가화』

1   먼저 이 책의 성립 시기를 좀 더 자세히 검토해 보기로 하자.

『임천가화』의 제8화에 '광릉'光陵이라는 말이 나오는데 '광릉'은 세조의 능호陵號이다. 이 말로 미루어 보아 이 책은 세조의 사후에 쓰였다. 세조는 1468년에 승하했다. 이듬해가 예종 원년이다. 예종은 단명해 이해 11월 승하하고 성종이 즉위했는데, 1470년이 성종 원년이다. 김시습은 성종 2년(1471) 봄 금오산 시절을 마감하고 서울로 올라왔다. 김시습은 서울에 올라와서도 승려의 신분을 유지했으며, 앞에서 언급했듯 성종 6년(1475)에『십현담요해』를 쓰고 성종 7년(1476)에『대화엄일승법계도주』를 썼다. 김시습은 「상유양양진정서」에서 이리 말하고 있다.

지금 성상聖上(성종)께서 등극하시어 어진 이를 등용하고

92

간언을 따르시므로 벼슬을 해 볼까 해서 10여 년 전부
터 다시 육경六經(유교 경전)을 익혀 공부가 좀 늘었습니
다. 게다가 우리 집안의 제사를 받드는 데에도 제가 중
한 까닭에 장차 벼슬해 선조를 제사 지내고자 했습니다.

이 말은 믿어도 좋다고 생각된다. "10여 년 전"이라고 했
는데, 이 편지가 작성된 때가 성종 18년(1487)이니 이때로부터
10년 전은 1477년이 된다. 김시습은 그 전해인 1476년 12월
『대화엄일승법계도주』를 완성했다. 이로 보면 김시습은 대체
로 1477년 무렵부터 벼슬을 해 볼까 해서 유교 경전 공부에 다
시 힘을 쏟은 게 아닌가 한다. 이런 전환의 완결이 1481년의 환
속일 것이다. 이리 본다면 『임천가화』는 수락산 시절 전기 말인
1476년경에 쓰였을 가능성이 높다.

1477년에 쓰인 다음의 「감회」(『매월당집』 권1)라는 시도 이런
추정을 뒷받침해 준다.

마흔세 살까지의 일 이미 잘못돼
이내 몸 젊을 적의 포부와 완전히 어긋났네.
신어神魚는 아홉 번 변해 천 리를 날았고
큰 새는 삼 년 만에 한 번 크게 날고자 했네.
귀 씻으려 동쪽 시냇물을 찾았고
주린 배 채우려 북산에서 고사리 캤지.
이제 돌아갈 곳을 홀연 깨달았으니
눈과 서리 속의 대나무는 늙어서도 의지할 만하네.
四十三年事已非, 此身全與壯心違.

神魚九變騰千里, 大鳥三年欲一翬.

洗耳更尋東澗水, 療飢薄采北山薇.

從今陡覺歸歟處, 雪竹霜筠老可依.

'마흔세 살'이라는 말을 통해 이 시가 1477년 쓰였음을 알 수 있다. "귀 씻으려 동쪽 시냇물을 찾았고/주린 배 채우려 북산에서 고사리 캤지"는 출사出仕하지 않고 절의를 지켜 온 지금까지의 자신을 읊은 말이다. "신어神魚는 아홉 번 변해 천 리를 날았고/큰 새는 삼 년 만에 한 번 크게 날고자 했네"라는 시구에서는 뭔가를 새롭게 도모하고자 하는 뜻, 즉 출사의 뜻이 엿보인다. '큰 새가 삼 년 만에 한 번 크게 날고자 한다'는 말에는 다음과 같은 고사가 있다: 춘추시대 초楚나라의 장왕莊王이 왕이 된 지 3년이 되었지만 아무런 정치도 하지 않았다. 그래서 그 신하가 왕에게 "큰 새가 있는데 3년 동안 날지 않으니 어찌 된 영문인지 모르겠습니다"라고 했다. 이에 왕은 이리 대답했다. "3년을 날지 않았어도 날면 하늘에 닿도록 크게 날 것이니 좀 기다려 보라." 장왕은 그 후 정치를 잘해 나라를 훌륭하게 만들었다.

김시습은 이 고사를 통해 한번 벼슬길에 나서서 정치를 잘해 보겠다는 포부를 드러내 보이고 있다. 그리하여 김시습은 이 시 말미에서 '이제 돌아갈 곳을 홀연 깨달았노라'라고 말하고 있다. '눈과 서리 속의 대나무가 늙어서도 의지할 만하다'는 말은 이제부터 늙어 죽을 때까지 선비로서 올곧게 살겠다는 다짐의 표현이다.

이처럼 '선비로 살 결심'을 노래한 이 시를 통해 1477년이 김시습의 생애에서 한 중대한 분기점임이 확인된다. 따라서 이 해로부터 환속 전해인 1480년까지를 수락산 시절 후기로 볼 수 있다.

2   앞에서 말했듯『임천가화』는 전부 72칙則으로 되어 있다. 대개 짤막짤막한 이야기들이다. 불경이나 선사禪師의 어록語錄이나 공안집公案集에서 가져온 이야기도 있고 김시습 자신의 체험을 토대로 한 이야기도 있다. 이야기 중에는 그 말미에 '청한자왈'淸寒子曰로 시작하는 김시습의 논평이나 착어著語가 달려 있는 것도 있다. '착어'란 공안에 붙이는 짤막한 평을 말한다. 그러므로 이는 김시습의 선승으로서의 면모를 보여 주는 것이라 할 만하다.

『임천가화』의 이야기들은 다른 문헌에서 가져온 것이든 김시습 자신의 진술이든 모두 김시습의 입장을 드러내고 있다. 이 점에서 이 책은 김시습의 불교에 대한 생각 일반을 보여 주는 사상서라고 말할 수 있다.

'불교론'이라고 말할 수 있는 김시습의 저술로는 현재 셋이 전한다. 하나는 「남염부주지」이고 다른 하나는 『청한잡저2』이며 마지막 하나는 『임천가화』이다. 셋 가운데 책은 『청한잡저2』와 『임천가화』 둘이다.

『청한잡저2』는 문대라는 틀 속에서 논술식論述式으로 불교란 무엇인가, 불교의 사회적·정치적 효용은 무엇인가, 불교의 그릇된 숭배는 어떤 폐해를 낳는가 하는 등등을 특히 정치사상과의 관련 속에서 밝혔다. 객이 청한자에게 한 질문의 성격을 보면 주된 독자가 유자로 상정되었음을 알 수 있다. 그렇기는 하나 식견 있는 승려도 독자에 포함될 수 있다. 김시습은 이 책에서 불교에 대한 자신의 입장과 생각을 가감 없이 쏟아 냈다. 그 문장은 도저하고 왕양汪洋하여, 30대 초 김시습의 사유력思惟力과 패기를 유감없이 보여 준다.

불교에서 쓰는 용어를 빌려 말한다면 『청한잡저2』는 그 전체가 '실'實이고 「남염부주지」는 '권'權과 '실'이 뒤섞여 있다. 불경에서 '권'은 방편으로 설정된 허구를 말한다. 어리석은 중생이 불법의 깊은 뜻을 쉽게 깨닫지 못하므로 '권'을 구사해 불법으로 이끈다. 김시습은 염라왕 같은 것은 실제로 존재하지 않는다고 생각하면서도 방편으로 염라왕을 설정해 주인공 박생이 그와 대화하게 함으로써 불교에 대한 이런저런 진실을 독자에게 전달한다. 그러므로 「남염부주지」의 독자는 『청한잡저2』의 독자보다 식견이 낮은(불교식으로 말하면 근기根機가 낮은) 사람들로 상정되었다고 말할 수 있다.

이와 달리 『임천가화』의 독자는 승려들, 특히 선승禪僧들이다. 그래서 앞의 두 저술과 달리 전문적인 불교 서적들이 허다히 인용되거나 거론된다. 『청한잡저2』에서는 『논어』·『중용』·『대학』·『시경』·『서경』·『주역』 같은 유교 경전이 많이 인용되고 있으며, 불경은 『금강반야경』 외에는 거의 인용되고 있지 않다. 조사祖師나 선승의 어록은 일절 언급되고 있지 않다. 『임천가화』는 정반대의 양상을 보인다. 불경이나 선승의 어록이 아주 많이 인용되거나 거론되며, 유교 경전은 그리 많이 거론되지 않는다. 이 때문에 『임천가화』는 『매월당집』이 간행될 때 실리지 못한 것으로 보인다. 내각문고의 필사본 『매월당집』에도

『임천가화』는 '별집'別集으로 실려 있다. '별집'이라는 말을 통해 문집에 실리지 않은 저작을 따로 수습해 놓은 것임을 알 수 있다.

3   이처럼 『청한잡저2』와 『임천가화』는 그 상정한 독자층이 기본적으로 다른 것으로 보인다. 조선은 이념적 성격이 강한 유학인 성리학을 국시로 삼았다. 『청한잡저2』는 불교를 이단이라 배척하는 사대부의 논리에 맞서기 위해 저술된 측면이 강하다. 이 점에서 『청한잡저2』는 중국의 역사를 돌이켜 보며 불교의 폐단을 신랄하게 비판하고 있음에도 불구하고 근본적으로는 불교를 옹호하고 있는 저술이라고 말할 수 있다. 『임천가화』는 『청한잡저』의 성취 위에서 출발한다. 김시습은 『청한잡저2』를 통해 불교가 유학과 일정하게 회통한다는 것, 부처의 가르침이 그 본질에 있어 선왕의 가르침과 어긋나지 않으며 오히려 선왕의 가르침을 보완하거나 뒷받침한다는 것, 그러므로 무조건 불교를 이단으로 배척할 것은 아니라는 점을 밝혔으니, 이제 『임천가화』에서는 이런 문제에서 벗어나 자유롭게 불교, 특히 선가의 가르침에 대해 논할 수 있게 되었다. 뿐만 아니라 당대 조선 불교계가 안고 있는 문제들이 무엇인지에 대해서도 자세히 들여다볼 수 있었다. 김시습은 '현실불교'의 이런저런 모습들에 한탄 내지 개탄하고 있지만 이는 『불씨잡변』과 달리 불교에 대한 부정이 아니라 애정에서 비롯된다 할 것이다.

4　다른 견지에서 본다면 『청한잡저2』는 '총론'적 불교론에 해당하고 『임천가화』는 '각론'적 불교론에 해당한다고 말할 수도 있을 터이다. 총론과 각론은 기본적으로 구분되지만 그렇다고 총론과 각론이 무 자르듯 나뉘는 것은 아니니 총론에서의 문제의식이 각론에서 다시 소환되는 경우도 없지는 않다. 이 경우 총론과 각론은 조응하는 관계에 있다.

5　『청한잡저2』는 장르상 문대에 속한다고 했는데, 『임천가화』는 장르상 어디에 귀속될까? '필기'筆記에 속한다고 할 것이다. 필기는 잡기雜記 혹은 잡록雜錄이라고도 하는데, 문대와 마찬가지로 한문학 문체의 하나이다. 사대부가 이 글쓰기를 특히 애용한바, 신변잡사라든가 독서하면서 베껴 놓은 내용이라든가 독서하거나 공부할 때 떠오른 단상이라든가 견문한 사실이라든가 이런 것을 붓 가는 대로 적어 놓아, 자유로운 필치를 그 특징으로 한다. 사대부의 필기 속에는 사대부 일화가 많이 포함되어 있다.

　그러므로 『임천가화』는 '불교 필기'라고 말할 수 있다. 사대부 필기는 고려 시대에도 확인되니 이인로李仁老의 『파한집』破閑集이나 최자崔滋의 『보한집』補閑集, 이제현李齊賢의 『역옹패설』櫟翁稗說 같은 것이 이에 해당한다. 조선 시대에 들어와서는 필기서筆記書가 대단히 많이 저술된바, 조선 초의 것으로는 서거정徐居正의 『필원잡기』筆苑雜記, 성현成俔의 『용재총화』慵齋叢話가 특히 유명하다. 하지만 불교 필기는 『임천가화』 이전에는 존재하지 않는다. 뿐만 아니라 『임천가화』 이후 조선 시대에 이런 성격의 저술이 다시 나온 것 같지도 않다. 이 점에서 이 책은 한국 문학사와 사상사에서 독보적인 위치를 점한다.

6   앞에서도 말했듯 『임천가화』에는 송나라 승려 혜홍이 쓴 『임간록』의 영향이 없지 않다. 『임천가화』에 『임간록』의 글이 여러 조목 인거되어 있는 데서 그 점이 확인된다. 『임간록』 역시 필기서에 해당한다.

혜홍은 시문에 능한 임제종의 승려였던바 『임간록』에 그의 이런 면모가 잘 드러난다. 김시습이 시문에 능했음은 익히 알려진 사실이다. 그러니 그가 중국의 고승 중 시문에 능한 이에게 관심을 쏟은 것은 당연하다. 『청한잡저2』에서는, 당나라 영일靈一이나 관휴貫休, 송나라 가구可久나 혜홍처럼 시에 뛰어난 고승들을 칭송하며 이들을 "쪼잔한 무리로서 한갓 문장 수식이나 일삼아 일시 빛이 나는 이들과 견줄 수 없"다고 말하고 있다(「10. 인애」). 특히 혜홍은 "선학禪學이 넉넉하고 시화詩話에 뛰어나 그 재주가 족히 덕의 짝이 되고 그 덕이 족히 재주를 용납"한다고 했다(「10. 인애」). 김시습이 계숭의 문집을 읽은 것도 그가 시문에 몹시 뛰어난 승려라는 점이 작용했을 것이다. 혜홍과 계숭은 모두 후세에 문자승文字僧을 대표하는 이로 병칭되며 때로 문자해文字海에 노닌 자로 비판되기도 하나(아라키 겐고荒木見悟, 「解說」, 『輔敎編』, 筑摩書房, 1981년 초판, 2022년 제2판, 272면), 김시습은 이들에게 퍽 우호적인 태도를 취한다.

7   『임천가화』의 저술에 『임간록』이 참조되기는 했으나 두 책은 근본적으로 성격이 상이하다. 『임간록』은 주로 저자가 견문한 조사나 선승들의 언행을 기록해 놓은바 선승들의 일화집으로 보아야 할 성격의 책이다. 김시습은 남송의 승려 효영曉瑩이 저술한 필기서인 『나호야록』羅湖野錄도 읽은 것으로 보이는데, 이 책 역시 『임간록』과 마찬가지로 주로 선승들의 언행을 기록해 놓았다.

같은 필기서이지만 『임천가화』는 『임간록』이나 『나호야록』과 달리 선승들의 일화가 중심이 되어 있지 않고(물론 선승들의 일화가 일부 없지는 않지만) 불가佛家나 민간에 전해 오는 허튼소리나 황당무계한 이야기에 대한 변증辨證, 승려의 정치 관여에 대한 비판, 불경의 신비한 내용에 대한 선가적禪家的 입장에서의 해석, 승려들의 잘못된 사고나 행태에 대한 비판, 현실불교의 제반 모순이나 타락상에 대한 비판이 많다. 이처럼 『임천가화』는 비판적 색채가 짙은 것이 그 특징이라 할 수 있다. 이는 일체의 미신을 배격하는 한편, 승려가 명리名利를 추구함은 그 본분의 일에서 벗어난 것이며 오로지 수행을 통해 일심一心의 깨달음에 이르는 것이 승려의 올바른 길이라고 본 김시습의 불교관에서 기인한다.

김시습은 『청한잡저2』에서도 높은 비판성을 보여 준 바 있다. 뿐만 아니라 김시습이 남긴 여러 유교 관련 글에서도 높은 비판성이 확인된다. 이렇게 본다면 김시습은 유·불을 가리지 않고 비판적 필봉을 휘둘렀다 할 것이다. 이를 통해 '비판성'이 김시습 사상의 핵심적 면모임을 알 수 있다. 김시습 사상을 특징짓는 이 비판성은 그의 경계인으로서의 실존과 떼려야 뗄 수 없는 관계에 있다.

8   『임천가화』에서 확인되는 김시습이 본 불경 및 불교 관련 논저는 다음과 같다.

『법화경』, 『화엄경』, 『열반경』, 『신화엄경론』新華嚴經論, 『수능엄경요해』首楞嚴經要解, 『능엄경의 소석요초』楞嚴經義疏釋要鈔, 『범망경』梵網經, 『임간록』, 『속고승전』續高僧傳, 『송고승전』宋高僧傳, 『달마대사관심론』達磨大師觀心論, 『대혜보각선사어록』大慧普覺禪師語錄, 『명각선사어록』明覺禪師語錄, 『정법안장』正法眼藏, 『인천보감』人天寶鑑, 『인천안목』人天眼目, 『전등록』傳燈錄, 『벽암록』碧巖錄, 『종경록』宗鏡錄, 『심부주』心賦註(일명 주심부註心賦), 『선문염송집』禪門拈頌集, 『오등회원』五燈會元, 『나호야록』, 『치문경훈』緇門警訓, 『선림비용청규』禪林備用淸規, 「일발가」一鉢歌, 「증도가」證道歌, 「귀경문」龜鏡文.

9   『청한잡저2』에서 부처의 도가 주로 정치사상적·경세적經世的 차원에서 조망되고 있는 것과 달리 『임천가화』에서 부처의 도는 수행修行, 즉 깨달음의 차원에서 조망되고 있다. 제60화의 다음 말에서 그 점이 잘 드러난다.

부처란 무엇인가? 부처란 깨달음이니, 묘성妙性을 스스로 깨달아 중생을 깨닫게 한다.
부처란 무엇인가? 부처란 열반에 대한 최고의 칭호다.

열반이란 원적圓寂이니, 원圓하면 갖추지 않음이 없고, 적寂하면 막힘이 없다.

부처란 무엇인가? 부처란 무사無事다. 무사란 무엇인가? 제법諸法이 얽매임 없이 자유로워 어디서든 무위無為 아님이 없고, 적연히 상相을 여의어 큰 허공을 다하여 남김이 없고, 허공과 섞여 체성體性이 되며, 해가 지고 달이 뜨고 추위가 가고 더위가 오고, 없어짐과 생김, 차고 빔이 다하지 않고, 생각도 없고 헤아림도 없고 다스려짐도 없고 어지러움도 없는 것, 이것을 '무사'라고 할 수 있을 것이다.

10　『청한잡저2』에서는 군주와 왕실의 불교 숭앙이라든가 고승의 정치 참여가 주요한 의제로 논의되고 있음에 반해『임천가화』에서는 이런 문제가 주요 의제가 되고 있지 않다. 그렇기는 하지만 이런 의제에 대한 문제의식이 전연 보이지 않는 것은 아니다. 가령 다음에서 보듯 제8화에서 그 점이 확인된다.

광릉조光陵朝 때 사리가 크게 성행하여 책상과 탁자 위에 모래를 흩뿌려 놓은 듯했으니, 속세의 삿된 여승 집에도 모두 사리가 있었다. 전후로 얻은 것이 말(斗)이나 되(升)에 가까웠다. 효령대군이 몹시 믿어 천보산天寶山의 절에 탑을 세워 사리를 봉안하기까지 했다. 당시 비록 잠시 법회를 열더라도 서응瑞應이 나타나지 않으면 기롱하였다. 지엽적인 것을 좇는 것의 심함이 당시보다 더한 때는 없었다.

'광릉조'는 세조를 말한다. 당시 사리 숭배가 극성해 세조가 세운 사리탑이 수십 개에 이르렀다. '천보산의 절'은 경기도 양주의 회암사檜巖寺를 말한다. 다음은 『세조실록』 세조 10년(1464) 5월 2일 기사에 나오는 세조의 말이다.

근일 효령대군이 회암사에서 원각 법회圓覺法會를 베풀자 여래如來가 모습을 나타내고 감로甘露가 내렸으며, 황색 가사를 입은 신승神僧 3인이 나타나 탑을 둘러싸고 정근精勤(독경이나 염불을 하는 기도법)을 하매 빛이 번개처럼 번쩍번쩍하는 데다 빛이 발해 대낮처럼 환했으며 채색 안개가 공중에 가득했다. 사리 분신分身이 수백 개였는데, 곧 그 사리를 함원전含元殿에 공양하자 다시 분신이 수십 개였다. 이처럼 기이한 상서祥瑞는 실로 만나기 어려운 일이니, 나는 흥복사興福寺를 중흥해 원각사圓覺寺로 삼고자 하노라.

'사리의 분신'이란 사리가 법회나 공양 등에 감응해 하나가 저절로 쪼개져 여러 개가 되는 신령스런 일을 말한다. 회암사에서 법회를 베풀 때 여래가 나타나고, 감로가 내리고, 신승 세 명이 탑을 둘러싸고, 채색 안개가 공중에 가득했다는 등의 일은 다른 사람 눈에는 안 보이고 효령대군 눈에만 보였다는 기록이 위 인용문 바로 뒤에 나온다. 그러니 실제 있었던 일이 아니라 날조된 일이라 할 것이다. 『세조실록』에는 이런 날조된 허

황하기 짝이 없는 사리 분신의 기록이 아주 많이 보인다. 원각
사 역사役事를 벌이게 된 것도 결국 이런 사리 숭배의 분위기와
무관하지 않다. 『세조실록』 세조 14년(1468) 6월 22일의 다음
기사를 통해 당시 조선의 사리 숭배가 어느 정도였는지 짐작할
수 있다.

> 국왕(유구국 왕)의 아우 민의閔意가 우리에게 이르기를,
> "조선에는 생불生佛이 있어 관음觀音이 모습을 보이고,
> 사리가 분신하며, 하늘에서 네 가지 꽃이 내려오고 감로
> 가 내리며 나무에 수타미須陁味가 열리는 등의 이적異蹟
> 이 있어 가서 배알하고 싶었으나 아득히 멀어 가지 못한
> 다"고 했습니다. 그래서 우리를 보냈습니다.

이 인용문은 유구국의 사신이 세조를 알현해 한 말이다.
'생불'은 세조를 가리켜서 한 말인 듯하다. '네 가지 꽃'은 부처
가 『법화경』을 설할 때 하늘에서 내려온 흰색, 청색, 홍색, 황
색의 네 가지 연꽃을 말한다. '수타미'는 하늘에서 감로가 내리
면 나무에 열린다는 단맛이 나는 기이한 물질이다. 유구국 사
신의 말을 통해 당시 조선에서의 사리 분신이 유구국에까지 알
려져 있었음을 알 수 있다.

사리의 분신, 네 가지 꽃, 감로, 수타미 등은 모두 태평성대
에 나타난다는 상서로운 징조들이다. 국왕으로서의 정통성에
문제가 있었던 세조는 이런 불교적 상징 조작을 통해 자신의
통치를 미화하고자 한 것으로 보인다.

그러므로 김시습이 제8화에서 세조 대의 사리 숭배를 거론

한 것은 세조의 그릇된 불교 숭앙에 대한 비판에 다름 아니다. 이 점에서 제8화는 『청한잡저2』의 세조 비판과 연결된다. 앞에서 '『청한잡저2』의 총론적 문제의식이 『임천가화』에서 다시 소환되는 경우도 없지는 않다'고 한 것은 이를 말한다. 다만 『청한잡저2』는 세조가 살아 있을 때 쓴 만큼 세조의 일을 직접 말하지 못하고 양 무제의 일을 말했지만, 『임천가화』는 세조가 죽은 뒤에 쓴 만큼 세조를 직접 거론하는 차이를 보인다.

11   『청한잡저2』의 총론적 문제의식이 『임천가화』에서 다시 소환되는 또 다른 사례를 제13화와 제14화에서 볼 수 있다.

제13화에서는, 무학 대사가 태조에게 개국開國 초에 형벌을 받은 자들의 죄를 다 사면할 것을 간언한 일에 대해 논평하기를, '산림의 승려로서 세상에 나와 왕사王師가 되어 문득 망령스런 말을 해 나라를 그르칠 뻔했다'고 했다. 양 무제는 불교의 자비를 실천한답시고 반역자의 죄까지 다 용서해 주어 결국 나라를 잃었다. 김시습은 군주가 자비를 체득해 백성들을 편안히 잘 살게 해 주는 것은 바람직한 일이지만 그렇다고 형벌을 쓰지 않아서는 안 된다고 보았다. 『청한잡저2』의 「7. 인주」에서 승려 불도징佛圖澄의 다음과 같은 말을 언급하고 있는 데서 그 점이 확인된다.

형刑을 줄 만한 것에 형을 주고 벌罰을 줄 만한 것에 벌을 주어야지, 만일 형벌이 맞지 않으면 비록 재물을 기울여 부처를 받든들 무슨 보탬이 되겠습니까?

무학에 대한 비판에서 보듯 김시습은 승려의 정치 참여에 대해 부정적이었다. 이런 입장은 제14화에서 뚜렷이 표명된다. 원나라 순제順帝의 황후와 태자가 승려 지공指空을 궁궐로 불러 불법에 대해 묻자 지공이 "불법은 배우는 자가 따로 있으니 임금된 이는 천하를 다스리는 데 전념하시면 다행이겠습니다"라고 답한다. 이에 대해 청한자는 이리 논평한다.

> 임금이 된 이는 마땅히 근검절약해 천하를 다스려야 하니 승려에게 물을 겨를도 없이 스스로 청정淸淨하게 생활하고 욕심을 줄여야 한다. 만일 임금이 불법을 배우려 한다면 승려의 모자를 쓰고 가사袈裟를 입어야 하는가? 어버이를 떠나 부모 자식 간의 정을 끊어야 하는가? 궁궐을 떠나 신민臣民을 버려야 하는가? 만일 이 중 하나라도 있으면 당장 나라가 망할 것이다. 나라를 다스리는 겨를에 방외方外에 관심을 둘 경우 마땅히 고승을 불러 물어볼 일이지만 고승은 임하林下에 처하게 해야 하며, 양 무제와 진陳 선제宣帝가 한 것처럼 방외의 법이 선왕의 도와 뒤섞이게 해서는 안 된다. 그러니 지공은 도를 안다 하겠다.

이에서 보듯 군주가 나라를 다스릴 때 선왕의 도(즉 유교)와 불교가 뒤섞이게 해서는 안 된다고 했다. 『청한잡저2』의 문제의식이 이어지고 있음을 볼 수 있다.

12   『임천가화』제10화는 당시 전해지던 우리나라의 전설이다. 이 이야기는 고려 초 금강산에서 수도하던 회정懷正이 왕의 부름에 응해 산을 나감을 부정적으로 그리고 있다. 반면 제11화와 제34화에서는 중국 당나라의 고승 나잔懶殘이 명리를 구하지 않고 산중에서 자유롭게 살며 불법을 닦은 일을 찬미하고 있다. 제왕의 위력에도 제압되지 않은 나잔이야말로 참된 승려라는 것. 나잔은『청한잡저2』에서도 언급되어 있다.

김시습은『청한잡저2』에서 출세간의 고아高雅한 삶을 산 고승을 칭송하고 있는바,『임천가화』의 제10화나 11화, 34화는『청한잡저2』의 이런 면모와 맞닿아 있다.

13   하지만『임천가화』에서는『청한잡저2』에서 볼 수 없는 면모들이 많이 발견된다. 이제 이런 부분을 좀 자세히 보기로 한다.

① 선禪의 이치나 선 수행 방법, 오도悟道의 과정이 언급되고 있다는 점

제21화, 22화, 60화, 72화를 예로 들 수 있다. 이들 이야기에서는 선이란 일심一心의 묘리를 깨닫는 것이며 명상名相을 쫓고 현묘한 뜻을 궁구하는 데 있지 않다는 것, 견성見性하여 무생無生 (생멸生滅이 본래 없음)을 단박에 깨닫는 것이라는 사실이 언급된다. 그리고 도란 절역絶域에 있는 것이 아니라 일상생활에서 늘 행하는 '천리天理의 당연當然'에 해당하니 평상심平常心이 곧 도이며, 견도見道한 후에 수도修道하고 수도한 후에 증과證果할 수 있는바 견도하지 못하고 입으로 수도하는 자들은 도를 알지 못하는 자들이라고 했다.

도가 일상생활에서 늘 행하는 '천리의 당연'이라는 주장은, 도란 고원高遠한 것이 아니요 기거동작起居動作과 일용행사日用行事 속에 있다는 성리학의 주장과 일맥상통한다.

② 교敎와 선禪을 회통시키고 있음에도 불구하고 궁극적으로 선을 통해 깨달음에 이를 수 있음을 주장하고 있다는 점

제20화, 27화, 33화, 51화를 예로 들 수 있다. 이들 이야기에서는 경전을 충실히 읽거나 분별심으로 공부해 깨달음에 이를 수 있는 것은 아니라는 사실이 강조된다. 설사 경전을 이해하지 못하더라도 말 밖의 대의를 분명히 안다면 경전을 읽은 것과 같으며, 만일 대의를 분명히 알지 못하면 경전을 아무리 독송해 봤자 아무 소용이 없다고 했다.

특히 제33화에서는 훈고訓詁를 일삼아 이야깃거리로 삼거나 방편에 집착해 진여眞如를 버린다면 도가 행해지지 않게 된다며 그런 태도에 일침을 가하고 있다. 김시습의 이 말에서도 그가 「조동오위군신도서 요해」나 「단하자순선사오위서 요해」 같은 글을 쓸 턱이 없다는 것이 확인된다. 이 글들은 말이 요해이지 기실 훈고에 가깝기 때문이다.

③ 『청한잡저 2』에서는 생각(思)과 헤아림(慮)의 중요성을
말했는데 『임천가화』에서는 생각과 헤아림을 여의어야
진여眞如에 이를 수 있다고 한 점

『청한잡저2』는 승려들이 "종일 우두커니 앉아 생각도 없고 헤
아림도 없으니 어느 때 도를 깨닫겠소"라는 말로 시작된다(「1.
무사無思」). 사려분별이 있어야 도를 깨달을 수 있다는 말이다.
선가에서는 늘 '사려분별을 여의어야 깨달음에 이를 수 있다'
라고 말한다. 그러므로 김시습의 이 말은 선가의 종지宗旨에 배
치되는 말이라 할 수 있다. 그렇다면 김시습은 왜 이리 말한 것
일까? 다음에서 그 이유를 알 수 있다.

> 생각이 없고 헤아림이 없는 것이 도의 본체이기는 하나,
> 정밀하게 생각하기를 게을리하지 않는 것이 실효를 얻
> 는 요체라오. 매양 세간世間의 일을 보건대, 한번 생각하
> 지 않으면 만 가지 일이 어긋나거늘 하물며 지극히 참
> 되고 망령됨이 없는 도를 게을러서야 얻을 수 있겠소?
> (…) 반드시 생각과 헤아림을 가다듬고 정밀하게 해서
> 날로 단련하고 달로 연마하여 스스로 깨닫는 경지에 나
> 아간 후에야 '도란 생각도 없고 헤아림도 없다'라고 말
> 할 수 있을 것이오.(「1. 무사」)

김시습은 생각도 없고 헤아림도 없는 것이 깨달음의 경지
임을 부정하지 않는다. 다만 그에 이르기 위해 먼저 열심히 배
우고 정밀하게 생각하는 단계를 거치지 않으면 안 된다고 보았

다. 공부하지도 않고 생각하지도 않으면서 무작정 참선만 한다고 도를 깨칠 수 있는 것은 아니니 올바른 분별이 공부의 어느 단계에서 꼭 필요하다고 본 것이다. 그래서 이리 말했다.

> 방외인이 담박하다는 것은 진실로 맞는 말이나, 만일 깨달음을 얻은 최상의 경지에 이르지 못했을 경우 생각을 하지 않을 수 있겠소? 대저 세상 사람들은 선禪이 선정禪定에 들어 편안하고 한적한 것이라 여길 뿐, '선'禪이라는 글자가 생각하고 명상하며 고요히 헤아린다는 뜻인 줄 모르고 있소.
> 대저 하늘과 땅 사이에 사람이 가장 신령하여 지혜가 만물의 으뜸이니, 비록 세간世間과 출세간出世間이 길은 다르다 할지라도 하루라도 배우지 않을 수 있겠으며 하루라도 생각을 하지 않을 수 있겠소? 배우기만 하고 생각하지 않는다면 얻음이 없고, 생각하기만 하고 배우지 않는다면 위태하지요. 생각이란 사특한 생각이 아니라 어떻게 도를 닦을지를 생각하는 것이요, 헤아림이란 망령된 헤아림이 아니라 어떻게 배울지를 헤아리는 것입니다.(「1. 무사」)

'선'禪은 산스크리트어 Dhyāna(선나禪那)에서 온 말로, '정려'靜慮 혹은 '사유수'思惟修라 번역된다. 진정한 이치를 사유하고, 마음을 한곳에 모아 고요한 경지에 드는 일을 뜻한다. 김시습은 '선'의 본래 뜻을 환기시키면서 아무 생각도 않고 멍하니 앉아만 있는 것이 능사가 아님을 말하고 있다.

하지만『임천가화』에서는 분별심이나 사량심思量心을 강조하는 말은 일절 보이지 않으며 마음을 밝히고 깨달음에 이르기 위해 사량심을 여의어야 한다는 사실이 거듭거듭 강조된다. 그렇다면『임천가화』에 와서 김시습의 생각이 바뀐 것일까? 그렇지는 않다. 김시습이『청한잡저2』를 쓸 때 상정한 독자층에는 불교를 배척하는 사대부도 포함되어 있었다고 보인다. 게다가『청한잡저2』의 기대 지평 속 승려는『임천가화』의 기대 지평 속 승려보다 근기가 낮은 이들로 판단된다. 이와 달리『임천가화』의 독자층은 오로지 깨달음에 이르기 위해 정진하는 근기가 높은 승려들이다.『임천가화』서문 중의 "이치에 통달한 이로 하여금 하나를 일러 줘 셋을 미루어 알게 해 진리로 나아가게 하고자 한다"는 말에서 그 점을 알 수 있다. 말하자면 김시습은 부처가 설법할 때 그랬던 것처럼 독자의 근기에 따라 이렇게도 말하고 저렇게도 말한 것이다.

④ 경전, 특히『화엄경』과『법화경』의 근본 이치에 대한 이해를 보여 준다는 점

『화엄경』에 대한 언급은 제18화, 23화, 24화, 25화, 26화에 보인다. 제23화에서는 소동파가 산사에서 읊은 시를 제시한 뒤 삼라만상이 부처의 설법이며 부처의 몸이라는 화엄의 요의要義를 설파하고 있다. 제24화 역시 산사의 풍경風磬 소리와 바람 소리, 절벽과 산림이 모두 부처의 설법임을 말하고 있다. 제26화에서는『화엄경』에 나오는 게송偈頌을 언급한 다음, "지극한 경지를 논한다면 부처 또한 어디에 쓰겠는가"라고 묻고 있어, 화엄을 선가의 입장에서 해석하고 있음을 볼 수 있다.

『법화경』에 대한 언급은 제19화, 27화, 28화, 29화, 30화, 31화, 32화에 보인다. 제19화에서는 『법화경』의 "나의 법은 미묘하여 생각하기 어렵다"라는 구절을 예로 들며 사려분별을 벗어나는 것이 깨달음에 이르는 길인바 언어와 문자에 매이면 안 됨을 강조하고 있다. 선승의 입장에서 『법화경』을 읽고 있다 할 것이다. 제28화, 29화, 30화, 31화도 마찬가지다. 이들 이야기에서는 모두 『법화경』에 보이는 영이靈異한 내용을 영이로 찬탄하지 않고 선禪의 관점에서 해석하고 있다. 가령 제28화에서는, 법화회상法華會上 중 부처의 양 눈썹 사이에 있는 백호상白毫相(길고 흰 털)에서 광명이 발하여 1만 8천의 세계를 두루 비쳤다는 부분을 이리 해석하고 있다.

사람들이 백호상을 보고자 할진대 만일 사량심思量心으로 보려 한다면 곧 지옥에 떨어져 영겁토록 보지 못할 터이니 부처의 광명(佛光)이 비록 넘쳐흘러 휘황하다 할지라도 무슨 이로움이 있겠는가.
부처의 광명이란 무엇인가? 당신들이 평소 향유하는 것, 생을 사랑하고 죽음을 싫어하는 것, 순리順理를 따르고 역리逆理를 피하는 것, 이런 여러 가지 것들이 모두 부처의 광명이다. 부처의 광명은 늘 환히 빛나 잠시도 그치지 않지만 단지 무명無明에 가려져 그 빛을 보지 못할 뿐이다.

제29화에서는, 강경講經하는 승려가 『법화경』「견보탑품」

見寶塔品 중 다보탑이 허공에 나타나는 장면을 희귀한 일이라고 말하면서 사람들을 현혹함을 두고 뻔뻔스레 부끄러움을 모르는 짓이라고 비판한다. 김시습은, 법화의 묘법妙法은 곧 사람들이 저마다 갖고 있는 청정 묘심淸淨妙心이라며, 다보탑의 출현은 바로 이 묘법을 듣고 깨달은 묘상妙相이라고 말하고 있다.

제30화는 『법화경』「종지용출품」從地涌出品에 대한 선가적 해석이다. 「종지용출품」에는, 부처가 설법할 때 사바세계 삼천대천三千大千 국토의 땅이 열리며 한량없는 천만억 보살이 솟아 나오는 장면이 나온다. 김시습은 이를 불성佛性에서 무량의無量義가 솟아 나옴으로 보고 있다. 즉 부처가 출현하면 일체지一切智(부처의 지혜)가 함께하는데, 일체지가 진여자성眞如自性으로부터 무량묘의無量妙義를 낸 것으로 해석했다.

제31화는 「관세음보살보문품」觀世音菩薩普門品에 대한 선가적 해석이다. 김시습은 사람들이 관세음보살의 염송念誦이 영험을 낳는 것을 보고 환幻에 귀의하는데, 관세음보살의 현응現應은 가상이요 전연 특별한 형상이 아니라고 보고 있다. 김시습은 이렇게 말한다.

관세음보살을 염송함은 자신의 모든 죄성罪性(죄업의 본성)을 공空하게 하는 일이다. 죄성이 본래 공함을 분명히 알아 적멸寂滅에 머문다면 이것이 바로 관음의 현응이다.

김시습은 여러 불경 가운데서도 『화엄경』과 『법화경』을 특히 중시했다. 『화엄석제』, 『대화엄일승법계도주』, 『연경별찬』

을 쓴 것도 이 때문이다. 『임천가화』에는 『화엄경』과 『법화경』에 대한 이야기가 여러 조목 나오는데, 이에는 두 경전에 대한 김시습의 이런 태도가 반영되어 있다. 주목되는 것은 김시습이 철저히 선승의 입장에서 이들 경전을 해석하고 있다는 사실이다. 선리禪理를 논한 『십현담요해』에서도 『화엄경』과 『법화경』이 거론되는데, 여기서도 역시 마찬가지다.

5 불교 문학의 옹호가 보인다는 점

승려의 문학 활동에 대한 긍정은 『청한잡저2』에서도 일부 발견된다. 계승이 지은 「원공遠公의 영당影堂 벽에 적다」(題遠公影堂壁)를 언급한다거나 시에 능했던 승려들인 당나라 영일과 관휴, 송나라 가구와 혜홍을 긍정적으로 평가한 것이 그것이다. 김시습은 이들의 시가 한갓 문장 수식을 일삼거나 질탕한 풍류를 위한 것이 아니며, 홍도弘道 즉 불도를 넓히기 위한 것이라고 보았다. 불교 문학의 근거를 불법의 전파에 둔 것이다.

『청한잡저2』와 달리 『임천가화』에서는 불교 문학의 다양한 면모들이 언급된다. 제5화, 9화, 23화 24화, 49화를 예로 들 수 있다.

제5화에서는, 북송의 승려 여항 유정餘杭惟政이 자신이 그린 초상화에 붙인 찬讚을 소개한 뒤 "그 말을 보면 그 사람됨을 상상할 수 있다"고 했다. 김시습 자신도 죽기 직전 자신이 그린 초상화에 찬을 붙였다.

제9화에서는, 선승들은 대개 가송歌頌이나 게찬偈讚을 지어 스스로 즐겼다면서 나찬의 노래와 배도杯渡의 「일발가」一鉢歌를 언급한 뒤 한산자寒山子와 수안守安의 시를 소개하고 있으며, 제23화에서는 소동파의 선시禪詩를 인용한 뒤 "한량없는 변재辨才와 기상이 있"다고 했다.

그런가 하면 제49화에서는, 북송 대의 승상 장상영, 종실 조령금趙令衿, 대제待制 벼슬을 지낸 사도査道 등이 쓴 승당기僧堂記를 거론한 뒤 이것들이 임천林泉에 빛이 나며 그 말이 천고의 규범이 된다고 했다.

⑥ 불교 신자나 승려들 사이에 퍼져 있는 미신적 사고라든가 이치에 맞지 않는 일에 대한 변증辨證이 보인다는 점

『임천가화』의 서문에서 "선림禪林의 쓸데없는 이야기들과 교가敎家의 상도常道에 맞지 않는 말들을 바로잡아 논평"하겠다고 한 것이 이와 관련된다. 제2화, 3화, 15화, 16화, 65화를 예로 들 수 있다.

제2화에서는, 달마가 갈댓잎 하나로 강을 건넜다는 말은 사실이 아니요 호사가들의 견강부회일 것으로 보았다. 제3화에서는, 신광神光(달마의 제자 혜가慧可)이 눈 위에 서서 왼쪽 팔을 잘라 달마에게 바쳤다는 이른바 '혜가단비'慧可斷臂의 고사가 의심스럽다고 했다. 김시습은 '왼팔을 잘랐다'는 데서 왼팔은 뜻이 없으며 곧 조사관祖師關(조사祖師의 관문關門)이니, '조사관을 뚫어 달마가 서쪽에서 온 뜻을 깨친다'라고 말함과 같다고 보았다. 그러면서 만약 자기 팔을 잘라야 불법을 구할 수 있다면 선종의 수행자들은 온전한 몸이 없게 될 것이라고 했다. 김시습이 한 말의 가부可否를 떠나 그가 불교계에 통용되어 온 신비화되거나 이치에 맞지 않는 말을 무조건 따르지 않는 합리적 태도를 견지하고 있음은 분명하다.

제15화, 16화는 특정한 자연현상을 부처라 믿어 숭배하는 세속의 미신적 행태에 대한 변증이다. 제65화에서는, 부처에게 공양한답시고 손가락을 자르거나 분신하는 행위에 대해 부끄러움을 모르는 자들의 짓으로 질타하고 있다. 자신의 몸과 목숨을 해쳐 명성을 구해서야 되겠느냐는 것. 김시습은 이런 일이 자주 있으면 뜻 있는 선비와 어진 사람이 어찌 불법을 취하겠느냐고 묻고 있다.

이처럼 김시습은 요사한 말이나 괴이한 술법, 황당무계하거나 이치에서 벗어난 일을 받아들이지 않고 있다. 종교는 이성과 다른 영역에 속하기는 하나 그럼에도 이성의 기초 위에 종교를 세우려는 태도로 보인다.

⑦ 불교의 신통神通을 소승小乘의 유위有爲의 일로 간주하며 경계하고 있다는 점

'유위'는 인연으로 인해 생멸 변화하는 모든 현상을 말한다. 이에는 제2화와 41화를 예로 들 수 있다. 제41화에서는, "신통을 일삼아 돌아오지 않는 사람은 표주박으로 바닷물을 되는 것과 같"으며, "신통을 보고서야 믿음을 일으키는 자는 형벌을 받은 후 법령을 좇는 자와 같"다고 했다. 신통이 불법의 본령이 아님을 분명히 한 것이다. 『임천가화』에 고승의 영험한 일이나 불교의 이적異蹟이 하나도 언급되지 않은 것은 김시습의 이런 생각에서 기인한다.

김시습은 부처의 가르침은 이치에 맞기 때문에 항구하다고 했다. 그의 말을 직접 들어 보자.

천하의 사물이 이치가 아니면 항구恒久하지 못하고 도道가 아니면 장구長久하지 못한데, 부처의 도가 항구하고 장구한 것은 그것이 이치에 맞기 때문이다.(제38화)

부처의 도는 신령하거나 기묘한 것이 아니요 이치에 맞을 뿐임이 강조되고 있다.

김시습이 신통을 경계하거나 이치에 어긋난 일을 비판한 데에는 인간의 '주체성'에 대한 강한 긍정이 자리하고 있다. 제40화에서 "말과 도가 서로 도와 불멸함은 사람이 있어서다"라고 한 것은 이런 맥락에서 음미될 필요가 있다. 불교를 결국 '사람'의 문제로 본 것이다. 환幻이나 신통은 모두 가상일 뿐이며, 자신의 마음을 밝혀 깨닫는 것이 곧 부처의 도다. 이것이야말로 주체적인 길이며 선 수행의 핵심이다. 이것이 곧 『임천가화』 전체를 관통하는 주지主旨이다.

⑧ 계율을 중시한다는 점

김시습은, 계율이란 부처가 백성이 도의 근원을 깨닫지 못할까 걱정해 금지하는 법을 세워 그 욕망을 제어한 것으로 보았다(제43화). 계율의 근본은 정심正心, 즉 마음을 바르게 함에 있고, 정심의 요체는 성의誠意, 즉 뜻을 참되게 함에 있으며, 성의의 요체는 수신修身에 있는바, "수신이 곧 중생을 제도하는 근원"이라고 했다(제43화). 『대학』의 "수신하고자 하는 자는 먼저 그 마음을 바르게 하고, 그 마음을 바르게 하려는 자는 먼저 그 뜻을 참되게 한다"라는 구절을 떠올리게 하는 말이다.

김시습은 승려가 "수신하지 않으면서 중생을 제도하고자 함은 자기를 바르게 하지 않으면서 남을 바르게 하려는 것과 같다"고 보았다. 요컨대 김시습은 수신이 중생 제도의 출발점이며 수신 없이는 중생 제도가 불가능하다고 본 것이다.

⑨ 당시의 사찰 풍습과 승려들의 타락상이 신랄하게 비판되고 있다는 점

『임천가화』는 후반부 이후, 즉 제44화부터는 당시의 사원과 승려가 보여 주는 말법적未法的 면모를 준열히 비판하고 있다. 이 점에서 제43화에서 말한 계율의 중요성은 의미심장하다. 승려의 타락은 결국 계율을 제대로 지키지 않은 데서 비롯됨으로써다. 부처가 계율을 지키라고 한 것은 승려가 본분을 지켜 수행의 정도正道를 가라는 뜻이었다. 그러므로 계율은 조금 전 언급했듯 수신과 중생 제도의 근본이 된다. 계율을 지키지 않고서는 올바른 깨달음과 중생 제도는 없다.

김시습은 당시 불교, 즉 현실불교가 보여 주던 말폐를 크게 두 가지 견지에서 논하고 있다. 하나는 제도적 문제점이다. 이는 승려가 원래의 불교 제도를 몰라서—혹은 원래의 불교 제도에서 이탈해서—초래된 문제다. 다른 하나는 불법의 수행은 뒷전이고 부처를 팔아 명리를 구하는 데 혈안이 된 속승俗僧들의 문제점이다. 이 둘은 연관되어 있다. 김시습은 먼저 옛날의 제도가 어떠했는가, 그 제도의 본래 취지는 무엇이었는가를 밝힌 다음 지금의 세태를 낱낱이 적시해 비판하는 방식을 취하고 있다.

가령 제44화에서는, 옛날에는 현자가 있는 곳이라면 그곳이 설사 보잘것없는 곳일지라도 수행자들이 귀의해 총림叢林(사원)을 이루었는데 지금의 승려는 명승지에 거주하며 세월만 허송하고 있다고 했으며, 제46화에서는 안거安居 제도의 원래 취지를 말한 다음 현실불교가 보여 주는 잘못된 양상을 다음과 같이 비판하고 있다.

> 하지만 지금의 속류배俗流輩는 총림에서 방자하게 지내며 제 하고 싶은 대로 하면서, 신심信心 어린 시주를 받은 값을 제대로 하기 어려움을 알지 못하고, 삼세三世의 인과에서 벗어나지 못함을 깨닫지 못하면서도 스스로를 선류禪流(선가의 승려)라 이르니, 오호라, 만일 지옥이 있다면 훗날 철위성鐵圍城(쇠울타리로 둘러친 지옥)의 백 가지 형벌을 어찌 면할 수 있으랴.

어조가 대단히 신랄함을 볼 수 있다. 그만큼 개탄이 깊어서였을 것이다. 제48화, 50화, 53화에서는 시주와 보시의 본래 취지가 상실되고 승려의 밥벌이가 되어 버린 것을 비판하고 있다. 제50화의 한 대목을 보이면 다음과 같다.

> 하지만 지금은 그렇지 않으니, 법회를 여는 이는 혹 망자를 천도하기 위해서이거나 혹 보안保安(안녕)을 빌기

위해서이니, 헛되이 법석法席을 펼치고 망령되이 불사佛
事를 열고 있다. 승려들 또한 시주를 탐해 동분서주하며
권세에 빌붙어 불러 주길 청한다. 급기야 법회에 와서는
군침을 질질 흘리고 탐욕스런 눈을 희번덕거리는데, 입
으로 떠들어대며 몸이 마음을 구속하는지라 이로 인해
시주하는 이 또한 이들을 공경하지 않는다. 그래서 손
으로 중을 가리키며 "아무개는 부지런히 하고 있고, 아
무개는 쉬고 있고, 아무개는 내가 본디 알고, 아무개는
누구의 권세에 빌붙었다"라고 말한다. 이러할진댄 한갓
재물과 곡식을 흩고 널리 사람의 귀를 현혹할 뿐이니 필
경 무슨 도움이 되겠는가.

이외에도 여러 문제에 대해 거론하고 있으나 자세한 것은
생략한다.

김시습이 『임천가화』에서 현실불교와 승려의 타락상에 대
해 이토록 자세히 거론한 이유는 뭘까? 현실불교의 개혁을 바
라서였다고 생각된다. 김시습은 다음에서 보듯 현실불교가 보
여 주는 말법적 상황에 깊은 절망감을 토로하고 있다.

슬프다, 말법末法을 어떻게 하기 어려우니! 속강俗講(속
인을 대상으로 한 강경講經)을 하여 재물을 얻고, 불법佛法을
농락해 생계를 도모한다. 거주하는 집이 크고 넉넉하니
사사四事에 오만하고 무도해, 큰 법이 깊고 넓은 줄 모
르며 불심佛心이 굉박宏博한 줄 깨닫지 못한다. 살아서는
어리석은 백성이요, 죽어서는 궁한 귀신이니, 장차 어쩌

겠는가.(제70화)

　'말법'이란 말법시末法時, 즉 부처님이 세상을 떠난 지 오래
되어 교법이 쇠퇴한 시기를 말한다. '사사'는 의복, 음식, 침구,
탕약湯藥을 말한다. 위 인용문이 보여 주는 인식의 연장선상에
서 김시습은 "불법을 무너뜨리는 것은 속유俗儒가 아니라 승려
들"(제69화)이라고까지 말하고 있다. 조선 불교 내부의 상황을
대단히 심각하게 보았음을 알 수 있다. 김시습의 비판은 이런
현실 인식에서 비롯된다.
　주목되는 것은 제52화의 맨 끝에 이런 말이 나온다는 사실
이다.

　　젊은 승려들은 의당 이를 자세히 알아야 할 것이다.

　제52화에서는, 북과 종의 유래를 말한 다음 오늘날 사찰에
서 북과 종을 절도 없이 마구 치고 있음을 비판하고 있다. '젊
은 승려들이 의당 자세히 알아야 한다'는 것은 이런 잘못된 점
을 잘 알아 그리하지 않도록 주의해야 한다는 말이다. 이 말을
통해 김시습이 왜 현실불교를 그리 비판했는지 그 이유의 일단
이 드러난다. 젊은 승려들에게 일말의 기대를 걸어서였던 것이
다. 이렇게 본다면『임천가화』는 서문에서 말한 '이치에 통달한
승려'를 진리로 나아가게 하는 것 외에도 불문의 젊은 수행자
들을 계도啓導하려는 의도에서 쓴 책이라 할 수 있다.『임천가
화』에『치문경훈』의 인용 빈도가 높은 것도 이와 관련되지 않
나 한다.『치문경훈』은 중국 원나라 승려인 환주 지현幻住智賢이

편찬한 책으로 불문에 들어온 젊은 수행자들에게 교훈이 되는 글들이 많이 실려 있다. 책 제목이 그 점을 말해 준다.

『임천가화』는 한국 불교사에서 불교 개혁을 최초로 제기한 의의가 있지 않은가 한다. 현실불교의 개혁을 염두에 두고 있다는 점에서 『임천가화』는 만해 한용운의 『조선불교유신론』朝鮮佛教維新論과 일정하게 통하는 데가 없지 않다. 하지만 『임천가화』는 계율을 중시한 반면 『조선불교유신론』은 계율을 홀시한다는 점에서 큰 차이가 있다.

10 인륜성에 대한 고민이 보인다는 점

여기서 말하는 '인륜성'은 유교적 인륜성을 말한다. 유교적 인륜성의 핵심은 '효'孝이다. 효는 부모를 봉양하고, 혼인해 자식을 낳아 대를 잇고, 조상의 제사를 지내는 것과 연관되어 있다. 그 연장선상에 '충'忠이 있다. '군사부일체'君師父一體라는 말에서 드러나듯 전근대 한국 사회에서 군주는 부모와 같은 존재로 간주되었다. 이리 본다면 유교적 인륜성은 '충효'를 골자로 한다고 말할 수 있다.

『청한잡저2』에는 인륜성에 대한 '고민'이라 할 만한 것이 보이지 않는다. 그렇기는 하나 인륜성의 문제가 거론되고 있기는 하다. 즉 「5. 부세扶世」에서 싯다르타가 나라와 부모와 처자를 버리고 출가한 일이 정당한지 물은 것이 그것이다. 이에 대한 답은 '정당하다'이다. 김시습의 말을 직접 들어 보기로 한다.

만일 싯다르타가 그 보위寶位를 가볍게 여겨 지극한 도

를 사모함으로써 어리석은 백성을 깨우치지 않았다면 그 누가 눈이 멀고 귀가 먼 중생을 인도해 그 그릇된 마음을 바로잡을 수 있었겠소. 그러므로 군자는 백성을 교화하는 바가 넓고 그 잃는 바가 작으면 행하는 것이요, 그 잃는 바가 크고 교화하는 바가 작으면 행하지 않는 법이오. (…) 아버지가 슬퍼하고 아내가 원망하여 비록 한때 상도常道에 어긋나기는 했어도 중생을 깨우친 것은 천고千古의 성대한 일이니, 이른바 일이 공을 이루어 공이 그 허물을 덮었다 할 것이오. (…)

자비로 인도하고 청정淸淨으로 거느렸으니, 저 은혜를 끊고 의리를 저버렸다는 것은 탕임금과 무왕이 권도權道를 쓴 일과 같다 할 것이오. 한 점의 구름이 어찌 맑은 하늘에 누累가 되겠소.

싯다르타는 출가해 도를 깨쳐 중생을 제도했으니 비록 출가가 상도에 어긋나기는 해도 그 정당성이 인정될 수 있다는 논리다. 이런 논리를 끌어내기 위해 유교의 성인들인 순임금과 우임금, 탕임금과 무왕의 일을 끌어오고 있다. 요컨대 『청한잡저2』에는, 출가하더라도 도를 깨쳐 중생 제도를 잘한다면 출가가 별 문제될 게 없다는 생각이 피력되어 있다. 그러므로 비록 인륜성의 문제가 완전히 해소된 것은 아니라 할지라도 인륜성에 대한 고민이 심각하게 이루어지고 있다고 하기는 어렵다.

하지만 『임천가화』는 이와 다르다. 『임천가화』에서 인륜성이 거론된 곳은 제58화와 68화다. 다음은 제58화의 말이다.

대개 불법을 구해 출가하는 것은 본래 마음을 밝히기 위해서인데 마음은 밝히지 않고 한갓 머리 깎고 치의緇衣만 입은 자는 살아서는 삼강三綱의 죄인이요 죽어서는 저승의 궁한 귀신이 될 것이다.

'삼강'은 군위신강君爲臣綱, 부위자강父爲子綱, 부위부강夫爲婦綱으로 군신·부자·부부의 관계를 말하는바 유교적 인륜성의 집약이다. 출가하더라도 마음을 밝히지 못하면 인륜의 죄인이라고 했다. 제68화에서는 실존이 좀 더 개입된 방식으로 이야기된다.

승조僧肇가 말하기를, "넓고 넓도다! 위로는 임금이 있고, 아래로는 신하가 있으며, 부자父子는 지위가 다르고, 존비尊卑는 순서가 다르다"라고 했다. 승조는 도를 알았다 할 것이다. 인륜을 어지럽히면서 몸을 조촐히 한다고 말하는 저자들은 천하의 죄인이다. 부처가 사람에게 가르친 것은 인륜을 어지럽히라는 게 아니었으며, 인민으로 하여금 마음을 밝히게 하려는 것이었다. 진실로 마음을 밝힐 수 있다면 삭발하지 않고 수를 놓은 옷을 입더라도 지극한 도의 묘함에 이를 수 있다.
만약 마음을 밝히지 못한다면 부모를 하직해 사랑을 끊는 것은 천륜을 무너뜨리고 어지럽히는 일이니 끝내 무슨 이로움이 있겠는가. 나는 이 사실을 일찍 깨닫지 못해 공자와 석가의 죄인이 된 것을 한탄한다.

제58화와 비슷한 내용이지만 맨 끝에 "나는 이 사실을 일찍 깨닫지 못해 공자와 석가의 죄인이 된 것을 한탄한다"라는 말이 있는 것이 다르다.

부처의 가르침대로 마음을 밝힐 수 있다면 꼭 출가하지 않더라도 도에 이를 수 있다. 거꾸로 마음을 밝히지 못한다면 출가는 인륜만 해치는 일이 된다. 김시습은 이런 사실을 일찍 깨닫지 못해 공자와 석가의 죄인이 된 것을 한탄한다고 했다. 출가해 인륜을 위배했으니 공자의 죄인이요, 출가했으면서도 마음을 밝히지 못했으니 석가의 죄인이라 했을 터이다.

주목해야 할 것은 이 말에 『임천가화』를 쓴 수락산 시절 전기 말 김시습의 심리적 상황이 반영되어 있다는 사실이다. 김시습은 『청한잡저2』를 쓴 금오산 시절에는 출가를 정당화했지만 이 무렵에 와서는 출가한 데 회의를 표하고 있다. '죄인'이라는 단어에서 그의 심적 동요와 번뇌를 짐작할 수 있다.

왜 이런 변화가 생겼을까? 김시습이 이 무렵 출사出仕로, 즉 세상에 나가 벼슬하는 쪽으로 마음이 기울었던 데 기인한다고 생각된다. 김시습이 승려로서 계속 산림에 있고자 했다면 출가한 일에 대한 번민이 크지 않았을 것이다. 하지만 산에서 나와 벼슬하고자 할 경우 문제가 달라진다. 다시 원점으로 돌아가 출가의 문제를 곱씹지 않을 수 없다. 김시습은 바로 이런 상황에 봉착한 것.

이 시기 김시습이 출가를 인륜적으로 정당하지 않은 일로 간주한 것은 직접적으로는 자신의 출처出處 문제와 관련되지만 간접적으로는 그의 '사상 구조'와도 무관하지 않다. 김시습에게 선왕先王의 도, 즉 유교는 늘 '주어진 진리'였다. 다시 말해 선험적 진리였다. 이 때문에 유교 자체의 문제점이나 한계가 사유될 수 없었다. 인륜성의 문제도 마찬가지다. 그는 비록 불교도가 되어 불교에 깊이 들어갔으면서도 불교를 통해 기존에 통념되어 온 인륜성을 수정하거나 확장하려는 생각이나 시도는 할 수 없었다. 그의 사유 속에 유교가 늘 주어진 진리로 자리하고 있었음으로써다. 계승은 김시습과 달랐다. 그는 유교의 한계를 지적하기도 했으며 불교를 통해 유교적 인륜성의 확장을 꾀하기도 했다. 이런 작업을 통해 그는 출가와 효에 대한 유교 측의 비판을 이론적으로 공박했다.

앞에서 지적했듯 계승 역시 김시습처럼 유교와 불교를 회통시키고 있다. 하지만 그 회통의 방식이나 양상은 같지 않다. 계승은 불교의 우위를 염두에 두면서 유교와의 회통을 꾀하고 있음에 반해, 김시습은 대체로 유교의 우위를 염두에 둔 채 불교와의 회통을 꾀하고 있다. 그 단적인 예가 한유와 구양수에 대한 태도의 차이다. 계승은 『비한』非韓이라는 긴 분량의 책을 써서 한유의 논리와 생각을 남김없이 논파하고 있지만, 김시습은 한유와 구양수가 "우리 도(불교)의 간성干城"(제39화)이라고 옹호하며 그들의 불교 비판을 슬쩍 덮어 버리고 있다.

김시습의 이런 사유 구조는 금오산 시절이든 수락산 시절이든 하등의 변화가 없었다. 아마 그의 전 생애를 통해 변화가 없었다고 생각한다. 그렇기는 하나 김시습이 보여 주는 이 사유 구조의 특성을 '심유적불'心儒跡佛이나 '유주불종'儒主佛從으로 표현함은 적절한 일이 아니다. 어쨌든 그는 유와 불을 나란히 세운 채 그 진리성을 공히 승인하고 있으며 이 점에서 한손잡이가 아니라 양손잡이였기 때문이다. 이 점은 뒤에 재론하기로 한다.

『임천가화』 이후 김시습의 삶과 사상 세계

1   앞에서 나는 『청한잡저 2』와 『임천가화』가 성립되기까
지의 과정과 이들 텍스트 자체에 대한 독해를 시도했다. 그러
므로 지금부터 말하고자 하는 바는 에필로그에 가깝다.

하지만 나의 이 글은 김시습의 불교적 사유를 따라가면서
그의 사상 전반을—유교와 도교까지 포함해—새롭게 정초定礎
하려는 의도도 없지 않은바, 이후 김시습이 불교에 대해 어떤
태도를 취했는가를 거칠게라도 검토해 두고 싶다.

2   김시습은 성종 12년(1481) 머리를 기르고 환속한 뒤 제
문을 지어 조부를 제사 지냈으며 안씨의 딸과 재혼했다. 다음
은 조부 제문의 앞부분이다.

> 엎드려 생각건대 순舜임금이 오교五教를 베푸셨는데 부
> 자유친父子有親이 첫머리에 있었으며, 삼천 가지로 나열
> 된 죄 가운데 불효가 제일 큰 것이었습니다. 대저 천지
> 사이의 존재 가운데 누가 부모로부터 양육받은 은혜를
> 저버릴 수 있겠습니까? 그러므로 범이나 이리 같은 흉
> 악한 짐승이나 승냥이나 수달 같은 하잘것없는 짐승도
> 어버이를 사랑하는 성품을 보존하며 조상의 은혜를 갚

는 정성을 게을리하지 않습니다. 이는 모두 천리天理가 본디 그러한 것으로서 물욕物欲이 가리기 어렵습니다. 엎드려 생각건대, 어리석은 저는 집안의 대를 이어야 함에도 젊어서부터 이단에 빠져 슬프게도 거기에 미혹되어 강학講學을 못 했습니다. 장차 유학儒學을 공부해 천발薦拔(추천을 받아 발탁됨)될 수도 있었고, 윤회설輪回說만큼 황탄한 건 없다는 사실도 깨달았지만, 장년壯年에도 계속 그 길을 가다가 말년에야 후회하게 됐습니다.(「제조부문」祭祖父文, 『매월당속집』 권1)

이 제문의 기록만큼 신빙성이 높은 자료는 없다고 생각된다. 이 제문은 「상유양양진정서」와 달리 모호한 화법이 구사되고 있지 않다. 제문의 이 기록을 통해 김시습이 젊어서부터 장년까지 계속 불교도였음을 알 수 있다. '젊어서부터'란 세조의 왕위 찬탈 소식을 접한 뒤 미치광이 시늉을 하며 세상을 방랑하기 시작했던 21세 때(세조 1, 1455) 이후를 말하고, '장년'이란 수락산 시절 전기 말인 42세 때(성종 7, 1476)까지를 말할 터이다. '말년'은 수락산 시절 후기인 43세 때(성종 8, 1477) 이후를 가리킬 것이다.

김시습은 이 제문에서 자신이 젊을 때 불교에 빠져 유교 공부를 못 한 듯이 말하고 있지만, 이는 실제 사실과 좀 거리가 있다. 김시습은 금오산 시절 불교 공부만이 아니라 유교 공부도 했으니, 『성리대전』性理大全을 구해 열독閱讀한 게 바로 이때다. 또한 「남염부주지」나 『청한잡저2』의 내용으로 볼 때 「태극설」, 「신귀설」, 「애민의」, 「애물의」, 「방본잠」 등 유교 관련 글을 쓴 것도 이 무렵으로 추정된다. 그럼에도 김시습이 "강학을 못 했"다고 말한 것은, 이 제문이 20년 가까이 불교도로서 지내온 자신의 잘못을 선조에게 고하는 데 초점을 맞추고 있어서일 것이다.

김시습은 이 제문에서 자신이 마침내 지난 시절을 반성하고 유교적 인륜의 세계로 돌아왔음을 선언하고 있다. 이 때문에 불교는 '이단'으로 호칭된다.

3　김시습이 이 제문보다 1년 앞서 쓴 글로 「계인설」契仁說이 있다. '계인'은 김시습과 친분이 있던 승려의 법호로 보이는데, 이 글은 그 뜻을 풀이한 호설號說에 해당한다. 이 글 중에 이런 말이 보인다.

> 인仁이란 천지가 만물을 낳는 마음으로, 내가 덕으로 삼는 바이다. 대개 마음의 온전한 덕은 지극한 이치 아닌 것이 없는데, 나는 인仁으로 말미암아 태어났으니 만물과 더불어 그 원원元元(본원本源)을 함께한다. 그러므로 인은 성性을 주관하여 사덕四德(인의예지)의 으뜸이 되어 나머지를 아우른다. 나머지를 아우르므로 정情에서 발發하여 사단四端이 되는데, 사단 가운데 측은지심惻隱之心이 나머지 셋을 관통한다. 측은지심이 나머지 셋을 관통하므로 수오지심羞惡之心, 사양지심辭讓之心, 시비지심是非之心을 그 용用으로 삼아, 행동하고 말하는 사이에 인성仁性을 그 체體로 삼지 않음이 없다. 만일 그 체體가 없

다면 친친親親에서 출발해 남에게 미치는 분한分限과 존비尊卑 등급의 사이와 공경·읍양揖讓의 즈음과 시비·사정邪正의 분변에 있어서 사사로운 뜻이 망령되이 일어나 과실이 없을 수 없다. 그러므로 인을 하는 자는 모름지기 극기克己(사욕을 이김)를 해야 한다. 만약 극기하면 마음이 환하게 지극히 공변되어 함양涵養이 온전하게 되니, 성性에 갖추어진 리理가 가려짐이 없고, 사물의 사이에 베푼 것도 저마다 그 도에 합당하지 않은 것이 없게 되어 천지 만물과 서로 유통하니, 생생生生의 이치가 천지에 두루 하지 않음이 없다. (…)

계인은 승려다. 승려는 정좌하여 상념을 누르며 참선을 하므로 유자儒者들의 비방을 받는데, 그 하는 일이 인仁은 아니다. 계인 씨가 만일 인에 힘을 쓴다면 정좌할 때 혼연渾然한 지리至理가 결여되는 일이 없어 사물을 접할 때와 일에 응대하는 사이에 천명天命의 성性이 사단四端에 애연히 발현되리니, 인의 작용이 꼭 온정을 베풀거나 어루만져 위로한 뒤에야 있는 것은 아니다. 훗날 머리에 관冠을 쓰고 집안과 나라에 베풀어 조정에 선다면 가는 곳마다 우러러보지 않음이 없을 것이요, 물러나 몸을 감추어 누항陋巷에 살면서 궁벽한 골짝을 지킨다 할지라도 스스로 즐거워할 것이며, 충일한 기운이 양춘陽春과 같아 화락하고 느긋해 그 절개를 바꾸지 않을 것이다. 아! 인仁은 정말 크도다!

성화成化 경자년(1480) 입추 날 벽산청은옹碧山淸隱翁이 호설을 쓰다.

성리학적으로 '인'仁을 한참 풀이한 뒤 계인에게 인을 행할 것을 당부하고 있다. 승려의 "하는 일이 인은 아니다"라고 말한 데서 알 수 있듯 김시습은 유교의 인과 불교의 자비를 다른 것으로 보고 있다. 유교에서 말하는 인은 친친親親, 즉 어버이나 형제 등 자신과 가까운 사람을 친히 하는 것이 으뜸이며 여기서부터 시작해 남으로까지 확장된다. 이 점에서 유교의 인은 가족을 그 중심에 두는 차등적 성격을 띠며, 불교의 자비나 묵자墨子의 겸애兼愛와 구별된다. 김시습은 『청한잡저2』에서는 유교의 인애仁愛와 불교의 자비가 서로 통하는 것으로 보았다. 이 점에서 김시습의 사상이 변화한 것을 알 수 있다.

주목되는 것은 김시습이, 계인이 훗날 환속해 벼슬에 나아가 인을 실천하기를 기대하고 있다는 사실이다. 계인에게 한 이 말은 어떤 의미에서는 김시습 스스로에게 한 말일 수 있다. 김시습은 이 글을 쓸 당시 아직 환속하지는 않았지만 계인에게 이런 말을 한 것으로 보아 이미 마음은 환속에 가 있었던 것으로 여겨진다.

김시습은 성종 6년(1475)에 쓴 『십현담요해』에서는 『청한잡저2』나 『임천가화』에서와 마찬가지로 '청한'이라는 법호를 사용한 바 있다. 청한이라는 법호나 설잠이라는 법명은 모두 불교식 호칭이다. 그런데 「계인설」에서는 이제 청한 대신 '벽산청은옹'이라는 호를 사용하고 있어 눈길을 끈다. '벽산청은옹'은 유교식 호다. 이 시기 이후 김시습이 청한이나 설잠이라는 호칭을 사용한 예는 더 이상 발견되지 않는다. 김시습은 지나칠 정도로 결벽한 인간이었던 만큼 그가 어떤 시기에 어떤 호를 사용했는지는 주의 깊게 관찰될 필요가 있다. 여기에 그의 사상적·심리적 추이가 반영되어 있음으로써다.

4   김시습은 환속한 후 「이단변」異端辨이라는 글을 썼다. 아마 환속한 해인 성종 12년(1481)에 썼으리라 짐작된다. 당시 김시습은 47세였다.

김시습은 20여 년 동안 불교도로 지냈다. 금오산 시절 이래 그는 고승으로서의 자부심과 정체성을 갖고 있었다. 김시습은 59세 때 세상을 뜬바 그의 생애 중 황금기라 이를 만한 시기를 불교도로 보낸 셈이다. 이 점에서 「이단변」은 놀라운 글이다. 이 글은 불교가 중국 문명을 어지럽히는 '이적夷狄의 법'이라고 했다.

이 글은 일종의 사상 전향서에 해당한다. 김시습은 외부의 힘이나 압력에 의해서가 아니라 자발적으로 사상 전향을 감행했다. 율곡栗谷 이이李珥도 한때 불문에 투탁投托한 적이 있기는 하나 김시습처럼 그렇게 오랜 기간은 아니며 잠시였을 뿐이다. 게다가 김시습은 불교에 대한 주목할 만한 전저專著를 여러 권 썼지만 이이는 그런 것도 아니다. 그러니 김시습의 사상 전향은 한국 사상사에서 유례를 찾기 어려운 일이다. 여기서 잠시 이 문제적인 글의 전문을 보기로 한다.

『춘추』의 법은 중국이라도 이적처럼 행동하면 이적으로 여기고, 이적이 중국을 어지럽히면 응징한다. 이적이 중국을 어지럽힘은 겁박하여 약탈하는 데 있는 것이 아니라 교언영색으로 사람을 유혹하는 데 있으니, 병법의 이른바 문벌文伐(무력을 동원하지 않고 지략을 써서 적국의 힘을 약화시키는 것)에 해당한다. 불자佛子의 무리가 인연과 업보를 논하는 것은 교언이요, 세망世網(인륜이나 예교)을 성글게 함은 영색이다. 중국의 이적은 좌임左衽(오랑캐의 복장)에 있는 것이 아니라, 그 말을 믿어 천성을 어기며 그 위엄에 눌려 귀의하는 데 있다.

하물며 불교란 이적의 한 법法이다. 부처가 죽은 지 이미 2천여 년이 되었건만 그 자취가 없어지지 않은 것은 어리석음으로 유혹해 어리석은 자가 많아졌기 때문이고, 땅이 서로 떨어진 거리가 1만 8천 리인데도 꼭 그 곁에 있는 듯함은 미혹으로 꾀어 미혹한 자가 많아졌기 때문이다. 진실로 달인達人이 이치를 궁구하고 천성을 극진히 하여 이를 멀리 물리쳤다면 사람들이 거기에 빠지지 않았을 것이다. 달인과 고사高士가 불교에 빠진 것은 혹 불행이 있어서다. 불행이란 뭘 말하는가? 나라가 위태롭고 몸이 궁하면 거기에 투탁하고, 뜻이 크나 재주가 졸렬하면 거기에 투탁하며, 형세가 곤란하거나 사세事勢가 절박하면 거기에 투탁하고, 기절氣節을 어찌할 수 없으면 거기에 투탁하며, 조정에서 쫓겨나 분하고 원통하면 거기에 투탁하게 되니, 이는 모두 고명한 사람들의 하는 바다. 이와 같은 것을 보고 마침내 궁한 자, 곤한 자, 힘든 자, 용렬한 자, 못난 자, 어리석은 자, 남을 속이는 자, 교묘히 말을 잘하는 자, 아첨하는 자, 난폭한 자, 도둑질하는 자, 남의 원수가 된 자, 무고를 당한 자 등이 모두 불교로 들어가 자활自活하게 되었다. 임금된 자로는 태만한 자, 교만한 자, 용렬한 자, 총명한 자, 범용한 자, 혼미한 자, 아둔한 자, 어리석은 자 등이 모두 그 속으로 들어갔다. 그 속으로 들어가면 넘어진 자가 다시 밟히고 엎어진 자가 다시 짓밟히는 것과 같아 스스로 기어오를 수 없거늘, 일곱 번 넘어지고 여덟 번 엎어지게 되면 다시 거기에 투탁하기를 구하고, 그 신령에게 빌게 된다. 이에 저들은 큰 소리로 꾀고 소곤대는 말로 유혹하니, 어찌 점점 그 속으로 들어가지 않을 수 있겠는가.

그러므로 공자는 괴력난신怪力亂神을 말하지 않았으며, 평소 말씀한 바는 시서詩書와 예禮였다. 진실로 그 말을 하지 않고 그 일을 일삼지 않는다면 사특한 말이 들어올 틈이 없을 것이니, 무슨 꾐이 있겠는가. 그러므로 선유先儒(정이)가 말하기를, "음란한 음악이나 아름다운 여자처럼 멀리해야 한다"고 한 것이다.

"불교란 이적의 한 법法"이라는 말은 한유의 「논불골표」論佛骨表에서 유래한다. 김시습은 이 글에서 불교는 이적의 법으로 말이 사특하니 멀리해야 한다고 주장한다. '화이론'華夷論이 불교 배척의 근거가 되고 있다. 그렇기는 하나 김시습은 한유만큼 불교에 적대적이지는 않다. 한유는 「원도」에서, 도사와 승려를 모조리 환속시키고 그들의 책을 불태워 버려야 하며 도관道觀이나 사찰을 없애야 한다고 했다.

이 글에서 주목되는 것은 몸이 궁하거나 형세가 곤란하거나 기절을 어찌할 수 없는 고명한 자가 불문에 투탁한다고 말하고 있다는 점이다. 이는 김시습 자신을 돌아보고 한 말 같다. 김시습이 불문에 들어간 것은 세조의 왕위 찬탈 때문이다. 그렇기는 해도 그가 불교에서 깊은 진리를 발견하고 진정으로 부처에 귀의했던 것 역시 사실이다. 「이단변」은 사상 전향서인 만큼 자신이 그동안 형세상 불가피해서 불문에 의탁했다는 점을 애써 강조하고 있지 않나 한다.

5 　　김시습은 벼슬을 할 뜻이 있어 환속했으므로 환속 후 유교 경전 공부에 힘썼으리라 생각된다. 그런데 예기치 못한 일이 발생했다. 환속한 다음 해인 성종 13년(1482) 8월 성종의 계비繼妃인 윤씨가 사사賜死된 것이다. 이른바 폐비 윤씨 사사 사건廢妃尹氏賜死事件이다.

윤씨는 세자(연산군)의 어머니로 3년 전인 성종 10년(1479) 6월 2일 부덕하다는 이유로 폐비廢妃되어 친정으로 쫓겨났다. 투기가 심하고 남편(성종)에게 고분고분하지 않고 대든다는 게 그 이유였다. 성종은 이날 대신들을 소집해 중궁의 폐출廢黜을 밀어붙였다. 승지들과 일부 대신들이, 왕비가 비록 실덕이 있다 할지라도 갑자기 폐하는 것은 옳지 않으니 별궁에 거하게 해 그 허물을 뉘우치게 함이 사리에 맞다고 주장하자 성종은 "출궁黜宮할 여러 가지 일만 주선하면 그만이지 무슨 말이 많은가"라며 역정을 냈다.

당시 영의정은 정창손鄭昌孫인데, 그는 시종 기회주의적 처신으로 일관했다. 처음에는 "이제 상교上敎를 받으니 '중궁이 승순承順하는 도리를 잃어 종묘의 주인으로 삼는 것이 불가하다' 하셨는데 상교가 이에까지 이르렀으니 어찌하겠습니까"라며 성종의 뜻에 영합하다가, 대다수 신료가 성종의 뜻을 따르지 않고 폐출은 무리한 일이라고 하자 이번에는 '사론士論이 안 좋을 듯하니 별전別殿에 폐처廢處케 하는 것이 좋겠다'고 했다. 결국 이날 성종은 교서敎書를 내려 중궁의 폐출을 선포하게 했다. 윤씨가 종묘를 받들 자격이 안 되고 국가에 모범이 되지 못하니 만세를 위한 염려에서 폐출한다는 것이 그 요지였다.

윤씨는 폐출된 후 근신하며 지냈다. 시간이 흐를수록 사론은 윤씨의 폐출이 지나친 일이라는 쪽으로 흘러갔다. 더구나 성종은 윤씨에게 일체의 물질적 지원을 못 하게 해 윤씨는 곤핍한 생활을 해야만 했다. 이에 '윤씨를 이렇게 두어서는 안 되며 별궁으로 옮겨 공봉供奉해야 한다'는 조정 신료의 상서가 끊이지 않았다. 그러던 중 성종 13년(1482) 8월 11일 홍문관 부교리 권경우權景祐가 폐비 윤씨의 일을 간언하기를, "여염에 살게 한 것은 일국의 신민이 마음 아파하지 않음이 없으니" "한 처소를 따로 마련해 관에서 뒷바라지를 해야 함이 옳을 듯합니다"(『성종실록』 성종 13년 8월 11일)라고 했는데, 성종은 이 말에 통분을 이기지 못했다.

급기야 성종은 닷새 후인 16일 의정부와 육조의 신료와 대간들을 불러 모아 윤씨를 어떻게 처리하면 좋을지 물었다. 성종은 모두冒頭에 "후일에 그(윤씨)가 발호하면 후환이 어찌 크지 않겠느냐"면서 측천무후가 권력을 잡아 대신들을 죽인 일을 거론하며 신료들을 은근히 압박했다. 이에 영의정 정창손이 제일 먼저 성종의 뜻에 영합해 "후일에 반드시 발호할 근심이 있으니 미리 예방하여 도모하지 않을 수 없습니다"(『성종실록』 성종

13년 8월 16일)라고 아뢰었으며, 재상과 대간 들이 같은 말로 아뢰기를 "여러 의견이 모두 옳게 여깁니다"라고 했다. 이에 성종은 윤씨를 그 집에서 사사시키고 이를 서울과 지방에 포고하라고 의정부에 전지傳旨했다. 그리고 권경우를 의금부에서 국문하게 했다. 권경우는 성종 치하에 성립된 영남 사림파의 일원으로 남효온南孝溫·김일손金馹孫과 함께 김종직의 문생이었다. 그는 강직한 성품의 소유자였으며 성종에게 사론과 민심을 가감 없이 전달하다 화를 입었다.

이것이 윤씨 사사 사건의 전말이다. 이 사건은 김시습의 행적을 이해하는 데 아주 중요하기에 좀 자세히 들여다보았다. 사실 윤씨는 투기가 심하고 성격이 좀 강한 여성이었다. 성종은 이런 그녀를 제어하기가 벅찼던 듯하다. 성종의 수신修身과 제가齊家에 큰 문제가 있었던 것이다. 게다가 정희왕후貞熹王后 (세조의 비)와 소혜왕후昭惠王后(성종의 어머니)는 윤씨를 미워했고 후궁들도 덩달아 윤씨를 모함했다. 이에 성종은 극단적인 방법으로 무리하게 일을 처리했으며, 영의정 정창손을 비롯한 고위 신료들이 이에 가세했다. 윤씨는 성종의 아내였으며 동궁의 어머니였다. 비록 잘못은 있었다 할지라도 그녀가 무슨 죽을죄를 지은 것은 아니었다. 그러므로 이 사건은 좀 단순화시켜 말한다면 남편이 자신의 지위를 이용해 아내를 살해한 것이다. 그러므로 이 사건에는 '인륜의 문제'가 내포되어 있다. 조선은 유교 사회이므로 삼강오륜三綱五倫을 윤리적 지침으로 삼았다. 삼강에는 '부위부강'夫爲婦綱이 있고 오륜에는 '부부유별'夫婦有別이 있다. 요컨대 당시 사회에서 부위부강과 부부유별은 본질상 인륜의 문제였으며 여기에는 기본적으로 부부의 상호 존중이 전제되어 있었다.

문제는 김시습이 이 사건에 어떤 반응을 보였는가 하는 점이다. 먼저 그 무렵 김시습과 가장 가까이 지냈던 남효온의 증언부터 들어 보기로 한다.

> 임인년 이후 세상이 쇠해짐을 목도하고 인간사人間事를 행하지 않고 여염 간의 내버린 사람이 되었다. (⋯) 하루는 술을 마시고 저자를 지나가다가 영의정 정창손을 보고 말하기를 "네놈은 그만둬야 해!"라고 했다. 정은 못 들은 척했다. 사람들이 이 일로 위태롭게 여겼으며 일찍이 교유하던 이들이 모두 관계를 끊고 왕래하지 않았다. 홀로 저자의 노복이나 실성한 사람과 노닐었으며 취하면 길가에 드러누웠다. 늘 바보같이 굴고 늘 낄낄 웃었다. 그 후 설악산에 들어가기도 하고 춘천의 산에 거주하기도 했는데 출입이 무상해 사람들이 그 속을 알 수 없었다.(『사우명행록』師友名行錄, 『추강집』秋江集)

'임인년'은 윤씨가 사사된 성종 13년에 해당한다. 그러므로 "임인년 이후 세상이 쇠해짐을 목도"했다는 것은 윤씨 사사 사건을 가리킨다. 정창손은 김질金礩의 장인으로 사육신의 거사 계획을 수양대군에게 알린 공으로 세조 치하에 영의정을 지냈으며 성종 때 와서도 영의정을 지냈다. "네놈은 그만둬야 해"라는 김시습의 말은 영의정을 그만둬야 한다는 말이다. 김시습이 정창손의 책임을 묻는 것으로 보아 그는 정창손이 조정에서 한 일을 다 알고 있었던 것으로 보인다.

남효온이 증언하듯 김시습은 윤씨 사사 사건이 있고 난 후 다시 미치광이처럼 행세했다. 일찍이 그는 21세 때(세조 1년, 1455) 수양대군의 왕위 찬탈 소식을 접하고서 미치광이로 행세한 바 있다. 이른바 양광佯狂, 즉 '미친 척하기'다. 27년 뒤 김시습은 또다시 양광을 일삼고 있다.

수양대군의 왕위 찬탈과 윤씨 사사 사건은 비록 그 성격은 다르지만 그럼에도 서로 통하는 점이 없지 않다. 두 사건은 모두 왕실에서 일어난 일로 인륜과 관련된다. 수양대군의 찬탈은 '군신유의'君臣有義의 거역이다. 두 사건은 모두 인륜의 파탄을 보여 준다. 김시습은 수양대군의 왕위 찬탈로 인해 일종의 트라우마를 갖고 있었다. 그러니 김시습이 윤씨가 사사되자 양광을 일삼은 것은 이해가 되는 일이다.

더구나 김시습은 「상유양양진정서」에서 보듯, 성종이 어진 이를 등용하고 간언을 따른다고 판단해 벼슬길에 나서 볼까 해 이해에 환속한 참이었다. 하지만 성종에 대한 기대는 무참히 깨졌다. 게다가 조정에는 간신배와 소인배가 득시글거림이 확인되었다. 이런 상황에서 벼슬을 할 수는 없다. 출처出處의 도리에 어긋나기 때문이다. 그래서 김시습은 벼슬을 하려던 생각을 접어야 했다. 김시습이 당시 보인 미치광이 행세를 통해 그가 얼마나 큰 절망감에 빠졌는지 알 수 있다. 인륜성의 회복을 위해 많은 고민 끝에 불문에서 나와 환속했건만 그가 목도한 것은 인륜성에 의거해 펼쳐지는 성종의 인정仁政이 아니라 인륜성의 파탄이었음으로써다. 이에 김시습은 모든 것을 내려놓고 다시 승복을 입고 산으로 들어간다.

윤춘년尹春年의 「매월당선생전」梅月堂先生傳이나 이이의 「김시습전」金時習傳에는 김시습이 재혼한 지 얼마 안 되어 아내 안 씨를 잃자 의지할 데가 없어 다시 산으로 들어간 것처럼 서술되어 있지만 이는 실제와는 거리가 있다. 꼭 아내의 죽음 때문에 김시습이 양광을 일삼은 것도 아니요, 단지 아내의 죽음만으로 모든 것을 내려놓고 다시 승복을 입은 것도 아니다. 물론 김시습이 아내의 죽음에 큰 심적 타격을 받았을 수는 있다. 하지만 당시 김시습이 미치광이 짓을 일삼은 까닭은 "임인년 이후 세상이 쇠해짐을 목도"해서라는 남효온의 증언을 준신遵信해야 할 것으로 본다.

김시습이 환속 직후 왜 이상한 행태를 보이다가 다음 해에 남효온의 전별을 받으며 육경자사六經子史를 싣고 강원도로 떠났는지는 기존의 연구에서 충분히 밝혀져 있지 않다. 대개 막연히 폐비 윤씨 사사 사건에 상처를 받아 그랬을 것으로 보아 왔다. 김시습의 이후 행적과 사상을 해명하기 위해서는 당시 김시습이 보인 행동의 연유와 맥락을 제대로 파악하지 않으면 안 된다. 이에 나는 갓 환속한 당시 김시습의 실존과 그의 심리 구조를 분석하며 이 문제를 심층적으로 파고들어가 보았다.

6   이후 김시습의 생애는 두 시기로 나뉘는바, 하나는 관동 시절이고 다른 하나는 무량사無量寺 시절이다. 관동 시절은 49세 때(성종 14년, 1483)부터 57세 때(성종 22년, 1491)까지이고, 무량사 시절은 58세 때(성종 23년, 1492)부터 59세 때까지이다.

『매월당집』 권13 『관동일록』關東日錄과 권14 『명주일록』溟州日錄은 관동 시절에 쓴 시들을 모은 시집이다. 김시습은 이 시집들에서 유교를 '오도'吾道, 즉 우리 도라고 지칭하고 있다. 『임천가화』제39화에서 불교를 '오도'라고 말한 것과 완전 딴판이다. 한편 불교는 계속 '이단'으로 일컬어진다. 이를 통해 김시습이 관동 시절 비록 승복을 입고 승려들과 가깝게 지내고는 있었지만, 유교의 '은자'로 자처하면서 스스로 그 사상적 정체성을 유교로 규정짓고 있었음을 알 수 있다. 『관동일록』의 다음 시들에서 그 점이 확인된다.

> 일기一氣는 본디 가없어서
> 순환하여 처음과 끝이 맞물려 있네.
> 삶과 죽음, 밤과 낮이
> 봄과 여름, 가을과 겨울이 그러하다네.
> 강대剛大함이 가득 차 위축됨 없고
> 청명淸明함을 간직해 공격지 않네.
> 정성을 두어 사납게 부리지 않으면
> 성인聖人의 경지에 조용히 들리.
> 一氣自坱圠, 循環相始終.
> 幽明及晝夜, 春夏與秋冬.
> 剛大充無餒, 淸明吝不攻.
> 存誠如勿暴, 聖域可從容. (「일기」一氣)

> 성誠이란 본디 쉼이 없어서
> 만물이 이로 말미암아 이루어지네.
> 하늘은 높고, 땅은 광대하고 두터우며
> 바다는 넓고, 산은 우뚝하네.

전일全一하니 생생生生의 이치 헤아리기 어렵고

순수하고 참되니 도道가 절로 형통하네.

하늘을 본받아 잘 생각한다면

신명神明에 통할 수 있네.

誠者自無息, 品形由此成.

天高地博厚, 海闊山崢嶸.

不貳生難測, 純眞道自亨.

法天如克念, 可以通神明. (「지성」至誠)

아름답도다 '경'敬이란 한 글자

성학聖學(유학)의 처음과 끝을 이루네.

다른 생각 끼어듦 허용 않으니

어찌 게으른 모습 지으리.

또렷한 정신으로 늘 삼가고

단정히 해 몽롱하지 말아야 하네.

십분十分의 경지에 이르게 되면

성인聖人의 자취를 좇은 게 되리.

猗歟敬一字, 聖學成始終.

不許干他念, 那能設慢容.

惺惺常謹愼, 整整勿蒙茸.

到盡十分處, 由來爲聖蹤. (「주경」主敬)

　이들 시에서 알 수 있듯 이 시절 김시습은 성리학의 주경主
敬과 존심양성存心養性 공부에 치력했다.

7 　그렇다면 김시습은 관동 시절에는 이제 더 이상 불교에 관한 글은 쓰지 않은 것일까? 그렇지는 않다. 『매월당집』 권23에 실려 있는 『잡설』雜說은 관동 시절의 저작인데(『관동일록』에 수록된 「일기」一氣 등의 시가 언급되고 있는 데서 그 점을 알 수 있다), 이 속에 불교에 대한 그의 생각이 담겨 있다. 이 책은 관동 시절 김시습의 불교관을 살필 수 있는 유일한 자료다.

이 책의 말미에는 "위 『잡설』은 선생(김시습)의 수필手筆(친필)이 아니며 글에 궐오闕誤가 많지만 감히 망령되이 정정訂正하지 못해 구득購得한 사본寫本 그대로 인쇄했다"라는 말이 첨부되어 있다. 『매월당집』이 처음 편찬된 것은 이자李耔(1480~1533)에 의해서다. 그가 김시습의 친필 시문을 모아 『매월당집』 3책을 엮고 그 서문을 쓴 것은 김시습 사후 28년인 중종 16년(1521) 때다. 김시습은 후세에 전할 뜻으로 손수 자신의 시문을 찬록纂錄한 자찬고自撰稿 3권을 남겼는데, 이자가 간행한 『매월당집』 3책은 바로 이 자찬고에 의거한 것이다. 『잡설』 말미에 "선생의 수필이 아니며" 운운한 건 이 때문이다. 『잡설』은 그 내용으로 볼 때 김시습의 글임이 틀림없다.

『잡설』은 필기筆記 형식으로 자유롭게 김시습의 생각을 적어 놓았다. 흥미롭게도 이 글에는 성리학에 대한 언술과 불교에 대한 언술이 섞여 있다. 먼저 성리학에 대한 부분을 보자.

> 하늘이 백성을 낳으실 제 각각 성性을 주시니, 성즉리性
> 即理(성性이 곧 리理임)이다. 리理를 주었다고 하지 않고 성
> 性을 주었다고 한 것은, 리理는 사람과 사물에 공통된 것
> 을 두루 말하고, 성性은 나에게 있는 리理를 말하기 때문

이다. 나에게 있는 리理는 선하지 않은 적이 없으니, 부
자유친父子有親의 리理와 붕우유신朋友有信의 리理와 같은
것이 곧 사람의 성性이다. 소가 밭을 갈고, 말이 달리고,
닭이 새벽을 알리고, 개가 주인을 보호하고, 초목과 곤
충에게 각각 형질이 있어 좋아하고 싫어함이 다름과 같
은 것은 곧 물物의 리理다. 하지만 그 근원은 하나이다.

『잡설』의 첫 조목이다. '성즉리'라는 정식화定式化는 북송의
성리학자인 정호의 창안인데 그 동생 정이를 거쳐 주희에게 전
해져 주자학적 심성론의 기초가 되었다. 그러므로 김시습의 이
말은 정주학程朱學 교의敎義의 충실한 답습일 뿐 별로 새로운 것
은 아니다. 하지만 여기서 중요한 것은 김시습의 사상적 스탠스
가 성리학 쪽으로 옮겨 갔음이 이 말에서 확인된다는 사실이다.
　더 흥미로운 것은 다음에서 보듯 성리학 이론에 의거해 불
교 이론을 공박하고 있다는 사실이다.

　성性을 극진히 한다는 것은 나에게 있는 리理를 극진히
하는 것이요, 성性을 기른다는 것은 나에게 있는 리理를
기르는 것이다. 어떤 이가 묻기를,
　"승려는 '견성'見性(성性을 봄)을 말하는데, 성性을 볼 수
있습니까?"
라고 해, 이렇게 대답했다.
　"(…) 마음이란 하늘에서 품수稟受하여 일신一身에 있는
것입니다. 그러므로 선현이 이르기를, '마음이란 사람의
신명神明으로, 뭇 이치를 갖추어 만사에 응한다'라고 했

으니, 마음을 보존해 극진히 하여 뭇 욕심의 공격을 받지 않는다면 옳거니와 승려처럼 '마음을 본다'(觀心)고 함은 옳지 않습니다. 마치 금에 금박을 하지 못하고 물로 물을 씻지 못함과 같으니, 어찌 내 마음으로 내 마음을 볼 수 있겠습니까. 만약 볼 수 있다고 한다면 마음이 응당 둘이 있어야 할 것입니다."

'마음이란 사람의 신명神明으로, 뭇 이치를 갖추어 만사에 응한다'는 말은 주희가 저술한 『맹자집주』孟子集註 「진심장구」盡心章句 상上의 주註에 나온다.

김시습은 『임천가화』 제60화에서는 '견성'에 대해 이리 말했다.

부처를 보고 법法을 들어서(見佛聞法) 무생無生을 깨닫는 것은 어째서인가?

'부처를 본다'는 것은 견성見性을 말하고, '법을 듣는다'는 것은 오묘함을 깨닫는 것을 말한다. 성性이 본래 묘하다는 것을 깨달으면 무생을 단박에 깨치게 된다.

불교에서 '견성'이란 사람마다 다 본래 갖추고 있는 불성佛性을 깨닫는 것을 말한다. 그러면 무생, 즉 생멸生滅이 본래 없음을 깨닫게 되는바 이것이 곧 진여요 열반이다. 제60화는 이 점을 말하고 있다.

그런데 『잡설』에 와서는 불교에서 말하는 견성이 말이 안 되는 소리라고 하고 있다. 견성을 이리 비판함은 성리학자의 클리셰다. 일찍이 정도전도 『불씨잡변』에서 똑같은 말을 한 바 있다. 견성은 불교의 핵심적인 교의敎義이다. 그러므로 김시습이 이를 공박함은 그가 더 이상 불교도가 아님을 의미한다.

다음에서 보듯 김시습은 성리학의 이기심성론에 입각해 불교에서 말하는 심心과 성性을 비판했다.

> 하늘이란 기氣의 지극히 성한 것인데, 리理가 그로부터 나온다. 먼 데서 보면 거뭇거뭇하니 어찌 사물이 있겠는가. 하지만 저 북쪽 사람들은 이를 가리켜 부르기를 '가한'可汗(칸)이라 하니, 형체로서 말할 때는 '하늘'이라 하고, 주재主宰로서 말할 때는 '제'帝라고 하며, 성정性情으로서 말할 때는 '건'乾이라 하고, 묘용妙用으로서 말할 때는 '신'神이라 하는 것을 어찌 알겠는가.
>
> 승려가 말한 심성心性 역시 그러하니, 다만 허령虛靈(잡됨이 없고 신령함)과 적조寂照를 가리켜 혹은 심心이라 하고 혹은 성性이라 한다. 그러므로 이르기를 "심心도 공空하고 성性도 공空할 따름이다"라고 하니, 성性이 발하여 정情이 되는바 정은 모름지기 절도가 있어야 하고 심心이 발하여 의意가 되는바 의는 모름지기 성실해야 한다는 것을 어찌 알겠는가.
>
> 그러므로 그들이 말하는 것과 그들이 행하는 것은 반드시 심心, 의意, 정情, 식識, 사량思量(생각하여 헤아림), 복탁卜度(헤아림) 등을 내버리고 유무有無와 비무非無, 진무眞無와 허무虛無가 아닌 데 이르러 궁극에는 기량伎倆이 없는 경계에 들어가야만 도를 깨달았다고 하는데, 그 근원을

찾아보면 성학聖學(유학)에서 말한 바 극기복례克己復禮에 지나지 않는다. 인욕이 다 없어지면 천리天理가 유행流行할 따름이니, 어찌 저처럼 기괴奇怪하고 허탄虛誕하여 사람이 알 수 없는 바와 사람이 할 수 없는 바가 있겠는가. 나에게 본디 있는 것을 다할 따름이다. 그러므로 솟아올라 허공을 휘적휘적 걷거나 하늘을 뚜벅뚜벅 걸을 수는 없다. 다스려지는 세상의 말은 삶과 생업에 도움이 되며, 모두 정법正法을 따른다.

"하늘이란 기氣의 지극히 성한 것인데, 리理가 그로부터 나온다"는 말에서 김시습이 금오산 시절에 쓴 「태극설」에서 처음 주장한 '태극=음양'설, 즉 기본위설氣本位說을 만년까지 그대로 관철시키고 있음을 알 수 있다. 다만 김시습은 금오산 시절에는 성리서性理書를 볼지라도 심성론과 수양론 쪽으로는 깊이 들어가지 않고 존재론 중심으로 사유했는데, 관동 시절에 와서는 존재론과 심성 수양론이 통일적으로 파악되고 있다는 점이 다르다. 김시습은 이 시절 특히 심성 수양론 공부에 큰 힘을 쏟은 듯하다. 성리학 공부에서 실천을 강조할 경우 결국 심성 수양론 쪽으로 갈 수밖에 없다. 그것은 불교로 치면 선가의 참선 공부와 같다.

김시습은 수락산 시절 전기까지는 유교와 불교를 넘나들기는 하되 둘을 각각 독자적 진리 체계로 간주해 둘을 직접적으로 비교하지는 않았다. 둘이 서로 다른 진리 체계인 한, 둘을 비교해 어느 것이 옳고 어느 것이 그른지 시시비비를 가리는 것은 헛된 일일 수 있다. 그래서 그 시절 김시습의 사유 내에서는 유교와 불교는 서로 아무런 충돌도 일으키지 않고 일정하게 회통할 수 있었다. 그것은 사상적으로 아주 근사한 일이었다. 하지만 관동 시절에는 유교와 불교의 그런 관계가 더 이상 기대될 수 없었다. 이는 불교를 이단으로 간주하는 태도에서 비롯된다. '이단'이란 어떤 함의를 갖는가? 하나의 사상 체계와 하나의 교의敎義를 유일한 진리이자 표준으로 상정하고 그와는 다른 사상 체계와 교의는 비진리非眞理이자 '표준 바깥'으로 간주하면서 배척하는 태도를 의미한다. 그러니 시시비비와 충돌이 있을 수밖에 없다.

이 인용문에서 김시습은 불교는 '기괴'하고 '허탄'하며 삶과 생업에 도움이 안 되는바 정법正法인 유학을 따라야 한다고 주장하고 있다. 일찍이 『청한잡저2』에서는 불교가 인민의 삶과 생업에 큰 도움이 된다고 했는데 이와 정반대의 말을 하고 있는 것이다.

이처럼 『잡설』에서는 불교의 교리가 비판되며 그것이 정법이 아닌 걸로 간주된다. 하지만 김시습은 비록 관동 시절 불교를 이단으로 규정하고 있기는 하나 정호·정이 형제나 주희나 정도전처럼 불교를 배척하고 있지는 않다. 성리학의 입장에서 불교 교리의 어떤 부분을 비판하며 시시비비를 가리려는 태도를 보이기는 하나 그럼에도 불교에 진리성이 담지되어 있음을 부정하지 않았다. 이는 「이단변」에서도 확인되는 바이다. '이단변'과 같은 제목의 글이라면 적어도 이데올로기적 입장에서 불교의 진리성을 깡그리 부정하면서 그것이 '사설'邪說임을 강변하지 않으면 안 된다. 한유, 그리고 주희를 비롯한 송대의 성리학자들은 그렇게 했다. 하지만 김시습은 결코 그리하지 않았다. 이는 김시습이 20여 년간 불교도로 지내면서 자기 나름대로 불교의 진리성을 본 바가 있었기 때문이 아닐까.

다음에서 보듯 김시습은 성리학의 관점에서 불교의 선禪을 해석하고 있다.

> 불교에서 말하는 '선'禪이란 동정動靜과 어묵語默 간에 있어 온화하고 급박하지 않아 상황에 곡진히 대처하는 것이니, 마치 원기元氣가 주선하여 낮과 밤, 그믐과 초하루, 차고 빔, 성하고 쇠함, 나고 자람, 오고 감이 조급함도 없고 또한 느림도 없어 쭉 이어져 끊어지지 않고, 순후하여 그치지 않음과 같다. 기뻐해야 하면 기뻐하고, 성내야 하면 성내고, 사랑해야 하면 사랑하고, 공경해야 하면 공경하여, 좌와坐臥(앉거나 누움)와 기거起居에 이르기까지 하나같이 시변時變에 따르는 것을 '일관'一貫이라 이르고 '중용'中庸이라 이르며 '시중'時中이라 이르거늘, 『주역』에 이르기를, "우레와 바람이 '항'恒이니, 군자는 보고서, 서서 방소方所를 바꾸지 않는다"라고 했으니, 대저 이를 일러 '선'禪이라고 한다. 만약 이와 다름이 있다면 도무지 할 만하지 못한 것이니, 단지 나뭇가지나 흙덩어리일 뿐이다.

앞에서 언급한 바 있지만 정도전은 『불씨잡변』에서 교教보다 선禪이 더 나쁘다고 했다. 문자와 언어를 벗어남으로써 제멋대로가 됐다고 보아서다. 김시습은 선을 비록 성리학적으로 재해석하고 있기는 하나 포용하려는 태도를 취하고 있다.

그런가 하면 다음에서 보듯 부처의 가르침에 '권'과 '실'이 있음을 지적함으로써 선禪과 불도佛道를 옹호하고 있다.

> 불교의 교敎는 방편方便이니, 권교權敎와 실교實敎를 함께 행한다. 선禪은 직지인심直指人心이요, 순전히 실어實語다. 천겁수행千劫修行, 삼세인연三世因緣, 의보依報와 정보正報, 천당과 지옥 같은 것은 모두 허구로 지어내 사람으로 하여금 깨닫게 함이니, 결국 노란 나뭇잎을 돈이라고 하면서 아이를 꾀거나 귀신과 범으로 아이를 무섭게 하는 것과 같다. 신통과 변화 역시 아이에게 장난하는 것이니, 울음을 그치게 하기 위해 가설무대에서 인형극을 함과 같다. 그러므로 십이연기十二緣起나 십이비유十二比喩 등의 일은 모두 부처가 진실한 마음으로 설設한 것이 아니다. 그래서 이치에 통달한 사람의 비웃음을 받게 되었다. 또한 부처 스스로 이르기를, "녹야원鹿野苑에서부터 발제하拔提河에 이르기까지 그 중간에 한 글자도 말한 적이 없으며, 다만 그때그때의 형편에 따랐을 뿐이다"라고 했다.

인용문 중 '의보'依報는 그 몸이 의지하는 산하·대지 등 일체의 사물을 이르고, '정보'正報는 과거의 업業에 따라 몸을 받는 것을 이른다. '십이비유'十二比喩는 범부凡夫가 사물의 진상을 알지 못하고 잘못된 견해를 가짐을 열두 가지 비유로 말한 것을 이른다.

김시습은 금오산 시절과 수락산 시절 전기에 이 인용문의 말과 동일한 생각을 갖고 있었다. '노란 나뭇잎을 돈이라고 하면서 아이를 꾄다'는 표현은 그 시절 저술한『연경별찬』서문에 나온다. 요컨대 이 인용문은 불교에 대한 김시습의 생각이 하나도 달라지지 않았음을 보여 준다.

　뿐만 아니라 다음에서 보듯 김시습은『잡설』에서 불교의 요체要諦에 대한 새로운 통찰을 보여 주기까지 한다.

　　　부처란 '각'覺(깨달음)이다. 이윤伊尹이 말하기를, "나는 하늘이 낸 백성 가운데 선각자先覺者다"라고 한 것은 바로 이를 말한다. 부처는 중국의 '성'聖이라는 말과 같으니, 성聖이란 통달하지 못함이 없는 것이다. 부처는 서쪽 오랑캐(인도를 가리킴)의 선각자로 통달하지 못한 것이 없는 자이다.
　　　내 일찍이 그 글을 읽고 그 행적을 음미한 적이 있는데, 도를 행하고자 함은 중니仲尼(공자)와 같고, 몸을 깨끗이 하고 욕심이 적기로는 중자仲子와 같았으며, 큰 소리로 과장되고 허탄한 말을 하는 것은 백양伯陽(노자)과 같았는데, 전장典章을 닦고 예악禮樂을 밝히는 건 없었다. 하지만 동서東西의 풍토가 자못 다르고, 길이 아득히 멀며, 습속習俗의 마땅히 여기는 바가 다른데, 혹은 제자들이 결집結集해 말을 부풀린 것이 너무 지나치고, 혹은 동쪽으로 전래되면서 중역重譯되어 기사가 적실하지 않으며, 혹은 번역한 사람이 글엔 통하되 이치에 막혀 그 뜻을 궁구하지 못했고, 혹은 이치엔 통달하되 문장이 졸렬해 말이 잘 안 통하고, 혹은 말한 것이 너무 지나치며,

혹은 넘치게 칭찬하여 글이 도탑지 않고, 혹은 일을 벌이기 좋아하는 무지한 사람이 위작偽作하여 인습因襲했으나 산삭刪削을 만나지 못했으며, 혹은 세 번 베끼면서 글자가 바뀌어 '오'烏나 '언'焉이 '마'馬가 되어 다 믿을 수는 없게 되었으니, 다만 그 종요로운 개요만을 이해한다면 '자비로써 만물을 이롭게 하고 마음을 밝혀 욕심을 없앰'에 지나지 않는다. 유교의 육경은 모두 성인의 산정刪定을 거친 것임에도 맹자는 "글을 다 믿는다면 글이 없는 것만 못하다"라고 했다.

불교의 교리를 비판하고 있음에도 불구하고 부처는 의연히 '성인'으로 간주된다. 부처의 말에 "전장을 닦고 예악을 밝히는 건 없었다"라는 지적이나 불경이 중역되거나 위작되면서 생긴 현상에 대한 지적은 김시습의 남다른 통찰력을 보여 준다. 특히 불교 경전을 텍스트 비판적으로 통찰한 것이라든가 불교 경전의 기록 모두를 부처의 실제 말이라고 볼 수는 없음을 통찰한 것은 당시로서는 놀라운 일이 아닐 수 없다.

뿐만 아니라 불교의 종요로운 개요는 "자비로써 만물을 이롭게 하고 마음을 밝혀 욕심을 없앰"으로 이해될 수 있다는 지적 역시 그의 빼어난 통찰력을 보여 준다 할 만하다. 불교에 깊은 내공이 없고서는 불교의 핵심을 이처럼 간결하게 한마디로 정리하기 어려울 터이다.

요컨대 김시습은 관동 시절 이후 성리학을 정학正學으로 간주하고 불교를 이단으로 여기기는 했지만 그렇다고 해서 불교의 진리성을 깡그리 부정한 것은 아니다. 불교를 완전한 진리로 보지도 않았지만 그렇다고 해서 불교에 유교와는 다른 진리가 담지되어 있다는 사실을 부정하지도 않았다. 이 점에서 김시습은 여느 성리학자들과 달리 불교에 사뭇 우호적인 태도를 취했다고 할 만하다.

8   김시습은 금오산 시절과 수락산 시절 전기에는 설잠雪岑이라는 법명과 청한자淸寒子라는 법호를 사용했다. 이는 승려의 자의식을 보여 주는 칭호들이다. 하지만 수락산 시절 후기에는 동봉東峰과 벽산청은碧山淸隱이라는 호를 사용했는데, 이 호들에는 은둔한 선비(승려가 아니라)의 자의식이 담겨 있다고 생각된다.

관동 시절에는 동봉이라는 호를 사용하기도 했지만 새로 '췌세옹'贅世翁이라는 호를 사용했다(51세 때 쓴 「독산원기」禿山院記에 처음 보임). '췌'는 '혹'을 말하니 쓸모없는 것을 뜻한다. 그러므로 췌세옹은 세상에 쓸모없는 늙은이라는 뜻이다. 김시습의 이 호에는 낙척불우落拓不遇한 선비의 자의식이 담겨 있다. 똑같은 선비의 호일지라도 동봉과 벽산청은에는 낙척의 뉘앙스가 없으며 오히려 뜻과 포부를 간직한 고상한 선비의 자부같은 것이 느껴진다. 하지만 췌세옹은 그렇지 않다. 이 호에는 어떤 희망도 어떤 꿈도 어떤 포부도 더 이상 갖고 있지 않은, 모든 것을 포기한 채 벼랑 끝에 홀로 서 있는 듯한 선비의 내면 감정이 느껴진다.

이 호는 일찍이 중국 송나라의 왕초王樵라는 인물이 거란에 잡혀간 부모를 끝내 찾지 못하자 처음 사용한 것으로 알려져 있다. 『송사』宋史 은일전隱逸傳 중 「왕초」王樵에 이런 말이 보인다.

> 왕초는 거란에 들어가 부모를 찾았으나 몇 년 동안 찾지
> 못했다. (…) 왕초는 북쪽을 바라보며 탄식했다. "신세가
> 이와 같으니 스스로를 남들에 견줄 수 있겠는가." 마침
> 내 세상과 관계를 끊고 스스로를 '췌세옹'이라고 했다.

왕초의 고사를 통해 김시습이 이 호를 쓴 데에는 그 바닥을
알 수 없는 깊은 절망감과 함께 세상과 연緣을 끊은 채 숨어 살
다가 인생을 마치겠다는 비장한 결심이 있었음을 알 수 있다.

호 이야기가 나온 김에 무량사 시절의 호에 대해서도 여기
서 잠시 언급하고 넘어가기로 한다. 이 시절 김시습은 계속 췌
세옹이라는 호를 사용하는 한편 '매월당'梅月堂이라는 호를 새
로 사용했다. 흔히 김시습이 매월당이라는 호를 금오산 시절에
처음 쓰기 시작한 것으로 알고 있는데 사실과 다르다. 종래 그
렇게 본 근거는 김시습이 『금오신화』를 짓고 나서 쓴 시인 「『금
오신화』 뒤에 적다」(題金鰲新話後, 『금오신화』)의 한 구절에 "滿窓
梅影月明初"라 하여 '매'梅와 '월'月 두 글자가 나오는데 이 두
글자를 합치면 '매월'이 되니 이를 통해 당시 김시습이 매월당
이라는 호를 썼음을 알 수 있다는 것이 그 전부다. 이는 실증의
비약이다. 동아시아 매화시의 전통에서 매와 달은 원래 찰떡궁
합이다. 그러니 꼭 자신의 호가 매월이 아니더라도 매화시에서
매와 달은 종종 병칭되게 마련이다.

김시습이 최만년에 사용한 매월당이라는 호는 자신이 거처
하던 무량사의 한 건물인 '매월당'에서 취한 것이다(김시습이 거

처하던 무량사의 한 당실 이름이 '매월당'이었음은 최영성, 「김시습과 무량사의 관계 몇 가지」, 『율곡학연구』 39, 2019 참조). 『매월당집』의 시문에서는 김시습이 매월당이라는 호를 사용한 예가 확인되지 않는다. 남효온의 『사우명행록』 '김시습' 조條에는 다음과 같이 김시습의 호가 소개되어 있다.

> 호는 동봉, 벽산청은, 청한자이다.

김시습은 수락산 시절 남효온을 알게 되어 아주 가까이 지냈다. 그럼에도 『사우명행록』에는 매월당이라는 호가 언급되어 있지 않다. 그럴 수밖에 없다. 『사우명행록』은 김시습이 무량사로 가기 전에 쓰였기 때문이다.

한편 윤춘년은 「매월당선생전」에서 김시습의 호를 이렇게 소개하고 있다.

> 여러 번 그 호를 바꾸었으니, 청한자라 하기도 하고, 동봉이라 하기도 하고, 벽산청은이라 하기도 하고, 췌세옹이라 하기도 하고, 매월당이라 하기도 했다.

윤춘년은 김시습이 호를 사용한 순서대로 적어 놓은 것임이 틀림없다. '매월당'이라는 호는 맨 끝에 나온다. 김시습은 무량사에서 숨을 거둘 때 자편고自編稿 3권을 남겼는데 아마 이 고본稿本의 명칭이 '매월당고'梅月堂稿가 아니었나 한다. 김시습이 죽은 후 이자로부터 윤춘년에 이르기까지 김시습의 문집 명칭을 모두 '매월당집'이라 한 것은 이에 연유한다고 생각된다. 문인이 자편고를 남길 경우 그 명칭은 대개 만년의 호를 취하는 게 일반적이다. 가령 능호관凌壺觀 이인상李麟祥도 자편고의 명칭을 최만년의 호인 뇌상관雷象觀에서 취해 '뇌상관고'라 하였다.

9   김시습은 성종 23년(1492) 가을, 서해의 명산을 유람하다가 옛 벗인 화엄華嚴 승려 지희智熙가 있는 홍산현鴻山縣(지금의 부여군 홍산면)의 무량사無量寺에 가 머물다 다음 해 2월 세상을 떴다. 그러니 무량사 시절은 1년도 채 안 되는 아주 짧은 기간이다. 인간은 죽을 때 그 본연의 모습을 가장 잘 드러낸다. 그러니 비록 짧은 기간이지만 무량사 시절은 눈여겨볼 필요가 있다. 불세출의 영재英才로서 파란만장한 삶을 산 김시습이라는 이 문제적 인간이 그 최후에 보여 주는 사상의 풍모와 인간의 광휘光輝가 대체 어떠한 것일지 궁금하기 때문이다.

김시습이 무량사 시절에 남긴 산문은 현재 세 편이 확인된다. 하나는 「『수능엄경』발」『首楞嚴經』跋(1493년 무량사에서 간행된 『수능엄경』 끝에 있는 글)이고, 다른 하나는 「『법화경』발」『法華經』跋(1493년 무량사에서 간행된 『법화경』 끝에 있는 글)이며, 마지막 하나는 「자사진찬」이다. 앞의 두 글은 성종 24년(1493) 2월에 썼음이 분명하고, 「자사진찬」은 그 쓴 시기가 밝혀져 있지 않지만 이 무렵 쓴 것이 확실하다. 김시습은 세 글을 쓴 뒤 이해 2월 세상을 버렸다.

먼저 「『수능엄경』발」부터 보자. 다음이 그 전문이다.

부처님이 근심하고 마음 아파하며 사람들을 위하여 애

쓴 것이 몹시 간절했다. 하지만 이른바 '간절했다'는 것은 이승二乘(소승)을 위해 간절했음을 가리킨다. 이승은 온갖 유희遊戲와 신통神通을 상락常樂으로 여긴다. 그러므로 여래가 측은히 여겨 돈교頓敎를 베풀었으나, 이승은 귀머거리라 깨닫지 못하므로 시현示現하여 세상에 나가 방편으로 점교漸敎를 베풀었으니, 녹원鹿苑에서 시작해 다음으로 『방등경』方等經에 이르렀으며 이 『대불정밀인요의 수능엄경』大佛頂密因了義首楞嚴經을 설설說하여 실實로 나아갔다. 이 경은 아난다가 악연惡緣을 만난 것으로 인하여 설설說해지는데, 마음을 찾는 데서 시작하여 마장魔障을 퇴치하는 데서 끝나고, 중간에는 일체의 일이 구경究竟에 있어 견고한 소식이 아닌 것이 없음을 선양宣揚하고 있다.

임자년(1492) 가을, 나는 서해의 명산을 찾았다. 옛 친구인 방외方外의 화엄 승려 지희가 만수산萬壽山 무량사에 있어, 해서를 잘 쓰는 한양의 박경朴耕에게 한 부部의 불경을 쓰게 했는데, 글씨가 해정楷正하고 정밀했다. 정미년(1487) 봄에 이것을 판각板刻하기 시작해 무신년(1488) 가을에 마쳤다. 판각이 끝나자 나에게 발문을 청했다.

내가 생각하기에 부처가 가르침을 베푸는 데는 권權이 있고 실實이 있는가 하면 교敎가 있고 선禪이 있으니, 근기에 따라 교의敎義를 천명하는 것이 '권'이고, 종내 일상一相으로 돌아가는 것이 '실'이며, 언설言說로 비유하는 것이 '교'이고, 문자를 세우지 않는 것이 '선'이다. 그러므로 '권'을 말하면 물고기와 새우를 모두 건져 올리고, '실'로 들어가면 사슴과 토끼가 다 같이 물을 건너게 되며, '교'를 베풀면 눈에 온전한 소가 보이지 않고, '선'을 말하면 말 밖으로 멀리 나오게 된다. 이것이 불법의 종요宗要다.

하지만 지금은 사장師匠들이 옥신각신 다투어 네 가지 명의名義가 서로 뒤섞여, 경經을 펼쳐 선禪을 말하는 자가 있는가 하면, 선에 몰두하면서 교를 말하는 자도 있다. 그리하여 마침내 권과 실을 뒤섞고 진제眞諦와 속제俗諦를 뒤죽박죽이 되게 해, 이『수능엄경』을 선어禪語라하면서 경經을 펼쳐 선을 말하며 뱃머리로써 선미船尾를삼는 사람이 많다. 하지만 이미 남상濫觴이 되어 막을 수없게 된 지 수십 년이 되었으니, 나는 몹시 꺼린다.

그러니 희공熙公(지희)의 뜻은 강사講師와 학사學士들로하여금 이 경에 의지하여 억측으로 선禪을 말하라는 게아니요, 대개 사람들로 하여금 부처님의 교화를 선양하게 해 그 가르침을 체득하여 마음을 비웠으면 해서다.

이처럼『대불정 수능엄경』을 선양하고 유포한 공덕으로먼저 바라건대 세조世祖 혜장대왕惠莊大王과 정희왕후貞熹王后, 예종睿宗 양도대왕襄悼大王, 덕종德宗 회간대왕懷簡大王께서 청련靑蓮의 자리 아래(서방 정토)에서 보살들과함께 노니시고, 인수왕대비仁粹王大妃 전하殿下께서 복을누리시고, 인혜왕대비仁惠王大妃 전하께서 길이 수를 누리시고, 주상 전하께서 만세를 누리시고, 왕비 전하께서도 같은 수를 누리시고, 세자 저하邸下께서 천추를 누리시고, 나라가 태평하고 백성이 편안하며 법륜法輪이 영원히 구르길 봉축하노라.

대단월大檀越(대시주) 덕원군德源君을 비롯해 여러 수희隨
喜(불법을 따르고 기쁘게 보시함)한 분 및 책을 간행한 이는
살아서 큰 복을 누린 후 종내 구련九蓮(서방 정토)에 태어
나고, 먼저 돌아가신 부모님들도 여러 생生 뒤에 안양安
養(서방 정토)에 태어날지어다. 그런 후 유정有情과 무정無
情이 모두 넉넉한 이로움을 입어 말이 입에서 나오기 전
에 깨달을지어다. 이에 특별히 흙 위에 진흙을 더한다.

황명皇明 홍치弘治 6년 계축년癸丑年(1493) 중춘仲春에 췌
세옹贅世翁 김열경金悅卿이 삼가 발문을 쓰다(이 글의 원문
은 이 책 491~492면 부록2를 참조할 것. 또 이 글의 불교어에 대
한 주석은 박희병 편저, 『김시습·서경덕─조선사상의 새 지평』,
창비, 2024, 271~274면을 참조할 것).

천태오시설에는 『수능엄경』이 거론되지 않지만 김시습은
이 경이 방등부方等部에 속한다고 보고 있는 듯하다.

부처가 가르침을 베푼 방식은 권權, 실實, 교敎, 선禪 넷인바
이를 마구 뒤섞어서는 안 되는데 "지금은 사장들이 옥신각신
다투어 네 가지 명의가 서로 뒤섞여" 걱정이라고 했다. '사장'
師匠은 스승이 될 만한 훌륭한 승려를 이른다. 또 『수능엄경』은
부처의 설법이 담긴 경전임에도 선가에서 이를 선어처럼 여겨
받들고 있는 풍조에 대해 개탄하고 있다.

다음은 「『법화경』발」 전문이다.

석가모니가 처음에 정각正覺을 이루어 적멸도량寂滅道場

에서 돈교頓敎를 설했는데, 법신보살法身菩薩과 축생畜生들은 구름이 달을 가린 것 같았고, 이승二乘의 성문聲聞(성문승)은 귀머거리 같고 벙어리 같았다. 이에 진귀한 옷을 벗어 버리고 때 묻은 옷으로 갈아입어 방편을 행하여 중생의 근기根機에 따라 차츰 설說하여 마침내 『법화경』의 순원독묘純圓獨妙(순전히 원만하고 홀로 묘함)에 이르렀으니, 이것이 설법의 끝이다.

무릇 사물에는 처음이 있으면 반드시 끝이 있으며, 마음에는 끝이 있고 시작이 있다. 처음의 성도成道와 끝의 증득證得이 모두 일규一揆(하나의 이치)이며, 처음의 수고로움과 끝의 편안함이 모두 일규이다. 돈교는 절로 원교圓敎가 될 수 없으며, 반드시 점교漸敎로 말미암아 원교를 이룬다. 원교는 절로 돈교가 될 수 없으니, 점교를 빌려 돈교를 일컫는다. 그러므로 옛날의 돈교가 지금의 원교이며, 지금의 원교는 옛날의 돈교다. 그러니 성도와 증득이 일규이고, 괴로움과 편안함이 하나의 이치다.

그렇긴 하나 적멸도량에서 성도와 증득, 수고로움과 편안함은 오히려 꿈을 이야기함이요, 고금에 오고 감은 또한 독장사의 망상일 것이다. 옛사람이 이르기를, '백발에 얼굴이 옥과 같고, 홍안에 귀밑머리가 서리와 같다'라고 한 게 그것이니, 옛날의 비로자나불이 곧 지금의 석가이다. 돈교의 신속함, 점교의 완만함, 원교의 융회融會는 그 맛이 비록 다르긴 해도 중생을 친히 인도함은 다르지 않다. 석가가 법을 상설常說하고 항설恒說한 것은 곧 신심부동身心不動의 경지에서이고, 동방의 만팔천 세계를 비춘 백호白毫는 곧 적멸도량의 상서祥瑞이다. 하지만 범부凡夫는 무명無名에 가려져 있기 때문에 다르게 본다. 그래서 신속함, 완만함, 융회가 중생을 친히 인도함에 있어 다르지 않다고 말한 것이다.

이로 말미암아 미루어 보면, 다섯 가지 불법佛法의 유통流通 중 독송讀誦, 수지受持, 불경 간행, 연설演說은 용궁龍宮에 8만 4천 경을 간직하는 것과 국토가 설說하고 티끌이 설說하여 유통을 극진히 하는 것과 다름이 없다.

화엄 승려 지희가 만수산 무량사에 거주하면서 문종文宗께서 동궁이실 때 병이 있어 기도드리기 위해 주자鑄字하여 『법화경』을 간행했는데, 극히 묘했다. 이에 다시 판각했는데, 자체字體가 몹시 훌륭했으며 새긴 게 몹시 고왔다. 신해년(성종 22년, 1491) 봄 2월에 일을 시작해 임자년(성종 23년, 1492) 여름 5월에 마쳤으니, 다만 일 처리가 정상精詳할 뿐 아니라 성간誠懇 또한 견줄 데가 없었다. 이른바 '정'精이란 순일純一하여 잡스럽지 않음을 이르고, '성'誠이란 진실하고 망령됨이 없음을 이르며, '상'詳이란 자상함을 이르고, '간'懇이란 지극함을 이른다. 정하고 성하고 상하고 간하면 주객관主客觀이 불이不二하고(能所不二), 주객관이 불이하면 중생과 부처에 사이가 없으므로, 나의 유통이 곧 부처의 유통이 되고 부처의 원만함·자재自在함·장엄함이 곧 나의 원만함·자재함·장엄함이 된다. 그러면 네 가지 보은報恩하는 일이나 삼계三界(욕계·색계·무색계)의 고통을 여의는 일이 오히려 손바닥 뒤집듯 쉬울 것이다.

이 훌륭한 선인善因을 회향回向하여, 세조 혜장대왕과 정희왕후, 예종 양도대왕, 덕종 회간대왕께서 청련의 자리 아래에서 보살들과 함께 노니시고, 인수왕대비 전하께서 복을 누리시고, 인혜왕대비 전하께서 길이 수를 누리시고, 주상 전하께서 만세를 누리시고, 왕비 전하께서도 같은 수를 누리시고, 세자 저하께서 천추를 누리시고, 나라가 태평하고 백성이 편안하며 법륜이 영원히 구르길 봉축하노라.

대단월 덕원군을 비롯해 여러 수희한 분들 및 책을 간행한 이는 살아서 큰 복을 누린 후 종내 구련에 태어나고, 먼저 돌아가신 부모님들도 여러 생 뒤에 안양에 태어날지어다. 그런 후 유정과 무정이 모두 넉넉한 이로움을 입어 말이 입에서 나오기 전에 깨달을지어다. 이에 특별히 흙 위에 진흙을 더한다.

황명 홍치 6년 계축년 중춘에 췌세옹 김열경이 쓰다(이 글의 원문은 이 책 493~494면 부록2를 참조할 것. 또 이 글의 불교어에 대한 주석은 박희병 편저, 『김시습·서경덕 ─조선사상의 새 지평』, 275~277면을 참조할 것).

이미 지적한 바 있듯 김시습은 부처의 설법을 천태오시설天台五時說에 따라 이해하는 관점을 취했다. 금오산 시절의 『청한잡저2』든 수락산 시절의 『임천가화』든 모두 그러했다. 김시습이 죽을 때까지 이런 관점을 견지했음을 이 두 발문은 말해 준다. '돈교'는 『화엄경』의 설법을 가리키고, '원교'는 『법화경』의 설법을 가리킨다. 천태오시설에서는 부처가 성도한 후 맨 처음

『화엄경』을 설했고 마지막에 『법화경』과 『열반경』을 설했다고 보았다. '점교'는 아함부阿含部·방등부·반야부般若部의 경전에서부터 시작해 점차로 『법화경』·『열반경』에 이르는 설법을 이른다. 김시습은 돈교, 점교, 원교가 비록 서로 다른 것이기는 하나 처음의 성도와 끝의 증득이 모두 하나의 이치이며, 돈교는 점교로 말미암아 원교를 이룬다는 점을 강조했다.

우리는 김시습이 죽기 직전에 쓴 이 두 글을 통해 그가 여전히 부처에 대한 높은 존중심을 갖고 있었음을 확인할 수 있다. 그는 부처의 가르침에서 권과 실, 교와 선을 혼동해서는 안 되는데 작금의 조선 불교계는 그렇지 못하다고 하면서 이 점에 대한 우려를 표하고 있기까지 하다.

하지만 유의해야 할 점은 두 글의 끝에 모두 "췌세옹 김열경이 쓰다"라고 적고 있다는 사실이다. 열경은 김시습의 자字다. 이 기명記名은 김시습이 자신의 정체성을 불교도가 아니라 유儒로 자각하고 있음을 보여 준다. 그러므로 이 두 글은 김시습이 유자의 입장에서 불교에 대해 논한 글이라고 봄이 옳을 것이다. 달리 말하면 김시습은 유불의 관계에 있어 유로서 겸불兼佛을 했다고 할 수 있을 터이다. 이런 시각을 확대한다면, 김시습은 금오산 시절과 수락산 시절 전기에는 불도佛徒로서 겸유兼儒를 한 것으로 볼 수 있을 것이다.

이처럼 김시습은 시기에 따라 혹은 불佛 쪽에 서기도 하고 혹은 유儒 쪽에 서기도 하는 등 차이를 보였지만 실질적으로는 둘을 겸전兼全했다고 할 만하다. 다만 불교 쪽에 섰을 때는 이단 문제가 제기되지 않았으나 유교 쪽에 섰을 때는 이단 문제가 제기될 수밖에 없었다. 이는 당시 조선 지배층의 이념적 쉐

마Schema였던바, 김시습 역시 이로부터 자유로울 수 없었다.

끝으로 지적할 점은 이 두 글이 다 똑같이 그 끝부분에 세조를 위시해 왕과 왕비 들의 극락왕생이나 복을 비는 내용이 길게 쭉 이어진다는 사실이다. 김시습은 이 시기에 와서 세조와 화해한 것일까? 그리 볼 수는 없다. 두 글이 사찰에서 간행한 불경에 붙인 발문임을 고려한다면 이 부분은 의례적인 것으로 치부함이 옳을 것이다.

마지막으로 「자사진찬」을 보기로 한다. 다음이 그 전문이다.

> 이하李賀를 내려봤고
> 조선에서 뛰어났네.
> 높은 명성과 부질없는 칭찬
> 네게 어이 해당하리.
> 네 몸은 지극히 작고
> 네 말은 크게 어리석다.
> 너를(너의 시신을) 내버려야 할 곳은
> 구렁이라네.
> 俯視李賀, 優於海東.
> 騰名謾譽, 於爾孰逢.
> 爾形至眇, 爾言大侗.
> 宜爾置之, 溝壑之中.

이하李賀는 중국 당나라의 시인으로 7세에 시를 지은 것으로 유명하다. 김시습은 그보다 두 살 어린 5세에 시를 지었으니 이하를 내려본다고 한 것이다. 중국의 이하보다 재주가 높지만 조그만 땅 조선에서 불우하게 평생을 보냈다는 뜻이 맨 앞의 두 구절에 함축되어 있다.

마지막 두 구절은 『맹자』의 "지사志士는 구렁에 있는 것을 잊지 않는다"(志士不忘在溝壑)에서 유래한다. 지사는 설령 죽어서 자신의 시신이 구렁에 나뒹굴지라도 본래의 뜻을 바꾸지 않는다는 뜻이다. 그러니 이 두 구절에는 앞에서 언급한 바 있듯 절의를 중시한 김시습 평생의 뜻과 정신이 담겨 있다. 김시습은 죽는 순간까지도 자신의 뜻이 한결같음을 말하고 있다 할 것이다. 이처럼 김시습은 이 자찬을 통해 자신의 평생 뜻이 무엇인지를 분명히 해 놓고 있다.

이 자찬은 얼핏 불교의 임종게臨終偈를 떠올리게 하나(앞서 말했지만 김시습의 제자인 승려 조희는 이 자찬을 김시습의 묘표墓表에 새겼다) 유교적 문인, 유교적 지식인의 정체성을 담고 있는 글이다. 그러므로 우리는 이 글에서 '김시습 최후의 풍광風光'을 목도할 수 있다. 이 글은 그가 스스로를 어떤 인간으로 생각했는지, 또 후세의 사람들에게 어떤 인간으로 기억되기를 바랐는지를 잘 보여 준다.

지금까지 살핀 세 글을 통해 우리는 무량사 시절의 김시습이 관동 시절의 김시습과 다르지 않음을 알 수 있다. 즉 스스로 유교적 정체성을 표방하고 있기는 하나 그럼에도 부처를 존중하고 있음이 확인된다. 특정한 정체성의 표방은 의당 유의될 필요가 있지만, 그것이 꼭 그 인물 내부의 사상 세계와 합치하는 것만은 아니라는 사실 또한 유의될 필요가 있다. 가령 금오산 시절의 김시습은 고승으로서의 정체성을 표방했지만 꼭 불교만이 아니라 유교에도 깊은 관심을 보였으며, 관동 시절이나 무량사 시절의 김시습은 유자로서의 정체성을 표방했음에도 불교에 대한 관심을 접지 않았다. 그러니 문제가 간단하지 않다.

부처를 존중한다는 것은 불교의 진리성에 대한 승인을 의미한다. 물론 김시습은 인연설, 화복설, 천당지옥설과 같은 교설敎說은 모두 부처가 방편으로 말한 것일 뿐이며 실체적 진리가 아니라고 보았다. 하지만 김시습이 이런 생각을 관동 시절에 비로소 한 것은 아니다. 불교도였던 금오산 시절과 수락산 시절 전기에도 그리 생각했다. 그러므로 김시습이 관동 시절 이후 이런 점을 지적하거나 비판하고 있다고 해서 그가 불교의 진리성을 부정했다고 말할 수는 없다. 인연설 등의 담론을 부정하더라도 자비라든가 중생의 고통 구제라든가 청정淸淨 과욕寡欲(욕심 비우기) 등에서 불교의 진리성이 긍정될 수 있음으로써다.

마무리

1 종래 김시습의 사상 연구는 주로 유학을 중심으로 이루어져 왔다. 그리하여 조선 초의 성리학 정착 과정에서 그가 한 역할이 주목되거나 평가되었다. 이런 관점에 설 경우 김시습은 고려 말 소개되기 시작한 성리학에 대한 이해를 좀 더 심화시킨 인물로서, 16세기의 성리학자들인 서경덕, 이황, 이이의 선배격이 된다.

이황과 이이의 김시습에 대한 평가는 동일하지 않다. 이황은 김시습이 색은행괴索隱行怪에 가깝다고 보았다(이황, 「답허미숙」答許美叔, 『퇴계집』 권33). '색은행괴'는 『중용』에 나오는 말로 궁벽한 것을 캐내고 괴이한 일을 행함을 뜻한다. 공자는 이를 부정적으로 보았다. 그러므로 이 말은 어떤 사람의 행실이 유교의 중정中正한 도에 부합하지 않음을 비판하는 말로 흔히 사용된다. 이와 달리 이이는 김시습이 '심유적불'心儒跡佛이며, 그의 절의는 '백세百世의 스승'에 가깝다고 했다(이이, 「김시습전」). '심유적불'은 마음(즉 사상)은 유학인데 겉으로 행동하기를 불도佛徒처럼 했다는 뜻이다. 이이는 김시습이 미친 짓을 함으로써 그 '실'實을 감추었다고 했다. 즉 김시습은 본래 유儒이지만 그것을 감추기 위해 일부러 미친 짓을 했다는 것.

우리는 앞에서 김시습의 생애를 따라가면서 그의 사상이 어떻게 전개되는지를 살폈다. 이에 따르면 이이의 이 말은 사실과 잘 부합되지 않는다. 김시습이 불교도로 자처하며 불교 관련 저술 활동을 열심히 했던 금오산 시절이나 수락산 시절 전기는 말할 나위도 없지만, 관동 시절이나 무량사 시절의 김시습조차도 심유적불로 재단하기는 어렵다. 김시습에게 불교는 '비진리'가 아니었다. 그는 유교만큼은 아니라 할지라도 불교에도 진리가 내포되어 있다는 생각을 한시도 포기한 적이 없었다고 보아야 옳다. 죽기 직전에 쓴 글들이 의연히 부처에 대한 존중을 보여 주고 있는 데서 그 점이 단적으로 확인된다. 이렇게 본다면 김시습의 마음이, 즉 그의 사상 세계 내부가 유교로만 꽉 채워져 있었고 불교는 전연 없었다고 함은 맞지 않는 말이라고 하지 않을 수 없다. 그러므로 이이의 말은 '심유불 적불'心儒佛跡佛로 수정되어야 옳을 터이다.

이이는 16세기 후반의 인물이다. 그가 김시습의 사상을 이렇게 규정한 데에는 까닭이 있다. 사림파의 이론적·학문적 지도자였던 이이는 김시습을 유자儒者로 적극적으로 포섭함으로써 그를 절의의 아이콘으로 삼고자 했다. 게다가 이이 본인이 한때 불문에 의탁한 적이 있으니 자신의 이런 과거가 김시습을 두둔하는 논리 개발을 추동했을 수도 있다. 게다가 이이는 주기론자主氣論者였으므로 기氣를 중시하는 김시습의 철학적 면모에 우호적 감정을 가졌을 수도 있다. 문제는 지금의 학자들 중에도 이이의 '심유적불'설을 따르고 있는 사람들이 있는 것으로 보인다는 사실이다.

심유적불의 프레임으로 김시습의 사상을 재단할 경우 김시습 사상의 독특한 면모는 소거되어 버리고 만다. 김시습은 한국의 사상가로서만이 아니라 동아시아의 사상가로서도 아주 독특하다. 그는 유교와 불교를 겸전함으로써 유교에 대한 이해를 심화하고 불교에 대한 이해를 새롭게 했다. 특히 정치사상적 측면에서 시종 정치 권력과의 긴장 속에서 인민성(애민)을 기축으로 유교와 불교를 종횡으로 횡단함으로써 높은 비판적 수준에서 양자를 재음미할 수 있었다. 전근대 한국에, 그리고 전근대 동아시아에 이런 사상가가 달리 있는가?

2   이 점에서, 30대 초 김시습의 비판성과 인민적 지향이 최고조에 이르렀을 무렵 저술된 『청한잡저2』는 불후의 명저로 꼽을 만하다. 한국 학계는 지금까지 심유적불의 낡은 프레임에 사로잡혀 이 저술의 진가를 통 알아보지 못했다. 종래에는 김시습의 사상을 잘 보여 주는 대표적인 글로 「태극설」, 「신귀설」, 「애민의」, 「애물의」, 「방본잠」 등을 꼽아 왔다. 이 글들은

실로 명편名篇이라 할 만하며, 모두 유학의 범주에 속한다. 하지만『청한잡저2』는 불교의 범주에 속하지만 이 명편들과 나란히, 혹은 이 명편들을 넘어 김시습 사상의 특성을 아주 잘 보여 준다. 뿐만 아니라『청한잡저2』는 직접적으로든 간접적으로든「태극설」,「신귀설」,「애민의」,「애물의」,「방본잠」 등과 연동되어 있다. 즉『청한잡저2』와「태극설」,「신귀설」,「애민의」 등에는 금오산 시절 김시습이 도달한 사유가 공유되어 있음이 확인된다. 내가 앞에서 김시습이 "유교와 불교를 겸전함으로써 유교에 대한 이해를 심화하고 불교에 대한 이해를 새롭게 했다"라고 한 것은 이런 점을 염두에 두고 한 말이다.

한편『청한잡저2』에 이어 쓴『임천가화』역시 김시습의 독특한 사상적 풍모를 보여 준다. 이 책에서 김시습은 불가佛家나 민간에 전해 오는 이치에 맞지 않는 말을 가차 없이 비판한다. 또한 군주의 그릇된 불교 숭배를 비판하기도 하고, 승려의 타락상을 구체적으로 비판하기도 한다. 비록 그 상정된 독자는『청한잡저2』와 좀 다를지라도 반권력적 지향과 높은 비판성은『청한잡저2』와 통한다 할 것이다.『임천가화』의 이런 면모는 다분히 김시습의 유교적 감각에 힘입고 있다. 불교를 이치에 맞게 해석해 내고자 하는 그의 집요한 합리적 노력 역시 마찬가지다.『임천가화』와 같은 반권력적·비판적 성격의 불교 필기는 한국은 물론이려니와 중국에서도 달리 찾기 어렵지 않은가 한다.

3　　김시습이 이처럼 20대 이래 전 생애에 걸쳐 유불을 겸전할 수 있었던 것은 그가 '경계인'이기에 가능했다. 그는 방내

方內는 물론 방외方外에도 안주할 수 없었다. 그의 실존적 거소居所는 방내와 방외의 사이, 즉 그 '경계'에 있었다. 그래서 김시습은 여느 사상가와 달리 유교와 불교를 넘나들 수 있었던 것이다.

4   사상가로서 김시습의 또 다른 독특한 점은 그가 '고통'에 대한 비상한 감수성을 갖고 있었다는 사실이다. 김시습은 평생 신산하고 고통스런 삶을 살았다. 자신의 이 같은 실존이 이런 감수성의 바탕이 되었을 터이다. 그렇기는 하나 만일 그가 불교를 공부하지 않았다면 과연 이토록 예민한 감수성에 이를 수 있었을까? 그는 불교를 통해 인간의 본원적 고통에 대한 깊은 통찰을 얻을 수 있었다고 여겨진다. 불교에서는 늘 '고'苦, 즉 중생의 고통을 생각함으로써다. 그가 유교의 인애를 적극적으로 사유하면서 누구보다 철저하게 인민적 입장에서 백성의 처지와 삶을 대변할 수 있었던 것 역시 그가 불교 공부에서 얻은 고통에 대한 깊은 감수성(여기서 자비가 우러나온다)과 무관하지 않다고 생각된다.

청한잡저2

清寒雜著二

1. 무사無思

청한자清寒子가 말했다.

"옛사람은 도道를 실천함에 있어 항상 촌음寸陰을 아꼈으며 게으른 적이 없었는데, 지금 사람은 종일 우두커니 앉아 생각(思)도 없고 헤아림(慮)도 없으니 어느 때 도를 깨닫겠소?"

이 말에 객이 힐난했다.

"대저 도는 자연自然(절로 그러함)이라 생각도 없고 헤아림도 없거늘, 생각하고 헤아린다는 건 망령된 것이오. 도를 닦으면서 생각하고 헤아릴 수 있겠소?"

청한자가 말했다.

"생각이 없고 헤아림이 없는 것이 도의 본체이기는 하나, 정밀하게 생각하기를 게을리하지 않는 것이 실효를 얻는 요체라오. 매양 세간世間의 일을 보건대 한번 생각하지 않으면 만 가지 일이 어긋나거늘, 하물며 지극히 참되고 망령됨이 없는 도를 게을러서야 얻을 수 있겠소? 그러므로 계문자季文子는 세 번 생각한 뒤 행동했고,[1] 공자는 생각에 대한 아홉 가지 조목을 세웠고,[2] 증자曾子는 '생각한 뒤에 능히 얻는다'라고 기

---

1   계문자季文子는~행동했고:『논어』「공야장」公冶長에 나오는 말. '계문자'는 춘추시대 노魯나라의 대부.

2   공자는~세웠고:『논어』「계씨」季氏에 나오는 다음과 같은 공자의 말. "볼 때는 밝게 볼 것을 생각하고, 말을 들을 때는 총명할 것을 생각하고, 안색은 온순

록했고,[3] 공자는 '멀리 생각하라'라고 훈계했으니,[4] 천성이 총명하여 억지로 애쓸 필요가 없는 사람이 아니라면 어찌 생각을 하지 않을 수 있겠소? 또 사람의 기질은 어둡기도 하고 밝기도 하며 어리석기도 하고 지혜롭기도 해 같지 않으니, 부지런히 애쓰지 않으면 어찌 성인聖人과 같이 될 수 있겠소? 반드시 생각과 헤아림을 가다듬고 정밀하게 해서 날로 단련하고 달로 연마하여 스스로 깨닫는 경지에 나아간 후에야 '도란 생각도 없고 헤아림도 없다'라고 말할 수 있을 것이오."

객이 말했다.

"방내方內[5]에서의 가르침은 예법과 풍기風紀가 찬연히 질서가 있어 삼강오륜과 팔조八條·구경九經[6]이 처음부터 마지막까지 조리가 분명해, 부자父子로부터 군신君臣에 이르기까지,

하게 할 것을 생각하고, 모습은 공손히 할 것을 생각하고, 말할 때는 정성껏 할 것을 생각하고, 일할 때는 공경히 할 것을 생각하고, 의심날 때는 질문할 것을 생각하고, 화날 때는 어려움을 생각하고, 재물을 얻을 때는 의리에 합당한가를 생각해야 한다."(視思明, 聽思聰, 色思溫, 貌思恭, 言思忠, 事思敬, 疑思問, 忿思難, 見得思義)

3 증자曾子는~기록했고: 『대학』에, "생각한 뒤에 능히 얻는다"(慮而后能得)라는 말이 나온다. 주희는 이 말이 증자가 공자의 말을 기록한 것으로 보았다.

4 공자는~훈계했으니: 『논어』「위령공」衛靈公에 "공자가 말하기를, '사람이 먼 생각이 없으면 반드시 가까운 근심이 있다'라고 했다"(子曰, 人無遠慮, 必有近憂)라는 말이 보인다.

5 방내方內: 세상 안, 즉 이 세상을 말한다. 세상 밖은 '방외'方外라 한다.

6 팔조八條·구경九經: '팔조'는 『대학』에서 말한 격물格物·치지致知·성의誠意·정심正心·수신修身·제가齊家·치국治國·평천하平天下 여덟 조목을 말하고, '구경'은 『중용』에서 말한 국가와 천하를 다스리는 아홉 가지 도인 수신修身·존현尊賢(어진 이를 높임)·친친親親(친척을 친히 함)·경대신敬大臣(대신을 공경함)·체군신體群臣(여러 신하들의 마음을 체찰함)·자서민子庶民(백성을 사랑함)·내백공來百工(백공들을 오게 함)·유원인柔遠人(먼 지방의 사람을 회유함)·회제후懷諸侯(제후에게 은혜를 베풂)를 말한다.

격물格物로부터 평천하平天下에 이르기까지, 존현尊賢으로부터 회제후懷諸侯에 이르기까지, 위로 제왕으로부터 아래로 서민에 이르기까지 학문을 하는 순서가 있으므로, 오늘 한 가지 일을 끝내고 내일 한 가지 일을 끝냄으로써 날로 몸에 배고 달로 연마되어 성인에 이른 뒤에야 마는 것이라오. 그러므로 『주역』에서 '의義를 정밀히 하여 신묘한 경지에 들어간다'[7]고 찬미했으며, 전傳[8]에서는 신중히 생각하고 밝게 분변하는 공효功效를 기록했으니, 천하의 일로 하여금 환하게 조리가 있어 문란하지 않게 한 후에야 세상에 살면서도 조수鳥獸나 이적夷狄과 같은 무리가 되지 않는 것입니다.

이와 달리 방외方外의 승려는 문득 세상과의 인연을 끊는지라, 백 가지 헤아림이 모두 한적하여 위로는 제후나 임금에게 허리를 굽히지 않고 아래로는 친척을 공경하는 것도 끊고서 조수와 더불어 즐거움을 함께해 담박함을 참된 귀의처로 삼거늘, 무엇에 마음을 둘 것이며 무엇을 생각하고 헤아리겠습니까."

청한자가 말했다.

"방외인이 담박하다는 것은 진실로 맞는 말이나, 만일 깨달음을 얻은 최상의 경지에 이르지 못했을 경우 생각을 하지 않을 수 있겠소? 대저 세상 사람들은 선禪이 선정에 들어 편안하고 한적한 것이라 여길 뿐, '선'禪이라는 글자가 생각하고

---

7   의義를~들어간다: 『주역』 「계사전」 하下에 나오는 말.
8   전傳: 『중용』을 말한다.

명상하며 고요히 헤아린다는 뜻인 줄 모르고 있소.[9]

대저 하늘과 땅 사이에 사람이 가장 신령하여 지혜가 만물의 으뜸이니, 비록 세간世間과 출세간出世間이 길은 다르다 할지라도 하루라도 배우지 않을 수 있겠으며 하루라도 생각을 하지 않을 수 있겠소? 배우기만 하고 생각하지 않는다면 얻음이 없고, 생각하기만 하고 배우지 않는다면 위태하지요.[10] 생각이란 사특한 생각이 아니라 어떻게 도를 닦을지를 생각하는 것이요, 헤아림이란 망령된 헤아림이 아니라 어떻게 배울지를 헤아리는 것입니다. 비록 뜰을 거닐고 들판을 어슬렁거리면서 눈으로 보고 마음으로 생각함으로써 차츰 정신을 함양한다 할지라도 배움을 폐하지는 못합니다.

그러므로 산에 오르면 그 높음을 배울 것을 생각하고, 물에 임하면 그 맑음을 배울 것을 생각하며, 바위에 앉으면 그 굳음을 배울 것을 생각하고, 소나무를 보면 그 곧음을 배울 것을 생각하며, 달을 대하면 그 밝음을 배울 것을 생각해야 합니다. 만물의 형상이 다같이 밝은 마음속에 나타나지만 저마다 장점이 있으니 우리는 모두 이를 빠짐없이 배우고 그 묘함을 정밀하게 연구해 신령한 경지에 들 수 있습니다. 나는 도를 닦는 절역絶域(멀고 외진 곳)이 있음을 알지 못합니다."[11]

9 대저~있소: '선'禪은 산스크리트어 Dhyāna에서 온 말로, 정려靜慮 혹은 사유수思惟修라 번역된다. 진정한 이치를 사유하고, 마음을 한곳에 모아 고요한 경지에 드는 일을 뜻한다.
10 배우기만~위태하지요:『논어』「위정」爲政에 나오는 공자의 말.

176

無思 第一

清寒子曰：“古人之於爲道也, 常惜寸陰, 未嘗放逸. 今之人, 終朝兀兀, 無思無慮, 何時徹悟.”

有客難之曰：“夫道, 自然無思無慮也. 凡有思慮者, 妄也. 可以道而思慮乎?”

曰：“無思無慮者, 道之體也; 精慮不怠者, 立功之要也. 常觀世間之事, 一不經慮, 萬事瓦裂, 況至眞無妄之道, 其可怠惰而得乎? 故季文有三思之行, 宣聖立九思之目, 曾子記慮得之語, 夫子有遠慮之戒, 自非天性聰明, 無待勉強, 孰能不思? 且人之氣質, 有昏明愚智之不同, 苟非孜孜兀兀, 安得齊於上聖乎? 必研精思慮, 日鍊月磨, 以造乎自得之域, 然後可以言道者無思也無慮也.”

客曰：“方內之敎, 禮術風規, 粲然有序, 三綱五常, 八條九經, 自始至終, 條理章然. 自父子以至君臣, 自格物以至平天下, 自尊賢以至懷諸侯, 上自帝王, 下及庶民, 爲學有序. 今日了一事, 明日了一事, 日漸月磨, 必至於聖而後已. 故『易』贊精義入神之妙, 傳記愼思明辨之功, 使天下之事, 章章然有條不紊, 然後可以居於世上, 而不與鳥獸夷狄同群.

11 김시습은 출세간의 방외에서 도를 닦는 데 배움과 생각이 필요하다고 주장하고 있다. 이로써 유교와 불교를 회통시키고, 방내와 방외의 경계를 허물고, 교敎와 선禪을 통일시키고 있다.

方外之士，坐斷世網，百慮俱閑，上無折腰於侯王，下絶致敬於親戚，與鳥獸而同歡，以淡泊爲眞歸，何所留心乎？何所思慮乎？"

清寒子曰："方外人之淡泊，固爾，已未得到向上田地，其可不思乎？夫世人稱禪，是禪定安閑之意，未知禪字乃思修靜慮之稱。

夫天地之間，人爲最靈，智超萬物，雖顯晦殊塗，其可一日不學乎？其可一日不思乎？蓋學而不思則罔，思而不學則殆，思非邪思，乃思其所以爲道，慮非狂慮，乃慮其所以爲學，雖復彷徉戶庭，夷猶原野，目覰心思，以漸頤養，未嘗敢廢於學也。

故登山則思學其高，臨水則思學其清，坐石則思學其堅，看松則思學其貞，對月則思學其明，萬像齊現於瑩然方寸之間，而各有所長，我皆悉而學之，精研其妙，以入於神。吾不知爲道之窮域也。"

2. 산림山林

청한자가 말했다.

"옛사람은 비록 산림에 처하여 산봉우리와 시냇가에서 생활해도 반드시 규범이 있어, 나가면 일대一代의 스승이 되고 움직이면 만세萬世의 법이 되었는데, 지금은 정실淨室(절방)이 밝고 환하며 자리는 따뜻하고 정돈되어 있지만 해이하고 태만하니 어찌 도에 나아가고 도를 닦을 수 있겠소."

객이 또 이리 힐난했다.

"규범은 속세의 법이고, 소탈하고 자유로우며 거리낌없이 행동함은 산림의 초탈한 태도 아니겠습니까? 시냇물을 손으로 움켜 마시고 명아주 잎을 지져 먹으며, 몸이 세상에서 벗어나 한가한 처지에 있거늘, 무슨 규범을 돌아본단 말이오?"

청한자가 웃으며 물었다.

"그대가 말한 규범이란 뭐요?"

"법도지요."

"법도란 뭐요?"

"의관을 정제하고 보는 것을 존엄하게 해 삼가고 조심하는 것이니, 위엄이 있어 두려워할 만한 것을 '위'威라 하고 예의범절이 있어 본받을 만한 것을 '의'儀라고 하지요.[1] 저 산림의 선비는 해어진 삼베옷이 발꿈치와 무릎을 겨우 가리고 젖

---

1 위엄이~하지요: '위의'威儀는 위엄이 있고 예법에 맞는 태도를 뜻한다.

혀 올린 갈건葛巾이 귀밑을 덮지도 못하거늘, 어찌 띠를 점잖게 매고 의관을 근엄히 할 리가 있겠소? 또 사슴이나 물고기나 새는 법도를 세우는 무리가 아니며, 높은 바위와 깊은 구렁은 걸음을 단정히 할 곳이 못 되거늘, 그대가 말한 규범을 어디다 쓰겠소?"

청한자가 껄껄 웃으며 말했다.

"그대는 한갓 세간의 법만 알고 출세간의 법은 모르고 있구려. 내 잠시 그대를 위해 가르쳐 드리리다. 대저 도는 정해진 길이 없고, 법은 정해진 표준이 없다오. 그대는 몸을 꾸미는 데 법도가 있음만 알고 대도大道의 풍도風度는 알지 못하고 있소. 대개 승려가 지키는 것은 도이고, 견지하는 바는 뜻이니, 도를 지키면 비록 복장을 꾸미지 않더라도 위의가 드러나고, 뜻을 견지하면 행동이 규범을 넘어서더라도 법도가 찬연한 법이라오. 머리를 깎고 문신을 하는 것이 비록 법도에 맞지는 않지만 공자는 그 덕을 칭찬했고,² 소 잡는 칼을 놀리거나 소를 먹이는 데에 어찌 장상將相의 풍모가 있으리오만 제齊환공桓公은 기용하여 보필로 삼았으니,³ 이런 것을 곧 규범이

---

2 머리를~칭찬했고: 『논어』「미자」微子에, 공자가 우중虞仲과 이일夷逸을 평해 "숨어 살면서 말을 함부로 했으나 몸은 깨끗함에 맞았고 벼슬하지 않음은 권도權道에 맞았다"(隱居放言, 身中淸, 廢中權)라고 한 말이 나온다. '우중'은 주나라 고공단보古公亶父(태왕)의 차남인 중옹仲雍을 말하는데, 오吳나라에 살 때 머리를 깎고 문신을 했다.

3 소 잡는~삼았으니: 강태공은 조가朝歌에 있을 때 극도로 곤궁해 소 잡는 일을 하기도 했으나 뒤에 주나라 문왕에게 기용되었다. 춘추시대 위衛나라 사람 영척甯戚은 제齊나라 동문東門 밖에서 소를 먹이면서 소의 뿔을 두드리며 노래를 불렀는데, 제 환공이 그를 알아보고 기용했다.

라 할 것이오.

방외의 승려가 도를 지킴이 독실하지 못하고 뜻을 세움이 확고하지 못하면 굶주림이 그의 목숨을 다하게 할 수도 있고 궁박함이 그를 죽게 할 수도 있거늘, 어찌 시냇물을 손으로 움켜 마시는 것이 임금이 세 번 불러주는 은총보다 낫다고 하겠으며, 명아주를 뜯어 먹는 것이 일생의 기쁨이 된다 하겠소. 반드시 말린 양식과 풀을 먹지만 그 도량이 광대하고, 허름한 집에서 가난하게 살지만 그 뜻이 담박하여, 요순堯舜을 빚어내고[4] 고금古今에 부침浮沈하며, 자연의 흐름에 따라 노닐고, 무위無爲의 경지에서 맑고 담박해지니, 몸이 규범을 따르지 않아도 사람들이 바라보고 의젓하다 여기고, 초근목피草根木皮로 살아도 만물이 우러르며 더욱 높다고 여기지요. 그래서 물고기와 새와 원숭이도 그 덕에 감화되고, 인간계와 천상계의 중생이 그 도를 사모하지요. 대저 이와 같으므로 일대一代의 스승과 만세萬世의 법이 될 수 있는 거라오."

객이 말했다.

"도가 있는 승려는 산림에 엎드려 있어 인간 세상을 다 잊었으므로, 어떤 이익으로도 그 마음을 움직이지 않고, 어떤 영예로도 그 절개를 훼손하지 않거늘, 어찌 성급하게 일대의 스승이니 만세의 법이니 하며 저 방외의 승려를 논한단 말이

4　요순堯舜을 빚어내고: 덕성과 능력이 엄청나다는 뜻. 『장자』「소요유」逍遙遊에, "그분(신인神人)은 먼지와 때, 쭉정이와 겨 같은 것을 가지고도 도공陶公처럼 요순을 빚어낼 수 있는데, 뭣 때문에 외물外物을 일삼으려고 하겠습니까"(是其塵垢秕糠, 將猶陶鑄堯舜者也, 熟肯分分然以物爲事)라는 말이 나온다.

오."

청한자가 말했다.

"그대의 말이 훌륭하기는 하지만, 도가 있는 승려를 왜 도
가 있다고 하는지는 모르시는구려. 대개 도가 있는 승려는 산
림에 엎드려 있는 것도 원하는 바가 아니요, 세상에 도를 행
하는 것 또한 바라는 바가 아니라오. 행함 직하면 행하고 그
만둠 직하면 그만두니, 말린 소똥으로 토란을 구워 먹다 추위
에 콧물을 훌쩍거리며 길이 은거한 이도 있고,[5] 흔연히 석장
錫杖을 짚고 산에서 나온 이도 있다오.[6] 때가 된 뒤에 움직이
면 움직임이 도에 어긋나지 않고, 미더운 다음에 말하면 말이
덕화德化에 어긋나지 않는 법이오. 이익을 위하지 않기 때문
에 그 말이 굳세고 곧으며, 이름을 사랑하지 않기 때문에 그
행동이 엄정하고, 구차히 살려고 하지 않기 때문에 그 담론이
임금을 움직이며, 죽음을 두려워하지 않기 때문에 그 법이 속
된 마음을 깨우칠 수 있소. 왕이나 제후가 예禮로써 공경한다

---

5 말린~있고: 당나라의 고승 명찬明瓚 선사禪師의 고사이다. 명찬 선사는 흔히
   그 호 나잔懶殘으로 불린다. 『임천가화』 제9화, 11화를 참조할 것.

6 흔연히~있다오: 송나라 간당 행기簡堂行機 선사의 고사를 말한다. 이 고사는
   『오등회원』 권20 「호국원선사 법사」護國元禪師法嗣의 '태주 국청 간당 행기
   선사'台州國淸簡堂行機禪師에 보인다. '간당'은 행기의 자호自號이다. 행기는
   강서성 번양番陽의 관산莞山에서 17년 간 스스로 농사를 지으면서 가난을 견
   디며 열심히 정진했는데, 어느 날 나무가 도끼에 쓰러지는 걸 보고 확철대오
   廓徹大悟하였다. 얼마 안 있어 추밀樞密 왕명원汪明遠이 여러 부府를 순시하
   다가 구강九江 군수 임숙달林叔達에게 편지를 보내 허려산虛廬山 원통 법석圓
   通法席에 간당 선사를 초치하라고 했다. 이에 간당이 "나의 도를 장차 행해야
   겠다"(吾道將行)면서 흔연히 석장을 짚고 산을 나와 법좌法座에 올라 설법하
   자 중승衆僧이 깜짝 놀랐다. 이로부터 법석이 성하게 되었다(『선림보훈필설』
   禪林寶訓筆說 권3). 간당 행기는 『임천가화』 제55화에서도 언급되고 있다.

고 해서 높은 것이 되지 않고, 종들과 어울린다고 해서 낮은 것이 되지 않으며, 이단이라고 백방으로 헐뜯어도 그 도는 더욱 굳고, 사특한 비방을 일삼으며 공격해도 그 종宗[7]은 깎이지 않소. 대저 이를 도가 있는 승려라 이르고 일대의 스승, 만세의 법이라 이르지요. 이런 사람은 도덕이 충일해 가릴 수 없으니, 스스로 자랑하고 스스로 천거해 영예와 이익을 구하는 자와 견줄 수 없다오."

山林 第二

淸寒子曰: "古人雖處山林, 飮峯啄澗, 必整規矩, 故出而爲一代師, 動而爲萬世法. 今則淨室明朗, 簟席溫整, 弛慢怠惰, 何能進修?"

客又難之曰: "規矩準繩, 處世之常典, 放曠散誕, 山林之逸態, 焉有掬溪而飮, 煮藜而食, 身在樗散之地, 而顧視規繩乎?"

淸寒子笑而問之曰: "爾所謂規繩者何?"

曰: "法度也."

曰: "法度者何?"

曰: "整其衣冠, 尊其瞻視, 如執玉如奉盈, 有威可畏謂之威, 有儀可則謂之儀. 彼山林之士, 麻衣襤縷, 僅容於踵膝, 葛

---

7 종宗: 불교에서 교의敎義의 진체眞諦, 즉 진리를 가리키는 말.

巾岸倒，不庇於鬢耳，焉有束帶矜莊，衣冠儼然之理乎？且麋鹿魚鳥，不是立軌之群，巖壑危深，非可整步之場，所言規矩，何所施哉？"

清寒子大噱曰："子徒知在世之方準，不悟出世之繩律也．姑為汝敦之．夫道無方軌，法無定準，子知飾身之有度，不知大道之標格者也．蓋士之所守者道也，所操者志也．守其道則雖無服飾，而威儀有章，操其志則事越規矩，而法度粲然．斷髮文身，雖非象服之宜，孔子稱其德，鼓刀飯牛，豈有將相之容，齊桓舉為輔，此其規矩也．

方外之士，守道不篤，立志不確，則飢困適足以棄吾命，窮迫亦足以壞此生耳，焉有掬溪而飲，優三詔之寵，採藜而食，足一生之歡哉？必也飯糒茹蔬，而其量則廓如也，蓽榻衡門，而其志則泊如也，陶鑄唐、虞，俛仰古今，逍遙自然之勢，恬淡無為之場，身不待規矩，而人望之儼然，資不擇草木，而物仰之彌高，魚鳥猿玃感其德，人天衆庶慕其道．夫如是，故可以為一代師、萬世則．"

客曰："有道之士，跧伏山林，大忘人世，未嘗以一利動其心，以一榮虧其節，奈何遽以一代師、萬世則，議彼方外乎？"

清寒子曰："爾之言，美則美矣，未知有道者之為有道也．蓋有道之士，跧伏山林，非所願也，行道於世，亦非志願也．可以行則行，可以止則止，有煨芋垂涕而長往者，亦有欣然曳杖而出山者．時而後動，動不乖其道，信然後言，言不戾其化．不為利，故其言硬而直；不愛名，故其事正而嚴；不偷生，故其談足以動皇王；不畏死，故其法可以警塵機．王侯禮敬，而不為

184

高；瓦合興儓, 而不爲卑；異端百毀, 而其道愈堅；邪謗交攻,
而其宗不磨. 夫是之謂有道之士, 而一代師‧萬世則, 則其道德
之滂沱, 有不能掩者耳, 非如自衒自媒, 以邀榮利者之比也."

3. 삼청三請[1]

객이 말했다.

"옛날의 고승 중에 임금이 세 번 청해도 가지 않은 이가 있는가 하면 그림자조차도 산에서 나간 적이 없는 이도 있는데, 만물을 교화하지 않고 홀로 제 몸만 선하게 하려고 한 게 아니겠소? 세상의 어진 선비가 전답이나 토목 공사장에 숨어 있다가[2] 임금이 세 번 초빙해 나간 자도 있고 한 번 불러 나간 자도 있으니, 이는 도를 행하기 위해서였고, 백성을 위해서였으며, 임금을 요순과 같이 만들기 위해서였소. 세속의 선비도 오히려 이러하거늘 하물며 진실로 위에서 말한 고승이야 말할 나위가 있겠소? 만일 식자識者가 들으면 '보배를 품고 있으면서 나라를 혼란한 상태로 방치했다'[3]고 기롱할 텐데 어찌 생각하시오?"

청한자가 말했다.

"무슨 이런 꽉 막힌 말을 하시오. 부처님의 법은 청정淸淨과 과욕寡慾에 있으므로 만물과 다투지 않으니, 산속에 있으면 그 도가 높고 바깥 세상에 행해지면 그 법이 엄하다오. 세상이 혼탁해 사람들이 그 법을 따르지 않더라도 걱정할 게 없

---

1 삼청三請: '임금이 세 번 청하다'라는 뜻.
2 세상의~있다가: 이윤伊尹이 전답에 숨어 있었고, 부열傅說이 토목 공사장에 숨어 있었다.
3 보배를~방치했다: 『논어』 「양화」陽貨에 나오는 말.

고, 시절이 태평하여 모두가 그 도를 행하더라도 기뻐할 게 없지요. 도로써 처하기에[4] 비록 산야에서 궁하게 살더라도 그 즐거움을 바꾸지 않고, 법으로써 나가기에[5] 비록 임금을 대하여 경전을 담론하더라도 그 뜻이 교만하지 않으니, 유유자적하고 어디에도 구속됨이 없는 것, 이것이 고승의 행동거지라오.

세속의 어진 선비는 그렇지 아니하여 어려서 배우고 장성하여 행하고자 하거늘, 불행히 세상이 어지럽고 시절이 위태로워 임금이 신하의 간언을 따르려는 마음이 없고 조정에 간사한 신하들이 설치면, 어떤 이는 북해北海의 물가에서 낚시나 하고 어떤 이는 동문東門에 갓을 걸어놓고 떠났지만,[6] 그 바라는 바는 임금을 복희伏羲나 황제黃帝 같은 성군聖君으로 만들어 세상을 구제해서 화락하게 하는 것이지요. 그러므로 비록 산림에 의탁해 늙더라도 임금과 나라를 길이 생각하고, 몸을 창우倡優에 부치더라도 임금을 보필할 생각을 잊지 않으며, 몸은 비록 떠나더라도 마음은 높은 궁궐에 걸려 있고, 비록 은둔했다 할지라도 뜻은 충신의 반열에 있으니, 이것이 사군자士君子의 마음가짐이외다. 만약 임금이 성스럽고 신하가 어질어서 훌륭한 선비를 두루 구하는데도 오히려 큰소리나 고상한 이야기를 하면서 끝내 나가지 않는다면 그것은 사군

---

4   도로써 처하기에: 도를 간직해 산야山野에 있다는 뜻.
5   법으로써 나가기에: 법(불법)을 펴고자 세속에 나간다는 뜻.
6   어떤~떠났지만: 북해에서 낚시한 이는 강태공이다. 후한後漢의 봉맹逢萌은 왕망의 신하 되기를 꺼려 동도東都의 성문에 의관을 걸어 놓고 요동遼東으로 떠났다.

자의 바람과는 어긋나니 어찌 얼른 일어서서 나가지 않을 수 있겠소.

고승은 그렇지 않소이다. 삼유三有[7]로 한 집을 삼고 사생四生[8]을 하나의 환상으로 여겨, 담담하게 세상을 떠나고 훌쩍 속세와 단절해 피차彼此의 정을 잊고, 또 궁달窮達(곤궁과 영달)에 대한 생각을 끊어, 나가더라도 수레와 일산日傘의 화려함이 없고 은거하더라도 나라를 저버렸다는 허물이 없으며, 담화로 사람을 깨우쳐 줄 만하면 격려하여 북돋워 주고, 세상 형편이 떠날 만하면 미련 없이 돌아가니, 평탄하고 화평함이 봉황이 우는 것 같고 기린이 나타난 것 같으며, 스스로 갔다 스스로 오는 것이 구름과 같고 학과 같거늘, 대체 무슨 관계가 있다고 세상에 나가느니 은거하느니 하는 논의에 참여하겠소?"

객이 말했다.

"그렇다면 그 도는 맑고 담박해 임금을 보필하고 백성을 구제하는 방법이 결핍되었는데, 어찌 일대의 스승이 되고 만세의 법이 되겠소? 또 스승으로 삼을 바는 무엇이며, 본받을 바는 어떤 일이오?"

---

7 삼유三有: 불교에서 욕계欲界, 색계色界, 무색계無色界를 말한다. '삼계'三界라고도 한다.

8 사생四生: 생물이 나는 네 가지 형식인 태생胎生, 난생卵生, 습생濕生, 화생化生을 말한다. '태생'은 사람과 축생처럼 모태에 의탁하여 나는 것을 말하고, '난생'은 새처럼 알에서 나는 것을 말하고, '습생'은 이·벼룩·쥐며느리처럼 습기에서 나는 것을 말하고, '화생'은 제천諸天처럼 의탁하는 바 없이 무無에서 홀연 생겨나는 것을 말한다.

청한자가 말했다.

"스승으로 삼을 바는 마음이외다. 대저 마음이란 허명虛明(텅 비고 밝음)하여 환하게 비치며, 무시로 드나들어 향하는 곳을 알지 못하니, 미혹되면 미치고 방탕하여 돌아오는 것을 잊게 되고, 깨달으면 원만하고 밝아서 잃어 버리지 않지요. 상지上智의 자질로 남보다 크게 뛰어난 사람이 아니라면 애써 알려고 하고 힘써 행해도 오히려 미치지 못합니다. '이른바 저 사람'[9]이란 깊은 근원을 환히 통찰하고 만 가지 변화를 궁구해, 형상으로 나타나기 전에 단속해 지키고 무궁한 변화를 신묘하게 활용하며, 정혜定慧[10]를 균등하게 하여 만법萬法의 근원을 정밀히 탐구하고, 지행智行(앎과 실천)을 겸전兼全하여 아득한 시초를 마음으로 깨닫소. 그 신령함을 말한다면 작은 터럭으로 대천세계大千世界[11]를 채우고, 그 묘함을 말한다면 성상性相이 삼제三際에 융합되며,[12] 그 도를 말한다면 귀신도 엿보지 못하고, 그 덕을 말한다면 용천龍天[13]이 흠모하여 우러러본

9   이른바 저 사람: 『시경』 소아小雅 「백구」白駒에 이 말이 나오는데, 세상을 벗어나 은둔하려는 현인賢人을 가리킨다.
10 정혜定慧: '정'은 선정禪定, '혜'는 지혜를 말한다.
11 대천세계大千世界: 삼천대천세계三千大千世界의 별명. 불교에서, 소천세계小千世界를 천 개 합친 것을 중천세계中千世界, 중천세계를 천 개 합친 것을 대천세계라고 한다. 대천세계에는 소천·중천·대천의 3종의 천千이 있으므로 삼천대천세계라고 한다.
12 성상性相이 삼제三際에 융합되며: '성상'은 법성法性과 법상法相을 말한다. '법성'은 만유萬有의 본체, 즉 진여眞如를 말하고, 법상은 만유의 자태를 말한다. '삼제'는 전제前際·중제中際·후제後際를 말하니, 삼세三世 즉 전세前世·현세現世·내세來世와 같다.
13 용천龍天: 불법을 수호하는 여덟 신장神將인 천天, 용龍, 야차夜叉, 아수라阿修羅, 가루라迦樓羅, 건달파乾闥婆, 긴나라緊那羅, 마후라가摩睺羅迦를 말한다.

다오.

　그러니 스승으로 섬긴다는 것은 한갓 예禮를 묻거나 정
치를 물어 그때의 시무時務를 결단하거나 수업을 받아 의혹
을 해소해 일시 도움을 받는 것이 아니라, 실로 받아 써도 다
함이 없는 보배[14]를 얻어 만세에 무궁토록 전하는 것이지요.
이 보배를 갖고 위에 있으면 높아도 위태롭지 않고, 이 보배
를 갖고 아래에 있으면 순順하여 거스르지 않지요. 이것을 오
륜五倫에 베풀면 오륜이 지극히 질서가 있고, 이것으로 오전五
典[15]을 다스리면 오전이 지극히 질서가 있으니, 만사萬事를 다
스리고 만인萬人을 거느리는 데 이르기까지 어느 것인들 이
보배의 묘용妙用이 아니겠소."

三請 第三

客曰: "古者有高僧, 有三請不赴者, 有影不出山者, 無乃違於
化物, 而獨善其身乎? 且世之賢士, 隱於畎畝版築之間, 有三
聘而出者, 有一招而赴者, 爲行道也, 爲蒼生也, 爲致君於堯、
舜之上也. 在俗士尚爾, 況誠如上所謂高僧乎? 若有識者聞,

　　팔부중八部衆이라고도 한다.
14　보배: 보리菩提, 즉 불타 정각正覺의 지혜를 가리킨다.
15　오전五典: 부의父義, 모자母慈, 형우兄友, 제공弟恭, 자효子孝, 즉 아버지의 도
　　리, 어머니의 자애로움, 형의 우애, 아우의 공손함, 아들의 효성스러움을 말
　　한다.

則不免懷寶迷邦之譏, 則如之何?"

淸寒子曰: "是何言之固滯也? 覺皇之法, 在於淸淨寡欲, 不與物爭, 故卷於山阿則其道尊, 行於人世則其法嚴, 世溷而不遵其法, 非可憂, 時平而盡行其道, 非可歡. 以道而處也, 雖窮居山野, 不改其樂; 以法而出也, 雖對御談經, 不驕其志. 優哉游哉, 無縛無拘, 此高僧之去就也.

在賢士則不然, 幼而學之, 壯而欲行, 不幸世亂時危, 國君無從諫之心, 朝廷交豺虎之跡, 或投竿北海之濱, 或掛冠東門之上, 而其志願則欲致君於羲、軒, 濟世於雍熙而已. 故雖投老山林, 而長懷君國之心, 委身徘優, 而不忘匡輔之懷. 身雖去矣, 而心懸魏闕之上, 迹已遁矣, 而志在藎臣之列, 此士君子之立心也. 若主聖臣賢, 旁求俊彥, 而猶大語高談, 終不出世, 乖士君子之願, 安得不幡然而起哉?

在高僧則不然. 以三有爲一家, 以四生爲一幻, 淡然離世, 翛然絶俗, 旣忘彼此之情, 又絶窮達之懷, 出無軒蓋之華, 隱無負國之乖, 談話可以牖人, 則激而揚之, 世道可以去矣, 則浩然而返, 坦坦然怡怡然, 如鳳之鳴, 如麟之現, 自去自來, 如雲如鶴, 夫何關係之有而參於現晦之論哉?"

曰: "然則其道恬淡, 乏輔君濟民之術, 安能爲一代師、萬世則哉? 且所師者何物? 所則者何事?"

曰: "所師者, 心也. 夫心者, 虛明洞照, 出入無時, 莫知其鄉, 迷之則狂蕩而忘返, 悟之則圓明而匪失, 自非上智之質大過人者, 困知力行, 猶且不逮, 而所謂伊人者, 則洞徹深源, 硏窮萬化, 操守未形之前, 神用無窮之變, 定慧均等, 精探萬法之根，智行兩全，默契冥濛之始．語其神也，則毫髮充於大千；語其妙也，則性相融於三際；語其道也，則鬼神所莫窺；語其德也，則龍、天所欽仰．

然則其師事也，非徒問禮問政，決當時之務，受業解惑，資一時之用而已，實乃得受用無盡之寶，傳萬世無彊之珍耳．以此在上，則高而不危，以此在下，則順而不悖，施之五倫，則五倫極其敍，制之五典，則五典極其秩，乃至統理萬事，帥御萬夫，何莫非此寶之妙用乎？"

4. 송계松桂[1]

객이 말했다.

"마음으로 전함(傳心)의 오묘함은 진실로 이미 가르침을 들었소. 하지만 세간과 출세간은 서로 멀기가 소나무와 계수나무와 같거늘, 이를 사물에 베풀 수 있겠으며, 이것으로 나라를 다스릴 수 있겠소? 본받을 바는 어떤 일이오?"[2]

청한자가 말했다.

"본받을 것은 그대의 말처럼 속세의 티끌을 멀리 여의는 것일 테지요. 또 이익을 다투고 살기를 탐함은 중생의 일반적인 정이라 세상의 혼란함을 따라 미혹한 무리가 빠져들지만, 이 사람은 그렇지 않소. 멀리 은거하여 세상에 구하는 것이 없어, 명예와 이익 보기를 골짝의 메아리처럼 하고, 생사生死를 보기를 끓는 물과 불꽃처럼 하거늘, 뭇 사람이 모두 더러워도 저 혼자 화락和樂하고, 뭇 사람이 모두 명리에 급급해도 저 혼자 한적하고 편안해, 성시城市에 노닐면 빈 배가 물결에 떠 있는 듯하고, 산림에 숨으면 외로운 구름이 자유로운 듯하지요.

---

1   **송계松桂**: 소나무와 계수나무를 말하니, 세간과 출세간이 소나무와 계수나무처럼 서로 아주 다르다는 뜻.

2   **마음으로~일이오**: 앞의 「3. 삼청」에서 객은 "스승으로 삼을 바는 무엇이며, 본받을 바는 어떤 일이오?"라고 물었는데, 청한자는 이 두 질문 중 '스승으로 삼을 바가 무엇인가'라는 질문에만 대답했다. 그래서 객은 여기서 또다시 본받을 바가 무엇인지 물은 것이다.

그러므로 천자도 신하로 삼을 수 없고, 제후도 벗으로 삼을 수 없소이다. 그 마음을 보면 옥으로 만든 병을 얼음 골짝에 둔 듯하고, 그 말을 들으면 큰 폭포를 용문龍門에 걸어 둔 듯하니, 저 성대하고 아름다운 명망을 인성人性을 갖춘 자라면 그 누가 본받으려 하지 않겠소. 만약 그가 탄 말의 고삐를 잡아 속세에 머물게 한다면 반드시 성인聖人인 공자 문하의 안연顔淵이나 맹자孟子 같을 거요."

객이 말했다.

"출세간의 고아高雅함에 대해서는 상세히 들었소. 성현이 지나가기만 해도 그곳 사람들이 교화되고 성인이 있는 곳이 신神처럼 교화가 행해지는 묘함은 쉽게 엿보기 어려운데, 만일 온 세상 사람으로 하여금 점차 그 도에 젖어들고 그 덕성에 훈도되게 한다면 장차 조정에는 어진 신하가 남아 있지 않고, 민간에는 속인俗人이 남아 있지 않을 것이니, 다 불도佛徒가 되어 모두 멀리 숨으려는 뜻을 품고 청정淸淨의 길을 밟고자 할 것이오. 하지만 이렇게 되면 삼강三綱[3]이 없어지고 구법九法[4]이 무너져 버리지 않겠소? 임금을 복되게 도와주고 백성을 길이 편안하게 하는 요체要諦가 뭐요?"

청한자가 말했다.

3 　삼강三綱: 유교의 세 가지 기본 강령인 '군위신강'君爲臣綱 '부위자강'父爲子綱 '부위부강'夫爲婦綱을 말한다. 임금은 신하의 벼리, 아버지는 자식의 벼리, 남편은 아내의 벼리가 되어야 한다는 뜻.
4 　구법九法: 『서경』 「홍범」洪範에서 언급된 구주九疇, 즉 오행五行, 오사五事, 팔정八政, 오기五紀, 황극皇極, 삼덕三德, 계의稽疑, 서징庶徵, 오복五福을 말한다.

"한 모퉁이를 들면 세 모퉁이로 반응해야 하고 지나간 것을 말하면 다가올 것을 알아야 하거늘, 그대는 어찌 그리 식견이 얕고 고루하오? 상고上古의 밝고 태평한 시대의 성군聖君과 어진 신하에 대해서는 일단 말하지 않겠소. 주周나라가 쇠망한 뒤로 진한秦漢 시대로부터 지금에 이르기까지 어찌 일대一代라도 송곳만 한 이익을 다투지 않은 적이 있으며, 한 치의 공功을 도모하지 않은 적이 있소? 진晉나라⁵가 쇠퇴함에 이르러서는 군웅이 할거하여 강한 자는 임금이 되고 약한 자는 백성이 되었고, 재주와 언변이 넉넉한 자는 주모자가 되고 이욕利欲을 탐하는 자는 부림을 받아, 풍속이 병들고 사람들이 근심하게 되었소. 만일 석씨釋氏(부처)의 가르침으로 그 분수에 안분자족하지 않았다면, 장차 날랜 자는 뽐내어 싸우고 꾀가 있는 자는 조용히 도모하여 들판의 사람들이 모두 벌떼처럼 일어났을 터이니, 어찌 보전할 수 있었겠소.

이때 서진西晉에는 지둔支遁과 도안道安의 무리가 있어 왕씨王氏·사씨謝氏와 노닐고,⁶ 동진東晉에는 혜원慧遠과 혜지慧持

5 　진晉나라: 후한 말에 삼국이 끝나고 조씨曹氏의 위魏나라가 들어서며, 위나라에 이어 사마씨司馬氏의 진晉나라가 들어섰다. 진나라는 애초 장안長安에 도읍했는데 50년 뒤에 강동江東으로 옮겼다. 장안 시대를 서진西晉, 강동 시대를 동진東晉이라 한다.

6 　서진西晉에는~노닐고: '지둔'支遁은 동진의 승려로 왕탄지王坦之, 사안謝安 등의 명사名士와 교유했다. 시 짓기를 좋아했으며, 노장老莊의 이치에 밝았다. 진나라 애제哀帝의 초청을 받아 불경을 강의하기도 했다. '도안'道安은 동진의 승려로 중국 초기 불교의 기초를 닦은 학승學僧이다. 중국 불교 교단을 창설해 혜원을 비롯한 많은 문하생을 길렀으며, 왕과 귀족들로부터 신임과 존경을 받았다. 김시습이 지둔과 도안을 '서진' 사람이라 한 것은 착오다. '왕씨'王氏는 왕탄지를 가리키고, '사씨'謝氏는 사안을 가리킨다.

의 무리가 있어 유씨劉氏·뇌씨雷氏와 더불어 은거했으니,[7] 그 청담淸談과 고상한 의론이 사람의 입과 귀를 감동시켜 모두를 자비롭고 욕심이 없는 곳으로 향하게 했소. 그리하여 날랜 자는 그 분수를 지키고 꾀가 있는 자는 편안함을 얻었으며, 어질고 빼어난 선비는 모두 세속에 대한 생각을 버리게 되었으니, 서로 더불어 임천林泉에서 즐기며 말하기를, '인생은 잠시 부쳐 살 뿐입니다. 접때의 풍류와 즐거운 일이 거의 다 사라져 오로지 종일 근심에 잠겨 있을 뿐이니, 그대가 한번 오기를 기다려 만나서 이야기하며 소견하고자 하거늘 하루가 천 년 같사외다'【사안謝安이 지둔에게 보낸 편지】라고 했고, 혹은 말하기를, '임금과 신하가 서로 의심하여 쓸데없이 서로 비방하니, 진晉나라는 반석 같은 굳건함이 없고 민심은 쌓아 놓은 달걀처럼 위태한데, 내가 뭣 땜에 벼슬을 하겠소'【유유민劉遺民이 혜원에게 한 말】라고 했으니, 지인至人(더없이 덕이 높은 사람)의 가르침이 위태로운 세상을 격동해 골수에 스미거늘 어찌 교화되지 않는 자가 있겠소?

그러므로 계숭契嵩이 원공遠公(혜원)의 영당影堂에 쓰기를,[8]

---

7 동진東晉에는~은거했으니: '혜원'은 동진의 승려로 중국 정토교淨土敎를 창시했으며 염불 결사結社인 백련사白蓮社를 결성했다. 여산廬山의 동림사東林寺에 머물며 30년 가까이 은둔했는데, 교단敎團이 융성해져 승려와 지식인에게 많은 감화를 주었다. 유교와 노장학에도 밝아, 유가儒家인 도연명, 도교 신봉자인 육수정陸修靜과 교유했다. '혜지'慧持는 혜원의 동생으로 형과 함께 도안의 제자다. '유씨'劉氏는 유유민劉遺民을, '뇌씨'雷氏는 뇌차종雷次宗을 말한다. 모두 동진의 고사高士들이다. 혜원은 유유민, 뇌차종 등의 선비와 함께 백련사를 결성하였다.

8 계숭契嵩이~쓰기를: '계숭'(1007~1072)은 북송 초기의 운문종에 속한 고승

196

'사해四海가 가을빛인데 신령스런 산이 그 가운데 솟았으니 원공은 그처럼 맑고 높다. 흰 구름 떠 있는 붉은 골짝에 아름다운 나무와 풀이 있으니 원공이 거주하던 곳이다'[9]라고 하여, 천만년 뒤 그 풍모를 들은 자로 하여금 개연히 일어나게 했으니, 세상을 부지扶持하고 백성을 도운 자취가 드러난다고 할 것이오.

석씨의 근본 뜻은 자애慈愛를 우선으로 삼으니, 임금 된 자로 하여금 백성을 사랑할 바를 알게 하고, 아비 된 자로 하여금 자식을 사랑할 바를 알게 하며, 남편 된 자로 하여금 아내를 사랑할 바를 알게 해, 위로는 그릇되고 어긋난 정치가 없게 하고, 아래로는 시해하고 반역하는 생각을 끊게 함으로써, 천하의 사람들로 하여금 모두 평온하게 살면서 농사와 누에치기에 힘쓰고 처자를 기르며 어른을 공경하고 어린이를 보살피게 하는 것이지요. 그러므로 비록 인仁이니 의義니 하는 말은 없으나 죽이지 말고 도둑질하지 말라는 깨우침이 이미 인의仁義의 자취를 드러내고 있다 할 것이니, 임금을 복되게 도와주고 백성을 길이 편안하게 하는 공功이 또한 더할 나위 없다 할 것이오."

으로 광서성 심진鐔津 출신이며, 호는 명교明教이다. 유불일치론儒佛一致論을 주장했으며, 사대부의 불교 배척과 공격으로부터 불교를 옹호하는 데 힘을 쏟았다. 저술로는 『전법정종기』傳法正宗記, 『보교편』輔敎編 등이 있으며, 사후에 문도들이 『심진문집』鐔津文集을 엮었다. '원공'遠公은 혜원을 말하며, '영당'影堂은 영정을 모신 사당을 말한다.

9 사해四海가~곳이다: 계숭의 『심진문집』 권13, 「원공의 영당 벽에 쓰다」(題遠公影堂壁)에 나오는 말이다. 단 『심진문집』에는 '붉은 골짝'(丹壑)이 '붉은 산봉우리'(丹嶂)로 되어 있다.

松桂 第四

客曰：“傳心之妙，固已聞命．然世與出世，迥如松桂，可能施之於物，爲之於邦乎？其所則者，爲何事耶？”

清寒子曰：“所則者，如子之言，迥離塵染也．且爭利貪生，衆物之常情，隨世紛競，群迷之所溺，而此人則不然．乃高蹈遠引，無求於世，視名利如谷響，眎死生如湯焰，衆皆汶汶而我獨陶陶，衆皆役役而我獨閑閑，遊城市則如虛舟之駕浪，遁山林則若孤雲之蕭散．

故天子不得臣，諸侯不得友．觀其心則置玉壺於氷壑，聽其言則懸巨淙於龍門，顒顒卬卬，令聞令望，彼具人性者，孰不願則而法之乎？如其轡勒而可駐，必如聖門之顏、孟矣．”

客曰：“然則出世之高雅，已聞其詳．且賢聖過化存神之妙，未易窺測，若使一世之人，漸摩其道，薰陶德性，則將見朝無賢佐，野無遺俗，舉爲釋子，俱懷遠逸之志，皆蹈清淨之行．夫然如是則三綱淪，九法斁矣，敢問福祐王祚，永綏生民之要．”

清寒子曰：“舉一隅，可反其三，告諸往，可知其來，子何識之淺陋也？且如上古雍熙之世，聖明之主賢哲之臣，置之莫論，自周衰以後，秦、漢以下，以迄于今，安有一世不競刀錐之利、圖尺寸之功哉？至如晉室陵夷，群雄割據，強者爲君，弱者爲民，足才辯者爲謀主，貪利欲者爲驅使，俗既痺矣，人既愁矣，不有釋氏之敎使安其分，則將見勇者奮而鬪，智者靜而謀，擧阡陌之人, 皆紛紛而蠭起矣, 如何而可保哉?

于斯時, 西晉有支遁、道安輩, 與王、謝遊, 東晉有慧[10]遠、慧
持輩, 與劉、雷隱, 其淸談高論, 感人口耳, 盡趣慈悲寡欲之場,
則勇者守其分, 智者得其安, 賢哲俊彦之士, 皆得以息心. 而
相與娛樂於林泉之境曰: '人生如寄耳. 自頃風流得意事, 殆磨
將盡, 唯終日戚戚, 遲君一來, 以晤言消遣之, 一日千載也.'【謝
安與支遁書】或曰: '君臣相疑, 贅疣相虧, 晉室無盤石之固, 物情
有累卵之危, 吾何爲官祿哉?'【劉遺民投慧[11]遠語】豈至人之敎, 激
於危世, 浸於骨髓, 而有不知所以化之者乎?

故契嵩題遠公影堂曰: '四海秋色, 神山中聳, 遠公淸高也;
白雲丹壑, 玉樹瑤草, 遠公棲處也.'使千萬載之下, 聞其風韻
者, 慨然興起, 其扶世祐民之迹, 蓋有見矣.

而釋氏之本意, 以慈愛爲先, 使君者知所以愛民, 父者知所
以愛子, 夫者知所以愛婦, 上無悖戾之政, 下絶弑逆之懷, 使
天下之人, 皆按堵妥帖, 而務農桑, 育妻子, 長長幼幼, 則雖無
仁義之談, 而不殺不盜之警, 已形仁義之迹, 其福祐王祚, 永
綏生民之功, 亦莫加焉."

---

10 慧: 원문에 '惠'로 되어 있는데 바로잡았다.
11 慧: 원문에 '惠'로 되어 있는데 바로잡았다.

5. 부세扶世[1]

객이 말했다.

"세상을 부지扶持하고 백성을 돕는다는 데 대해서는 이미 가르침을 받았소. 다만 싯다르타(석가)가 나라를 버리매 아버지와 아내가 다 슬퍼했고, 양梁 무제武帝[2]가 사신捨身[3]하매 조정이 기댈 곳을 잃었으며, 위후魏后[4]가 절을 지으매 진주로 꾸민 방이 일천 칸이었고, 수隋 문제文帝[5]가 탑을 세우매 불교 음악이 길에 가득해 인류을 어지럽히고 만백성을 동요시켰으니, 대체 훌륭한 데가 어디 있단 말이오? 네 사람의 훌륭한 점은, 상도常道에 어긋나지만 의리에는 부합하는 권도權道란

---

1 **부세扶世**: 세상을 부지扶持한다는 뜻. 즉 세도世道가 이루어지도록 돕는다는 뜻.
2 **양梁 무제武帝**: 동진이 망한 뒤 송宋, 제齊, 양梁으로 이어지는데, 양의 첫 황제가 무제다. 무제는 치세 전반기에는 나라를 잘 다스렸으나 후반기에는 불교를 혹애해 '황제보살'로 불렸다. 무제는 불경에 직접 주석을 붙이기도 했으며, 동태사同泰寺라는 절을 지어 막대한 재물을 보시함으로써 국가 재정의 궁핍을 초래해 나라를 기울게 했다.
3 **사신捨身**: 불교에서 자신의 몸을 바쳐 보시를 행하거나 부처를 공양하는 것을 이른다. 사신의 방법으로는 분신, 신체 일부 훼손, 단식, 절의 노비 되기 등이 있다. 중국에서는 사신이 동진 말부터 시작되어 육조六朝 시대에 성행했으니, 양 무제는 세 번 사신하여 세 번 절의 종이 된 뒤 절에 많은 돈을 바치고 자신을 속량贖良했다.
4 **위후魏后**: 양자강 이북에 세워진 북위北魏의 제8대 황제 선무제宣武帝의 비妃인 영태후靈太后를 말한다. 아들 효명제孝明帝가 어린 나이로 제위에 오르자 섭정을 했는데, 불교에 지나치게 빠져 전국에 사탑寺塔을 건립해 재정을 파탄나게 했으며 방탕한 생활을 함으로써 북위의 멸망을 초래했다.
5 **수隋 문제文帝**: 수隋 양제煬帝의 아버지다.

말이오? 아니면 지나침과 부족함의 문제일 뿐이라는 게요? 그대가 앞에서 한 말과 반대됨이 어찌 그리 심하오?"

청한자가 말했다.

"인과응보와 윤회의 설은 괴이하고 허탄해 통달한 사람도 혹 몹시 놀라니 무시해 버려 논하지 않기로 하고, 싯다르타의 일을 논해 보기로 하지요. 싯다르타는 서역西域의 왕자였소. 동쪽 중화의 입장에서 서역을 논할 경우 오랑캐지만, 서역에서는 가유伽維6를 높여 상국上國으로 여긴다오. 그러므로 서역 사람들은 가유를 가리켜 중국이라 하고 그 임금을 가리켜 전륜성왕轉輪聖王7이라 하니, 돌궐突厥이 그 추장을 가리켜 칸이라 하고 토번吐番이 그 임금을 가리켜 찬보贊普라고 하는 것과 같은 유類라오.

서쪽 오랑캐 종족은 성품이 대개 패역悖逆하므로 왕위를 탐하여 그 부친을 시해한 자도 있고【아사세왕阿闍世王】,8 보물을 다투다가 그 형을 살해한 자도 있으며【악우태자惡友太子】,9 여

---

6   가유伽維: 석가의 탄생국인 카필라국國을 말한다. 가유라위迦維羅衛, 가비라伽毘羅, 가이라迦夷羅라고도 한다.

7   전륜성왕轉輪聖王: 정법正法으로 온 세상을 다스린다는 인도 신화상의 임금. 하늘로부터 금金·은銀·동銅·철鐵의 네 윤보輪寶(수레바퀴 모양의 보물)를 얻어 이를 굴리면서 사방을 위엄으로 다스린다고 한다.

8   아사세왕阿闍世王: 기원전 6세기 인도 북동부 마가다국의 왕으로, 부왕 빔비사라를 죽이고 즉위했다.

9   악우태자惡友太子:『대방편불보은경』大方便佛報恩經「악우품」惡友品에, 바라내국의 선우善友와 악우 두 태자 이야기가 나온다. 형 선우는 보시를 좋아하고 동생 악우는 사리사욕에 급급한 인물이다. 선우가 여의주를 얻기 위해 해외로 가는데 악우도 따라간다. 악우는 형이 얻어 온 여의주를 자기가 차지하기 위해 형의 두 눈알을 뽑아 버리고 귀국한다. 이 이야기는 석가의 본생담本生譚으로 알려져 있다.

색을 탐하기도 하고【아난阿難】,[10] 공격하고 약탈하여 만족할 줄
모르는 자도 있으며【전승戰勝】,[11] 인색하나 부끄러움이 없는 자
도 있어【노지盧至】,[12] 하지 못하는 짓이 없는 것은 그 땅이 중화
中華에서 멀어 예악과 문물이 미치지 못하고, 규범과 법도가
이르지 못한 까닭이오. 진秦나라 풍속이 사납고 정鄭나라 음
악이 음란한 데서 보듯 중국도 오히려 그러하거늘, 하물며 풍
토가 다르고 말소리가 달라 성왕聖王의 교화가 미치지 않은
곳이야 어떻겠소. 풍습이 나쁘다는 걸 단연코 알 수 있소.

　만일 싯다르타가 그 보위寶位를 가볍게 여겨 지극한 도를
사모함으로써 어리석은 백성을 깨우치지 않았다면 그 누가
눈이 멀고 귀가 먼 중생을 인도해 그 그릇된 마음을 바로잡을
수 있었겠소. 그러므로 군자는 백성을 교화하는 바가 넓고 그
잃는 바가 작으면 행하는 것이요, 그 잃는 바가 크고 교화하
는 바가 작으면 행하지 않는 법이오. 이 때문에 순舜임금은 부
모에게 고하지 않고 장가든 적이 있고, 우禹임금은 자식을 돌
보지 않고 치수治水 사업에 힘쓴 일이 있으며, 탕湯임금은 덕
에 부끄러운 일이 있었고, 무왕은 뻔뻔스럽게 시해한 일이 있
었으니,[13] 대개 어쩔 수 없어 한 일이지요. 아버지가 슬퍼하고

10　아난阿難: 석가의 사촌동생으로 10대 제자의 한 사람이다. 석가의 말을 가장
　　많이 들었으므로 '다문제일'多聞第一로 불린다. 인물이 잘생긴 탓에 출가 후
　　많은 부녀자로부터 유혹을 받았다.
11　전승戰勝: 인도 사위국舍衛國의 태자 이름.
12　노지盧至: 사위성舍衛城에 살던 석가와 동시대의 부자 이름.
13　탕湯임금은~있었으니: 은나라를 세운 탕임금은 하나라의 걸왕桀王을 시해했고,
　　주나라의 무왕은 은나라의 주왕紂王을 시해했다. 비록 폭군을 죽였다고 하나
　　신하로서 임금을 시해한 일에 해당한다.

아내가 원망하여 비록 한때 상도常道에 어긋나기는 했어도 중생을 깨우친 것은 천고千古의 성대한 일이니, 이른바 일이 공을 이루어 공이 그 허물을 덮었다 할 것이오.

이 때문에 태자가 기미를 꿰뚫어 봐 몸과 목숨을 돌아보지 않고, 태자의 편안한 자리를 버리고 높은 설령雪嶺에 가 삼(麻)과 보리를 먹으며 극심한 굶주림을 꺼리지 않았으며, 기린과 학을 벗으로 삼아 세속의 은애恩愛가 몸을 얽어맴을 돌아보지 않았던 것이오. 6년을 부지런히 수련하여 하루아침에 환히 깨달으니, 마치 달이 하늘에 걸린 듯하고 연꽃이 물 위로 나온 것 같았소. 즉시 보리수에 나아가 보좌寶座에 올라 낭랑히 말씀하시기를, '아! 모든 중생은 각각 참된 본성을 갖추었으나 망상에 빠져 깨닫지 못하고 있다. 내가 법고法鼓를 치고 법우法雨를 내려[14] 너희의 몽매함을 깨우치겠노라'라고 하니, 중생이 호응하여 일어나 말하기를, '싯다르타는 성왕聖王의 아들인데도 탐욕을 버리고 애정을 떨쳐 버려 흔연히 지극한 도를 구했는데 우리는 어떤 사람이기에 이 괴로운 윤회를 달갑게 여기는가?'라고 했소.

이에 억세고 용맹한 자가 전쟁을 그치고, 패역한 자가 찬탈을 그치며, 꾀 많은 자가 자신의 분수에 만족하고, 어진 자가 상도를 지켜, 서쪽의 오랑캐가 염치를 아는 나라로 변하였고 비린내 나는 오랑캐가 성철聖哲의 땅이 되었지요. 자비로

---

14 법고法鼓를~내려: 불법을 말하는 것을 '법고를 친다'고 하고, 부처의 설법을 '법우'法雨라고 한다.

인도하고 청정淸淨으로 거느렸으니, 저 은혜를 끊고 의리를
저버렸다는 것은 탕임금과 무왕이 권도權道를 쓴 일과 같다
할 것이오. 한 점의 구름이 어찌 맑은 하늘에 누累가 되겠소."

扶世 第五

客曰: "扶世祐民之說, 旣聞命矣. 只如悉達之捨國, 爺妻共
悲; 梁武之捨身, 朝廷失據; 魏后之營寺, 珠房千間; 隋帝之
建塔, 梵樂盈路. 悖亂天常, 動擾萬姓, 勝處安在? 四者之善,
蓋有反經合道之權乎? 抑有得失泥罔之論乎? 與前子之所言,
何其反之甚也?"

清寒子曰: "且如禍福報應·昇沈輪廻之說, 或涉於怪, 或
失之誕, 通人達士, 頗或驚焉, 置之莫論. 若論悉達之事, 則悉
達, 西域王之子. 以東夏而論西域則胡羌也, 以西域而尊伽維
則上國也. 故胡人指伽維爲中國, 指其主爲轉輪聖王, 亦突厥
尊酋長爲可汗, 吐蕃指君長謂贊普之類.

西胡部種, 性多悖逆, 或貪位而弑其父者【阿闍世王】, 或爭寶
而害其兄者【惡友太子】, 或貪淫女色【阿難】, 或攻劫不厭【戰勝】, 或
慳悋無慙【盧至】, 無所不爲者, 以其地遠於夏, 禮樂文物之所不
及, 綱紀典章之所不到故也. 且如秦俗之悍, 鄭聲之淫, 中國
尙爾, 況風土之異, 聲音之殊, 墳典王化之所不漸者哉. 俗尙
之惡, 斷可知矣.

若非悉達輕其寶位, 慕其至道, 以警愚民, 則誰能開牗盲

蠱, 而使格其非心乎? 故君子其所化民者博, 其所失者小則爲
之也, 其所失者大, 而所化者小則不爲也. 故舜有不告而娶,
禹有不子而勞, 湯有慙德之事, 武有蒙面之弒, 蓋不獲已也.
且父悲妻怨, 雖一時之反常, 開悟群生, 乃千載之盛事, 所謂
事能濟其功, 功能掩其過也.

是故, 太子洞視其機, 不顧身命, 棄春坊安妥之位, 涉雪嶺
崟峨之境, 麻麥爲飱, 不憚飢餓之切身, 麟鶴爲友, 不顧恩愛
之相纏, 六載勤修, 一旦豁然, 如桂月之懸空, 似蓮葩之出水,
卽詣道樹, 升于寶座, 乃颺言曰: '吁! 凡厥有生, 各具眞性, 但
汨妄想而不了悟, 我拊法鼓, 我雨法雨, 用啓爾蒙.' 於是群生
莫不響應而作曰: '悉達, 聖王之子, 猶且棄貪去愛, 欣求至道,
我亦何人, 甘此苦輪?'

於是强勇者息戰, 悖逆者息簒, 智者安於分, 賢者守其常,
變西戎爲廉恥之邦, 敎臊胡歸聖哲之域, 導以慈悲, 率以淸淨,
則彼割恩背義, 猶湯、武施權之事, 一點殘雲, 何累太淸?"

6. 양梁 무제武帝

"양 무제의 일은 선철先哲들이 이미 그르다고 했소. 옛날 양공梁公 소연蕭衍[1]이 책략을 좋아하고 문무의 재주가 있어 제齊나라의 혼란함을 틈타 황제의 선위禪位를 받아 나라를 차지하고 천하의 주인이 되었소. 즉위해서도 천성이 총명하고 지혜로웠으며, 박학하고 문장에 능했고, 효성스럽고 자애롭고 공손하고 검소했으며, 재능이 많음이 남들보다 뛰어났소. 불교에 인과응보와 천당 지옥의 설이 있음을 보고서는 돌아가신 부모의 은혜를 갚고 백성들을 교화하여 이롭게 하고자 불교를 탐구해 그 종지宗旨를 궁구하고, 장재長齋[2]하고 사신捨身하는 등 하지 않는 바가 없었소. 그 뜻은 전일專一했지만 애석하게도 형식에 빠져 참다운 뜻을 궁구하지 못해 부처가 마음 쓴 근원을 크게 잃어 버렸소.

그렇다면 부처의 뜻은 어떠한 것이겠소? 부처는 세상에 응해 중생을 교화하니, 녹야원鹿野苑에서부터 금하金河에 이르기까지[3] 이치를 말하고 일을 말하며 현묘한 것을 말했지만,

---

1 　소연蕭衍: 양 무제의 성명이다. 남제南齊의 황제 소보권蕭寶卷을 죽이고 화제和帝를 옹립한 뒤 1년 뒤 화제에게서 제위帝位를 선양받아 양梁나라를 세웠다.
2 　장재長齋: 재식齋食을 길게 계속함을 말한다. 재식은 하루 한 끼만 먹으며 정오를 지나서는 먹지 않는 수행법.
3 　녹야원鹿野苑에서부터 금하金河에 이르기까지: '녹야원'은 석가가 성도成道한 지 21일 뒤에 처음으로 설법해 다섯 비구比丘를 제도濟度한 곳으로, 중인도 바라내국 왕사성王舍城의 동북쪽에 있다. '금하'는 중인도 마갈타국 가야성伽耶城

오직 이 마음을 궁구하고 이 이치를 밝히려 했을 따름이오. 이 마음을 궁구한다는 것은 그 천성을 다하는 것이요, 이 이치를 밝힌다는 것은 본래부터 있는 것을 온전히 하는 것이외다. 그러므로 300여 모임에서 단멸견斷滅見[4]을 설說하지 않았고, 49년 동안 항상 근원으로 돌아가는 묘리를 전파하되 다만 유有에 집착하는 자에게는 공법空法을 설하고 무無에 집착하는 자에게는 유법有法을 설했으니,[5] 형편에 따르고 병을 보고 처방을 내렸을 뿐이오. 그래서 남종南宗의 혜능慧能[6]이 말하기를, '불법은 세간에 있으니 세간의 깨달음을 떠나지 않는다. 세간을 떠나 보리菩提[7]를 찾는 것은 토끼의 뿔을 찾는 것과 같다'라고 했소.

양 무제는 부유하기로는 사해四海를 소유했고 높기로는 천자가 되었으니, 진속眞俗 이제二諦[8]로써 태자 통統[9]과 더불어

동쪽에 있는 북으로 흐르는 강 이름으로, 석가가 6년 고행 끝에 이 강에서 목욕한 뒤 부다가야로 가서 보리수 아래에서 성도하였다.

4 단멸견斷滅見: 사람의 색신色身과 일체의 만상萬象은 반드시 단멸斷滅되어 공空으로 돌아간다는 견해로서, 인과응보의 이치를 무시하는 사견邪見이다.

5 유有에~설했으니: '공법'空法은 만물과 만상萬象이 실체가 없고 공空함을 말하고, '유법'有法은 인연으로 인해 생긴 만물과 마음의 모든 현상을 말한다.

6 남종南宗의 혜능慧能: 중국의 선풍禪風이 초조初祖 달마로부터 5조 홍인弘忍까지는 하나였으나 홍인의 문하에서 혜능, 신수神秀 둘이 나와, 점수漸修를 강조한 신수는 북경에서 크게 떨치고, 돈오頓悟를 강조한 혜능은 강남에서 크게 떨쳤다. 신수의 선풍을 북종선北宗禪이라 하고 혜능의 선풍을 남종선南宗禪이라고 한다.

7 보리菩提: 불타 정각正覺의 지혜.

8 진속眞俗 이제二諦: 불법佛法을 설명하는 두 방면인 진제眞諦(출세간법)와 속제俗諦(세간법)를 말한다.

9 태자 통統: 양 무제의 장남 소통蕭統은 흔히 소명태자昭明太子로 불리는데, 문학에 밝아 『문선』文選을 편찬했다. 불교에도 밝았는데 일찍 죽어 제위에 오르

뭇 신하와 의논하고, 나이 많고 덕망 높은 사람에게 물어, 서로 고취하고 강마講磨하여 마땅히 속제俗諦도 버리지 말고 진제眞諦도 잊지 말아, 진제로는 이치를 묵계默契하고 속제로는 만기萬機[10]에 응하여, 억조의 백성으로 하여금 근본에 힘쓰고 말단을 그치며,[11] 생업에 편안하고, 영원히 전쟁하지 말고 국토를 굳게 지키게 했어야 옳았을 것이오. 그런데 어찌하여 이름을 탐내고 일을 벌이기를 좋아하여 오로지 부박浮薄하고 화려한 것만 숭상했으니, 그 선善은 도를 넓힌 게 아니고 그 덕德은 만물을 이롭게 한 것이 아니며, 지혜로운 듯 꾸며 어리석은 이들을 놀라게 하고 명예를 자랑하느라 온갖 일로 백성을 번거롭게 했으니, 이런 일을 이루 다 말하기 어렵소. 또 수양壽陽을 습격하고 양성梁城을 취할 때[12] 장수에게 명하여 군대를 보내 죽인 사람이 한이 없었으니 탐욕스럽다고 할 만한데, 다른 한편으로는 인물의 수繡를 놓는 것을 금하고 종묘에 희생을 바치는 것을 그만두게 해 살생을 애석히 여기는 태도를 보였으니, 어찌 그리 상반된단 말이오.

이미 생물의 목숨을 가엾게 여김이 이처럼 지극한 데 이르렀으면서도 몇 년간 위魏를 공격해 전쟁을 그치지 않았고, 10년 동안 둑을 쌓다가 죽은 사람들의 시신이 들판에 가득했건만, 탐욕과 분노의 마음이 불꽃처럼 타올라 사람이 죽는 것

지 못했다.
10 만기萬機: 임금의 여러 가지 일.
11 근본에~그치며: 말업인 상업에 종사하지 않고 농업에 힘쓴다는 뜻.
12 수양壽陽·양성梁城: 중국 양자강 북쪽 안휘성安徽城의 지명이다.

을 보기를 초개草芥처럼 여겼으니, 부처의 자비를 본받는 일과 또 어찌 그리 어긋남이 심하단 말이오.

게다가 정월에 예주豫州를 침략하고 2월에 팽성彭城을 공격하고서는 3월에 절에 사신捨身했으니, 앞의 침략이 옳다면 뒤의 사신이 그릇되고, 뒤의 사신이 옳다면 앞의 침략이 그릇된 것일 텐데, 다투어 침탈하기를 끊임없이 하면서도 사신 또한 그만두지 않아, 세 번 속신贖身한 뒤에 천자로 돌아오기에 이르렀소.[13] 사신은 뭐며, 침탈은 뭐란 말이오? 만일 사신하고자 한다면 나라의 성城이나 처자妻子라도 아낄 게 없거늘 하물며 백성의 힘을 피폐하게 하고 남의 성을 빼앗는단 말이오? 만일 자신의 것을 빼앗으려 한다면 그 터럭 하나도 못 뽑게 하면서 하물며 천자의 자리는 성인聖人의 큰 보배이고 종묘 사직은 사람과 귀신이 의지할 바인데, 가볍게 사신한단 말이오? 오직 잃을까 두려워하면서 다시 사신하고자 했으니, 이는 진실로 무슨 마음이오?

이른바 부처의 도란 굳건한 마음을 발發하고 과단성 있고 매서운 뜻을 일으켜, 지극한 자비심으로 몸을 닦아 실상實相으로써 만물을 대하니, 비록 영원히 생사生死를 끊었으나 항상 생사의 마당에 처해 있고, 이미 번뇌를 버렸으나 항상 번뇌의 지경에 머물러 있거늘, 혹은 전륜성왕이 되고 혹은 장자長子(덕을 갖춘 사람)가 되어 인연에 따라 만물을 제도濟度하므

---

13 세 번~이르렀소: 양 무제가 세 번 사신해 절의 노비가 된 뒤 그때마다 많은 돈을 절에 희사해 속신한 일을 말한다.

로 그 광대한 이로움이 무궁하지요. 그러므로 그 행함은 질박하고 곧아서 거짓이 없고, 그 덕은 광대하고 넓어서 용납함이 있으니, 이를 일러 불승佛乘[14]이라고 한다오.

양 무제는 거짓된 마음으로 선善을 한다는 이름을 낚으려고, 나라의 근본이 의거할 바를 잃는 것을 헤아리지 못하고 종묘사직이 기울어 위태롭게 됨을 생각지 못한 채, 구구하게 이승二乘의 한 방편문方便門[15]으로 여래如來의 크고 둥근 바다로 들어가려 했으니, 얼토당토않음이 마치 똥을 새겨 향香을 구하고 모래를 쪄서 밥을 짓는[16] 것과 같거늘, 가당키나 하겠소? 그러니 달마를 만나자 안목이 동요했으며 후경侯景에게 포위되어 다급하게 죽었으니,[17] 이는 형세상 당연한 일이며 이상할 게 뭐 있겠소."

14 불승佛乘: 부처의 교법敎法.
15 이승二乘의 한 방편문方便門: '이승'은 성문승聲聞乘과 연각승緣覺乘으로, 자기만을 이롭게 할 뿐 타인을 이롭게 하기 위하여 보리菩提를 구하지 않는 소승小乘의 교법을 말한다. '방편문'은 근기根機가 아직 성숙하지 못하여 깊고 묘한 교법을 받을 수 없는 이를 위하여 적당한 권도權道를 써서 교화하는 법문을 말한다.
16 똥을~짓는: 『능엄경』楞嚴經에서 유래하는 말.
17 그러니~죽었으니: 양 무제는 달마를 만나 대화했지만 달마의 말을 통 알아듣지 못했다. 이에 달마는 숭산崇山으로 가 면벽 수도했다. '후경'侯景은 동위東魏의 장군이었는데 양 무제에게 투항해 총애를 받았다. 뒤에 양 무제를 배반하고 수도 건강建康(남경)을 함락하고 무제를 유폐시켜 죽게 했다.

梁武 第六

"梁武之事, 先哲已非之矣. 昔梁公蕭衍, 好籌略, 有文武, 乘齊之亂, 受帝之禪, 奄有區宇, 爲天下主. 及其卽位, 天性聰慧, 博學能文, 孝慈恭儉, 多能過人, 觀釋敎有禍福報應, 利益幽冥之說, 擬欲追報親恩, 化利人民, 討論佛敎, 窮其宗趣, 長齋捨身, 無所不至. 其志則專矣, 惜乎其溺於筌蹄, 而不究眞趣, 大失覺皇用心之源也.

然則覺皇之志則如何? 大覺能仁, 應世化生, 自鹿苑至金河, 說理說事, 說玄說妙, 但究此心, 明此理而已. 究此心者, 盡其天性, 明此理者, 全其固有也. 故三百餘會, 不說斷滅之敎, 四十九年, 常演還源之妙, 但爲着有者說空法, 着無者說有法, 隨順機宜, 看病施方而已. 故南能曰:'佛法在世間, 不離世間覺. 離世覓菩提, 猶如求兔角.'

梁主旣富有四海, 尊爲天子, 曾以眞俗二諦, 與太子統, 咨議群臣, 詢諸耆德, 互相鼓磨, 當不捨俗諦, 不忘眞諦, 以眞冥如理, 以俗應萬機, 遂使兆民之衆, 敦本息末, 安其恒業, 永戢干戈, 固守封疆, 可也. 奈何慕名好事, 專尙浮華, 善非弘道, 德非利物, 飾智驚愚, 衒譽煩民, 無所不至, 難可殫論. 且壽陽之襲, 梁城之取, 命將出師, 爭殺無窮, 可謂貪矣, 而又禁繡人物, 罷牲宗廟, 殺之惜之, 何其反哉?

旣已哀憫物命, 至於此極, 而數年攻魏, 刀兵不息, 十載築堰，死殍盈野，貪憤之心，熾如火烈，視人之死，如視草芥，則體佛慈悲，又何乖剌之甚也？

又正月侵豫州，二月攻彭城，三月捨身於寺，前之侵伐是，則後之捨身非也，後之捨身是，則前之侵伐非也，爭奪無窮，而捨身亦不已，至於三贖而後還。且捨者何物，取者何事？如欲捨之，國城妻子，猶且不恡，況疲民之力，奪人之城，可乎？如欲取之，一毛之拔，猶且不爲，況天位，聖人之大寶，宗社，人神之依歸，可輕捨之乎？惟恐失之，復欲捨之，是誠何心哉？

所謂覺皇之道者，發堅固心，興決烈志，以至慈修已，以實相待物，雖永斷生死而常處生死之場，已捨煩惱而常棲煩惱之境，或爲輪王，或爲長者，隨緣濟物，普利無窮。故其行也質直而無僞，其德也廣博而有容，夫是之謂佛乘。

梁主以詐僞之心，釣爲善之名，不慮邦本之失據，不思宗社之傾危，區區於二乘一方便門，欲入如來大圓之海，迴如刻糞求香，炊沙作飯，胡可得哉？然則達摩之逢，眼目定動，侯景之圍，蒼黃殂逝，是其常勢耳，夫何足怪？"

7. 인주人主[1]

객이 다시 물었다.

"그렇다면 후세의 임금이 양 무제처럼 부처에 귀의해 정성을 다하고 부처의 자비를 본받되 당세의 폐가 되지 않고 뒷사람의 조롱을 받지 않으려면 어찌해야 합니까?"

청한자가 말했다.

"부처를 섬김은 인애仁愛를 다하여 백성을 편안히 하고 중생을 제도함을 근본으로 삼아야 하며, 불법을 구함은 지혜를 배워 일의 기틀을 꿰뚫어 봄을 우선으로 삼아야 하오. 양 무제가 이미 자비가 불심佛心인 줄 알아 종묘의 제사에 희생을 금하고 채식을 했으며, 검소함으로써 스스로를 절제하고 사신하여 절의 노비가 되었으니, 마땅히 백성을 사랑하여 은혜를 베풀고, 전쟁을 그쳐 인의仁義로 인도하며, 농사와 누에치기를 권하여 집은 넉넉하고 사람들은 풍족하며 하늘은 맑고 땅은 편안하여, 필부匹夫와 필부匹婦가 모두 그 있어야 할 곳을 얻게 했다면, 천하의 백성들이 풀이 바람에 눕듯 모두 성인聖人의 백성이 되기를 바랐을 것이오. 이에 인의仁義로써 가르치고 충신忠信(참됨과 신실함)으로써 인도하여 사방에 근심이 없고 사람과 신神이 서로 기뻐하게 했더라면 양 무제는 궁궐

---

1   인주人主: 임금이라는 뜻. 김시습은 이 글에서 불교적 관점에서 군주란 어떠해야 하는지 논하고 있다.

에서 팔짱을 끼고 있어도 존엄하기가 부처와 같았을 것인데, 어찌 꼭 성을 공격하고 땅을 빼앗아 패도覇道를 행한 뒤에라야 국토가 넓어지겠소? 참으로 불경의 이른바 '금륜金輪이 세상을 다스리면 위력威力을 쓰지 않아도 복종한다'²는 것과 같으니, 그 효험이 이와 같지요.

살생하지 않는 것이 불심임을 이미 알았다면 마땅히 살리기를 좋아하는 덕이 백성의 마음에 젖어들게 하고, 인仁을 베푸는 은택이 사방에 퍼져서 형벌이 맞게 시행되고 포상이 공정하여 새와 짐승이 순순하고 사람과 신神이 화합하게 했더라면, 사해四海의 백성들이 춘대春臺에 오른 듯하고³ 사해의 금수들이 영유靈囿⁴에 있는 듯하여, 스스로 나고 스스로 자라며, 스스로 날고 스스로 달리며, 바람과 비가 때에 맞고 음양이 차례를 지켜, 기린을 붙잡아 매어 둘 만하고 작소鵲巢(까치집)를 더위잡을 만하여,⁵ 「추우」騶虞와 「인지」麟趾의 교화가 팔방八方에 넘칠 터인데,⁶ 하필 희생을 금하고 채식을 한 후에야

2 금륜金輪이~복종한다: 『대루탄경』大樓炭經 「고선사품」高善士品에, 금륜성왕이 나타나자 여러 왕이 복종하는 이야기가 나온다. 금륜은 전륜성왕의 하나인 금륜성왕金輪聖王을 말한다.

3 사해四海의~듯하고: 노자 『도덕경』 제20장에 나오는 말. '춘대'는 봄의 누대.

4 영유靈囿: 주周나라 문왕文王의 동산. 『시경』 대아 「영대」靈臺에, "왕이 영유에 있으니 / 사슴이 엎드려 있네 / 사슴은 살지고 / 백조는 깨끗하네"(王在靈囿, 麀鹿攸伏, 麀鹿濯濯, 白鳥翯翯)라는 구절이 나온다.

5 기린을~만하여: 『시경』 소남召南 「인지지」麟之趾에서 기린을 읊었는데, 주희는 이 시의 주석에서, 기린은 살아 있는 풀과 살아 있는 벌레를 밟지 않는다고 했다. 주희에 의하면 이 시는 문왕 비妃의 덕을 노래한 것이다. 또 『시경』 소남에 「작소」鵲巢라는 시가 있는데, 주희의 해석에 의하면 남국南國의 제후가 문왕의 교화를 입어 제후의 비妃가 덕이 있음을 노래한 것이다.

6 「추우」騶虞와~터인데: 『시경』 소남에 「추우」라는 시가 있는데, 주희의 해석에

살생하지 않음을 말해야겠소?

사신하는 것이 부처를 배우는 것임을 이미 알았다면 마땅히 사신하는 마음을 잘 미루어 겸손하게 자신을 낮추고,[7] 높은 데 있으면서도 아래를 구제하며, 날마다 하루같이 삼가고, 내가 용서하라고 해도 용서하지 말며,[8] 아래의 백성에게 허심탄회하게 물어 한 가지 정사政事라도 혹 잘못될까 두려워하고, 꼴 베고 나무하는 이들에게 물어 한 가지 덕이라도 혹 어그러짐이 있을까 오히려 걱정하며, 두루 도모하고 널리 물어 그 미치지 못한 것을 구한다면, 위로는 불심에 합하고 아래로는 백성의 뜻을 안정시킬 터인데, 하필 존엄한 임금이 사신하여 노비가 된 연후에야 불도佛道를 행한다고 하겠소?

『주역』에 이르기를, '겸謙은, 높은 이는 빛나고 낮은 이라 해도 넘을 수 없다'라고 했으니, 이것이 군자에게 유종有終의 미美가 있는 까닭이요,[9] 불법佛法이 희사喜捨[10]인 까닭이외다. 이 마음에 힘쓰지 않고 한갓 작다란 선善에만 매달려 만세萬

의하면 문왕의 교화를 받은 남국 제후의 은택이 사물에 미친 것을 노래한 시다. '인지'는 『시경』 소남의 「인지지麟之趾」를 말한다.

7   겸손하게 자신을 낮추고: 『주역』 겸괘謙卦 초륙初六의 상전象傳에, "'겸손하고 겸손한 군자'란 낮춤으로 자처함이다"(謙謙君子, 卑以自牧)라고 했다.

8   내가~말며: 『서경』 주서周書 「여형」呂刑에 "내가 용서하라 하더라도 너는 용서하지 말라"(雖休勿休)라는 말이 나온다. 형벌 베풀기를 신중히 함을 이른다.

9   겸謙은~까닭이요: 『주역』 겸괘 단사象辭에, "겸謙은 높은 이는 빛나고 낮은 이라 해도 넘을 수 없으니, 군자의 끝마침이다"(謙尊而光, 卑而不可踰, 君子之終也)라는 말이 나온다.

10 희사喜捨: '희'는 중생으로 하여금 고통을 여의고 낙樂을 얻어 기쁘게 하려는 마음이고, '사'는 미워함과 친애함의 구별을 두지 않고 중생을 평등하게 대하려는 마음이다. 불교에서는 '자'慈, '비'悲, '희' '사'의 네 마음을 사무량심四無量心이라고 한다.

世의 꾸짖음을 받는다면 이를 선이라고 할 수 있겠소. 그러므로 문중자文仲子[11]가 말하기를, 『시경』『서경』과 같은 경전이 성했으나 진秦나라 때 멸실滅失되었는데, 공자의 죄는 아니다. 불교가 성했음에도 양나라가 망한 것은 석가의 죄가 아니다. 『주역』에, 〈진실로 훌륭한 사람이 아니면 도가 행해지지 않는다〉라고 하지 않았던가[12]라고 한 것이오. 호문정胡文定[13]도 논하기를, '양 무제는 절에 사신하면서도 밖으로는 침탈했으니, 부처의 도를 행한 달마 같은 이는 이를 옳게 보지 않았다'[14]라고 했는데, 이 말이 옳다 할 것이오.

옛날 진晉나라 석호石虎[15]는 부처를 섬겨 나라를 장악했는데, 살생과 형벌이 그치지 않자 부처를 섬겨도 아무 도움이 안 되는가 스스로 의심해 불도징佛圖澄[16]에게 물으니, 불도징이 말하기를, '임금이란 마땅히 마음으로 천도天道를 본받아늘 삼보三寶[17]에 합치되어야 합니다. 흉악하여 따르지 않는 자

11 　문중자文仲子: 수나라의 유학자 왕통王通의 호이다. 저서로 『문중자』 10권이 전한다.

12 　『시경』『서경』과~않았던가: 『문중자』 「주공편」周公篇에 나오는 말이다. 인용된 『주역』의 말은 『주역』 「계사전」 하에 나온다.

13 　호문정胡文定: 송나라 유학자 호안국胡安國을 말한다. 시호가 문정文定이다.

14 　양 무제는~않았다: 명明나라 하양승夏良勝의 『중용연의』中庸衍義 권3에는 주희의 말로 되어 있다.

15 　석호石虎: 5호 16국의 하나인 후조後趙의 제3대 황제. 갈족羯族 출신으로 후조를 세운 석륵石勒의 조카인데, 석륵의 아들을 죽이고 황제가 되었다. 성질이 잔인해 폭정을 자행했다. 석륵과 석호 모두 불교를 독실히 믿었다.

16 　불도징佛圖澄: 서역 구자국龜茲國 출신의 승려. 석륵과 석호가 떠받들어 국정國政에도 참여했다. 폭군이었던 석륵과 석호를 교화했으며, 절을 많이 건립하고 제자를 많이 양성해(도안이 그의 제자다) 중국 초기 불교의 발전에 크게 기여했다.

를 어찌 주벌誅罰하지 않을 수 있겠습니까만, 다만 형刑을 줄 만한 것에 형을 주고 벌罰을 줄 만한 것에 벌을 주어야지, 만일 형벌이 맞지 않으면 비록 재물을 기울여 부처를 받든들 무슨 보탬이 되겠습니까'라고 했소. 또 宋송 문제文帝가 구나발마求那跋摩에게 말하기를,[18] '나는 몸이 국사國事에 매여 있는지라 재계齋戒하여 살생을 하지 않으려 해도 불법佛法대로 할 수 없는 게 부끄럽소'라고 하니, 구나발마가 말하기를, '제왕과 필부는 닦는 바가 다릅니다. 제왕이란 다만 말을 하고 명령을 내리는 것을 바로 해서 사람과 신을 기쁘고 화평하게 해야 하니, 사람과 신이 기쁘고 화평하면 바람과 비가 순조롭습니다. 바람과 비가 순조로우면 만물이 그 삶을 이룹니다. 이렇게 한 뒤 재계하면 재계 또한 지극하고, 이렇게 한 뒤 살생을 아니 하면 덕 또한 클 것이니, 하필 반나절 음식을 먹지 않고 한 마리 새의 목숨을 살려 줘야 수행이 되겠습니까'라고 했소. 저 두 분의 말씀은 제왕의 권능을 알고 일의 기틀을 짐작한 것이라 할 만하오.'"[19]

---

17 삼보三寶: 불佛, 법法, 승僧.
18 송宋 문제文帝·구나발마求那跋摩: '송 문제'는 남조南朝 유송劉宋의 세 번째 황제 이고, '구나발마'는 북인도 왕족 출신으로 유송의 기원사祇園寺에 머물면서 역경譯經에 종사하다 입적했다.
19 옛날 진晉나라~할 만하오: 계숭의 『보교편』「광원교」廣原教에 나오는 말이다.

人主 第七

客復問曰："然則後世人主如梁武者，歸佛盡誠，體佛慈悲，不作當世之泥，不速後人之譏，當如之何？"

　清寒子曰："事佛當盡仁愛，以安民濟眾爲本，求法當學智慧，以鑑徹事機爲先．梁主既知慈悲是佛心，至於禁牲牢，啗蔬果，以儉制身，以卑自捨，當字惠小民，載戢干戈，導以仁義，勸以農桑，使家給人足，天清地寧，匹夫匹婦，皆得其所，則天下之民，靡然嚮風，皆願爲聖人氓．於是敎之以仁義，導之以忠信，使四境無虞，人神胥說，則梁主但拱手法宮，尊嚴如佛耳，何必攻城略地，俯行伯道而後封疆自廣乎？正如佛經所謂'金輪御世，不威而服'，是其驗也．

　既知不殺是佛心，當好生之德，洽于民心，施仁之澤，流于四表，刑罰中，賞賚公，鳥獸若，神人和，則四海之黎庶，如登春臺，四海之禽魚，如在靈囿，自生自育，自飛自走，風雨時，陰陽序，麒麟可羈，鵲巢可攀，「騶虞」「麟趾」之化，汪洋八極矣，何必禁牲啗蔬，然後言不殺乎？

　既知捨身是佛學，當善推其能捨之心，謙謙自牧，尊而下濟，日愼一日，惟休勿休，清問下民，唯恐一政之或弛，詢于蒭蕘，尙慮一德之或虧，周謀博訪，以求其不逮，則上以合佛心，下以定民志，何必以一人之尊，捨匹夫之下，然後爲佛道哉？

　『易』曰：'謙尊而光，卑而不可踰'，此君子之所以有終，佛

法之所以喜捨也. 不務是心, 徒區區於小善, 取誚於萬世, 其
可謂之善乎? 故文中子曰:'『詩』、『書』盛而秦世滅, 非孔子之
罪也; 齋戒修而梁國亡, 非釋迦之罪也. 『易』不云乎? 苟非其
人, 道不虛行.'胡文定之論曰:'梁帝捨身於寺, 爭奪于外, 爲
佛之道如達摩者, 亦不取也', 斯言是夫!

　昔晉石虎嘗事佛以柄國, 殺罰不止, 自疑事佛無祐, 問於佛
圖澄. 澄曰:'王者當心體大順, 動合三寶, 兇頑不順, 安得不
誅? 但刑其可刑, 罰其可罰, 脫刑罰不中, 雖傾財奉佛, 何以益
乎?'又宋文帝謂求那跋摩曰:'孤愧身徇國事, 雖欲齋戒不殺,
安得如法也?'跋摩曰:'帝王與匹夫, 所修當異. 帝王者, 但正
其出言發令, 使人神悅和. 人神悅和, 則風雨順, 風雨順, 則萬
物遂其生. 以此持齋, 齋亦至矣, 以此不殺, 德亦大矣. 何必輟
半日之餐, 全一禽之命, 爲之修乎?'彼兩公之言, 可謂知權,
能斟酌事機者乎!"

8. 위주魏主[1]

"위魏나라 군주가 영녕사永寧寺와 요광사瑤光寺[2]를 지은 것
또한 부처의 본래 마음이 아니외다. 저 석가불釋迦佛은 금륜왕
의 지위를 버려 곤룡포를 벗고 6년을 고행하며 굶주림과 상
해傷害를 꺼리지 않고 일생 동안 예좌猊座[3]에 있으면서 항상 해
어진 옷을 입었소. 처음에 곤룡포를 벗을 때에는 '번뇌를 끊
는 듯하다'라고 했으며, 중생에게 계戒를 줄 때에는 '금은金銀
의 돈을 쌓지 말고 중생을 위해 사치스러움과 화려함을 없애
고 본업에 힘쓰라'고 했으니, 진실로 이와 같다면 영녕사와
요광사처럼 건물을 아름답게 하고 토목을 화려하게 하며 구
슬로 장식해 사람들의 이목을 현란하게 하는 것이 어찌 부처
가 바라는 바이겠소.

재물과 비단, 돈과 곡식은 백성의 기름을 긁어낸 것이요,
창고와 곳간은 백성의 피를 짜낸 것이니,[4] 윗사람이 축적하고

---

1 **위주魏主**: '북위의 군주'라는 뜻인데 여기서는 북위의 영태후靈太后를 지칭한
   다. 북위는 선비족이 건립한 나라로, 170년간 이어졌다. 황제의 성은 탁발拓
   拔인데 뒤에 중국의 성인 '원'元으로 고쳤다.
2 **영녕사永寧寺와 요광사瑤光寺**: '영녕사'는 북위의 효명제孝明帝 때 영태후가 발
   원하여 수도인 낙양성 남쪽에 건립한 황실 전용 사원으로 규모가 어마어마했
   으며 그 중앙에 높이 100미터쯤 되는 9층 목탑이 있었다. '요광사'는 북위 선
   무제宣武帝 때 낙양에 있던 절로 비구니들이 거처했으며 방이 500여 칸이나
   되었다. 비빈妃嬪이나 귀한 집 딸들이 출가한 곳이다.
3 **예좌猊座**: 부처의 상좌牀座를 말한다. 사자좌獅子座라고도 한다.
4 **재물과~것이니**: 비슷한 말이 김시습이 쓴 「애민의」와 「방본잠」에도 보인다.

220

거둔 것이 많으면 아랫사람의 소쿠리와 동이는 텅 비게 되고, 윗사람의 사치와 화려함이 심하면 아랫사람의 옷이 온전하지 못하다오. 그러므로 임금이 복을 닦아서 좋은 나라를 만들려면 다만 만백성을 사랑하기를 어린 자식처럼 하고, 사해四海를 다스리기를 한 몸처럼 해야 할 것이니, 한 백성이 굶주리면 '내가 한 백성을 굶주리게 했다'라고 말하고, 한 백성이 추위에 떨면 '내가 추위에 떨게 했다'라고 말해, 넓은 사해와 수많은 백성을 모두 돌보아 기르고 교화하는 범위 속에 두는 것이 참으로 복과 선을 닦는 길이오.

위나라 때 와서 임금은 약하고 신하는 강하여 형세가 병을 거꾸로 매단 듯 위태했는데, 태후[5]는 게다가 음란하고 방자하기가 한량없어 총애하는 이가 조정에 가득하고, 정령政令이 한 곳이 아닌 여러 곳에서 나왔으며, 상벌에 법도가 없고 기강은 크게 무너졌소. 수령은 탐욕스럽고 잔인하며 백성은 근심하고 원망했으며, 도적이 벌떼처럼 일어나고 전쟁이 그치지 않았으며, 조야朝野가 원통해 하고 분격憤激했으며, 상하上下가 서로 의심하였소. 왕실은 거의 기울었으나 채 망하지는 않았고 나라는 변란의 싹이 텄으나 아직 일어나지는 않은

---

5   태후: 북위 선무제의 비妃이자 효명제의 생모인 영태후를 말한다. 영태후는 어린 나이에 즉위한 효명제를 대신해 섭정을 했는데, 권력을 믿고 방탕하고 음란한 생활을 했으며 불교에 심취해 전국에 사탑을 세워 재정을 어지럽히고 백성을 피폐하게 만들어 도적의 봉기를 야기했다. 효명제는 영태후의 전횡을 더 이상 볼 수 없어 제거하려 했지만 그 계획이 발각되어 독살당했다. 효명제 사후 얼마 되지 않아 영태후도 흉노족 출신의 장군 이주영爾朱榮에게 살해되었다.

상태였는데, 이를 걱정하기는커녕 사치와 화려함을 일삼는 비용을 더욱 높여 만백성을 괴롭혔소. 또 유위복有爲福은 무위복無爲福에 미치지 못하거늘,[6] 하물며 만백성의 탄식이 유위복보다 더 크니 말할 게 뭐가 있겠소.

일찍이 듣건대 부처가 계율로 삼은 것이 열 가지인데, 그 첫머리에 있는 것이 살생, 도둑질, 음행淫行 세 가지이니, 이 세 가지 악이 가득하면 부처도 구제할 수 없다고 했소. 전쟁을 그치지 않은 것은 살생이 심한 것이고, 도적이 벌떼처럼 일어난 것은 도둑질이 심한 것이며, 음욕淫慾이 한량없음은 음행이 심한 것이오. 이 세 가지 큰 죄를 짊어지고 부처에게 귀의하면 부처가 받아주겠소? 설령 구슬로 화려하게 꾸민 방이 천 칸이나 되며, 황금과 벽옥碧玉이 서로 어리비친다 한들 선善에 무슨 도움이 되겠소."

청한자의 이 말에 객이 이렇게 물었다.

"그렇다면 불교에 '인연으로 복을 심는다'는 설과 '이전의 죄를 참회한다'는 말이 있는데 그대의 말대로라면 이것이 모두 헛된 말인가요?"

6　유위복有爲福은~못하거늘: '유위복'은 상相이 있고 함(爲)이 있는 복으로 사람들이 함께 보고 함께 듣는 바로서 한량限量이 있고 다함이 있는 데 반해, '무위복'無爲福은 상도 없고 함도 없는 복으로 사람들이 보지 못하고 듣지 못하는 바로서 한량이 없고 다함이 없다. 구마라집鳩摩羅什이 번역한 『금강반야경』을 양나라 소명태자昭明太子가 32분分으로 분절分節하여 각 분에 이름을 붙였는데, 이 중 열한 번째 분이 「무위복승분」無爲福勝分이다. 이 분은, 『금강반야경』의 4구게句偈를 받아 지녀 다른 사람에게 독송하면 그 복이 칠보七寶를 항하강恒河江의 모래알만큼이나 많은 삼천대천세계에 보시하여 얻는 복덕보다 큼을 설했다.

청한자가 말했다.

"중생이 어리석어 미혹의 그물에 빠져 벗어나지 못하므로 부처가 방편문方便門을 열어 실상實相을 보이고자 편의상 인연으로 복을 심은 일을 말함으로써, 악을 행하면서 고치지 못하는 자로 하여금 반성할 줄 알게 하고 선을 행하나 미치지 못하는 자로 하여금 귀의할 바를 알게 했으니, 비록 백 가지 행실이 그 길은 다르다 할지라도 그 귀결점은 악을 징계하고 선을 따르게 해 신명神明의 보우保佑를 얻게 함이 아닌 것이 없소. 또 복이란 온갖 순조로움의 이름이니, 임금이 임금의 도를 얻으면 임금의 도가 순조롭고, 신하가 신하의 도를 얻으면 신하의 도가 순조롭지요. 이로 말미암아 미루어 보면 남녀와 장유長幼가 각각 그 도를 얻으면 온갖 유類가 순조로워, 하늘과 땅이 자리를 정하여 어지럽지 않고, 음양이 질서가 있어 어긋나지 않음에 이릅니다. 그러므로 높고 낮음에 분별이 있고, 비가 오는 것과 맑은 것이 때에 맞아 만물이 번성하니, 이것이 복의 극치라오. 만일 혹 임금이 임금의 도를 잃고, 신하가 신하의 도를 잃으며, 남녀와 장유가 각각 그 도를 잃는 데 이른다면, 온갖 유類가 순조롭지 않아, 추위와 더위가 정상과 어긋나고 음양이 질서를 잃으며 요사한 재앙이 자주 나타나 만물이 모두 초췌해지니, 이것이 화禍의 극치라오.

그래서 불여래佛如來가 세상에 출현해 사람들에게 지혜로써 그 본성을 투철히 알도록 권했으며, 저마다 그 도를 좇고 저마다 그 떳떳함을 지키게 한 것이오. 그러므로 불경에서 이리 말했소. '〈내가 이제 진실한 말로 네게 고하나니, 어떤 사람이 칠보七寶로 이곳 항하사恒河沙[7]처럼 많은 삼천대천세계를 가득 채우는 보시를 한다면 그 복이 많겠느냐?〉[8] 〈몹시 많습니다, 세존이시여!〉 부처가 말씀하셨다. 〈만약 어떤 사람이 이 경전의 법문法文 가운데 4구게句偈를 받아 지녀 다른 사람에게 말해 준다면 그 복덕은 앞의 복덕보다 훨씬 클 것이다〉'[9] 이 경전은 곧 『금강반야경』金剛般若經[10]이오. 반야란 곧 지혜이지요. 참된 지혜로 어리석음을 깨뜨리면 장차 천리天理가 나타나고 인욕人欲이 사라짐을 보게 된다오. 이로써 몸을 닦으면 몸이 닦일 것이요, 이로써 집을 다스리면 집이 다스려질 것이요, 이로써 나라와 천하를 다스리면 나라와 천하가 다스려져 태평해지지 않음이 없으니, 이를 일러 '복을 심는다'고 하며, 이를 일러 '무위실상無爲實相'[11]이라고 하오.

진실로 복의 도움을 얻으면 인간계와 천상계 중생의 공경과 우러러봄, 이 둘이 족할 것이오. 『주역』에 이르기를, '하늘이 도우니 길하여 이롭지 않음이 없다'[12]라고 했고, 공자의 「계사전」에 '우佑란 돕는다는 뜻이니, 하늘이 도와주는 것은

---

7 항하사恒河沙: 항하의 모래라는 뜻으로, 아주 많은 것을 가리킨다. '항하'는 인도의 갠지스강.

8 그 복이 많겠느냐: 이 복은 앞에서 말한 유위복有爲福이다.

9 내가 이제~클 것이다: 『금강반야경』에 나오는, 부처와 그 제자 수보리須菩提의 문답이다. 부처가 말한 '앞의 복덕'은 유위복을 이르고, 뒤의 복덕은 무위복을 이른다.

10 『금강반야경』金剛般若經: '금강반야바라밀경'金剛般若波羅密經 혹은 '금강경'이라고도 한다. 일체가 공空이라는 공관空觀 사상을 밝히고 있으며, 공空에 기초한 지혜인 반야를 간결히 설명하고 있어 선종에서 중시하는 경전이다.

11 무위실상無爲實相: 생멸과 인연을 여읜 진실된 모습.

12 하늘이~없다: 『주역』 대유괘大有卦 상구上九의 효사다.

도리를 따르기 때문이요, 사람이 도와주는 것은 신의가 있어서다. 신의를 행하고 도리에 따를 것을 생각하며, 또한 어진 이를 높인다. 이런 까닭에 하늘이 도와서 길하여 이롭지 않음이 없다'[13]라고 했소.

위魏나라 태후는 위나라가 쇠약해져 임금은 약하고 신하가 문란할 때 부인으로서 높은 지위에 있었으니 도리를 따랐다 할 수 있겠소? 부친에게 태상太上의 칭호를 더했으며 게다가 태후를 시해하고 임금까지 시해했으니 신의가 있다고 할 수 있겠소?[14] 어진 신하의 간언諫言을 듣지 않아 위급하고 망하는 데까지 이르렀으니 어진 이를 숭상했다고 할 수 있겠소? 처신이 이와 같은데 하늘이 돕겠소? 하늘이 돕지 않음은 복을 심는 것이 아니오.

또 참회란 서역 말로는 '참마'懺摩[15]이고 중국 말로는 '회과悔過'(잘못을 회개함)라 하니, 서로 이어지는 마음을 끊는다는 뜻이오. 한번 끊으면 영영 다시 이어지지 않고, 한번 뉘우치면 영영 다시 하지 않으니, 이것이 우리 부처가 말한 참회의 뜻이라오. 태갑太甲이 진실한 덕을 다할 수 있었던 것이나 위衛나라 무공武公이 시를 지어 잘못을 뉘우친 것과 같은 일이 그

---

13 우佑란~없다: 『주역』 「계사전」 상에 나오는 말.
14 부친에게~있겠소: 이주영이 한 일을 가리킨다. 이주영은 흉노족 출신의 장군으로 북위 효명제 때 일어난 육진六鎭의 반란을 진압하는 과정에서 대군벌로 성장하였다. 영태후가 자신의 아들 효명제를 독살하고 효문제孝文帝의 증손인 원쇠元釗를 등극시키려 하자 군대를 이끌고 수도 낙양으로 들어와 영태후와 원쇠를 강에 빠뜨려 죽였으며 실권을 잡았다.
15 참마懺摩: 산스크리트어 Kṣamaya의 음역音譯. '인서'忍恕 혹은 '회'悔로 번역된다.

러하다오.[16] 하지만 태후는 그 마음을 고치지 않았으며, 간언을 막고 자기를 뽐냈으니, 참회할 수 있었겠소? 자신의 잘못을 고치지 않고 불법에 참회하는 것이 가능하겠소? 그 죄가 한량없는 까닭에 마침내 도적의 난리를 만나 끝내 멸망했으니,[17] 후세의 임금 된 이로서 부처의 마음을 통달하지 못한 채 방편에 빠져 한갓 허명虛名만 일삼고 겉치레에 골몰하다가 이로 인해 왕위를 잃는 자는 이를 거울로 삼아야 할 것이오."

魏主 第八

"魏主永寧、瑤光之役, 亦非佛之本心也. 彼釋迦佛, 捨金輪位, 脫衰龍服, 六年苦行, 不厭飢害, 一生猊座, 常被壞衣. 初脫珍御則曰: '如我斷煩惱', 爲衆授戒則曰: '不蓄金銀錢, 但爲衆生除去奢華, 敦其本業而已.' 審如是, 則永寧、瑤光宮室之美, 土木之麗, 粧珠綴玉, 炫人觀聽, 豈佛之願哉?

且財帛錢穀, 刮民之脂, 倉廩困庾, 浚民之血, 上之蓄歛厚則下之箱盎斯竭, 上之奢華甚則下之衣褐不完. 故人君修福, 欲祚邦家, 但愛萬姓如赤子, 馭四海如一身, 一民飢則曰: '我

---

16 태갑太甲이~그러하다오: '태갑'은 은나라의 네 번째 임금인데, 어린 나이에 즉위해 탕왕의 법도를 지키지 않고 덕을 어지럽혔다. 이에 재상 이윤은 태갑을 탕임금의 사당이 있는 동궁桐宮에 3년간 유폐시켰다. 태갑이 뉘우치자 이윤은 다시 태갑을 임금으로 맞이했다. '위나라 무공'은 90세에 「억잠」抑箴을 지어 자신을 경계했다.
17 마침내~멸망했으니: 반란을 일으킨 이주영에게 살해된 것을 말한다.

之飢', 一民寒則曰: '我之寒', 使四海之廣, 兆民之衆, 悉入煦嫗陶甄之內, 是眞修福善.

奈何當魏之時, 主弱臣強, 勢如懸瓴, 太后復淫恣無度, 嬖倖盈朝, 政出多門, 賞罰無章, 綱紀大壞, 守令貪殘, 黎民愁怨, 盜賊蠭起, 干戈不息, 朝野冤憤, 上下相疑, 王室幾傾而不墮, 國變將萌而未起, 又不是慮, 而復崇奢華之費, 以擾萬姓? 且有爲之福, 不及無爲之福,[18] 況萬民之歡, 愈於有爲之福者乎?

蓋嘗聞之, 佛之爲戒有十, 而三爲其首, 曰殺、盜、淫也, 三惡貫盈, 佛不能救. 干戈不息, 殺之甚也; 盜賊蠭起, 盜之甚也; 淫欲無度, 淫之甚也. 負此三大罪, 而歸依於佛, 佛其受之乎? 縱珠房千間, 金碧相耀, 奚益於善哉?"

曰: "然則佛有因緣種福之說, 懺悔前罪之談, 似子之言, 皆是虛談乎?"

淸寒子曰: "衆生以愚癡, 溺於惑網, 不能透出, 佛開方便門, 欲示實相, 權設因緣種福之事, 使長惡不悛者, 知所以返省, 爲善不及者, 知所以依歸, 雖百行殊塗, 其致則無非懲惡從善, 得神明之護助也. 且福者, 百順之名, 君得其君之道則君道順矣, 臣得其臣之道則臣道順矣. 由是以推之, 男女長幼, 各得其道, 則萬類順矣, 以至乾坤定位而不亂, 陰陽有序而不錯. 故尊卑以別, 雨暘以時, 萬物蕃滋, 此福之極也. 倘或君失君之道, 臣失臣之道, 以至男女長幼各失其道, 則萬類逆矣.

18　福: 원문에는 '門'으로 되어 있는데 바로잡았다.

至於寒暑反常, 陰陽失序, 妖孽屢現, 萬彙俱瘁, 此禍之極也.

故佛如來出現於世, 勸人以智慧徹了其性, 使各遵其道, 各守其常. 故經云: '〈我今實言告汝, 若有人以七寶滿爾所恒河沙三千大千世界, 以用布施, 得福多不?〉曰: 〈甚多.〉世尊佛言: 〈若人於此經中, 乃至受持四句, 而此福德勝前福德.〉' 蓋此經者卽『般若』也. 般若者卽智慧也. 用眞智以破愚闇, 則將見天理存而人欲遏矣. 以之修身, 身可修矣, 以之齊家, 家可齊矣, 以是而之國之天下, 無不治而平矣, 是之謂種福, 夫是之謂無爲實相. 苟得其福祐, 則人天敬仰, 斯兩足矣. 『易』曰: '自天佑之, 吉無不利.' 夫子繫之辭: '祐者, 助也. 天之所助者順也, 人之所助者信也. 履信思乎順, 又以尚賢也. 是以, 自天祐之, 吉無不利.'

魏后當魏之衰, 主弱臣亂, 以婦人而履尊位, 其可言順乎? 加太上於其父, 復弑太后, 延及其主, 其可言信乎? 不用良臣之規諫, 以至於危亡, 其可言尚賢乎? 處身如此, 天其祐乎? 天之不祐, 非所以種福也.

又懺悔, 西言'懺摩', 華言悔過, 謂之斷相續心, 一斷永不復續, 一悔永不復造, 此吾佛懺悔之意也. 如太甲克終允德, 衛武作詩, 悔過之事也. 太后不悛其心, 拒諫矜已, 其可懺乎? 不改人事之非, 其可懺於佛法乎? 其罪無窮, 故卒逢寇賊之亂, 終以滅亡, 後之人主, 不達佛心, 溺於方便, 徒事虛名而泥於外飾, 因以失位者, 其鑑茲哉!"

9. 수隋 문제文帝

"수 문제가 한 일은 비록 지극한 도道의 요강要綱이거나 나라의 급무急務는 아니었지만 또한 당시 선善을 좋아하는 임금이 선을 좋아하는 시대에 행한 하나의 성대한 일이라 할 것이오. 수나라 문제는 북주北周의 선위禪位를 받고 나서,[1] 명민하고 검약하며 정치에 부지런하여, 재능에 따라 관직에 임명하고 상벌을 미덥게 했으니, 강남의 300년 된 나라를 취하는 게 손바닥 뒤집듯 쉬웠으며,[2] 천하를 통일해 만백성이 번성했다오. 농사와 누에치기를 권장하고 부역을 가볍게 해 개황開皇과 인수仁壽[3] 연간에는 의식衣食이 풍족했으니, 집집마다 넉넉하고 사람마다 요족饒足했소. 오랑캐의 임금이 머리를 조아리며 신臣이라 칭하고, 험한 산길을 넘고 바다를 건너와 조공했으니, 삼대三代[4] 이후 여태껏 없던 임금이었소. 그리고 다시 정각正覺(부처)에 귀의하여 사해의 백성들과 함께 보리菩提의 지경에 나아갈 것을 생각했다오. 예악과 문물은 이미 선왕의 제도를 따랐으니 자비로 세상을 제도함에 다시 고황古皇(부처)

---

1 수나라~받고 나서: 북위는 서위西魏와 동위東魏로 분열되는데, 서위를 이은 나라가 우문씨宇文氏의 북주北周이다. 그 제4대 황제 선제宣帝의 장인인 양견楊堅(후의 수 문제)이 선제의 아들인 정제靜帝에게서 권력을 찬탈해 수나라를 세웠다.
2 강남의~쉬웠으며: 수 문제가 남조 진陳을 멸망시킨 것을 말한다.
3 개황開皇과 인수仁壽: 개황(581~600)과 인수(601~604)는 수 문제 때의 연호.
4 삼대三代: 하, 은, 주를 말한다.

의 가르침을 좇은들 무슨 상관이 있겠소.

그러므로 불교를 중국에 행함은, 가히 행함 직하면 행할 일이요 반드시 행하여 해가 되게 할 것은 없고, 가히 그만둠 직하면 그만둘 일이요 반드시 다 행해야 이득이 되는 것은 아니라 할 것이오. 버려 쓰지 않더라도 반드시 다 없애어 근원을 막기를 삼무三武⁵처럼 할 것은 없고, 행하여 마땅함을 얻더라도 반드시 탐닉하여 돌아오지 못하기를 두 군주⁶처럼 할 것은 없지요. 치우치지 않고 경도되지 않고 지나치지 않고 모자라지 않는다면,⁷ 가히 밝은 군주가 여력이 있어 불도를 행한다고 이를 만하오.”

청한자의 이 말에 객이 이렇게 물었다.

“일찍이 들으니 단檀을 행하는 것이 육도六度의 으뜸으로,⁸ 한량없는 복을 얻는다고 하던데, 그 말이 망령된 것입니까?”

청한자가 말했다.

“아닙니다. 버림에는 세 가지 버림이 있으니, 첫째는 마음 버림(사심捨心)이니 마음속의 번뇌를 놓아 버리는 것을 이르

5 　삼무三武: 북위의 태무제太武帝, 북주의 무제武帝, 당唐의 무종武宗이 심하게 불교를 탄압했는데, 이 세 임금의 시호에 다 같이 ‘무武’자가 들어 있어 불교에서는 ‘삼무의 난’이라고 한다.
6 　두 군주: 양 무제와 북위의 영태후를 말한다.
7 　지나치지~않는다면: 원문은 ‘불니불망’不泥不罔인데, 계숭의 『보교편』「광원교」에 이 말이 나온다.
8 　단檀을~으뜸으로: ‘단’은 ‘단나檀那’라고도 하는데, 산스크리트어 Dāna의 음역으로 보시를 뜻한다. ‘육도’는 육바라밀六波羅密이라고도 하는데, 생사의 고해를 건너 열반에 이르는 여섯 가지 방편인 단바라밀(보시), 시라바라밀(지계持戒), 찬제바라밀(인욕忍辱), 비리야바라밀(정진精進), 선나바라밀(선정禪定), 반야바라밀(지혜)을 이른다.

고, 둘째는 몸 버림(사신捨身)이니 머리나 눈이나 손이나 발을
아끼지 않고 남에게 주는 것을 이르며, 셋째는 재물 버림(사재
捨財)이니 진기한 보물이나 돈과 물건을 남에게 주는 것을 이
르지요. 대개 사람의 마음이 탐욕에 익숙해지면 교만이 생기
므로 마음 버림을 권하고, 생사에 골몰하면 근심과 분노가 생
기므로 몸 버림을 권하며, 재물과 보물을 탐하면 인색함과 비
루함이 생기므로 재물 버림을 권하지요. 만약 먼저 마음 버림
을 하면 다른 두 가지는 버리려고 기약하지 않더라도 절로 진
루塵累(업業의 구속)가 없어진다오. 그래서 여래가 아둔함과 미
혹을 깨뜨리고자 세 가지 버림의 법法을 설하셨으니, 만약 마
음 버림을 하지 않는다면 몸 버림과 재물 버림을 백천만 번
한들 도에 뭐가 이롭겠소."

객이 말했다.

"그대의 말과 같이 하면 후세의 임금과 백성이 부처를 숭
상해 복을 짓는 일이 적어지겠소. 그대는 응당 진실된 말로
내게 일러 주시오."

청한자가 말했다.

"그대에게 큰 힘이 있어 무리에서 공경하고 우러르는 바
가 된다면 그대는 이를 허락하겠소?"

"허락하겠소이다."

"여기 어떤 사람이 두려워하고 반성하며 그대에게 귀의한
다면 그대는 허락하겠소?"

"허락하겠소이다."

"여기 어떤 사람이 악은 감추고 선만을 드러내며, 이름을

탐하고 이익을 구하면서 그대에게 귀의한다면 그대는 허락하겠소?"

"허락하지 않겠소이다."

"여기 어떤 사람이 처음에는 선하지 못함이 있었으나 허물을 뉘우쳐 자책하고, 예전에 나쁜 물이 든 것을 없애고 스스로 새롭게 되고자 하면서 그대에게 귀의한다면 그대는 허락하겠소?"

"오는 걸 허락하겠소이다."

"그렇다면 그대의 마음 또한 성인의 마음이구려. 어찌 허물을 잘한 것처럼 꾸미고 잘못을 분식粉飾하면서 선한 체하며 이름을 구하는 이를 받아들일 수 있겠소."

隋文 第九

"隋文之事, 雖非至道之綱要,君國之急務, 亦當時善善之主, 好善之時, 一盛事耳. 隋文帝旣受周禪, 明敏儉約, 勤於政治, 隨才任官, 賞罰必信, 取江南三百年之國, 易於反掌, 一統天下, 萬姓繁庶. 勸農桑, 輕賦役, 使開皇·仁壽之間, 衣食豐衍, 家給人足, 外夷之君, 稽顙稱臣, 梯航納款, 蓋三代以後未有之主也. 又復歸依正覺, 思與四海之民, 同趨菩提之場. 且禮樂文物, 旣有先王之制, 慈悲濟世, 復遵古皇之風, 亦何傷哉?

故佛敎之行於中國也, 可以行則行之, 不必行之而爲害, 可以已則已之, 不必盡行而爲得也. 捨之而不用, 未必盡滅而塞源如三武, 行之而得宜, 未必耽溺而不返如二主. 無偏無側, 不泥不罔, 可謂聖哲之主, 有餘力而爲之也."

客曰: "嘗聞行檀, 乃六度之首, 得無量福, 其言妄乎?"

曰: "非也. 捨有三捨, 一捨心, 謂放下心中煩惱; 二捨身, 謂頭目手足, 不恪與人; 三捨財, 謂珍寶錢物. 蓋人情怵於貪欲, 則驕慢生, 故勸捨心; 汨於生死, 則憂憤生, 故勸捨身; 貪於財寶, 則慳鄙長, 故勸捨財. 若能先捨其心, 不期捨二, 而自無塵累. 故如來爲破昏惑, 說三捨法, 如不捨心, 捨身捨財, 百千萬計, 奚益於道?"

曰: "如子之言, 後世君民, 崇佛作福, 蓋寡矣. 子當以實語告我!"

淸寒子曰: "汝有大勢, 爲衆所敬仰, 汝許之乎?"

曰: "許之."

曰: "有人於此, 恐懼修省, 以依於汝, 汝許之乎?"

曰: "許之."

曰: "有人於此, 掩惡著善, 沽名衒利, 以依於汝, 汝許之乎?"

曰: "不許也."

曰: "有人於此, 始有不善, 悔過自責, 革其舊染, 擬欲自新, 以依於汝, 汝許之乎?"

曰: "許其來者."

曰: "然則汝之心, 亦聖人之心也. 烏可文過飾非, 以爲善求名, 而受之乎?"

10. 인애仁愛

객이 기뻐하며 물었다.

"부처의 도道에 자비와 인애의 방도가 있으니 장차 고승을 국정에 참여하게 해도 좋겠소?"

청한자가 말했다.

"같은 짐승이라 하더라도 사슴이나 고라니가 마당에 오면 사람들이 모두 괴이하게 여기고, 개나 염소가 산에 살면 사람들이 모두 의아하게 여기는 것은, 그 사는 곳이 다르기 때문이오. 설사 고승을 기용한다 하더라도 과연 머리를 숙이고 굴레와 족쇄를 받으려 하겠소?"

객이 말했다.

"송宋나라 혜림慧琳이나 주周나라 회의懷義[1]는 모두 승려였는데도 출장입상出將入相하여 조정에서 더불어 국사를 의논했거늘, 다만 그 능력을 취할 일이지 어찌 승속僧俗을 논하겠소?"

청한자가 말했다.

"혜림은 재주와 학식이 있는 자이고, 회의는 교묘한 생각

---

1   **혜림慧琳·회의懷義**: '송나라 혜림'은 승려로서 남조 송나라 문제文帝 때 국정에 참여해 흑의재상黑衣宰相이라는 조롱을 받았다. '흑의재상'은 국정에 참여한 승려를 일컫는 말인데, 당시 승려의 옷이 검은색이기에 이런 말이 생겼다. '주나라'는 당나라 측천무후則天武后가 남편 고종高宗을 살해하고 세운 나라로 15년간 지속되었다. '회의'는 측천무후의 총애를 받아 권력을 행사했던 승려이다.

234

이 있는 자였소. 비록 재능이 탁월하더라도 처신하는 데 도를 잃어 혹 흑의재상黑衣宰相이라는 비웃음을 사기도 하고 혹 형세를 취해 환관이 되었다는 조롱을 받기도 했지요. 회의는 끝내 불순한 말을 해서 마침내 죽음에 이르러 삼교三敎²의 죄인이 되었으니, 어찌 고승과 동렬에 두고 말할 수 있겠소."

객이 말했다.

"그렇다면 승려 가운데 어진 자와 유능한 자를 가려 승복을 벗게 한 다음에 기용하면 어떻겠소?"

청한자가 말했다.

"삼군三軍의 장수는 빼앗을 수 있어도 필부의 뜻을 빼앗을 수는 없소.³ 허유許由는 일개 가난한 백성이었음에도 방훈放勳(요임금)에게 굴하지 않았고,⁴ 엄광嚴光은 일개 세속의 선비였지만 또한 광무제光武帝에게 벼슬하지 않았으니,⁵ 저 두 임금의 어짊과 성스러움으로도 한 고사高士의 뜻을 돌이키지 못했거늘 하물며 다른 임금이야 말할 나위가 있겠소. 사람이 이 세상을 살아가면서 궁할수록 더욱 굳건하고 위태로워도 절개를 지켜야 하거늘, 어찌 허둥지둥하며 요랬다조랬다 하겠소. 세상에 나와 승복을 벗는 자는 지인至人이 아니외다."

"송나라 탕휴湯休와 당나라 낭선浪仙⁶이 모두 승복을 벗고

---

2 삼교三敎: 유교, 불교, 도교.
3 삼군三軍의~없소: 『논어』 「자한」子罕에 나오는 말.
4 허유許由는~않았고: 요임금이 덕이 있는 은자 허유에게 천하를 물려주려 하자 허유는 더러운 말을 들었다며 시내로 가서 자신의 귀를 씻었다는 고사가 있다.
5 엄광嚴光은~않았으니: 엄광은 후한後漢 광무제의 어릴 적 친구인데, 광무제가 황제가 되어 벼슬을 시키려 불렀지만 응하지 않고 낚시로 소일했다.

나와 당세에 쓰였거늘, 군자는 때를 만나 움직이니, 또한 무슨 허물이 있겠소."

청한자가 말했다.

"덕이란 재주의 근본이요, 재주란 덕의 여사餘事라오. 상고上古 이래로 재주는 넘치나 덕이 부족한 자는 처음에는 곧으나 뒤에 더러워지는 흠을 면치 못했소. 두 사람은 모두 글에 능하고 재주가 있는 사람이지만 도덕은 별로였소. 그래서 가생賈生[7]이 '기린을 묶어 놓고 굴레를 씌우면 개나 양과 어찌 다르다고 하겠는가'[8]라고 한 것이오."

객이 말했다.

"당나라 영일靈一이나 관휴貫休, 송나라 가구可久나 혜홍慧洪은 모두 고승입니다만[9] 사대부들과 서로 왕래해 시로詩老(시에 노성한 어른)라 불렸으니, 어찌 재주가 없다고 하겠소. 그대

---

6   탕휴湯休·낭선浪仙: '송'은 남조南朝의 송, '탕휴'는 남조 송나라의 승려 혜휴惠休를 가리킨다. 속성이 '탕'湯이기에 탕혜휴라고도 불린다. 포조鮑照와 친했으며 초년에 승려였는데 세조世祖의 명으로 환속해 벼슬이 양주종사사揚州從事史에까지 이르렀다. 「원시행」怨詩行 등 11수의 시가 전한다. '낭선'은 당나라 시인 가도賈島의 자. 집이 가난해 중이 되었다가 한유韓愈의 권유로 환속했다.

7   가생賈生: 서한西漢 문제文帝 때의 학자이며 관인官人인 가의賈誼를 가리킨다.

8   기린을~하겠는가: 가의의 「조굴원부」弔屈原賦에 나오는 말.

9   영일靈一·관휴貫休·가구可久·혜홍慧洪: '영일'은 시에 능했으며 「법성론」法性論을 저술했다. 15년 동안 안거安居했으며 35세에 입적했다. 『송고승전』 권15 명률편明律篇의 「당 여항 의풍사 영일전」唐餘杭宜豊寺靈一傳 참조. '관휴'(832~912)는 시문과 회화에 능했던바 그의 시문집인 『선월집』禪月集이 한산시寒山詩와 함께 선승들에게 애독되었다. '가구'는 자가 일로逸老로 시에 능하여 소동파와 교유가 있었다. 명나라 승려 명하明河가 찬술한 『보속고승전』補續高僧傳 권23 「가구전」可久傳 참조. '혜홍'은 청량 덕홍清涼德洪을 말한다.

는 어찌해 재주를 하찮게 여기시오?"

청한자가 말했다.

"영일은 율승律僧(계율을 지키는 승려)으로 맑고 고상함으로써 세상의 추앙을 받았고, 관휴 또한 고승으로 덕행이 있어 자의紫衣(붉은 비단옷)를 하사받았으며, 가구의 경우 방 안이 휑뎅그렁해 별로 물건이 없었고, 혜홍은 선학禪學이 넉넉하고 시화詩話에 뛰어나 그 재주가 족히 덕의 짝이 되고 그 덕이 족히 재주를 용납하니, 쪼잔한 무리로서 한갓 문장 수식이나 일삼아 일시 빛이 나는 이들과 견줄 수 없소."

객이 말했다.

"옛날의 고승으로 명사名士와 교유하여 서로 왕래한 이가 무려 수십 인이니 도안·지둔·혜원이 그런 사람이며, 심지어 당나라 대전大顚이나 송나라 요원了元은 모두 세속의 선비와 유희遊戲까지 했으니,[10] 승려가 명사 사귀기를 좋아한 것은 세상의 존중을 받고자 해서가 아니겠소?"

청한자가 말했다.

"아니외다. 옛날에 명교明敎 숭嵩[11]이 여산廬山을 지나다가 원공遠公(혜원)의 풍모를 칭찬해 여섯 가지 일을 적었는데, 그 내용인즉슨 대략 '육수정陸修靜은 이교異敎의 학자인데 전송하

---

10 대전大顚·요원了元: '대전'이 한유와 교유한 사실은 『임천가화』 제39화에 자세하다. '요원'은 운거 요원雲居了元(1032~1098)을 가리킨다. 운문종雲門宗의 승려로 여산廬山의 개선사開先寺에 있을 때 귀양 온 소동파와 두터운 교분을 맺었다.

11 명교明敎 숭嵩: 명교대사明敎大師 계숭契嵩을 말한다.

다가 호계虎溪를 건너갔으니,[12] 이는 사람 때문에 말을 버리지 않음이다.[13] 도연명은 술에 빠져 있었건만 교유한 것은 대개 작은 사안은 무시하고 그 통달함을 취해서다'[14] 등등이오. 또 찬녕贊寧[15]은 말하기를, '승려로는 도안만 한 사람이 없는데 습착치習鑿齒[16]와 교유한 것은 유교를 높여서이고, 승려로는 혜원만 한 사람이 없는데 육수정을 전송해 호계 바깥까지 간 것은 도교를 존중해서다'[17]라고 했소.

이밖에도 예전의 고승들은 혹 불광佛光(부처가 지닌 광명)을 위해 청하는 곳에 가기도 하고, 혹 담소를 위해 교유하기도 하고, 혹 우스갯소리로 경복敬服하게 하기도 하고, 혹 시詩와 예禮로써 인도하기도 하고, 혹 의혹을 분변해 회유하기도 하고, 혹 시詩의 법식으로 벗하기도 했는데, 모두 넉넉함을 차츰 이루어 도에 들어가게 하려고 한 것이지, 어찌 속류배들과 거

---

12 육수정陸修靜은~건너갔으니: '육수정'은 남조 송나라의 도사이다. 도교를 신봉했기에 '이교'라고 한 것이다. '호계'는 혜원이 있던 절 밖의 시내인데, 혜원은 자신을 찾아온 사람을 전송하더라도 절대 호계 바깥으로는 나가지 않았다. 그런데 육수정과 도연명을 전송하다가 무심코 호계 바깥까지 가 버렸다. 그래서 세 사람이 함께 웃었는데 이를 '호계삼소'虎溪三笑라고 한다.

13 사람~않음이다: 어떤 사람에게 문제가 좀 있다고 해서 그 사람의 훌륭한 말까지 배척하지는 않는다는 말.

14 육수정陸修靜은~취해서다: 계숭의 『심진문집』 권13 「원공의 영당 벽에 쓰다」에 나오는 말.

15 찬녕贊寧: 북송의 승려로 문장에 능했다. 칙명으로 『송고승전』을 찬술했다.

16 습착치習鑿齒: 동진東晉의 학자.

17 승려로는~존중해서다: 찬녕의 이 말은 원래 『대송승사약권』大宋僧史略卷 하下의 「총론」總論에 나온다. 이 「총론」은 『치문경훈』 권3에 「우가승록 찬녕의 삼교 총론」(右街寧僧錄三敎總論)이라는 제목으로 실려 있다. 김시습은 『치문경훈』 쪽을 보았으리라 추정된다.

리낌없이 맘대로 질탕하게 노닐면서 격랑을 일으키려 한 것이겠소."

객이 말했다.

"삼대三代 이전은 성인과 성인이 서로 전하여 심법心法이 둘이 아니어서 다툼이 일어나지 않았는데, 주나라가 쇠함에 이르러 구류九流[18]가 번갈아 일어나 저마다 자기를 과시하며 그 재능을 뽐내어, 들어오는 자를 주인으로 여기고 나가는 자를 종으로 여겼으니[19] 이것이 말류末流의 폐단이지요. 어찌하여 한자韓子(한유)는 자신을 맹자에 견주었음에도 떠날 때 승려에게 옷을 남겼으며,[20] 구양수歐陽脩는 한창 대도大道(유교)를 창도唱導하다[21] 승려를 만나 무릎을 꿇었는지요? 그 자초지종

---

18 구류九流: 춘추전국시대에 출현한 아홉 가지 사상 유파. 유가, 도가, 음양가, 법가, 명가名家, 묵가, 종횡가縱橫家, 잡가雜家, 농가農家가 그것이다.

19 들어오는~여겼으니: 원문은 '入者主之, 出者奴之'로 한유의 「원도」原道에 나오는 말이다. 해당 부분을 보이면 다음과 같다. "도덕과 인의를 말하는 자는 양주楊朱로 들어가지 않으면 묵적墨翟으로 들어가고, 노자로 들어가지 않으면 부처로 들어간다. 저기로 들어가면 반드시 여기서 나오니, 들어오는 자를 주인으로 여기고, 나가는 자를 종으로 여긴다."(其言道德仁義者, 不入於楊則入於墨, 不入於老則入於佛, 入於彼, 必出於此, 入者主之, 出者奴之.) '주인으로 여긴다'는 것은 높인다는 말이고, '종으로 여긴다'는 것은 천시한다는 말이다.

20 한자韓子는~남겼으며: 전국시대의 사상가인 맹자는 유교를 절대적 진리로 내세우며 양주楊朱나 묵자墨子의 사상을 혹독하게 공격하고 배척했다. 당나라 한유는 「원도」와 「여맹상서서」與孟尙書書에서 자신이 맹자를 계승한다는 의식을 보여 주었으며, 불교 배척에 앞장섰다. 한편 한유는 조주 자사로 있을 적에 대전을 가까이했는데, 원주袁州로 갈 때 작별을 기념해 대전에게 의복을 남겼다. 한유는 의복을 남긴 게 불법을 믿어서가 아니라 인정 때문이었다고 했다(「여맹상서서」 참조).

21 구양수歐陽脩는~창도唱導하다: 송나라의 문인이자 정치가인 구양수는 당나라의 한유와 유종원柳宗元이 주도한 고문운동古文運動을 계승했다. 고문은 글에 유교의 도를 싣는 것을 중시한다.

을 듣고 싶군요."

청한자가 말했다.

"한자는 헌종憲宗의 뜻을 거슬러 조양潮陽으로 좌천되었는데,[22] 태풍이 불고 악어가 설쳐 우환을 헤아릴 수 없었고, 독한 안개와 습습한 장기瘴氣의 괴이함을 형용하기 어려웠소. 장차 남은 목숨을 보존하려 할 때 대전을 만났는데, 그 말이 족히 심성과 이치를 격양激揚해 천고의 불평스런 기운을 쓸어 없애고, 그 덕이 족히 도의道義를 함양하여 한평생 답답했던 가슴을 풀어 줬다오. 게다가 남해의 무인지경에서 대전 같은 이를 어찌 쉽게 만날 수 있겠소.

구양수는 낙양에서 벼슬할 때 숭산嵩山에 노닐고자 노복과 관리를 모두 물리치고 마음 내키는 대로 갔는데, 한 산사山寺에 이르러 문으로 들어가니 긴 대나무가 마루 앞에 가득하고 서리는 맑으며 새는 우짖어 풍치가 좋았다오. 공이 법당의 섬돌에서 쉬고 있는데 곁에 한 노승이 태연히 불경을 보고 있기에 말을 걸었더니 제대로 돌아보지도 않고 대답하는 거였소. 공이 묻기를, '옛날의 고승들은 생사의 갈림길에서 대개 담소하다 가시던데 무슨 도道로 그리합니까'라고 하니, '선정禪定과 지혜의 힘이지요'라고 대답했소. 또 묻기를, '지금은 적막해 그런 사람이 없는데 어째서지요'라고 하니, 중이 웃으며 말하기를, '옛사람은 매 순간[23] 늘 선정과 지혜 가운데 있었으

---

22 한자는~좌천되었는데: 한유는 헌종이 궁중에 불골佛骨을 들인 것을 간하다가 조주潮州 자사로 좌천되었다. '조양'은 중국 광동성廣東省 조주.
23 매 순간: 원문은 '념념念念'인데, 찰나를 뜻하는 말.

240

니 임종 때 어찌 마음이 어지러울 수 있겠습니까? 요새 사람은 매 순간 늘 산란한 가운데 있으니 임종 때 어찌 마음이 안정될 수 있겠습니까?'라고 대답했지요. 이 말에 공이 깜짝 놀라 자기도 모르게 무릎을 꿇었던 것이지요.

그 사람됨과 덕, 그 경지와 언변이 이같이 존엄하며, 이같이 한적하고 고아高雅하니,[24] 목석木石이나 도깨비인들 어찌 신복信服하지 않을 수 있겠소. 하물며 옛것을 좋아해 박식하고 전아典雅하며, 심성과 이치에 통달한 저 두 분이야 말할 나위가 있겠소."[25]

仁愛 第十

客喜而問曰: "佛氏之道, 旣有慈悲仁愛之方, 將使高僧預於國政, 可乎?"

曰: "同是獸也, 麋鹿來場, 則人共怪之, 犬羊居山, 則人共訝之, 以其所居之處不同故也. 脫若用之, 其可俯受轡鎖乎?"

曰: "宋之慧琳, 周之懷義, 皆僧也, 出將入相, 與議朝政, 但取其能, 何論黑白?"

曰: "慧琳, 才學者也; 懷義, 巧思者也. 雖才能卓越, 處之失道, 或有黑衣宰相之嗤, 或有取勢爲閹之譏, 而義則終有不

---

24 그 사람됨과~고아高雅하니: 한유와 구양수가 만난 두 고승이 그렇다는 말.
25 한유와 구양수의 이 일은 『임천가화』 제39화에서도 언급되고 있다.

順之言, 遂抵於死, 乃三教之罪人, 安得與高僧同年而語哉?"

客曰:"然則擇其賢者、能者, 釋服而用之如何?"

曰:"三軍可奪帥, 匹夫不可奪志也. 許由, 一窮民, 猶能不屈於放勳; 嚴光, 一俗士耳, 亦且不仕於光武, 彼二帝之賢聖, 猶不能回一高士, 況其餘者乎? 且人之生斯世也, 窮且益堅, 危能守節, 豈可蒼黃反覆? 其出而釋服者, 非至人也."

曰:"宋之湯[26]休, 唐之浪仙, 皆釋服而出, 用於當世, 且君子待時而動, 又何過耶?"

曰:"德者, 才之本, 才者, 德之餘事. 蓋自上古以來, 才有餘而德不足者, 未免先貞後黷之歎. 二人皆能文而才者也, 道德則蔑聞, 故賈生曰:'使麒麟可繫而羈兮, 豈云異夫犬羊?'"

曰:"唐之靈一、貫休, 宋之可久、慧[27]洪, 皆高僧也. 與士大夫相往來, 呼爲詩老, 豈非才華也? 子何以才爲諏也?"

曰:"靈一, 律僧, 以清高爲世所推, 貫休亦高僧, 以德行賜紫, 以至可久, 蕭然一室, 不留餘物, 慧[28]洪優於禪學, 長於詩話, 其才足以侔德, 其德足以容才, 非如瑣瑣之徒徒事藻華, 以耀一時者之比也."

曰:"古之高僧, 與名士交相往來者, 無慮數十人, 曰道安也、支遁也、慧[29]遠也, 以至唐之大顛, 宋之了元, 皆與俗士遊戲, 得非好交名士, 欲以釋氏取重於世?"

26　湯: 원문에 '楊'으로 되어 있는데 바로잡았다.
27　慧: 원문에 '惠'로 되어 있는데 바로잡았다.
28　慧: 원문에 '惠'로 되어 있는데 바로잡았다.
29　慧: 원문에 '惠'로 되어 있는데 바로잡았다.

242

曰: "非也. 昔明敎嵩過匡阜十八, 襃遠公風烈, 以六事題之, 其略曰: '陸脩靜, 異敎學者, 而送過虎溪, 是不以人而棄言也; 陶淵明, 沈[30]涵于酒而與之交, 蓋簡小節而取其達也.' 又贊寧曰: '爲僧莫若道安, 與習鑿齒交遊, 崇儒也; 爲僧莫若慧[31]遠, 送陸脩靜過虎溪, 重道也.' 自餘先德, 或爲佛光而赴請, 或爲談笑而交遊, 或以詼諧而伏之, 或以詩禮而誘之, 或辯惑而柔之, 或詩式而友之, 皆馴致優柔而入於道也, 豈與流輩放浪跌宕, 揚波激浪而爲哉?"

客曰: "三代以上, 聖聖相傳, 心法無二, 爭競不作. 及乎周衰, 九流迭興, 各呈夸大, 以驕其能, 入者主之, 出者奴之, 此末流之弊. 奈何韓子自比孟子, 與僧留衣; 歐陽方弘大道, 遇僧屈膝乎? 願聞始末." 曰: "韓子旣忤憲宗之旨, 竄于潮陽, 颶風鱷魚, 患禍不測, 毒霧瘴氣, 怪異難狀, 將欲以保殘生. 及其遇大顚也, 其言足以激揚性理, 蕩千古不平之氣; 其德足以涵濡道義, 釋一生壹鬱之胸. 況南海之上, 無人之境, 如大顚者, 豈易逢哉?

歐陽宦於洛中, 欲遊嵩山, 去僕[32]吏, 放意而行, 至一山寺入門, 脩竹滿軒, 霜淸鳥啼, 風物鮮明. 公休于殿陛, 旁有老僧閱經自若, 與語不甚顧答. 問曰: '古之高僧, 臨生死之際, 類皆談笑脫去, 何道致之耶?' 曰: '定慧力耳.' 又問曰: '今乃寂寥無有, 何哉?' 僧笑曰: '古之人, 念念常在定慧, 臨終安得

---

30 沈: 『심진문집』에는 '酖'으로 되어 있다.
31 慧: 원문에 '惠'로 되어 있는데 바로잡았다.
32 僕: 원문에는 '漢'으로 되어 있는데 바로잡았다.

亂？今之人，念念常在散亂，臨終安得定？'公大驚，不自知膝之屈．

　　且之人也，之德也，之境也，之辯也，既有如此其尊嚴，如此其閑雅，雖木石夔罔，安得不信服？況好古博雅，通達性理如二公者哉？"

임천가화
林泉佳話

서문

청한자淸寒子[1]가 말한다. "선가의 소식을 논의함으로써 적막한 가운데 소일거리로 삼는다. 무릇 선림禪林의 쓸데없는 이야기들과 교가敎家[2]의 상도常道에 맞지 않는 말들을 바로잡아 논평하고, 더불어 고금의 인물들에 훌륭한 사람과 그렇지 못한 사람이 섞여 있지만 그 우열이 분명함을 의론하고 분변分辨함으로써, 이치에 통달한 이[3]로 하여금 하나를 일러 줘 셋을 미루어 알게 해 진리로 나아가게 하고자 한다. 대저 제공諸公[4]의 인가印可[5]를 받지는 않았으며, 불경과 성현聖賢의 글을 참조했다."

淸寒子曰 : "議禪家消息, 以遣其寥閒也. 凡諸禪林騈枝之談,[6] 敎家不經之說, 訂以評之, 與古今人物龍蛇之混、涇渭之分,

---

1   **청한자淸寒子**: 김시습은 매월당梅月堂이라는 호 외에도 동봉東峰, 청한자, 벽산청은碧山淸隱 등의 호가 있었고, 설잠雪岑이라는 법명이 있었다.
2   **교가敎家**: 선가의 대對가 되는 말로, 경론經論에 의거하여 교의敎義를 세우고 문자와 어구語句에 의하여 교教를 설설하는 불교 종파.
3   **이치에 통달한 이**: 『임천가화』제71화에, 승려가 되는 데 필요한 일곱 가지 덕목의 하나로 '이치에 통달함'을 꼽고 있다.
4   **제공諸公**: 원문에는 '公' 자가 없는데 빠진 것으로 보아 보충해 번역했다.
5   **인가印可**: 불교에서 사승師僧이 제자의 득법得法이나 설법說法을 인정하는 것을 말함.
6   **談**: 원문의 글씨는 얼핏 보면 '淡' 자 같지만 '談'을 행초行草로 쓴 것으로 볼 수 있다.

議以辯之, 使達理, 擧一反三, 以趣於端的. 蓋不能印可於諸
〔公〕,[7] 參之黃卷聖賢也."

---

7   公: 원문에는 없는데 보충했다.

제1화

보리달마는 양梁나라에서 위魏나라로 갔는데 숭산 아래를 지나다가 소림사少林寺에 머물렀다.[1] 9년 동안 더불어 말할 만한 사람이 없어 단지 면벽面壁해 편안히 앉아 있었을 뿐, 선禪을 익힌 것은 아니었다. 후인들은 그 연유를 알지 못한 까닭에 달마가 선을 익혔다고 여겼다. 대저 선은 제행諸行[2]의 하나일 뿐이니, 어찌 성인聖人(부처)이 행한 일을 다한 것이겠는가. 하지만 당시 사람들은 또한 달마의 큰 국량을 헤아리지 못해 그를 선을 익힌 승려들의 전기 속에 넣어 마른 나무와 불 꺼진 재[3] 같은 무리와 한 동아리가 되게 했으니 참으로 애석하다. 그렇기는 하나 성인의 제행은 선에 그치지 않지만 또한 선에서 벗어나지도 않으니, 『주역』의 괘卦가 건괘乾卦와 곤괘坤卦에 그치지 않지만 또한 건괘와 곤괘에서 벗어나지 않는 것과 같다.[4]

---

1 **보리달마는~머물렀다:** 보리달마는 남인도에 있던 왕국의 왕자 출신으로 배를 타고 중국으로 와 중국 선종禪宗의 초조初祖가 되었다. 처음에 광주廣州에 도착해 금릉金陵으로 가 양梁 무제武帝를 만났는데 서로 뜻이 맞지 않아 위魏나라의 낙양으로 가 숭산의 소림사에서 9년간 면벽했다. 그 선법禪法이 제자인 2조 혜가慧可에게 전해졌으며, 3조 승찬僧璨, 4조 도신道信, 5조 홍인弘忍, 6조 혜능慧能으로 법통이 이어졌다.

2 **제행諸行:** 도에 이르기 위해 부지런히 힘써 수행하는 온갖 행업行業.

3 **마른~재:** 『장자』莊子 「지북유」知北遊에 나오는 말로, 메말라서 생기가 없음을 비유하는 말.

4 이 제1화는 『임간록』林間錄에 나오는 이야기인데, 『임간록』과 어구에 약간 차이가 있다. 『임간록』은 임제종臨濟宗 황룡파黃龍派에 속한 북송北宋의 선사

菩提達摩, 自梁之魏, 經[5]行嵩山之下, 倚[6]杖少林之室, 至于九
年, 無可與話, 只面壁宴坐而已, 非習禪也. 後之人, 莫測其
故, 因以達摩爲習禪, 夫禪那, 諸行之一耳, 何足以盡聖人之
行事? 然而, 當世之人, 亦莫測其大度, 傳之於習禪之列,[7] 與
枯木死灰之徒爲伍, 良可惜哉! 雖然, 聖人之行, 非止於禪那,
而亦不離於禪那, 〔如〕[8] 『易』之爲卦, 非止乎乾坤, 而亦不離乎
乾坤.

혜홍慧洪(1071~1128)이 저술한 책이다. 혜홍은 자가 각범覺範인데, 청량 덕
홍清涼德洪으로 불리기도 하며, 스스로 적음존자寂音尊者라 이름했다. 『임간
록』 외에 『선림승보전』禪林僧寶傳, 『고승전』, 『냉재야화』冷齋夜話, 『석문문자
선』石門文字禪 등의 저술이 있다. 혜홍은 『임간록』에 고승의 훌륭한 말이나
선행을 많이 기록해 놓았으며, 자기 나름의 의론을 펼치거나 선리禪理를 밝혀
놓기도 했다. 이 책의 내용은 남송 때 영은 보제靈隱普濟(1179~1253)가 편
찬한 『오등회원』五燈會元에 많이 채택되었다. 혜홍은 문자선文字禪의 창시자
로 알려져 있다. 『임천가화』에는 『임간록』에서 취한 이야기가 여럿 보인다. 우
리나라에서 『임간록』은 세조 14년(1468) 경상도 성주에서 처음 판각되었다.

5 經: 원문에는 '徑'으로 되어 있는데 『임간록』에 따랐다.
6 倚: 원문에는 '侍'로 되어 있는데 바로잡았다.
7 列: 원문에는 '例'로 되어 있는데 『임간록』에 따랐다.
8 如: 원문에는 없는데 보충했다.

제2화

달마가 서축西쯘(인도)에서 온 것은 본래 대승 근기大乘根機[1]를 위하여 동쪽에 법을 떨치고자 해서였다. 당시 교법教法이 크게 성해 다투어 인연을 말하는지라 달마의 뜻에 맞지 않았다.[2] 그래서 양나라로 갔는데 왕(양 무제)이 자신의 말을 알아듣지 못했다.[3] 그래서 위나라로 갔는데 위나라에도 대화할 만한 사람이 없었다. 그리하여 다만 조그만 방에 말없이 앉아 있기만 했다. 그렇게 훌쩍 9년이 흘렀는데 아무도 찾는 이가 없었다. 신광神光[4]이 없었다면 평생 면벽만 했을 것이다.

객이 물었다.

"달마가 갈댓잎 하나로 강을 건넜다는데 정말입니까?"

내가 말했다.

---

1 대승 근기大乘根機: 대승불교의 가르침을 깨닫는 소질.
2 당시~않았다: '교법'은 교학教學이라고도 하는데 문자나 말로 된 부처의 가르침을 따르는 것으로, 문자나 말을 벗어나 깨달음에 이르고자 하는 선禪과 대비된다. '인연'은 연기緣起에 따라 생멸하고 변화하는 물物과 심心의 현상을 이른다. 달마는 교리나 문자에 의거하지 않고 사람의 마음을 직관하여 깨달음의 세계에 이를 수 있다고 여겼다.
3 왕이~못했다: 양 무제는 달마에게 세 가지를 물었는데, 달마의 말을 하나도 알아듣지 못했다. 둘이 나눈 문답의 요지는 다음과 같다. 문: '내가 절을 많이 짓고 불경을 많이 베끼고 스님을 많이 길렀는데 공덕이 얼마나 되는가?' 답: '아무 공덕이 없습니다.' 문: '무엇이 성스러운 진리(聖諦)의 제일의第一義인가?' 답: '텅 비어 성스러운 게 없습니다.' 문: 나를 마주한 그대는 누구인가?' 답: '모르겠습니다.'
4 신광神光: 달마의 제자인 혜가.

"아닙니다. 대개 신통이란 소승小乘의 유위有爲[5]의 일입니다. 달마가 『관심론』觀心論[6]에서 이미 이를 그르다고 했거늘, 어찌 이런 걸 좋아했겠습니까. 『시경』에, '누가 황하가 넓다 하는가/갈댓잎 하나로 건널 수 있네'[7]라고 했는데, 쉽게 건널 수 있음을 말한 것입니다. 달마가 양나라에서 위나라로 갈 때 그 마음이 허허로워 아무런 미련도 없었으니 그가 강(양자강)을 건넘이 갈댓잎 하나를 탄 것과 같았을 것입니다. 그렇지 않다면 달마는 갈대를 묶어 떼배를 만들어 둥둥 떠 건넜을지도 모릅니다. 그러니 후대의 호사가들이 선사先師(달마)를 자랑하기 위해 갈댓잎 하나로 강을 건넜다고 부회附會한 게 아닐까요? 하지만 확실치는 않습니다."

達摩來自西竺, 本欲爲大乘根機, 振法於東. 當時敎法大盛, 競談因緣, 與志不諧. 故適梁, 王[8]不契, 又之魏, 魏又無人, 但暗暗嘿嘿坐少室而已, 儵然九載, 絶無聲音, 不有神光, 終年面壁. 客問: "達摩一葦渡江之說, 是乎?" 曰: "非也. 夫神通者, 小乘有爲之事, 達摩於『觀心』一論, 已非之矣, 何復屑屑於是

---

5 유위有爲: 인연으로 인해 생멸하고 변화하는 모든 현상.
6 『관심론』觀心論: 『달마대사관심론』達磨大師觀心論을 말한다. 달마대사가 혜가와 주고받은 문답을 기록한 책으로, 마음이 만법萬法의 근본이며 마음이 곧 부처라는 주장을 담고 있다. 현재 우리나라에 전하는 가장 이른 시기의 간본은 경상남도 사천시 백천사에 소장된 『달마대사관심론』인데, 고려 충숙왕 4년(1335) 경주 계림부鷄林府에서 개판開版되었다.
7 누가~있네: 『시경』 위풍衛風 「하광」河廣에 나오는 말.
8 王: 원문에는 '五'로 되어 있는데 바로잡았다.

哉？且『詩』云：'誰謂河廣？一葦航之', 言易渡也. 抑[9]達摩自梁適魏, 其心浩浩然無緣戀心, 其渡江也, 如航一葦然耳. 不然, 抑[10]達摩以葦束作筏, 泛泛然渡. 後之好事者, 欲誇羨先師, 加之以一葦耶？不可定考."

---

9 抑: 원문에는 '柳'로 되어 있는데 바로잡았다.
10 抑: 원문에는 '柳'로 되어 있는데 바로잡았다.

제3화

신광이 눈 위에 서 있다가 팔을 잘랐다는 이야기에 대해 혹자
는 "신광이 법은法恩에 보답하고자 몰래 날카로운 칼로 왼팔
을 잘라 스승 앞에 바쳤다"라고 하고, 혹자는 "도적을 만나
팔이 잘렸는데 불법佛法으로 마음을 다스려 아무런 고통도 느
끼지 않았다"라고 하는데,[1] 두 설이 모두 의심스럽다. 신광이
눈 위에 서서 불법을 구하는 참된 마음을 이미 다 보였거늘
또한 어찌 꼭 자신의 팔을 잘라야만 은혜에 보답함이 되겠는
가. 이는 이야기를 꾸며 불법을 현양顯揚하려 한 듯하다.

옛날에 약왕藥王이 자신의 몸을 태우며 말하기를,[2] "내가
두 팔을 버리면 반드시 여래의 금빛 몸을 얻을 것이다"[3]라고
했는데, '두 팔'은 유有와 무無 이변二邊[4]이고 '금빛 몸'은 중도
中道이다. 이변을 버리고 중도를 얻는 것, 이는 교가敎家의 극
칙極則[5]이다. 여기서 말한 '왼팔을 잘랐다'는 데서 '왼팔'은 뜻
이 없으며 곧 조사관祖師關[6]이니, '조사관을 뚫어 달마가 서쪽

---

1   신광이~하는데: 신광이 도적에게 팔이 잘렸다는 고사는 당나라 때 저술된 『속
     고승전』續高僧傳에 나온다. 하지만 이후의 문헌에서 신광이 스스로 팔을 잘
     라 달마에게 보인 것으로 바뀌었다.
2   약왕藥王이~말하기를: '약왕'은 약왕보살을 이른다. 『법화경』 제22품 「약왕보
     살본사품」藥王菩薩本事品에, 약왕보살이 자신의 두 팔을 태워 부처에게 공양
     한 일이 나온다.
3   내가~것이다: 『법화경』 제22품 「약왕보살본사품」에 나오는 말.
4   이변二邊: 대립하는 두 극단.
5   극칙極則: 궁극의 진리.

에서 온 뜻을 깨친다'라고 말함과 같다. 만약 반드시 이렇게 해야만 불법을 구할 수 있다면 선종禪宗 일파의 수행자는 정녕 온전한 몸이 없게 될 터이다.

한편 도적을 만나 팔이 잘렸다는 건 교가敎家에서 신광을 질시해 한 말이다. '눈 위에 서 있었다'는 것은, 북송의 유작游酢과 양시楊時가 이천伊川을 처음 뵈었을 때 이천은 눈을 감고 앉아 있었는데 시립侍立을 끝내고 문밖에 나오자 눈이 한 자나 쌓였다고 한 뜻과 같다.[7]

神光立雪斷臂之說, 或云: "光欲報法恩, 潛取利刀, 斷其左臂, 呈於師前", 或云: "遇賊斷臂, 以法御心, 初無痛惱", 二說俱可疑也. 光於立雪既盡誠矣, 又何必斷臂而後報恩哉? 如欲曲會定標法耳.

昔藥王然身曰: "我捨兩臂, 必得如来金色之身", 兩臂則有無二邊, 金色身即中道也. 捨二邊得中道, 此敎家極則也. 此云斷左臂者, 左臂卽無義, 乃祖關也, 如云辟祖師關, 會西來

6　**조사관祖師關**: 조사선祖師禪을 가리킨다. 언어나 문자를 초월한 조사祖師의 관문으로, 선 수행자는 이 관문을 뚫어야만 도를 깨칠 수 있다.

7　**북송의~같다**: 『이정외서』二程外書 권12와 『근사록』近思錄 권14에 나오는 말. 『이정외서』의 해당 구절은 다음과 같다: "유작游酢과 양시楊時가 처음 이천伊川을 뵈었을 때 이천은 눈을 감고 앉아 있었다. 두 사람은 시립해 있었다. 이윽고 눈을 뜨고 돌아보며 말씀하시기를, '자네들 아직도 여기 있었나? 날이 저물었으니 그만 쉬게'라고 하시어 문을 나서니 문밖에 눈이 한 자나 쌓여 있었다." '이천'은 정이程頤를 가리키고, '유작'과 '양시'는 정이의 문인들이다. 이 일화는 정이의 학풍이 엄격함을 말한 것이다.

意也. 若必以此而後求法, 禪宗一派, 定無完肌矣.

又云遇賊斷臂者, 教家嫉彼之說也. 立雪之義, 如宋游、楊初見伊川, 瞑目而坐, 侍立罷出門外, 雪深一尺之意.

제4화

회당晦堂 선사[1]는 진솔했으며 절의 주지가 되는 것을 좋아하지 않았다. 누가 청하더라도 여러 번 고사하고 나아가지 않았다. 사경온謝景溫이 담주潭州의 지사知事가 되자 대위사大潙寺의 주지 자리를 비워 놓고 회당을 청했는데, 세 번 다 사양하고 가지 않았다. 사경온은 팽여려彭汝礪에게 부탁해 응하지 않는 까닭을 물어보게 했다. 회당은 이리 말했다.

"마조 도일馬祖道一과 백장 회해百丈懷海[2] 이전에는 주지라는 게 없었으며, 도인道人들이 공활하고 적막한 곳에서 서로를 찾았을 뿐입니다. 그후 비록 주지라는 게 생겼지만 임금과 신하들이 예의를 갖춰 높여서 인천사人天師[3]로 대했습니다. 지금은 그렇지 않으니, 이름을 관부官府에 걸어 놓아 마치 호적에 올라 있는 백성이 오장伍長[4]에게 닦달당함과 처지가 비슷합니다. 그러니 어찌 그 일을 맡겠습니까."

1　회당晦堂 선사: 송나라 신종·철종 연간의 선사.
2　마조 도일馬祖道一과 백장 회해百丈懷海: 마조 도일(709~788)은 중국 당나라의 선승으로, 6조 혜능의 문하인 남악 회양南嶽懷讓(677~744)의 법맥을 이었다. '평상심시도'平常心是道(평상심이 곧 도이다)를 주창해 일상생활 속에서 선禪을 실천하는 새로운 선풍을 일으켰다. 백장 회해(749~814)는 마조 도일의 법을 이어받았으며, 선원禪院의 규칙인 청규淸規를 처음 제정했다. '청규'는 청정淸淨 대중大衆의 규칙이라는 뜻인데, 여기에 '주지'라는 명칭이 처음 등장한다.
3　인천사人天師: 인간계와 천상계의 중생을 이끄는 승려를 말한다.
4　오장伍長: 민가 다섯 집을 다스리는 지위에 있는 사람.

팽여려가 사경온에게 이 말을 전했다. 이에 사경온은 회당 선사에게 편지를 보내 한번 만나 보았으며, 주지를 하라고 하지 않았다.[5]

청한자가 말한다. "주지란 산에 거주하며 불법을 지키는 자를 말한다. 그러니 명성과 무슨 상관이 있겠는가. 명성을 사랑해 주지를 구하는 자는 속인과 무엇이 다르겠는가."

晦堂老眞率, 不樂從事, 有請者, 屢固辭不就. 謝景溫守潭州, 虛大潙以請, 三辭不往. 謝囑彭汝礪, 請問所以不應, 晦堂曰: "馬祖·百丈以前, 無住持事, 道人相求於空閑寂寞之濱而已. 其後雖有住持, 王臣尊禮爲人天師. 今則不然, 掛名官府, 如有戶籍之民, 直遣伍伯追呼耳, 豈可復爲也?" 彭以其言反命, 謝由是致書, 顧得一見, 不取以住持相屈.

淸寒子曰: "住持者, 住於山阿而持佛法者也. 於[6]名何預哉? 愛名而求住持者, 與俗士何異?"

---

5   이상의 회당 선사 일화는 『임간록』에 나온다.
6   於: 원문에는 이 뒤에 '書'가 더 있는데 연자衍字라 삭제했다.

제5화

여항 정餘杭政 선사[1]가 자신의 초상화를 그리고 거기에 다음과
같은 찬贊을 붙였다.

예스런 얼굴, 질박한 모습으로 지팡이 짚은
수보리須菩提[2]의 초상 뚜렷이 그렸네.
공空을 알지만 성색聲色을 여의지 않아
외로운 잔나비의 달 아래에서 우는 소리 듣는 듯.

그 말을 보면 그 사람됨을 상상할 수 있다. 그래서 홍각범
洪覺範[3]은 이리 말했다.

"정공政公[4]은 세속을 초월한 특출한 사람이다. 그러므로
그 높은 운치는 비 갠 뒤의 맑은 바람이며 달과 같고, 글의 정
취는 맑고 구성지며, 도미道味[5]는 엄정하다."[6]

---

1   **여항 정餘杭政 선사**: 북송의 유정惟政 선사(986~1049)를 말한다. 전당錢塘 사
     람으로 여항餘杭의 공신산功臣山에 거주했으며 속성이 황黃이다. 누런 소를
     타고 다녀 '정황우'政黃牛라 불렸다.
2   **수보리須菩提**: 석가 10대 제자의 한 사람. 제법諸法이 공空하다는 이치를 깨달
     은 첫째 가는 이로 꼽힌다.
3   **홍각범洪覺範**: '홍'은 혜홍의 성씨이고 '각범'은 그 자. 『임간록』을 저술했으며,
     시명詩名이 있었다.
4   **정공政公**: 여항 정 선사를 말한다.
5   **도미道味**: 불교 교의敎義의 참뜻.
6   이 이야기는 『임간록』에 나온다.

餘杭政自寫照，又爲之贊曰：“貌古形疎倚杖藜，分明畫[7]出須菩提．解空不許離聲色，似聽孤猿月下啼．”觀其語，可想其爲人也．洪覺範云：“政公，超然奇逸人也．故其高韵，如光風霽月，詞致淸婉而道味苦嚴．”

7　畫: 원문에는 '盡'으로 되어 있는데 바로잡았다.

제6화

공자가 동쪽에 노닐 때 두 아이가 서로 자기 말이 옳다고 다투는 것을 보고 그 까닭을 물었다. 한 아이가 말했다.

"해가 처음 나올 때 해와 사람의 거리가 가깝고, 해가 하늘 가운데 있을 때 그 거리가 멀다구요."

다른 아이가 말했다.

"해가 처음 나올 때 멀고, 해가 하늘 가운데 있을 때 가깝다구요."

이에 공자가 왜 그런지를 물었다. 한 아이가 말했다.

"해가 나올 땐 그 크기가 수레 바퀴[1]만 한데, 해가 하늘 가운데 있을 땐 그 크기가 접시만 하니, 이는 멀리 있는 것이 작고 가까이 있는 것이 커서가 아니겠습니까?"

다른 아이가 말했다.

"해가 나올 땐 서늘하고 해가 하늘 한가운데 있을 땐 뜨거우니, 가까이 있으면 뜨겁고 멀리 있으면 서늘해서가 아니겠습니까?"

공자는 어느 말이 옳은지 알 수 없었다.[2]

---

1   **수레 바퀴**: 『열자』列子에는 '거개'車蓋로 되어 있다. '거개'는 비나 햇빛을 가리기 위해 수레 위에 세우는 우산 모양의 덮개를 말한다.
2   공자의 이 이야기는 『열자』「탕문」湯問에 나온다. 『열자』에는 '공자는 어느 말이 옳은지 알 수 없었다'라는 구절 다음에 "두 아이가 웃으며 말했다. '누가 당신을 많이 아는 사람이라고 하죠?'"라는 말이 더 있다.

홍각범은 이 일을 시로 읊었다.

서늘함과 뜨거움, 멂과 가까움 더욱 의문 키우는데
대답 않으니 아이들에게는 아픈 곳에 송곳을 대는 듯.
외려 아이들을 따라 다투길 마지 않으나
중니仲尼[3]가 어찌 유독 옛일을 몰라서 그랬겠나.[4]

나 또한 이 고사를 시로 풀이했다.

멂과 가까움, 서늘함과 뜨거움을 논하지 말라
날마다 하는 게 치언卮言[5]인 줄 알아야지.
분분한 아이들 말을 분변하려 들면
해를 쫓다 목 말라 죽은 과보夸父[6]처럼 되리.

孔子東遊, 見兩小兒辯鬪, 問其故. 一兒曰: "日出時, 去人近,
日中時, 去人遠." 一兒曰: "日出時, 去人遠, 日中時, 去人
近." 孔子因問其故. 一兒曰: "日初出, 大如車輪,[7] 日中, 小如

---

3 중니仲尼: 공자의 자.
4 서늘함과~그랬겠나: 이 시는 『임간록』에 나온다.
5 치언卮言: 조리가 맞지 않는 말. 『장자』 잡편雜篇 「우언」寓言에, "치언을 날마
   다 해, 화和하기를 천예天倪(하늘의 도)로써 한다"(卮言日出, 和以天倪)라는
   말이 있다. 『장자』는 치언을 통해 통념과 분별심을 깨뜨리고 도를 드러낸다.
6 과보夸父: 중국 전설 속 인물로 해 그림자를 쫓다가 목이 말라 죽었다고 한다.
   '과보가 해를 쫓다'는 말은 자기 역량을 헤아리지 않고 큰 일에 함부로 달
   려드는 것을 가리킨다.

盤盂, 此不爲遠者小而近者大乎?”一兒曰:“日初出, 滄滄[8]凉凉, 及其中, 如探湯, 此不爲近者熱[9]而遠者凉乎?”孔子不能辨.

洪覺範有詩以叙之曰:“凉溫遠近轉增疑, 不[答][10]當渠痛處錐. 尙逐小兒爭未已, 仲尼何獨[11]古難知.”

余亦解之曰:“遠近凉溫且莫論, 須知日出是厄言. 紛紛若欲從兒辨, 夸父由來渴死奔.”

7 輪: 『열자』「탕문」에는 '蓋'로 되어 있다.
8 滄滄: 원문에는 '蒼蒼'으로 되어 있는데 『열자』에 의거해 바로잡았다.
9 熱: 원문에는 이 앞에 '凉'이 더 있는데 연자이다.
10 答: 원문에는 없는데 『임간록』에 의거해 보충했다.
11 獨: 원문에는 '事'로 되어 있는데 『임간록』에 의거해 바로잡았다.

제7화

천암 원장千巖元長[1]은 이리 말했다.

"근래 사람들은 자신의 본래면목本來面目은 모르면서 단지 무익한 물건을 구해 남에게 자랑하고 남을 현혹하니, 평생 장님과 다름이 없다. 종사宗師들은 왕왕 스스로 '수행의 영험으로 치아와 모발에 사리가 생긴다'고 생각하나, 설사 너희들이 죽은 뒤 세존처럼 사리가 여든네 말[2]이나 나와 천상천하天上天下에 두루 가득하다 할지라도 정안正眼으로 보면 또한 썩어 없어질 뼈에 불과하다. 그런데도 생사를 깨달았다고 할 수 있는가?"

환주幻住[3]는 이리 말했다.

"죽은 사람의 모발에 사리가 있다고 이러쿵저러쿵하는 사람들이 있는데, 이런 말은 평생 즐겨 들어서는 안 된다."

이 말은 참으로 배우러 와 도는 배우지 않고 사리나 구하는 자에게 훌륭한 교훈이 됨직하다.

---

1 천암 원장千巖元長: 생몰년 1284~1357. 임제종에 속한 중국 원나라의 선승으로 천목 중봉天目中峰의 법을 이어받았다.
2 사리가 여든네 말: 석가모니 입멸 후에 팔곡사두八斛四斗(여든네 말)의 사리가 나왔다는 기록이 『대장엄론경』大莊嚴論經 등의 불경과 각종 논소論疏에 보인다.
3 환주幻住: 남송 말南宋末, 원초元初의 임제종 양기파楊岐派 선사인 천목 중봉(1263~1323)을 가리킨다. '중봉 명본'中峰明本이라고도 한다. 일정한 거처 없이 혹은 배 안에서 혹은 암자에서 살며 스스로 '환주'幻住라 일컬었다. 승속僧俗이 모두 존경해 '강남의 고불古佛'이라 불렸다.

千巖曰："近來人不理會自己脚下事, 只求無益之物, 夸耀眩惑於人, 以當平生兼瞎眼. 宗師往往自謂：'修行靈驗, 於齒牙毛髮上, 有舍利.' 直饒你如世尊撒出八斛四斗, 偏滿天上天下, 正眼看來, 亦是腐壞底臭骨頭, 還了得生死也無?"

幻住云："有人謗稱遺髮中有他物, 此平生不喜聞."

眞足爲來學者不學道而求舍利者之明訓.

제8화

광릉조光陵朝[1] 때 사리가 크게 성행하여[2] 책상과 탁자 위에 모래를 흩뿌려 놓은 듯했으니, 속세의 삿된 여승 집에도 모두 사리가 있었다. 전후로 얻은 것이 말(斗)이나 되(升)에 가까웠다. 효령대군孝寧大君이 몹시 믿어 천보산天寶山의 절[3]에 탑을 세워 사리를 봉안하기까지 했다. 당시 비록 잠시 법회를 열더라도 서응瑞應이 나타나지 않으면 기롱하였다.[4] 지엽적인 것을 좇는 것의 심함이 당시보다 더한 때는 없었다.

光陵朝, 舍利大盛, 至於几案、床卓上如撒沙相似, 迷俗邪尼之居皆有之. 前後所得, 幾於斗升. 孝寧君尤信之, 至以起塔於天寶山寺以鎭之. 當時雖暫設法會, 無瑞應則譏之, 逐末之甚, 莫有過於當時.

---

1 **광릉조光陵朝**: '광릉'은 세조의 능호陵號. 이 말을 통해 『임천가화』가 세조가 죽은 뒤에 쓰였음을 알 수 있다.
2 **광릉조~성행하여**: 세조가 세운 사리탑이 수십 개에 이른다.
3 **천보산天寶山의 절**: 양주의 회암사檜巖寺를 말한다.
4 **효령대군孝寧大君이~기롱하였다**: 『세조실록』 세조 10년(1464) 5월 2일 기사에, '효령대군이 회암사에서 법회를 열자 부처의 사리가 분신分身하여 수백 개가 되었으며 그 사리를 함원전含元殿에 공양하니 또 분신이 수십 개였다'는 기록이 나온다. 효령대군은 이 일을 계기로 세조와 의논해 원각사 창건의 역사役事를 벌였다. '사리의 분신'이란 법회, 공양 등에 감응해 하나의 사리가 저절로 쪼개져 여러 개로 불어나는 것을 말한다. 사리 분신의 기록은 세조 대에 아주 많이 보인다.

제9화

선가의 승려 중 담박하여 생각을 잊은 이들은 대개 가송歌頌
이나 게찬偈讚¹을 지어 스스로 즐겼다. 나찬懶瓚의 노래나 배도
杯渡의 「일발가」一鉢歌²는 뜻은 비록 좋으나 말이 번거롭고 군
더더기가 많다. 한산자寒山子³의 다음 시, 즉

바위 겹겹 있는 곳에 내 집 터를 정했나니
좁은 산길에 인적이 끊겼네.
뜨락에는 무엇이 있나
흰 구름이 그윽한 돌 감싸고 있네.
이곳에 산 지 몇 년이런가
봄 겨울 바뀌는 걸 여러 번 봤네.
부귀가에 말하노라
헛된 이름은 무익하다네.

1 게찬偈讚: 게구偈句로써 부처나 보살의 덕을 찬미하는 것을 말한다. '게구'는
   석 자, 넉 자, 여덟 자를 막론하고 반드시 4구여야 한다.
2 나찬懶瓚의~「일발가」一鉢歌: '나찬'은 당나라의 고승으로 형산衡山 꼭대기의 석
   굴에 살았다. '나잔'懶殘이라고도 한다. 일찍이 "세상일 덧없으니, 산속 덩굴
   아래 바위를 베고 눕는 게 낫네"(世事悠悠, 不如山丘, 臥藤蘿下, 塊石枕頭)라
   는 노래를 지은 바 있다(『임간록』 참조). '배도'杯渡(322~400)는 동진의 승
   려로, 장편 가행歌行 「일발가」를 지어 불교의 이치를 노래했다.
3 한산자寒山子: 한산寒山을 가리킨다. 중국 당나라 때 사람으로 기이한 행동으
   로 유명하며 시를 잘 했다. 문수보살의 재현再現이라는 전설이 있다.

라든가, 수안守安[4]의 다음 시, 즉

남대南臺[5]에 향 피우고 고요히 앉아
종일 오도카니 만 가지 생각을 잊네.
속념을 끊어 망상을 제거한 게 아니라
도무지 생각하고 헤아릴 일이 없어서네.

와 같은 것은 자취도 없고 어지러움도 없으며, 뜻이 웅숭깊고 말이 박절하지 않아, 마치 조그만 환향丸香[6]이 뭇 향기를 모두 갖춘 것과 같고, 한 작은 부서진 구슬에서 참된 보배를 보게 되는 것과 같다.[7]

禪家淡泊忘慮者, 多有歌頌、偈讚以自樂. 如懶瓚歌,「一鉢歌」, 辭意雖好, 其言繁冗. 若寒山子詩云: "重巖我卜居, 鳥道絶人迹. 庭際何所有, 白雲抱幽石. 住茲凡幾年, 屢見春冬易. 寄語鍾鼎家, 虛名定無益." 守安詩〔云〕:[8] "南臺靜坐一爐香, 終日

---

4 **수안守安**: 당말唐末 오대五代의 선사인 남악 수안南岳守安을 가리킨다. 남악南岳 형산衡山의 남대선원南臺禪院에 거주했다.

5 **남대南臺**: 남대선원.

6 **환향丸香**: 향의 한 종류로, 동그랗게 만든 향. 흔히 사용하는 가늘고 길쭉한 향은 '선향'線香이라고 한다.

7 한산의 시는 『한산자시집』寒山子詩集과 북송의 목암 선향睦菴善卿이 엮은 『조정사원』祖庭事苑 권3에 보이고, 수안 화상의 시는 북송 말, 남송 초의 대혜 종고大慧宗杲가 저술한 『정법안장』正法眼藏 권3에 보인다.

8 **云**: 원문에는 없는데 보충했다.

凝然萬慮忘. 不是[9]息心除妄想, 都緣無事可思[10]量." 如此等詩,
無圭角, 無煩挐, 而意味雍容, 辭不迫切, 如小丸香, 衆香臭皆
具, 一細碎珠, 可見眞寶.

9 　是: 원문에는 '足'으로 되어 있는데 바로잡았다.
10 　思: 원문에는 '商'으로 되어 있는데 바로잡았다.

제10화

금강산은 동해에 있다. 봉우리가 웅장하고 아름다우며 물과 돌이 맑고 기이하니 실로 해외[1]의 절경인데, 산인山人 회정懷正[2]이 이곳에 은거했다. 회정이 득도해 명성이 일세一世에 높자 왕이 불러 사리闍黎[3]로 삼으려 했다. 회정이 단발령斷髮嶺을 나가는데 길 곁에 서 있던 머리 허연 한 노인이 말했다.

"애석하다! 내가 보기에 산중에 오직 회정 하나가 도인인데, 끝내 세상에 끄달리어 시비是非의 그물 속으로 들어가는구나. 애석하다! 이 좋은 산에 장차 인물이 없게 됐으니."

한참 탄식하더니 행적이 묘연했다.

金剛山在東海, 峯巒壯麗, 水石淸奇, 實海外之勝區, 山人懷正隱焉. 及正得道, 聲價聞于一世, 國王迎之, 欲以爲闍黎. 正出斷髮嶺, 路傍有一皓叟立, 曰: "惜乎! 我見山中惟一懷正是道人, 終不免爲世所牽, 入於是非塵網. 可惜! 好山將無人

---

1 해외: 중국을 기준으로 한 말.
2 회정懷正: 고려 초의 고승으로, 예종睿宗 10년(1115) 금강산 보덕굴을 중창했다. 보덕굴은 고구려 영류왕榮留王 10년(627) 보덕普德이 수도하기 위해 창건한 절인데, 회정은 보덕굴에서 관음진신觀音眞身을 친견親見하고 보덕굴을 중창했다고 한다. 『유관동록』遊關東錄(『매월당집』 권10)에 실린 「송라암」松蘿菴이라는 시에 회정에 대한 언급이 있다.
3 사리闍黎: '闍梨'라고도 표기한다. '아사리'阿闍梨의 준말로, 승도僧徒의 스승을 뜻한다. 여기서는 국사國師를 이른다.

乎.”歎訝移時, 不知所之.

제11화

나잔懶殘 화상은 형산衡山의 석실石室에 살았는데, 당나라 덕
종德宗이 그 명성을 듣고 사신을 보내어 불러오게 했다. 사신
이 석실에 이르러 말했다.

"천자께서 부르셨으니 스님은 일어나 사은謝恩하는 절을
하시오!"

나잔은 그때 한창 불을 지핀 소똥¹을 뒤적거리며 구운 토
란을 찾아 먹는 중이었는데, 추위에 콧물을 훌쩍거리며 아무
대꾸도 하지 않았다. 사신이 웃으며 말했다.

"스님, 코나 좀 닦으세요."

나잔이 말했다.

"제가 무슨 공부가 있다고 속인俗人을 대하여 콧물을 닦겠
소?"

그리 말하고는 끝내 일어서지 않았다.

사신이 돌아와 보고들은 대로 아뢰자 덕종이 몹시 흠모하
였다.²

화상은 이름이 명찬明瓚인데, 늘 먹는 데 게으르고 옷이
남루해 호를 '나잔'懶殘이라 했다.³

---

1   불을 지핀 소똥: 옛날에 소똥이나 말똥을 모아 불을 땠다. 지금도 중앙아시아의
     오지에는 그리하는 데가 있다.
2   이 이야기는 『벽암록』碧巖錄과 『임간록』 등에 실려 있다.
3   게으르고~했다: '나잔'懶殘의 '나'는 게으르다는 뜻이고, '잔'은 남은 음식이라

272

懶殘和尙居衡山石室中, 唐德宗聞其名, 遣使召之. 使者至其室, 宣言: "天子有詔, 尊者當起謝恩!" 殘方撥牛糞火, 尋煨芋而食, 寒涕垂頤未嘗答. 使者笑曰: "勸⁴尊者拭涕!" 殘曰: "我豈有功夫, 對俗〔人〕⁵拭涕耶?" 竟不起. 使回奏, 德宗甚欽敬之.

師諱明瓚, 常居食懶而衣殘, 號曰懶殘.

는 뜻. 명찬이 중승衆僧이 먹다 남긴 턱찌끼 먹기를 좋아했기에 이렇게 이름했다.

4   勸: 원문에는 '觀'으로 되어 있는데 바로잡았다.
5   人: 원문에는 없는데 『임간록』에 의거해 보충했다.

제12화

도법사道法師[1]는 서경西京 수창須昌 사람이다. 송 휘종徽宗은 승려의 호칭을 덕사德士로 바꾸라는 조서詔書를 내렸다.[2] 도법사는 도사 임령소林靈素[3]에 맞서 그 옳고 그름을 분변하다가 조정에 상소를 했는데, 황제의 뜻을 거슬려 도주감道州監[4]에 유배가게 되었다. 호송하는 군사〔가 말했다.

"도주감은 여기서 만 리 밖이니 훈채葷菜[5]를 먹고 술을 마셔 기력을 돋우어야 합니다."

도법사가 말했다.

"죽는 것은 하늘에 매인 일, 부처님이 금한 일을 할 수 없소."

호송하는 군사는 이 말에 도법사를 존경하게 됐다.〕[6] 얼마 있다가 도주감에서 추방되어 장사長沙[7]를 지나갈 때 우연히 적음寂音[8]을 만났다. 적음은 이런 시를 써 주었다.

---

1 **도법사道法師**: 교종教宗의 승려를 '법사'法師, 선종禪宗의 승려를 '선사'禪師, 율종律宗의 승려를 '율사'律師라고 한다.
2 **송 휘종徽宗은~내렸다**: 북송의 휘종은 도교를 숭상해 붓다의 호칭을 '대각금선'大覺金仙으로, 승려의 호칭을 '덕사'로 바꾸게 했다. 도교식으로 바꾼 것이다.
3 **임령소林靈素**: 젊어서는 불교를 배우고 뒤에 도사가 되어 휘종의 신임을 받아 혹세무민을 일삼았다.
4 **도주감道州監**: 중국 호남성湖南省의 지명.
5 **훈채葷菜**: 파, 마늘, 부추처럼 자극성이 강한 채소를 말한다. 승려는 훈채를 먹지 못하게 되어 있다.
6 〔 〕부분은 원문에는 빠졌는데 『인천보감』人天寶鑑에 의거해 보충했다.
7 **장사長沙**: 호남성의 지명.

274

도공道公(도법사)의 간담은 몸보다 커서

황제의 뜻 거슬려 상소를 올렸네.

납의衲衣[9] 입고 불법佛法을 지키고자 해

달갑게 목 내밀어 형벌을 받았네.

3년 유배에도 마음에 부끄럼 없었고

만 리 밖에서 돌아왔으나 모습이 초췌하지 않네.

훗날 불문佛門의 벼리가 될 분인데

요즘 들으니 벼슬아치들 조정으로 달려간다 하네.[10]

당시 공경대부들은 법사가 문무文武의 재략이 있음을 칭송했다. 그래서 벼슬을 내려 관직에 임명해 병권兵權을 나눠줘 옛 땅을 회복하게[11] 할 것을 청하였다. 법사는 극구 사양하였다. 조정에서는 그 뜻을 빼앗을 수 없음을 알고 황제께 아뢰어 아호雅號[12]를 내리게 했다.[13]

청한자가 말한다. "대저 명성이란 조물주가 시기하는 바이다. 명성이 높으면서 완전한 사람은 없는 법이다. 오호라!"

8   적음寂音: 송나라의 선사 적음존자寂音尊者 혜홍慧洪을 말한다.
9   납의衲衣: 승려가 입는 옷.
10 요즘~하네: 당시 공경대신들이 법사를 기용해야 한다고 황제에게 건의한 일을 가리킨다.
11 옛 땅을 회복하게: 이는 남송南宋 고종高宗 때의 일이다. 북송의 휘종과 흠종欽宗이 금나라에 인질로 잡혀감으로써 북송이 망하고 남송이 들어섰다.
12 아호雅號: 당시 황제가 하사한 도법사의 아호는 '보각원통법제대사'寶覺圓通法濟大師이다.
13 도법사의 이 일은 송나라 사명 담수四明曇秀가 대혜 종고의 『정법안장』을 본떠 엮은 『인천보감』에 나온다.

道法師, 西京須昌人. 宣和詔改德士, 師與林靈素抗, 辯邪正, 懇于朝廷, 忤旨流道州監. 防卒〔曰: "此去萬里, 宜茹葷、酒以助色力." 師曰: "死乃天命, 佛禁不可犯." 卒乃敬服師.〕未幾, 尋令逐, 便道由長沙, 邂逅寂音. 音以詩贈之, 曰: "道公膽大過身軀, 敢逆龍鱗上諫書. 只[14]欲祖[15]肩擔佛法, 故甘引頸受誅鋤. 三年竄逐心無愧, 萬里歸來貌不枯. 他日教門綱紀者, 近聞靴笏趁朝趨."

時公卿大夫誦師有文武才略, 請加冠冕, 補官序, 分領兵權, 恢復故彊. 師力辭, 朝廷知其志不可奪, 奏賜雅號.

清寒子〔曰〕:[16] "夫名者, 造物之所忌也. 未有騰聲價而完全者也. 噫!"

---

14 只: 원문에는 '以'로 되어 있는데 『인천보감』에 의거해 바로잡았다. 혜홍의 『석문문자선』石門文字禪 권12에 수록된 「증도법사」贈道法師에는 '獨'으로 되어 있다.

15 祖: 원문에는 '祖'로 되어 있는데 『인천보감』에 의거해 바로잡았다.

16 曰: 원문에는 없는데 보충했다.

제13화

일찍이 무학無學[1]이 우리 태조에게 말했다.

"지금 개국開國 초에 형벌에 빠진 자가 한둘이 아니니 바라건대 전하께서는 일시동인一視同仁[2]으로 모두 용서하시어 모든 신민臣民이 다함께 태평성대를 누리게 하소서. 이는 우리 국가의 한없는 복이 될 것입니다."

청한자가 말한다. "죄를 사면하는 것은 소인에게는 다행한 일이나 군자에게는 불행한 일이다. 대저 창업의 군주가 국가를 새로 건설하는 마당에 법을 가볍게 베풀어서는 안 되고 일을 지나치게 시행해서는 안 되니, 이런 시대에 태어나 임금에게 간언諫言하는 자는 백성과 만물이 다같이 태평성대를 누리도록 임금의 잘못을 보완하고 그릇됨을 바로잡아 인정仁政을 베풀도록 권면하기를 장온고張蘊古나 위징魏徵처럼 해야 옳을 것이다.[3] 고려가 쇠망함에 하늘이 태조에게 구습舊習을 혁파하게 했건만 어찌 무학은 산림의 승려로서 세상에 나와 왕사王師가 되어 문득 망령스런 말을 해 사면령을 먼저 권함으로써 소인들은 기뻐하고 군자들은 물러나 얼굴을 찌푸리게

<hr>

1   **무학無學**: 고려 말, 조선 초의 무학 대사를 말한다.
2   **일시동인一視同仁**: 모든 사람을 평등하게 보아 똑같이 사랑한다는 뜻.
3   **장온고張蘊古나~것이다**: '장온고'는 당나라 태종의 신하로 군주가 좌우명으로 삼아야 할 「대보잠」大寶箴이라는 글을 지어 태종에게 바친 바 있다. '위징'魏徵은 당나라 태종을 잘 보좌한 재상으로 직언을 잘하기로 유명했다.

한단 말인가. 만일 태조에게 하늘이 낸 신무神武의 자태가 없었다면 하마터면 군주를 거짓된 인仁으로 이끌어 패도覇道로 기틀을 놓는 것이 실로 이때 시작될 뻔했다."

初[4]無學謂我太祖曰: "今當開國之初, 陷於刑辟者非一, 願殿下一視同仁, 悉皆宥之, 俾諸臣民共躋仁壽之域, 此我國家無彊之福也."

　　清寒子曰: "赦者, 小人之幸, 君子之不幸. 夫創業之君, 當天造草昧之日, 法不可以輕措, 事不可以過施, 爲進諫者出于斯世, 使民物共躋仁壽之域, 當補過格非, 勵施仁之政, 如蘊古魏徵, 可也. 乃何當前朝衰廢之餘, 天假太祖用革舊染, 無學以林下人, 出爲王師, 遽出佞語, 先勸赦令, 使小人有所揚眉, 君子退而蹙頞耶? 倘非太祖天縱神武之姿, 幾導君於假仁, 以伯業肇基, 實權輿[5]於此日也."

4　初: 원문에는 '超'로 되어 있는데 바로잡았다.
5　輿: 원문에는 '與'로 되어 있는데 바로잡았다.

제14화

원元나라 순제順帝[1]의 황후와 태자가 호승胡僧(인도 승려) 지공指
空[2]을 연화각延華閣에 맞아들여 불법佛法에 대해 물었다. 지공
은 이리 말했다.

"불법은 배우는 자가 따로 있으니 임금된 이는 천하를 다
스리는 데 전념하시면 다행이겠습니다."

또 이리 말했다.

"만 가지 복 가운데 한 가지라도 없으면 천하의 임금이 될
수 없습니다."

지공은 바치는 주옥珠玉을 모두 받지 않았다.[3]

청한자가 말한다. "임금이 된 이는 마땅히 근검절약해 천
하를 다스려야 하니 승려에게 물을 겨를도 없이 스스로 청정
淸淨하게 생활하고 욕심을 줄여야 한다. 만일 임금이 불법을
배우려 한다면 승려의 모자를 쓰고 가사袈裟를 입어야 하는
가? 어버이를 떠나 부모 자식 간의 정을 끊어야 하는가? 궁
궐을 떠나 신민臣民을 버려야 하는가? 만일 이 중 하나라도
있으면 당장 나라가 망할 것이다. 나라를 다스리는 겨를에 방

---

1 **순제順帝**: 원나라의 마지막 황제로 재위 기간은 1333년에서 1367년까지이다.
2 **지공指空**: 중인도 마갈타국摩竭陀國의 승려로 이름은 제납박타提納薄陀이다.
  원나라에 와 불법을 폈으며, 고려 충숙왕 15년(1328) 우리나라에도 왔다. 원
  나라에 있을 때 고려의 승려 나옹화상懶翁和尙 혜근惠勤을 인가하였다.
3 이상의 사실은 이색이 지은 「서천 제납박타 존자 부도명」西天提納薄陀尊者浮
  圖銘(『동문선』 권119)에 보인다.

외方外에 관심을 둘 경우 마땅히 고승을 불러 물어볼 일이지만 고승은 임하林下에 처하게 해야 하며, 양 무제와 진陳 선제宣帝[4]가 한 것처럼 방외의 법이 선왕의 도와 뒤섞이게 해서는 안 된다. 그러니 지공은 도를 안다 하겠다.”[5]

元順帝皇后、太子, 延胡僧指空於延華閣, 問佛法, 空曰:“佛法[6]自有[7]學者, 爲人主者, 專心御天下, 幸甚幸甚.” 又曰:“萬福萬福, 萬中缺一, 不可爲天下主.”所獻[8]珠玉, 皆不受.

　　清寒子曰:“爲人主者, 當勤儉節約以莅天下, 不暇問於桑門, 而自淸淨寡欲矣. 假使人主學桑門之法, 其可圓頂而方袍乎? 其可辭親而割愛乎? 其可去宮室而弃臣妾乎? 有一于此, 不旋踵而滅亡. 其如治政之暇, 留心方外, 當聘問之, 使高僧安閑於林下, 不可方外之法雜乎先王之道, 如梁武、陳宣之爲也. 指空其知道乎!”

4　진陳 선제宣帝: 남조南朝 진陳나라의 제4대 황제.

5　지공은~하겠다: 『유관동록』(『매월당집』 권10)에 지공을 읊은 두 편의 시가 실려 있는데, 하나는 「지공의 초상에 예禮를 표하고 감회가 있어」(禮指空像有感)이고 다른 하나는 「지공의 의발」(指空衣鉢)이다. 이 시들에도 지공에 대한 존중이 보인다. 『유관동록』은 세조 6년(1460) 가을 무렵 성립되었다.

6　法: 원문에는 '去'로 되어 있는데 바로잡았다.

7　有: 원문에는 '爲'로 되어 있는데 바로잡았다.

8　獻: 원문에는 '襉'으로 되어 있는데 바로잡았다.

제15화

나는 명산에 노닐었는데, 해가 처음 나올 때 옅은 구름이 짙
게 깔려 있으면 햇빛이 그 속에 비쳐 홀연 오색五色을 이루며,
둥글고 환한 것이 마치 거울 같아 사람 그림자가 어른거리는
듯했다. 호사가는 이를 부처의 그림자라 여겨서 다투어 그 빛
에 절을 올린다. 해가 솟아올라 처음 빛을 발하면 산천의 맑
은 기운에 감응해 물을 내뿜는 듯한 모양을 하는데, 이는 빛
을 내는 것이지 불광佛光(부처의 빛)이 아니다. 한유韓愈의 이른
바 "불광은 청색, 황색, 적색, 백색 등의 상相이 아니다"라는
말¹은 이를 가리킨다.

余遊名山, 日初出時, 細雲密布, 則日光射映於中, 倏成五色,
圓瑩如鏡, 人影徹照. 好事者以爲佛影, 爭光膜拜. 蓋旭日初
射, 山川灝氣感, 而成形如噴水, 成光也, 非佛光也. 韓愈所謂
"佛光, 非靑黃赤白等〔相〕",² 是也.

---

1   한유韓愈의~말: 『명각선사어록』明覺禪師語錄 권4에 "불광은 청색, 황색, 적색,
     백색 등의 상相이 아니오며, 신룡神龍이 돕는 빛이옵니다"(佛光, 非靑黃赤白
     等相, 此是神龍荷助之光)라는 한유의 말이 나온다. '명각선사'는 송나라 운문
     종의 선사인 설두 중현雪竇重顯(980~1052)을 가리킨다. 한편 『불조통기』佛
     祖統紀 권41에는 한유의 말이 "불광은 청색, 황색, 적색, 백색 등의 상相이 아
     니오며, 신룡神龍이 호위하는 빛이옵니다"(佛光, 非靑黃赤白等相, 此是神龍衛
     護之光)라고 되어 있다. 한유의 이 말은 헌종憲宗의 물음에 대한 답이다.
2   相: 원문에는 없는데 『명각선사어록』에 의거해 보충했다.

제16화

동해 가에 둥근 돌이 있는데 바위가 닳아 가운데가 우묵하게
패어 솥 모양이었다. 매양 바람과 파도가 세찰 때 바위가 깎
이는데, 그 소리가 우레와 같았다. 사람들은 당래불當來佛[1]이
장차 세상에 나와 반승飯僧[2]하는 솥이라고 했다. 알지 못하겠
다, 당래불이 과연 동해 가에서 세상에 나와 돌로 솥을 만들
어 반승한단 말인가? 이는 필시 터무니없고 이치에 닿지 않
는 이야기로, 취할 게 못 된다.

東海邊有圓石, 摩巖作臼如鑊形, 每風濤怒號時, 自相摩礱,
其聲如雷, 人以爲當來佛出世飯僧炊飯之鑊也. 不知當來佛果
出於東海之邊, 以石爲鑊而飯僧乎? 是必茫昧無理之談, 不可
取也.

1 　당래불當來佛: 미래에 세상에 나오는 부처, 즉 미륵불을 말한다.
2 　반승飯僧: 승려를 공경하여 재식齋食을 베푸는 것. 통일신라 시대와 고려 시대
　　에는 왕이 직접 반승을 하는 경우가 많았으며 그 규모가 성대했다.

제17화

어리석은 무리가 말하기를, "명산의 빼어난 곳에는 정해진 때가 되면 도에 나아갈 수 있는 땅이 있다"라고 하는데, 이는 망령된 말이다. 무릇 수행은 마음 공부인데 지형과 무슨 관계가 있겠는가. 옛날의 도 닦는 이에게는 무덤 사이든 나무 아래든 마을이든 들이든 그 모두 도에 나아가는 땅이요, 불법을 닦는 곳이었다. 또 그 마음이 바르면 이웃에 푸줏간이 있다 할지라도 도에 나아갈 수 있고, 그 마음이 삿되다면 비록 명산에 있다 할지라도 시끄럽지 않음이 없다. 그러므로 일숙각一宿覺[1]이 말하기를, "만일 득도하지 못하고 산에 있다면 산중山中도 시끄럽습니다"[2]라고 한 것이다.

---

1   일숙각一宿覺: 당나라의 선사 영가 현각永嘉玄覺(665~713)을 가리킨다. 6조 혜능의 제자로 온주부溫州府 영가현永嘉縣 사람이다. 조계曹溪에 가서 6조에게 깨달음을 인가받고 6조의 말에 따라 하룻밤 자고 떠났기에 '일숙각'('하룻밤 자고 깨달은 이'라는 뜻)이라고 불린다. 저서로 『선종영가집』禪宗永嘉集, 「증도가」證道歌가 있다.

2   만일~시끄럽습니다: 『선종영가집』 및 『치문경훈』의 「영가답서」永嘉答書에 나오는 말. 해당 부분은 다음과 같다: "만일 도를 알지 못하면서 먼저 산중에 있는 자는 다만 산을 볼 뿐이요 도는 필시 잊어버립니다. 만일 산중에 있지 않으면서 먼저 도를 아는 자는 다만 도를 볼 뿐이요 산은 필시 잊어버립니다. 산을 잊으면 도의 성품(道性)이 정신을 기쁘게 하고, 도를 잊으면 산의 형상이 눈을 현혹합니다. 그러므로 도를 보고 산을 잊는 자는 세상 속에 있어도 또한 고요하고, 산을 보고 도를 잊는 자는 산중에 있어도 시끄럽습니다."(若未識道而先居山者, 但見其山, 必忘其道; 若未居山而先識道者, 但見其道, 必忘其山. 忘山則道性怡神, 忘道則山形眩目. 是以見道忘山者, 人間亦寂也; 見山忘道者, 山中乃喧也.)

또한 수행은 때를 정해 놓고 하는 것이 아니다.

|

愚昧之輩有云: "名山勝處有刻日造道之地." 蓋妄談也. 凡修
行, 在心上做功夫, 於地形乎何有? 古之爲道, 塚間樹下, 里居
野處, 豈皆必造道之地, 選佛之場. 且其心若正. 雖比鄰屠肆,
可進乎道, 心若邪, 雖處名山, 無非闤³闠. 故一宿覺云: "若未
得道而居山, 山中乃喧也."

亦修行, 非可刻日畫分做也.

3 　闤: 원문에는 '闠'로 되어 있는데 바로잡았다.

제18화[1]

운암雲菴[2]이 동산洞山[3]에 거주할 때 어떤 승려가 『화엄론』華嚴
論[4]에 대해 물었다.

"『화엄론』에 '근본무명根本無明[5]의 번뇌가 곧 일체제불一切
諸佛의 부동지不動智이다. 일체중생一切衆生이 본래 모두 이 부
동지를 갖고 있지만 지智의 본체(體)가 성품(性)도 없고 의지
하는 바도 없으므로 스스로 깨달을 수 없으며 인연을 만나야
비로소 깨달을 수 있다'[6]라고 했는데, 근본무명의 번뇌가 어
째서 곧 일체제불의 부동지가 되는지요? 이치가 몹시 깊고
심오해 알기 어렵습니다."

운암이 말했다.

"이는 아주 분명해 쉽게 알 수 있지."

그때 동자가 한창 청소를 하고 있었다. 운암이 동자를 부
르자 동자가 돌아보았다. 운암은 그를 가리키며 말했다.

---

1   원문에는 이 18화가 독립되어 있지 않고 17화에 이어져 있으나 내용으로 볼
    때 독립된 이야기이다. 필사의 착오로 여겨진다. 뒤에 이런 게 둘 더 있다.
2   **운암雲菴**: 북송의 임제종 황룡파에 속한 진정 극문眞淨克文(1025~1102) 선사
    를 가리킨다. 늑담泐潭에 주석住錫했기에 '늑담 극문'泐潭克文이라고도 한다.
    '운암'은 그 호이다. 황룡 혜남黃龍慧南의 제자로, 임제종 황룡파 발전의 기초
    를 세웠으며 『운암진정선사어록』雲菴眞淨禪師語錄이 전한다.
3   **동산洞山**: 중국 강서성江西省 고안현高安縣의 산.
4   **『화엄론』華嚴論**: 당나라의 거사 이통현李通玄(635~730)이 저술한 『신화엄경
    론』新華嚴經論 40권을 말한다.
5   **근본무명根本無明**: 모든 번뇌의 근원이 되는 것.
6   이상은 이통현의 『화엄론』에 나오는 말이다.

"이것이 부동지 아닌가!"

그러고는 물었다.

"무엇이 너의 불성佛性인가?"

동자는 좌우를 이리저리 살피더니 망연히 가 버렸다. 그러자 운암이 말했다.

"이것이 근본무명 아닌가! 이를 깨달으면 바로 성불하느니라."[7]

雲菴居洞山時, 僧問『華嚴論』云:"'以無明煩惱爲一切諸佛不動智. 一切衆生皆自有之, 只爲智體無性無依, 不能自了, 會緣方了.'且無明住持煩惱, 如何便成諸佛不動智? 理極深玄, 絶難曉達."雲菴曰:"此最分明, 易可了解."[8] 時有童子方掃地,[9] 呼之[10]回首, 雲菴〔指曰〕:[11]"不是不動智!"却問:"如何是汝佛性?"童子左右視, 惘然而去. 雲菴曰:"不是住地煩惱! 若能了之, 即今成佛."

7   이상 운암의 일화는『임간록』에 나온다.
8   解: 원문에는 '辭'로 되어 있는데 바로잡았다.
9   地:『임간록』에는 '除'로 되어 있다.
10 之: 원문에는 이 글자 뒤에 '曰'이 더 있는데 연자이다.
11 指曰: 원문에는 공란으로 되어 있는데『임간록』에 의거해 보충했다.

제19화

무릇 경전을 볼 때 이해가 되지 않는 곳이 바로 이해를 해야
하는 곳이다. 가령 『법화경』에서 말한 "그만두라, 그만두라,
더 말하지 말라. 나의 법은 미묘하여 생각하기 어렵다(難思)"[1]
에서 '생각하기 어렵다'라는 구절은, 제불諸佛의 묘리妙理로 삼
아 정진情塵[2]을 끊어 버리지 않는다면 자못 알기 어렵다. '생각
하기 어렵다'라고 한 곳은 곧 은산철벽銀山鐵壁[3]이니 또한 생각
으로 도달하기 어렵다. 묘희妙喜[4]는 이리 말했다.

"무릇 경전을 보거나 옛 스님들이 도에 들어간 인연을 보
고 마음이 아직 밝게 깨닫지 못해 혼미하기만 하며 아무 맛
도 못 느껴 마치 쇠말뚝을 씹는 듯할 때가 힘을 쓰기에 딱 좋
습니다. 이때에 제일 그만두지 말아야 하니, 의식이 일어나지
않고 생각이 이르지 않으며 분별이 끊어지고 이치의 길(理路)
이 소멸합니다. 평소 도리를 말하고 분별을 행하는 것은 모두
정식情識[5] 쪽의 일이니, 왕왕 도적을 자식으로 오인하는 일이

1   그만두라~어렵다: 『법화경』「방편품」方便品에 나오는 부처의 말.
2   정진情塵: 육근六根과 육진六塵. '육근'은 육식六識을 일으켜 대경對境을 인식
    하게 하는 근원으로 안근眼根·이근耳根·비근鼻根·설근舌根·신근身根·의근意
    根을 말하고, '육진'은 대경에 속하는 색色·성聲·향香·미味·촉觸·법法을 말한
    다.
3   은산철벽銀山鐵壁: 뚫기 어렵고 오르기 어려운 경지에 대한 비유.
4   묘희妙喜: 임제종 양기파楊岐派에 속한 북송 말, 남송 초의 선사 대혜 종고
    (1089~1163)의 호.
5   정식情識: 범부凡夫의 미망심迷妄心에서 비롯되는 견해.

많음을 알아야 할 것입니다."[6]

묘희는 또 이리 말했다.

"참선하는 사람은 경전을 보거나 옛 스님들이 도에 들어간 인연을 보고 다만 마음을 비워 버려야지 언어와 문자에서 현묘함을 구하거나 깨달아 들어감(悟入)[7]을 구하지 말아야 합니다. 이런 마음을 일으킨다면 자기의 바른 지견知見[8]을 막아서 영원히 깨달아 들어가지 못합니다. 반산盤山이 이르기를, '이 일은 칼을 허공에 던짐에 허공에 칼날이 닿는지 안 닿는지를 따지지 않는 것과 같다'[9]라고 했습니다."[10]

凡看經敎, 沒解會處, 便是做解會處. 如『法華經』云: "止止不

---

6 무릇~것입니다: 이는 『대혜보각선사어록』大慧普覺禪師語錄 권19 법어法語 중의 「청정거사에게 보이다」(示淸淨居士)에 나오는 말이다.

7 깨달아 들어감(悟入): 실상實相의 리理를 깨달아 실상의 리에 들어가는 것.

8 바른 지견知見: 유무有無의 편견을 여읜 정중正中의 견해.

9 반산盤山이~같다: '반산'은 당나라의 승려 반산 보적盤山寶積(720~814)을 이른다. 마조 도일의 법사法嗣이다. 『경덕전등록』景德傳燈錄 권7에 다음과 같은 반산 보적의 설법이 실려 있다: "대저 마음의 달이 홀로 둥글어 그 빛이 만상萬象을 삼킨다. 빛은 경계를 비춤이 아니며, 경계 또한 있는 것이 아니다. 빛과 경계가 모두 없다면 이는 또한 무엇인가? 선객들이여! 비유컨대 칼을 허공에 던짐에 허공에 칼날이 닿는지 안 닿는지를 따지지 않는 것과 같다. 허공에는 자취가 없어 칼날이 상하지 않는 것이다. 만일 이와 같을 수 있다면 마음 마음에 앎이 없어 온 마음이 곧 부처요, 온 부처가 곧 사람이다. 사람과 부처가 다름이 없어야 비로소 도이다."(夫心月孤圓, 光吞萬象. 光非照境, 境亦非存. 光境俱亡, 復是何物? 禪德! 譬如擲劍揮空, 莫論及之不及. 斯乃空輪無跡, 劍刃無虧, 若能如是, 心心無知, 全心卽佛, 全佛卽人. 人佛無異, 是爲道矣.)

10 참선하는~했습니다: 이는 『대혜보각선사어록』 권20 법어 중의 「무상거사에게 보이다」(示無相居士)에 나오는 말이다.

須說. 我法妙難思." 便以難思爲諸佛妙理, 不能勦絶情塵, 殊不知. 難思處, 便是銀山鐵壁, 亦難思想做得. 妙喜云:"凡看經敎及〔古德〕¹¹入道因緣, 心未明了, 覺得迷悶沒滋味, 如咬鐵橛相似, 時正好著力. 第一不得放捨, 乃是意識不行, 思想不到, 絶分別滅理路處. 尋常可以說得道理, 分別得行處, 盡是情識邊事, 往往多認賊爲子, 不可不知." 又云:"叅禪人看經〔敎及古德入道因緣〕,¹² 但虛却心, 不用〔向〕¹³聲名句義上求玄妙求悟入. 若起此心, 卽障却自己正知見, 永刼無有入頭處. 盤山云:'此事¹⁴如擲劍揮空, 莫論及之不及.'"

---

11 古德: 원문에는 없는데『대혜보각선사어록』에 의거해 보충했다.
12 敎及古德入道因緣: 원문에는 없는데『대혜보각선사어록』에 의거해 보충했다.
13 向: 원문에는 없는데『대혜보각선사어록』에 의거해 보충했다.
14 此事:『대혜보각선사어록』에는 '譬'로 되어 있다.

제20화

결정심決定心[1]을 가지고 경전을 궁구한다면 비록 구두句讀를 잘
못 뗀다 할지라도 진리를 증득證得하여 깨달을 수 있다. 가령
안능엄安楞嚴[2]은 『능엄경』의 "지견知見으로 지견을 세우면, 바
로 무명의 근본이며, 지견에서 지견을 떠나면, 이것이 곧 열
반이니라"(知見立知, 即無明本; 知見無見, 斯即涅槃)[3]라는 구절을 자
기도 모르게 구두를 이리 잘못 뗐다. "지견을 세운다면 지견
은 곧 무명의 근본이다. 지견이란 없으니, 이를 견득見得하면
곧 열반이니라."(知見立, 知即無明本; 知見無, 見斯即涅槃.) 이렇게
한참 읊조리다가 홀연 크게 깨달았다. 그후 이 경전을 읽을
때 종신토록 깨달은 대로 읽었으며, 경전의 문세文勢에 의지
하지 않았다.[4] 그래서 "요의경了義經에 의지하고 불요의경不了
義經에 의지하지 말라"[5]고 한 것이다.

1 결정심決定心: 부처의 가르침을 굳게 믿어 흔들리지 않는 마음.
2 안능엄安楞嚴: 오대 북송의 우안遇安 선사(924~995)를 가리킨다. 항상『능엄
   경』을 읽었으며『능엄경』의 구두를 잘못 떼어 도를 깨달은 것으로 유명한데,
   이 때문에 당시 사람들이 '안능엄'이라 했다.
3 지견知見으로~열반이니라: 『능엄경』 제5권에 나오는 부처가 제자 아난에게 답
   하는 말의 일부이다.
4 안능엄의 이 고사는『대혜보각선사어록』권22 법어 중의「묘지거사에게 보이
   다」(示妙智居士)에 나온다.
5 요의경了義經에~말라: 『열반경』 제6권「사의품」四依品에, "법에 의지하고 사람
   에 의지하지 말라. 뜻에 의지하고 말에 의지하지 말라. 지혜에 의지하고 식識
   에 의지하지 말라. 요의경에 의지하고 불요의경에 의지하지 말라"는 말이 나
   오는데 이를 '법사의'法四依라고 하니 불도佛道를 이루는 정법正法을 이른다.
   '요의경'은 중도실상中道實相의 뜻을 다 드러낸 경전을 이르고, '불요의경'은

有決定志而究經教, 雖錯解句逗, 可以證悟. 如安楞嚴看『楞嚴』, 至"知見立知, 即無明本; 知見無見, 斯則[6]涅槃"處, 不覺破句讀, 云: "知見立, 知即無明本; 知見無,[7] 見斯則[8]涅槃." 沈吟良久, 忽然大悟. 後讀是經, 終身如所悟, 更不依經文勢. 故云: "依了義, 不依不了義."

　　말한 바가 궁극적이고 철저하지 않아 다시 해설해야 하고 보충해야 하는 경전을 이른다. 김시습은 『화엄경』, 『법화경』, 『열반경』을 중시했으며 『능엄경』은 불요의경으로 본 게 아닌가 한다.

6　　則: 『대혜보각선사어록』에는 '卽'으로 되어 있다.
7　　知見無: 원문에는 '知無見'으로 되어 있는데 바로잡았다.
8　　則: 『대혜보각선사어록』에는 '卽'으로 되어 있다.

제21화

석문石門[1]의 『임간록』에 이런 글이 있다. "노안 국사老安國師[2]가
말했다. '『금강경』의 〈머무는 바 없이 그 마음을 내라〉(應無所
住而生其心)라고 한 말 중의 〈머무는 바 없이〉란 색色에도 머물
지 않고, 소리에도 머물지 않고, 미혹에도 머물지 않고, 깨달
음에도 머물지 않고, 바탕(體)에도 머물지 않고, 작용(用)에도
머물지 않는 것이다. 〈그 마음을 낸다〉란 일체법[3]에 즉해 일심
一心을 드러내는 것이다. 선善에 머물러 마음을 내면 선이 나
타나고, 악에 머물러 마음을 내면 악이 나타나 본래의 마음(本
來心)은 숨어 버린다. 하지만 머무는 바 없으면 시방세계十方世
界가 오로지 일심일 뿐이다.'

그러므로 조계曹溪 대사[4]가 '바람이 움직이는 것도 아니고
깃발이 나부끼는 것도 아니며, 마음이 움직이는 것이다'라고
말한 까닭과 수산주修山主[5]가 다음과 같은 게송을 지은 까닭을
알겠다.

---

1   석문石門: 혜홍이 강서江西 균계筠溪의 석문사石門寺에 있었기에 이리 칭했다.
    혜홍의 저술 중에 『석문문자선』石門文字禪이라는 것이 있다.
2   노안 국사老安國師: 582~709. '노안'은 당나라 초의 혜안慧安 선사를 높여 부
    르는 말. 선종의 5조인 홍인 대사에게서 득법得法했으며, 숭산의 소림사 주지
    로 있었다.
3   일체법: 일체만유一切萬有를 이르는 말.
4   조계曹溪 대사: 6조 혜능을 이른다.
5   수산주修山主: 당말唐末·오대五代 때의 선사 용제 소수龍濟紹修를 가리킨다.
    '산주'는 주지를 이른다.

292

바람이 움직이는 건 마음이 나무를 흔들어서고
구름이 피어나는 건 성품이 티끌을 일으켜서네.
오늘의 일을 밝히려 하면
본래의 사람(本來人)[6]을 어둡게 하리."[7]

石門[8]『林間錄』云: "老安國師云: '『金剛經』云: 〈應無所住而生其心〉, 無所住者, 不住[9]色, 不住[10]聲, 不住迷, 不住悟, 不住體,[11] 不住用. 而生其心者, 即一切法而顯一心. 若住善生心, 即善現, 若住惡生心, 即惡現, 本心即隱沒. 若無所住, 十方世界唯[12]是一心.' 信知曹溪大師云: '風幡不動, 是心動.' 脩山主云:[13] '風動心搖樹, 雲生性起塵. 若明今日事, 昧[14]却木來人.'"

---

6 본래의 사람(本來人): 본래면목, 즉 상대적 분별 이전의 참 나를 말한다.
7 이 글은 처음부터 끝까지 『임간록』의 말을 옮겨 놓았다.
8 石門: 원문에는 '石間'으로 되어 있는데 바로잡았다.
9 住: 원문에는 '任'으로 되어 있는데 바로잡았다.
10 住: 원문에는 '任'으로 되어 있는데 바로잡았다.
11 體: 원문에는 '休'로 되어 있는데 바로잡았다.
12 唯: 원문에는 '雄'으로 되어 있는데 바로잡았다.
13 云: 『임간록』에는 '有偈曰'로 되어 있다.
14 昧: 『임간록』에는 '暗'으로 되어 있다.

제22화

양 무제는 누약婁約 법사, 부傅 대사, 소명태자昭明太子[1]와 더불어 진제眞諦와 속제俗諦 두 진리에 대해 논구했다. 교가敎家의 설에 의거하면 진제는 있지 않음(非有)을 밝힌 것이고 속제는 없지 않음(非無)을 밝힌 것으로, 진제와 속제가 둘이 아니라는 것이 바로 성스러운 진리(聖諦)의 제일의第一義이다. 이는 교가의 극히 현묘한 경지이다. 무제는 바로 이 경지를 들어 달마에게 물었는데,[2] 달마는 "텅 비어 성스러운 게 없습니다"라고 대답했다.[3] 무제는 곧 눈이 휘둥그레지며 그게 무슨 말인지를 몰랐다.

청한자가 말한다. "명상名相[4]을 쫓고 현묘한 뜻을 궁구하는 것이 교가의 극칙極則(궁극의 진리)이긴 하나 본분사本分事[5]와는 아무 관계가 없다. 그러니 이른바 입이 닳도록 떠들어대면서 형체가 없는 일을 토론하는 것일 뿐이다. 영가永嘉[6]가

---

1 **누약婁約 법사, 부傅 대사, 소명태자昭明太子**: '누약'은 양梁나라의 국사 혜약慧約 (452~535)을 말하고, '부 대사'는 무제를 불교에 귀의하게 한 재가불자 부흡 傅翕(497~569)을 말한다. '소명태자'(501~531)는 무제의 장남으로 불교를 독실히 믿었으며 임금이 되기 전 사망했다.
2 **무제는~물었는데**: 무제가 달마에게 "무엇이 성스러운 진리(聖諦)의 제일의第一 義인가"라고 물은 것을 말한다.
3 『벽암록』 제1칙에 나오는 말이다.
4 **명상名相**: 귀에 들리는 것을 '명'名, 눈에 보이는 것을 '상'相이라 하는데, 허망하여 망상을 일으키며 실상實相이 아니다.
5 **본분사本分事**: 본래면목本來面目을 찾는 일. 즉 불성佛性을 지닌 인간 본래의 모습으로 되돌아가는 일.

법재法財[7]를 손상하고 공덕을 없앰은

심心·의意·식識[8]으로 말미암지 않음이 없네.[9]

라 하고, 또

명상을 분별해 돌아올 줄[10] 모르니

바다에 가 모래를 세듯 피곤하기만 하네.[11]

라 한 것은 이를 말한 것이다."

梁武帝與婁約法師·傅大師·昭明太子持[12]論眞俗二諦. 據敎中
說, 眞諦以明非有, 俗諦以明非無, 眞俗不二, 卽是聖諦第一
義. 此是敎家極妙窮玄處. 便[13]拈此極,[14] 問達磨, 磨對以"廓然
無聖", 武帝便眼自定動, 不知是何言說.

---

6   영가永嘉: 당나라의 선사 영가 현각永嘉玄覺을 가리킨다.

7   법재法財: 불법을 말한다. 불법이 중생을 이롭게 하고 윤택하게 하는 것이 재
      물과 같다고 해서 한 말이다.

8   심心·의意·식識: '심'은 산스크리트어 'Citta'의 번역으로 모아 일으키는 성품이
      있고, '의'는 산스크리트어 'Manas'의 번역으로 사량思量하는 성품이 있으며,
      '식'은 산스크리트어 'Vijñāna'의 번역으로 분별하는 성품이 있다.

9   법재法財를~없네: 영가 대사의 「증도가」에 나오는 말.

10   돌아올 줄(廻): 「증도가」에는 '休'(그칠 줄)로 되어 있다.

11   명상을~하네: 「증도가」에 나오는 말.

12   持: 원문에는 '特'으로 되어 있는데 바로잡았다.

13   便: 『벽암록』에는 이 앞에 '帝'가 더 있다.

14   極: 원문에는 '話'로 되어 있는데 『벽암록』에 의거해 수정했다.

淸寒子曰：“逐[15]名相, 究妙義, 於教家雖是極則, 於本分事了沒交涉. 所謂鼓喙磨脣, 討論不形之事耳. 永嘉云：‘損法財滅功德, 莫不由斯心意識.’ 又云：‘分別名相不知廻, 入海算沙徒自困.’ 卽謂此也.”

15 逐: 원문에는 ‘遂’로 되어 있는데 바로잡았다.

제23화

동파東坡(소동파)가 산사山寺에 노닐다 시를 지었는데¹ 다음과
같다.

　시냇물 소리는 곧 부처의 설법
　산 빛은 청정한 부처의 몸.
　밤새 들은 팔만 사천 법문
　훗날 사람들에게 어찌 보일꼬.²

　청한자가 말한다. "시냇물 소리가 곧 부처의 설법임을 안
다면 모든 대지大地 삼라만상森羅萬像의 일시보설一時普說, 찰설
刹說, 진설塵說, 삼세일체설三世一切說³이 저마다 변재삼매辯才三

1　동파東坡가~지었는데: 『동파전집』에 「동림사東林寺의 총總 장로에게 드리다」
　（贈東林總長老）라는 제목으로 실려 있다. 소동파가 젊은 시절 동림사에 묵을
　때 총 장로와 무정無情에 대해 논하다가 깨달음이 있어 새벽에 게偈를 지었는
　데 그것이 바로 이 시다. '총 장로'는 동림 상총東林常總(1025~1091)을 가리
　킨다. 임제종 황룡파에 속한 승려로, 조각照覺 선사라고도 한다.

2　보일꼬: 전할까라는 뜻.

3　일시보설一時普說~삼세일체설三世一切說: '보설'은 널리 정법正法을 설하여 중생
　을 개시開示함을 말하고, '찰설'刹說은 산하대지가 설함을 말한다. '찰'刹은
　산스크리트어로, 토전土田 혹은 국토를 말한다. '진설'은 하나의 작은 티끌(微
　塵)도 묘법을 설한다는 뜻이다. 『화엄경』에 의하면 시방十方 허공계의 하나하
　나의 티끌 중에 찰도 있고 불도 있어 항상 『화엄경』을 설한다고 했다. '삼세
　일체설'은 과거, 현재, 미래의 일체 존재가 다 설한다는 뜻이다. 『화엄경』 「보
　현보살행품」普賢菩薩行品에 "불설佛說·보살설菩薩說, 찰설·중생설, 삼세일체
　설"이라는 말이 나온다.

昧[4]를 드러낼 것이며, 산 빛이 곧 청정한 부처의 몸임을 안다면 모든 대지의 유정물과 무정물이 모두 원력신願力身, 보신報身, 지신智身, 보현색신삼매普現色身三昧[5]일 것이다. 그런 후에야 한량없는 게찬偈讚이 궁겁窮劫에 다함이 없을 것이며, 진실함과 미묘함을 드러낸 것이 수많은 다라니陀羅尼에 실려 날라질 수 있을 것이니, 말로 사람에게 보일 수 없으며, 분별로 가리켜 보일 수 없다. 동파는 비록 속세의 인물이지만 한량없는 변재辯才와 기상이 있었기에 이 시가 사람들 입에 회자될 수 있었다."

東坡遊山寺題云: "溪聲便是廣長舌, 山色無[6]非清淨身. 夜來八[7]萬四[8]千偈, 他日如何擧似人."

清寒子曰: "若了溪聲是廣長舌, 盡大地森羅萬像一時普說刹說、塵說、三世一切[9]說, 各逞辯[10]才三昧. 若了山色是清淨身, 盡大地情與無情皆是願力身、報[11]身、智身、普現色身三昧. 然後

---

4 변재삼매辯才三昧: 108가지 삼매의 하나. '변재'는 법과 뜻을 잘 설하는 능력.
5 원력신願力身~보현색신삼매普現色身三昧: '원력신'은 중생 구제의 원력願力으로 나타나는 부처의 몸을 말하고, '보신'報身은 보살이 다겁多劫 동안 난행難行과 고행을 견디어 정진 노력한 결과로 얻게 된 불신佛身을 말하고, '지신'智身은 지혜로 된 부처의 몸, 즉 법신法身을 말하고, '보현색신삼매'는 보살이 삼매를 얻어 갖가지 화신化身을 나타내어 중생을 구제하는 것을 말한다.
6 無: 『동파전집』에는 '豈'로 되어 있다.
7 八: 원문에는 '四'로 되어 있는데 바로잡았다.
8 四: 원문에는 '八'로 되어 있는데 바로잡았다.
9 切: 원문에는 '時'로 되어 있는데 바로잡았다.
10 辯: 원문에는 '辨'으로 되어 있다.

298

塵沙偈讚, 窮刧不盡, 演揚[12]眞妙, 乘洹沙揔持法, 不可以言辯[13] 示人, 不可以分別指南矣. 坡雖俗漢, 有沒量辯[14]才氣象, 故此 什膾炙人口."

11 報: 원문에는 이 앞에 '依'가 더 있는데 연자이다.
12 揚: 원문에는 '楊'으로 되어 있는데 바로잡았다.
13 辯: 원문에는 '辨'으로 되어 있다.
14 辯: 원문에는 '辨'으로 되어 있다.

제24화

가야산은 옛날 신라 땅으로, 산중에 해인사가 있는데 경치가
빼어나며 고운孤雲(최치원)이 노닐던 곳이다. 그곳 비로전毗盧
殿은 규모가 크고 장려壯麗해 삼한三韓의 으뜸이다. 어떤 객이
거기 달린 풍경風磬을 이리 읊었다.

화엄의 불사의不思議[1]를 알고 싶으면
보아라 비로전에
풍경과 바람이 시주하여서
사시사철 소리로 공양하는 걸.[2]

『화엄경』의 게偈에서는 이리 말했다.

온갖 보배 그물들 서로 부딪쳐
부처님 음성 내어 그치지 않네.[3]

어떤 객의 말대로라면 단지 풍경과 바람만이 아니라 절벽

---

1 불사의不思議: 말로 나타낼 수도 없고 마음으로 헤아릴 수도 없음.
2 화엄의~공양하는 걸: 어떤 객이 읊은 이 시는 『유호남록』遊湖南錄(『매월당집』
   권11)에 실린 「해인사」海印寺라는 시의 주註에도 보인다. 『유호남록』은 세조
   9년(1463) 가을 무렵 성립되었다.
3 온갖~않네: 『화엄경』 60권본 「노사나불품」盧舍那佛品에서 보현보살이 읊은 게
   송 중에 나오는 말.

과 산림까지도 모두 공양하고 있다 할 것이다.[4] 자, 말해 보라! 이것이 공양인가, 연설演說[5]인가? 이를 안다면 당신이 일생 동안 화엄을 증득해 경계를 다했음을 허여하겠노라.[6]

伽耶山, 古新羅境, 山中有海印寺, 景致淸勝, 孤雲所遊之境也. 其毗盧殿高宏壯麗, 甲於三韓. 有客咏殿上風箏云: "欲識華嚴不思議, 看取毗盧金殿上. 桐孫風伯作檀那, 四時不絶聲供養." 『華嚴經』偈云: "諸寶羅網相叩磨, 演佛音聲恒不絶." 伊麼則非特桐孫風伯, 乃至石壁山林, 皆作供養. 且道是供養耶? 演說耶? 若也會得, 許你一生證華嚴境界已竟.

---

4 어떤 객의~것이다: 어떤 객이 시에서 한 말대로라면 비단 풍경과 바람만이 아니라 일체의 사물이 부처를 공양하고 있다고 해야 할 것이라는 뜻.
5 연설演說: 밝혀 말함. 여기서는 화엄을 설하는 것을 이름.
6 김시습은 제23화에서 삼라만상이 부처의 설법이요 부처의 몸이라고 했다. 김시습은 제24화에서도 삼라만상은 부처의 설법이지 부처를 공양함이 아니라는 뜻을 피력하고 있다. 이를 화엄의 본지本旨로 본 것이다.

제25화

일체 중생의 성상性相[1]은 평등해 실상實相[2]과 서로 어긋나지 않는다. 그러므로 "『화엄경』에 이르기를, '내가 지금 두루 보니 일체 중생이 모두 여래의 지혜와 덕상德相[3]을 지니고 있지만 망상과 집착 때문에 증득하지 못하고 있다'라고 했다."[4] 천동각天童覺 선사[5]는 이리 송頌했다.

하늘이 덮고 땅이 실어

한 덩어리를 이루었네.

법계法界에 두루 미쳐 끝이 없고

티끌[6]을 갈라도 안이 없네.

현미玄微함을 다했거늘 누가 맞고 그름을 분별하나?

1 　**성상性相**: '성'은 곧 체體로 바뀌지 않는 것을 말하고, '상'은 밖에 나타나서 분별되는 것을 말한다.
2 　**실상實相**: 만유본체萬有本體를 지칭한다. '실'은 허망하지 않다는 뜻이고 '상'은 무상無相을 이른다. 법성法性, 진여眞如, 무상無相, 일상一相, 무위無爲, 진제眞諦, 진성眞性, 실성實性, 실제實諦 등과 이명동체異名同體다.
3 　**덕상德相**: 덕이 있는 상.
4 　**『화엄경』에 ~했다**: 이 말은 원래 송나라 조동종의 승려 천동 정각天童正覺(1091~1157)의 어록인 『굉지선사광록』宏智禪師廣錄 권2에 나오는데, 고려 때 혜심慧諶이 편찬한 『선문염송집』禪門拈頌集 제38칙에 전재轉載되어 있다. 김시습의 『화엄석제』華嚴釋題에도 이 말이 보인다.
5 　**천동 각天童覺 선사**: 천동 정각을 말한다. 시호는 굉지宏智. 단하 자순丹霞子淳의 법사法嗣로 묵조선풍黙照禪風을 홍양弘揚했다. 임제종의 대혜 종고와 쌍벽을 이루었으며, 문장에도 능해 운문종의 설두 중현雪竇重顯과 병칭된다.
6 　**티끌**: 원문은 '鄰虛'로 인허진鄰虛塵, 즉 가장 작은 티끌을 말한다.

불조佛祖[7]가 나온다면 구업口業[8]의 빚을 갚아야 하리.

남전南泉 왕노사王老師[9]에게 물어보면

"사람마다 한 줄기 채소를 맛봐야 한다"[10] 하리.[11]

청한자가 말한다. "자, 말해 보라! 사람마다 한 줄기 채소를 어디서 입에 넣을 것인가?"

一切衆生性相平等, 與實相不相違悖. 故『華嚴經』云: "我今普觀[12]一切衆生, 皆[13]有如來智慧德相, 但以妄想執着而不證得." 天童覺頌云: "天蓋地載, 成團成塊. 周法界而無邊,[14] 折鄰虛[15]而無內. 及盡玄微, 誰分向背? 佛祖來償口業債. 問取南泉王

---

7 불조佛祖: 부처와 조사祖師.
8 구업口業: 입으로 지은 업業.
9 남전南泉 왕노사王老師: 당나라의 선사 남전 보원南泉普願(748~834)을 말한다. 마조 도일의 법제자이다. 속성이 '왕'王이기에 '왕노사'로 불렸다. 안휘성 지양池陽의 남전산南泉山에 선원을 짓고 30년 동안 산문을 나서지 않았다. '남전참묘'南泉斬猫라는 공안으로 유명하다.
10 사람마다~한다: 사람마다 모두 여래의 지혜를 갖추고 있다는 말.
11 하늘이~하리: 천동 선사의 이 게송은 『굉지선사광록』 권2에 나온다. 앞에 인용된 『화엄경』에 대한 언급 바로 뒤에 이 게송이 나온다. 『선문염송집』 제38칙에도 천동 선사의 『화엄경』에 대한 언급과 게송이 보인다. 『선문염송집』에서 '天童覺頌'이라는 말 뒤에 그의 게송이 언급되고 있음으로 보아 김시습은 『굉지선사광록』을 직접 본 것이 아니라 『선문염송집』을 보고 그 말을 여기에 옮겨 놓은 것으로 여겨진다.
12 觀: 『선문염송집』에는 '見'으로 되어 있다.
13 皆: 『선문염송집』에는 '具'로 되어 있다.
14 邊: 원문에는 '遺'로 되어 있는데 『선문염송집』에 의거해 바로잡았다.
15 折鄰虛: 원문에는 '析虛空'으로 되어 있는데 『선문염송집』에 의거해 바로잡았다.

老師, 人人只喫一莖菜."

　　清寒子云: "且道一莖菜, 人人向什麼處著口?"

제26화

『화엄경』의 게송에서 말했다.

일체법一切法이 나지도 않고
일체법이 멸하지도 않네.
이처럼 알면
모든 부처가 항상 앞에 나타나리.[1]

만일 지극한 경지를 논한다면 부처 또한 얻다 쓰겠는가.
또 묻노라. "어디에 발을 들여 놓을 것인가?"
지비자知非子[2]는 이런 송頌을 읊었다.

길상吉祥[3]이 법문法門에 들어와
유마힐維摩詰[4]에게 머리를 조아리네.
말없이 있으니 참으로 불이不二라

---

1 일체법一切法이~나타나리: 『화엄경』 「수미정상게찬품」須彌頂上偈讚品에 나오는
   말.
2 지비자知非子: 송말宋末 원초元初의 화승畵僧 자온子溫을 말한다. '지비자'는
   그의 자字이다.
3 길상吉祥: 문수보살을 이른다.
4 유마힐維摩詰: 부처의 속제자俗弟子. 병중에 문수보살이 찾아와 불이不二의 법
   法을 묻자 잠자코 말없는 것으로써 불가언不可言·불가설不可說의 불이법문不
   二法門을 드러냈다.

만법萬法이 종내 귀일歸一하네.[5]

청한자가 말한다. "하나로 돌아간다. 돌咄!"

|

『華嚴經』偈云: "一切法不生, 一切法不滅. 若能如是解, 諸佛
常現前." 若論極處, 則佛亦安用? 又問: "什麼處著脚?"

　知非子頌云: "吉祥入法門, 稽首維摩詰.[6] 默然眞不二, 萬
法終歸一."

　清寒子云: "歸一底. 咄!"

5　『화엄경』의 게송과 지비자의 송은 『선문염송집』 제39칙에서 가져온 말이다.
6　詰:『선문염송집』에는 '室'로 되어 있다.

제27화

분별심으로 부처를 배운다면 언제 깨닫겠는가.[1] 온 대지는 자루 없는 쇠망치(無孔鐵鎚)[2]이니 그대가 뚫을 수 있는 곳이 없다. 『법화경』에 이르기를, "대통지승불大通智勝佛이 10겁劫 동안 도량에 앉아 있었지만 불법佛法이 나타나지 않아 불도佛道를 이루지 못했다"[3]라고 했다. 그래서 죽암竹菴[4]이 이리 송頌했다.

벼 심어 콩 싹이 나지 않거늘
모래를 쪄 어찌 밥이 되리.
대통지승여래는
일개 담판한擔板漢.[5]

청한자가 말한다. "일체제불一切諸佛 및 일체불의 아뇩다

---

1 분별심으로~깨닫겠는가: 분별심으로 참선하거나 염불을 하면 마굴魔窟에 빠지며 깨달을 수 없다.
2 자루 없는 쇠망치(無孔鐵鎚): 자루가 없는 쇠망치는 손댈 데가 없으니, 사량思量이나 분별로 도달할 수 없는 경계를 비유하는 말.
3 대통지승불大通智勝佛이~못했다: 『법화경』「화성유품」化城喩品에 나오는 부처의 말.
4 죽암竹菴: 임제종 양기파에 속한 남송의 죽암 사규竹菴士珪(1083~1146) 선사를 말한다.
5 『법화경』에~담판한擔板漢: 이 부분은 『선문염송집』 제40칙에 나오는 말이다. '담판한'은 '판자를 어깨에 진 사람'이라는 뜻으로, 사물의 한 면밖에 보지 못하는 이를 이르는 말. 판자를 어깨에 지면 판자에 가려 한쪽을 볼 수 없다.

라법阿耨多羅法[6]이 모두 담판한이다."

將心學佛, 何時待悟? 盡大地是無孔鐵鎚, 無你穿鑿處. 『法
華經』云:[7] "大通智勝佛, 十劫坐[8]道場, 佛法不現前, 不得成佛
道." 所以竹菴云: "種穀不生豆苗, 蒸沙豈能成飯? 大通智勝
如來, 一箇擔板底漢."

　清寒子云: "一切諸佛及一切佛阿耨多羅法, 俱是擔板漢."

6　아뇩다라법阿耨多羅法: '아뇩다라'는 무상無上이라는 뜻이니, 무상법無上法, 즉
　　더 이상이 없는 법을 이른다. 여기서 법은 진리를 말한다.
7　法華經云: 원문에는 '法華會上'으로 되어 있는데 바로잡았다.
8　坐: 원문에는 '生'으로 되어 있는데 바로잡았다.

308

제28화

법화회상法華會上¹에서 "부처가 미간眉間의 백호상白毫相²으로 광명光明을 발하여 동방으로 1만 8천의 세계를 비추시니 두루 미치지 않은 데가 없었다"³고 했다. 사람들이 백호상을 보고자 할진대 만일 사량심思量心으로 보려 한다면 곧 지옥⁴에 떨어져 영겁토록 보지 못할 터이니 부처의 광명(佛光)이 비록 넘쳐흘러 휘황하다 할지라도 무슨 이로움이 있겠는가.

부처의 광명이란 무엇인가? 당신들이 평소 향유하는 것, 생을 사랑하고 죽음을 싫어하는 것, 순리順理를 따르고 역리逆理를 피하는 것, 이런 여러 가지 것들이 모두 부처의 광명이다. 부처의 광명은 늘 환히 빛나 잠시도 그치지 않지만 단지 무명無明에 가려져 그 빛을 보지 못할 뿐이다. 불조佛祖는 정심법문淨心法門⁵을 가르쳐 당신들로 하여금 회광반조回光返照⁶하게 하고 본성을 투철히 보게 했거늘 어찌 이 본성이 줄어들어

---

1   법화회상法華會上:『법화경』을 설하는 자리.
2   백호상白毫相: 부처의 32상相의 하나. 두 눈썹 사이에 있는 흰 터럭으로 끊임없이 광명을 발한다고 한다.
3   부처가~없었다:『법화경』「서품」序品에 나오는 말.
4   지옥: 원문은 '흑암니리'黑闇泥犁. '泥犁'는 '泥梨'로도 표기하는데 산스크리트어로 지옥을 뜻한다.
5   정심법문淨心法門: '정심'은 사람들이 본래 갖고 있는 청정淸淨한 마음.
6   회광반조回光返照: 자기의 본분을 돌아보는 것. '회광'은 해질 무렵의 반사광을 뜻하고, '반조'는 비춘다는 뜻. 원래『회남자』「남명훈」覽冥訓에 나오는 말인데, 선가에서 밖에서 구하지 말고 자신의 마음을 조견照見하는 것을 가리키는 말로 쓴다.

도를 보지 못하겠는가.

조주趙州[7]에게 물었다: "무엇이 신광神光[8]입니까?" 조주가 답했다: "일광日光, 월광月光이니라." "무엇이 일광, 월광입니까?" 조주가 답했다: "신광이니라."

法華會上, 佛放眉間光, 照東方〔萬〕[9]八千世界, 靡不周遍. 諸人還欲見白毫相麼, 若擬心欲見, 即墮黑闇泥犁, 永劫不覩, 佛光縱饒, 曄曄騰輝, 何益於事?

如何佛光? 你諸人平常受用·好生惡死·喜順違逆種種境界, 皆佛光. 常常熾然, 未曾暫歇, 只爲無明所覆, 不自見光. 佛祖敎淨心法門, 令汝回光返照, 徹見本性, 而此本性何曾減損不見道?

問趙州: "如何是神光?" 州云: "日光月光." "如何是日光月光?" 州云: "神光."

---

7 **조주趙州**: 당나라 임제종의 승려 조주 종심趙州從諗(778~897). 남전 보원의 법제자로, '무자'無字 화두로 유명하다.
8 **신광神光**: 영묘한 부처의 광명.
9 **萬**: 원문에는 없는데 『법화경』 「서품」에 의거해 보충했다.

310

제29화

보탑寶塔[1]이 허공에 나타난 것을 두고 경전을 강설講說하는 자는 희귀한 일이라면서 세상 사람을 현혹하며 뻔뻔스레 부끄러움을 모른다. 대저 묘법妙法[2]은 곧 사람들 낱낱이 갖고 있는 청정 묘심淸淨妙心[3]이다. 묘심은 영명통철靈明洞徹(신령스럽고 밝고 막힘없이 환하게 통함)하고 순원독묘純圓獨妙(순전히 원만하고 홀로 묘함)하여 이해하기 어렵고 알기 어려우니, 반드시 인연을 빌어 그 묘체가 나타난다.

　다보여래多寶如來는 본래 구족具足하고 진실한 법체法體[4]이다. 보탑은 우뚝이 홀로 비춰 고금에 걸쳐 한시도 중단됨이 없다. 법은 스스로 법이 되지 못하니 인연을 기다려 이루어진다. 육근六根[5]의 문門을 한번 보라! 일체 제상諸相[6]은 인연에 따

1　보탑寶塔: 다보탑多寶塔을 말한다. 다보여래多寶如來의 사리탑이다. '다보여래'는 보살로 있을 때 "내가 성불하여 멸도滅度한 뒤 시방세계의 『법화경』을 설하는 곳에는 나의 보탑이 솟아나와 그 설법을 증명하리라"라고 서원誓願한 부처이다. 석가가 영산에서 『법화경』을 설할 때 이 탑이 땅에서 솟아 나왔으며, 다보여래가 탑 안에서 소리를 내어 석존의 설법을 찬탄하고 그 설법이 진리임을 증명하매 석가가 탑으로 들어가 다보여래의 옆에 나란히 앉아 설법을 이어갔다는 말이 『법화경』 「견보탑품」見寶塔品에 나온다.

2　묘법妙法: 『법화경』의 본래 이름이 '묘법연화경'이다. '묘법'은 제법실상諸法實相을 말한 불가사의의 교법으로서 일승一乘의 법을 말하는데 특히 『법화경』을 이른다.

3　청정 묘심淸淨妙心: 사량과 분별을 여읜 마음으로, 청정무구하고 밝고 신령스러우며 진실하고 원만한 마음이다. 무심無心, 도심道心, 자성自性, 불심佛心과 같은 말이다.

4　법체法體: 모든 법의 체성體性, 즉 만유萬有의 실체.

라 나고 인연에 따라 멸하니 고금이 모두 그러한데 이것이 바로 다보탑이다. 이 탑은 항상 공空의 경계에 성품을 드러내 청정하고 구족하여 조금도 모자람이 없으니 지나간 순간과 바로 이 순간에 나지도 않고 멸하지도 않거늘 이것이 바로 묘법을 들고 깨달은 묘상妙相[7]이다. 그래서 옛날의 덕이 높은 승려가 이런 게송을 읊었다.

탑 속에 계신 다보여래는
법신法身의 진체眞體[8]가 본래 공空이지.
지금 설법 듣고서 뭘 또 묻나
바람에 풍경風磬 울고 달이 허공에 가득거늘.[9]

寶塔現於虛空, 講者以爲希奇之事, 炫惑世人, 恬不知愧. 夫妙法, 即是人人个个淸淨妙心. 此心靈明洞徹, 純圓獨妙, 難解難知, 必假因緣, 方現妙體.

多寶, 是本來具足, 眞實法體也. 寶塔, 是卓然獨照, 亘古

---

5   육근六根: 제19화의 각주를 참조할 것.
6   제상諸相: 모든 형상.
7   묘상妙相: 신묘한 모습. 장엄한 모습.
8   법신法身의 진체眞體: '법신'은 청정 법계의 여래. 즉 법계의 이치와 일치하는 빛깔도 형상도 없는 부처의 진신眞身. '진체'는 참된 본래 모습.
9   탑 속에~가득거늘: 누구의 게송인지는 미상이나, 숙종 39년(1713) 묘향산 보현사普賢寺에서 간행된 『산보범음집』刪補梵音集 상권의 「법사이운의」法師移運儀에 이 게송이 실려 있다. 단 제1구의 '多寶如來'가 '多寶牟尼'로 되어 있고, 제2구의 '本來空'이 '本來同'으로 되어 있다.

亘今, 了無間斷者也. 法不自法, 待緣而成. 你看六根門頭! 一切諸相麼, 緣生緣滅, 無古無今, 便是多寶塔也. 而此寶塔常現性空境界, 清淨具足, 了無欠少, 過念當念, 不滅不生, 此是證聽之妙相也. 故古德有頌云: "多寶如來在塔中, 法身眞體本來空. 至今聽說何煩問, 風動金鈴月滿空."

제30화

여러 대보살大菩薩[1]이 땅에서 솟아나는 건 어째서인가?[2]

법왕法王[3]이 출현하면 일체지一切智[4]가 그림자나 메아리처럼 함께한다. 그 당시 대중이 회집會集하고 보살이 둘러쌌는데 이것이 바로 일체지가 함께함이다. 땅에서 솟아난다는 것은 불성佛性에서 무량의無量義[5]가 솟아남이다. 불법佛法은 다섯 시기에 계시啓示되고 운전運轉되었다.[6] 그러므로 일체지는 진여자성眞如自性으로부터 무량묘의無量妙義[7]를 낸다. 이처럼 묘의는 고금이 없으니, 성기性起[8]가 항상 원만해서다. 지금 밥을

1 　대보살大菩薩: 보살 중에서 이미 불퇴위不退位에 오른 보살, 즉 초주初住·초지初地 이상의 경지에 있는 보살.

2 　여러~어째서인가: 『법화경』 「종지용출품」從地涌出品에, 부처가 설법할 때 사바세계 삼천대천三千大千 국토의 땅이 열리며 한량 없는 천만억 보살이 동시에 솟아나는 장면이 나온다.

3 　법왕法王: 부처를 찬미하는 말.

4 　일체지一切智: 불지佛智, 즉 일체제법一切諸法의 총상總相을 아는 부처의 지혜.

5 　무량의無量義: 한량 없는 뜻. 법화삼부경法華三部經의 하나인 『무량의경』無量義經에 "무량의는 일법一法에서 나온다"라고 했다. '일법'은 불성佛性, 즉 진여자성眞如自性을 말한다. 또 『법화경』에 "부처가 대승大乘을 설하니 경의 이름이 『무량의』다"라고 했고, '무량의'는 "보살에게 설하는 법法"이라고 했다.

6 　불법佛法은~운전運轉되었다: 천태종의 개조開祖 지의智顗가 말한 '오시'五時를 가리키는 듯하다. '오시'는 부처의 설법을 다섯 시기, 즉 ①화엄시, ②녹원시(아함시), ③방등시, ④반야시, ⑤법화·열반시로 나눈 것을 말한다.

7 　무량묘의無量妙義: 한량 없는 묘한 뜻.

8 　성기性起: 화엄종 교의에서 말하는 성기·연기緣起 2종 법문의 하나로, 우주만유宇宙萬有가 항상불변恒常不變의 진여로부터 나타남을 뜻한다. '연기'가 진眞과 망妄이 화합하여 모든 법을 일으키므로 염染과 정淨의 차별이 있는 데 반해, 성기는 진여의 법성法性이 스스로 일어나 모든 법이 되기 때문에 정법

먹으면 숟가락, 젓가락, 주발, 바리때 및 삼덕三德과 육미六味[9]가 있고, 옷을 입으면 부드러운 것, 따뜻한 것, 가벼운 것, 거친 것 및 저고리, 바지, 치마가 있는데, 이것들이 솟아남이 무슨 고금이 있는가?

諸大菩薩從地涌出, 何也?

法王出現, 一切智伴如影如[10]響. 彼時衆會來, 遶菩[11]薩, 即是一切智伴[12]也. 從地涌出, 從佛性地中, 湧無量義也. 法五啓運, 故一切智, 從眞如自性地, 行出無量妙義, 而如是妙義, 非古非今, 性起常圓. 如今喫飯, 有匙[13]筯椀鉢及三德六味,[14] 著衣有柔暖輕麤, 衣裳裙袴, 這个涌出, 有什麼久近?

淨法만 있다.

9 삼덕三德과 육미六味: 『대반열반경』大般涅槃經에 나오는 말. '삼덕'은 식재료가 갖추어야 할 세 가지 요건인 연경輕軟, 정결淨潔, 여법如法을 말한다. '연경'은 음식을 섭취해 신체가 힘을 얻어 경쾌하고 원활한 것을 말하고, '정결'은 식재료가 깨끗해야 함을 말하고, '여법'은 대승불교의 율법에 따라 술과 고기, 훈채 등이 배제됨을 말한다. '육미'는 쓴 맛, 신 맛, 단 맛, 매운 맛, 짠 맛, 담박한 맛(淡味), 여섯 가지를 말한다. 육미 가운데 근본이 되는 맛은 담박한 맛이다.

10 如: 원문에는 '有'로 되어 있는데 바로잡았다.

11 菩: 원문에는 '善'으로 되어 있는데 바로잡았다.

12 伴: 원문에는 '体'로 되어 있는데 바로잡았다.

13 匙: 원문에는 '起'로 되어 있는데 바로잡았다.

14 味: 원문에는 '昧'로 되어 있는데 바로잡았다.

제31화

「관세음보살보문품」觀世音菩薩普門品[1]에 이르기를, '사람이 고난을 만나 그 명호名號[2]를 염송念誦하면 모든 고난을 없앨 수 있다'라고 했다. 그래서 세상 사람들은 고난을 만나면 항상 관세음보살을 부른다. 하지만 혹 아무 신령한 효험이 없으면 망령된 말이라고들 하는데, "안으로 자심自心[3]을 분명히 알면 바깥의 경계(外境)가 장애가 되지 않으니, 만약 마음을 분명히 안다면 바깥의 경계는 모두 빈 것(虛)이다"[4]라는 사실을 알지 못해서다. 그래서 "일법一法[5]을 통하자마자 만상萬像이 모두 마음으로 돌아온다. 하나의 수레바퀴가 막히면 천 채의 수레가 모두 막히어 갈 길이 멀어진다"[6]라고 한 것이다. 스스로 마음을 공空하게 한다면 역경逆境이든 순경順境이든 걸림이 없을 것이다. 만일 사람이 자신의 죄가 중형에 해당함을 스스로 알아 감수하고 마다하지 않으며, 근본을 바로잡고 근원을 맑게

---

1 「관세음보살보문품」觀世音菩薩普門品: 『법화경』의 한 품. 관음 신앙이 성행한 뒤로는 이 품만 독립시켜 '관음경'觀音經이라 부른다.
2 그 명호名號: '관세음보살'이라는 명호를 말한다.
3 자심自心: 본래심本來心.
4 안으로~빈 것(虛)이다: 북송 법안종法眼宗의 선사 영명 연수永明延壽(904~975)가 저술한 『종경록』宗鏡錄 권29에 나오는 말.
5 일법一法: 진여.
6 일법一法을~멀어진다: 『종경록』에 나오는 말로, 앞의 "안으로 자심自心을 분명히 알면 바깥의 경계가 장애가 되지 않으니, 만약 마음을 분명히 안다면 바깥의 경계는 모두 빈 것이다"에 이어지는 말이다.

한다면 뭇 재앙이 이르지 않을 것이다.

　그렇다고 한다면 관세음보살을 염송함은 자신의 모든 죄성罪性[7]을 공空하게 하는 일이다. 죄성이 본래 공함을 분명히 알아 적멸寂滅에 머문다면 이것이 바로 관음의 현응現應이다. 고업苦業[8]이 환幻과 같음을 분명히 알아 진실에 이른다면 이것이 바로 재앙을 길이 소멸하는 일이다. 뭇 허환虛幻한 일을 대중이 보면 반드시 놀라 환幻에 귀의하는데, 이는 가상이요 전연 특별한 형상이 아님을 스스로 알아야 한다. 관음의 현응 또한 그러하다. 원통圓通[9]한 경계는 곧 항구한 진리이건만 어리석은 사람이 분명히 알지 못해 망령되이 이험異驗(신이한 효험)이라고 한다. 이 때문에 경전[10]에서 이리 말했다.

　(관세음보살은) 진관眞觀과 청정관淸淨觀[11]

　광대한 지혜관智慧觀[12]

　비관悲觀과 자관慈觀[13]을 갖고 있으니

　항상 바라고 우러러보라.

7　죄성罪性: 죄업의 본성.
8　고업苦業: 번뇌의 업연業緣.
9　원통圓通: 불·보살이 깨달은 경계로 성체性體가 두루 미치는 것을 '원'圓이라 하고 묘용妙用이 무애無礙한 것을 '통'通이라 한다. 또 관음은 이근원통耳根圓通의 성자聖者이므로 '원통대사'圓通大士라고 일컫는다.
10　경전: 『법화경』「관세음보살보문품」을 말한다.
11　진관眞觀과 청정관淸淨觀: '진관'은 진실의 눈이고, '청정관'은 청정한 눈. 여기서 '관'은 눈[眼]을 말한다.
12　지혜관智慧觀: 지혜의 눈.
13　비관悲觀과 자관慈觀: 자비의 눈.

또 영명永明[14]은 이리 말했다.

만일 세상에 위명威名(위력이 있는 명성)이 있는 사람이 있어서 그 사람 이름을 부른다면 우는 아이 울음도 그치게 할 수 있다.[15]

왕진王鎭[16] 같은 이는 명호를 싫어했지만, "자장子章의 피투성이가 된 머리를/손으로 잡아 최 대부崔大夫 앞에 던지네"(子章儺軆血模糊, 手提擲還崔大夫)[17]라는 두자미杜子美(두보)의 시구는 학질에 걸린 사람을 낫게 했다. 그렇기는 하나 본원本源을 분명히 알지 못한 채 단지 관세음보살만 염송해 고난을 벗어나고자 한다면 그런 일은 있지 않다.

「觀世音菩薩門品」云: "若人遭難, 念其名號, 諸難可消." 故世人遭苦, 常稱其號. 或無神驗, 以爲妄說, 殊不知"內了自心,

---

14 영명永明: 『종경록』을 저술한 영명 연수를 말한다.

15 만일~있다: 『종경록』 권29에 나오는 말.

16 왕진王鎭: 미상.

17 자장子章의~던지네: 이 시구는 두보의 시 「장난삼아 지어 화경花卿을 노래하다」(戲作花卿歌)에 나온다. 화경은 서천西川의 아장牙將인 화경정花敬定을 가리킨다. 면주 부사綿州副使 단자장段子章이 반란을 일으키자 검남절도사劍南節度使 최광원崔光遠이 화경으로 하여금 토벌해 죽이게 했다. 화경은 단자장을 죽여 그 머리를 절도사에게 바쳤는데, 이 시구는 이 일을 읊은 것이다. '최대부'는 최광원을 가리킨다. 중국에 전해오는 시화詩話에 의하면 학질에 걸린 어떤 사람이 두보의 이 시구를 읽자 금방 병이 나았다고 한다.

外境無障.¹⁸ 心若得了, 外境皆虛." 故云: "一法纔通, 萬像盡歸方寸.¹⁹ 一輪有阻, 千車悉²⁰滯脩途." 但自空心, 逆順無礙. 如人自知罪當重科, 甘受不辭, 端本淸源, 諸殃不到.

伊麽則念名, 所以空諸罪性也. 了知罪²¹性本空, 住寂滅際, 即是觀音現應. 了知苦業如幻, 到眞實際, 即是諸殃永消. 如諸幻事, 衆人觀之, 必生驚怪幻歸, 自知是假, 了無異相. 大士現應亦爾. 圓通境界, 即是常常眞理, 愚人不了, 妄爲異驗. 故經云: "眞觀淸淨觀, 廣大智慧觀, 〔悲觀及慈觀〕,²² 常願常瞻仰." 又永明云: "如世有威名者, 若呼其名, 兒啼可止." 如王鎭, 惡名號, 及杜子美'手提髑髏血'之句, 以愈疢癘. 雖然, 不了本源, 徒念其號, 欲脫障難, 無有是處.

---

18 **外境無障**:『종경록』에는 '莫疑外境'으로 되어 있다. 뜻은 같다.
19 **方寸**:『종경록』에는 '心地'로 되어 있다. 뜻은 같다.
20 **悉**: 원문에는 '戀'으로 되어 있는데 바로잡았다.
21 **罪**: 원문에는 '問'으로 되어 있는데 바로잡았다.
22 **悲觀及慈觀**:『법화경』「관세음보살보문품」에 의거해 보충했다.

제32화

『법화경』을 원교圓教¹라고 하는 건 어째서인가?

　'원'圓이란 막힘이 없음을 이른다. 하늘은 '원'圓하여 항상 돌며, 물物이 '원'하면 막힘이 없다. 무릇 사물의 이치는 한 쪽 구석에 막히지 않으면 '원'한 법이다. 부처는 녹야원鹿野苑에서부터 설법하기 시작해 차츰 인도해 들어가 『반야경』般若經에 이르렀다.² 순일純一하고 정실貞實하고 융통融通하고 깨끗하여 그 사이에 한 물건도 가로막힘이 없게 된 후에야 비로소 『법화경』을 설했다. '일광'一光에서 시작하여 '만행'萬行에서 끝나는데,³ 그 중간의 자취는 원묘圓妙하고 신통神通하지 않

1　원교圓敎: 천태종에서는 석가의 설법을 그 내용에 따라 분류해 '화법사교'化法四敎라 일컫는데, 장교藏敎·통교通敎·별교別敎·원교圓敎가 그것이다. '원교'는 '원융하고 원만한 가르침'이라는 뜻이다. 원교는 오시五時 가운데 화엄시華嚴時, 방등시方等時, 반야시般若時의 설법 중에도 포함되어 있지만 거기에는 장교·통교·별교의 가르침이 섞여 있는 데 반해 오직 『법화경』에서만 순수하게 원교만이 설해지고 있다고 보았다. 또한 화엄시, 방등시, 반야시의 설법에는 '묘'妙만이 아니라 '잡'雜이 섞여 있는데, 『법화경』에는 '잡'은 없고 순전히 '묘'만 있다고 보았다. 그래서 천태종에서는 법화경을 '순원독묘'純圓獨妙의 경전으로 높인다.

2　부처는~이르렀다: 『반야』은 반야부般若部의 경전을 이른다. 『대반야경』大般若經 이하 21경이 있다. 천태 지의의 오시설五時說에 의하면 석가는 성도한 후 중인도中印度 바라내국波羅奈國 왕사성王舍城의 동북쪽에 있는 녹야원에서 처음 『화엄경』을 설했으며, 다음으로 아함부阿含部의 경전을 설했고, 그다음으로 방등부의 경전을 설했으며, 그다음으로 반야부의 경전을 설했고, 마지막에 『법화경』과 『열반경』을 설했다.

3　일광一光에서~끝나는데: '일광'은 하나의 광명이라는 뜻이고, '만행'萬行은 일체 행법行法이라는 뜻이다. 『법화경』은 부처가 미간眉間에서 광명을 내는 데서 시작하여(「서품」), 이 경의 가르침을 수지受持하는 데 대한 언급(「보현보

320

음이 없다. 원圓은 설법이고, 원은 비유[4]이며, 원은 수기授記이고, 원은 공덕이며, 원은 행지行持다.[5] 원은 하나의 일(事), 하나의 이치가 모두 원묘圓妙에 들기에 '원교'라 한다.

『法華』以爲圓敎, 何也?

　圓者, 不礙之謂也. 天圓而常轉, 物圓則無滯. 凡事物之理, 不滯於一隅, 乃圓也. 法輪[6]自鹿苑漸漸誘入, 以至般若. 純一貞實, 融通淘汰, 無一物礙於其間, 然後乃說『法華』. 始於一光, 終於萬行, 中間轍迹, 無非圓妙神通也. 圓, 說法也; 圓, 譬喻也; 圓, 授記也; 圓, 功德也; 圓, 行持也. 圓, 一事一理咸[7]入圓妙, 故云圓敎也.

살권발품」普賢菩薩勸發品)으로 끝난다.

4　비유:『법화경』에는 「비유품」譬喻品, 「약초유품」藥草喻品, 「화성유품」化城喻品과 같은 비유가 많다.

5　수기授記·행지行持: '수기'는 부처가 제자들에게 성불하리라고 예언하는 일을 말하고, '행지'는 불도를 닦아서 지님을 뜻한다.『법화경』에서 수기에 대해 말한 품으로는 「수기품」授記品, 「오백제자수기품」五百弟子授記品이 있고, 공덕에 대해 말한 품으로는 「분별공덕품」分別功德品, 「수회공덕품」隨喜功德品, 「법사공덕품」法師功德品이 있다.

6　法輪: 원문에는 '法華'로 되어 있는데 문리가 닿지 않으므로 이리 고쳤다.

7　咸: 원문에는 '成'으로 되어 있는데 바로잡았다.

제33화

"경經에는 경사經師가 있고, 율律에는 율사律師가 있고, 논論에는 논사論師가 있다."[1] 사師(스승)란 도를 전하고 사람을 이끄는 자이다. 제자란 수업을 받아 의혹을 푸는 자이다.[2] 불법이 동쪽으로 흘러온 지 천여 년임에도 없어지지 않은 것은 사제師弟에 도가 있어서다. 만일 스승이 도를 전하는 데 부지런하지 않다면 제자 또한 게으르게 마련이다. 스승이 만일 단간斷簡[3]을 잡아 망령되이 자기 마음대로 해석해 성스러운 풀이(聖解)라고 여기며 이르기를 "부자夫子[4]가 아직 올바른 데로 나오지 못했다"라고 한다거나, 훈고訓詁를 붙여 이야깃거리로 삼는다거나, 방편에 집착해 진여眞如를 버린다면, 도가 행해지지 않으리라는 것을 나는 알겠노라.

---

1   경經에는~있다:『정법안장』권2에 나오는 말. 불교 전적典籍은 3장三藏, 즉 경장經藏, 율장律藏, 논장論藏으로 나눈다. '경장'은 부처가 설한 법문을 모은 부류이고, '율장'은 부처가 제정한 일상생활에서 지켜야 할 규칙을 말한 전적이고, '논장'은 경에서 말한 의리를 밝혀 논술한 전적이다. '경사'는 이 중 경장에 통달한 사람이고, '율사'는 율장에 통달한 사람이며, '논사'는 논장에 통달한 사람이다.
2   사師란~자이다: 한유의 「사설」師說에, "사師란 도를 전하고 학업을 전수하며 의혹을 풀어준다"(師者, 所以傳道受業解惑也)라는 말이 나온다.
3   단간斷簡: 단간잔편斷簡殘篇, 즉 일부만 남아 있는 있는 기록이나 저술을 말한다. 흔히 유교의 경전을 가리킬 때 '단간'이나 '잔경'殘經이라는 말을 쓴다.
4   부자夫子: 공자를 가리킨다.

"經有經師, 律有律師, 論有論師." 師者, 傳道而度人也. 資者, 受業而解惑也. 佛法流東千有餘載而不滅者, 其師資之有道乎. 若師不勤於傳, 資亦慢乎. 師自挾斷簡, 妄附己意, 以爲聖解, 曰:"夫子未出於正", 至於傍訓詁以資談柄, 執方便以蔑眞如, 道之不行, 我知之矣.

제34화

절을 새로 짓는 것은 고승이 머물도록 하기 위해서다. 고승은 열 가지 부류(十科)가 있으니 역경譯經, 해의解義, 습선習禪, 명률明律, 호법護法, 감통感通, 유신遺身, 독송讀誦, 흥복興福, 잡과雜科가 그것이다.[1] 이 열 가지 부류의 승려는 저마다 능히 불법을 널리 펴 천지를 경동驚動시키고 귀신을 감응케 해 생명이 있는 유류類라면 귀의하여 믿지 않음이 없으니, 이들을 위해 절을 지어 거처하게 한 뒤 받들어 공양하여 뒤의 수행하는 이로 하여금 흠모해 배우게 하고 말세의 운을 부지扶持해 지혜가 꺾이지 않게 해야 한다. 그래서 장로 종색長蘆宗賾[2]은 이리 말했다. "이런 까닭에[3] 도를 행하는 인연이 충분히 갖추어지고, 자생資生의 방도들이 갖가지 이루어져, 만사를 근심하지 않고 한마음으로 도를 닦게 되나니, 세간에서는 존귀하고, 세상 밖

---

1   고승은~그것이다: 『송고승전』宋高僧傳에 승려를 이 열 가지 부류로 나눠 놓았다. '해의'解義는 경전의 뜻을 잘 풀이한 승려를, '습선'習禪은 참선을 잘한 승려를, '명률'明律은 계율에 밝은 승려를, '호법'護法은 불교를 수호한 공이 있는 승려를, '감통'感通은 불·보살의 가피加被를 받은 승려를, '유신'遺身은 사리가 나오는 등 영이靈異한 입멸入滅을 보인 승려를, '독송'讀誦은 경전 독송을 잘한 승려를, '흥복'興福은 불상이나 불탑을 건립하는 불사佛事를 일으킨 승려를, '잡과'雜科는 기타 승려를 말한다.

2   장로 종색長蘆宗賾: 북송 철종 때 장로사長蘆寺에 있었던 운문종의 승려로 생몰년은 미상이고 시호는 자각慈覺이다. 저서로 『선원청규』禪苑淸規 등이 있다.

3   이런 까닭에: 이 구절 앞에 '선원총림禪院叢林을 설치해 장로長老, 수좌首座, 감원監院, 화주化主 등등의 많은 직책을 둔 것은 일반 승려(僧衆)를 위해서다'라는 취지의 말이 나온다. '일반 승려'는 아무 직위가 없는 승려를 말한다.

에서는 느긋하고 여유롭다. 그러니 청정무위淸淨無爲하기로는 일반 승려(衆僧)가 으뜸이다."[4]

　이로 보면 무릇 절을 세우는 건 승보僧寶[5]가 머물도록 하기 위함이다. 만일 승보를 얻지 못하고 한갓 빈 누각만 세울진댄 비록 천백억의 가람을 짓는다 한들 불법을 널리 펴고 중생을 제도하는 데 아무 소득이 없을 것이다.

創寺, 寓高僧也. 高僧有十科, 曰譯經也, 曰解義也, 曰習禪也, 曰明律也, 曰護法也, 曰感通也, 曰遺身也, 曰讀誦也, 曰興福也, 曰雜科也. 十師各能弘法, 驚天地﹑感鬼神, 有生之類, 莫不歸信, 則爲之營居處以安之, 奉資養以供之, 使後之行人, 來慕而學焉, 扶持季運, 不殀慧命. 故長蘆賾[6]曰:"〔所以〕[7] 行道之緣, 十分具足,[8] 資身之具, 百色現成, 萬事無慮,[9] 一心爲道, 世間尊貴, 物外優閑, 淸淨無爲, 衆僧爲最." 由是觀之, 凡創寺者, 所以寓僧寶也. 若不得僧寶, 徒營虛閣, 雖累搆千百億伽藍, 其於弘法濟人, 蔑然無聞.

4　이런~으뜸이다: 장로 종색이 저술한 『선원청규』 권8의 「귀경문」龜鏡文에 나오는 말. 『선원청규』는 고려 시대에 간행된 판본이 있다. 「귀경문」은 원나라 승려 환주 지현幻住智賢이 편찬한 『치문경훈』 권6에도 실려 있다.

5　승보僧寶: 승려를 높여 부르는 말. 불교에서는 '삼보'三寶를 일컫는데, 불보佛寶, 법보法寶, 승보가 그것이다.

6　賾: 원문에는 '頤'로 되어 있는데 바로잡았다.

7　所以: 원문에는 없는데 「귀경문」에 의거해 보충했다.

8　十分具足: 「귀경문」에는 '十方備足'으로 되어 있다.

9　慮: 「귀경문」에는 '憂'로 되어 있다.

제35화

승보의 융성과 쇠락이 제왕의 불교 존숭과 관계됨은 어째서인가? 제왕이 고승을 알아봐 존숭하기가 몹시 어려운 것이 나라를 다스릴 때 관리 임명하기가 어려운 것과 무엇이 다르겠는가. 소인배가 한번 요행히 등용되기 시작하면 서로 요행을 바라 다투어 일어날 것이요, 아첨하는 이를 한번 가까이하면 정인군자正人君子들이 물러날 것이다. 임금은 구중궁궐 깊은 곳에 거처해 조석으로 시봉侍奉하는 신하들의 선악에 대해서도 혹 잘 모르거늘 하물며 땅을 파서 움막을 삼고 풀을 엮어 옷을 해 입는[1] 임하林下의 사람이 왕후에게 찾아오면 어찌 그들의 우열을 다 알 수 있겠는가.

대개 가장 훌륭한 인물은 말이 곧고 마음이 진실하며 풍모가 준엄해 사람들이 혹 보더라도 그 빼어남을 알기 어렵다. 하지만 평균 이하의 인간은 언행이 모순되며 심할 경우 잘못한 것을 번드레 꾸며대기까지 하니 사람들이 필시 다투어 나아가 존숭하게 된다. 의리를 따르지 않으므로 세상을 분주히 쏘다니고, 아첨을 하므로 늘 이익을 살핀다. 겉으로는 성스러운 체하지만 속으로는 아첨하는 간신을 받들 기회를 엿본다. 어리석은 시속時俗에서는 향초香草와 악초惡草를 분간하지 못

---

1 땅을~입는: 북송의 장상영張商英(1043~1122)이 지은 「무주 영안선원 승당기」撫州永安禪院僧堂記(『치문경훈』 권3)에 나오는 말.

해 이런 자를 임금에게 천거한다. 총명하거나 성스러운 임금 같으면 반드시 시비를 가려 존경할 테지만 아둔한 군주 같으면 이도異道를 호사好事로 여겨 콩과 보리를 가리지 않고 국사國師로 삼을 것이다. 그리하여 수리처럼 우는 봉황[2]이 날개를 떨쳐 날아올라 다투어 성시城市에 모여드니, 작게는 법을 파괴하고 기강을 어지럽히며, 크게는 서리를 밟으면 머지 않아 단단한 얼음이 이르는 상황(履霜堅氷至)[3]이 점차 나타나 끝에 가서는 어찌 할 수 없게 되리니, 그만이로다!

산에 숨어 산 나잔懶殘과 같은 무리는 말린 소똥으로 피운 불에 토란을 구워 먹으며 끝내 사람들에게 자신을 알리지 않았다. 심지어 황제가 사신을 보내어 초빙했건만 일어나 황제의 은혜에 감사하는 행동을 하지 않았으며,[4] 제왕과 경상卿相이 위력으로 제압하려 했지만 굴복시킬 수 없었다. 비록 거듭 청했지만 또한 훌쩍 떠나 버렸으니 어찌 티끌세상을 굽어보

---

2 **수리처럼 우는 봉황**: 원문은 '鴟鳴鳳翰者'로 봉황의 날개를 하고 있지만 우는 것은 수리라는 뜻인데, 부처를 팔아 명리名利를 탐하는 승려들을 가리킨다. 이 말은 『치문경훈』에 나온다. 단 『치문경훈』에는 "이른바 수리의 날개요 봉황의 울음이라. 푸른 돌이라고 다 옥이 아니며, 쑥이 우거졌어도 눈 덮인 산의 인동초가 아니네"(所謂鷙翰而鳳鳴也, 碌紙之石, 非玉也; 蕭敷艾榮, 非雪山之忍草也)에서 보듯 '鴟鳴鳳翰'을 '鷙翰而鳳鳴'이라 했다.

3 **서리를~상황**: 『주역』 곤괘坤卦 제1효의 효사爻辭가 "서리를 밟으면 단단한 얼음이 이른다"(履霜堅氷至)이다. 『주역』 「문언전」文言傳에서는 이를 이렇게 풀이했다. "선善을 쌓은 집안은 남은 경사가 있고, 불선不善을 쌓은 집안은 반드시 남은 재앙이 있으니, 신하가 군주를 시해하고 자식이 아버지를 시해함은 일조일석一朝一夕의 변고가 아니요 차츰차츰 진행되어 온 것이건만 이를 일찍 알아차리지 못한 것이다. 『주역』에서 '서리를 밟으면 단단한 얼음이 이른다'라고 한 것은 점차적으로 그리 됨을 말한 것이다.

4 **산에~않았으며**: '나잔'에 대해서는 제11화를 참조할 것.

아 세상의 번잡한 일에 구속되었겠는가. 아아! 제왕이 고승을
얻을 수 없음이 이와 같다.

僧寶之隆替, 關於帝王之尊崇, 如何耳? 且帝王之尊僧甚難,
與治國任官何以異哉? 一開僥倖, 則奔競起, 一接讒佞, 則方
正退. 人主居九重深邃之處, 彼臣妾百執事朝夕奉侍者, 猶或
不知臧否, 況林下人穴土⁵紉草揖王侯者, 豈能盡知優劣?

　蓋高高之士, 語直心眞, 門風高峻, 人或見之, 必不能窺其
墙仞. 中下之人, 言行矛盾, 甚者至於文過飾非, 人必競進而
尊崇之矣. 義屈, 故長鶩於世, 行諂,⁶ 故常伺於利. 外假聖儀,
內窺奉養佞臣. 愚俗莫不未辨薰蕕, 薦之於王矣. 其如明君聖
主, 則必擇是非而尊敬之矣, 闇主則徒好事於異道, 定不分菽
麥而師之. 然後鶩鳴鳳翰者, 莫不鬻翼奮鱗, 競萃于城市, 小
而壞法亂紀, 大而堅冰履霜從而漸起, 其末也將無如之何也,
已矣!

　至如隱山懶殘之徒, 則煨芋糞火, 終不告人. 至於遣使聘
召, 不起謝恩之風, 帝王卿相, 雖以威壓之, 必不得相屈矣. 縱
固請之, 亦望望然長往, 何能俯眄塵埃, 拘於世累乎? 嗚乎!
帝王之不得高僧也如此.

제36화

승보가 비천해지는 것은 시속時俗에서 그를 망령되이 믿기 때문이다. 시속의 사람은 조석으로 이익을 다투어 그칠 줄을 모르면서도 승려를 보면 세상을 벗어나 이익을 잊은 사람이라 여겨 그 알음알이가 훌륭한지 어떤지 살피지도 않고 망령되이 가까이하고 높이 받든다. 승려된 자는 이익을 엿보고 이름을 낚는 것을 사업으로 삼으므로, 망령되이 나가서 함부로 재물을 받으니, 기만과 속임이 이르지 않는 데가 없다. 어느 날 승려의 사악함이 문득 드러나 그 악을 감출 수 없게 되면 사람들은 반드시 존경하는 마음이 끊어져 데면데면히 보고 말하기를, "저 비구도 오히려 이와 같거늘 하물며 그 나머지임에랴"라고 한다. 하지만 전날에 승려의 잘못을 번드레하게 꾸며 주고 아첨하는 말을 함으로써 지금 그 추악함이 환히 알려지는 상황을 생겨나게 한 줄을 어찌 알겠는가.

僧寶之卑賤, 由於甿俗之妄信. 彼甿俗者, 朝夕爭利而不厭, 見僧則曰'是能謝世而忘利者', 不顧其行解之臧否, 妄親昵而尊事之. 爲僧者以窺利釣名爲事業, 妄出而濫膺之, 相欺相詐, 無所不至. 一旦穢惡乍起, 不能掩其不善, 必敬心頓絶,[1] 乃相

---

[1] 絶: 원문에는 '施'로 되어 있는데 바로잡았다.

泛識之, 曰: "彼比丘猶且如此, 況其餘者乎?" 安知前日之文²
過飾非, 巧言令色, 馴致今日之穢惡彰聞也哉!

2   文: 원문에는 이 앞에 '悖今然'이 더 있는데 연문이다.

제37화

고승을 높이는 것은 성스러움 때문이 아니겠는가. 하지만 성스러움은 만나기 어렵다. 소무蕭武[1]는 이렇게 말했다. "상봉했지만 상봉하지 못했고, 만났지만 만나지 못했다. 지금이든 옛날이든 원怨이 되고 한恨이 된다."[2] 마음을 솔직히 드러내 숨기지 않았음을 알 수 있다. 대개 보통 사람이 아는 것이란 일상생활에서의 보고 들음, 행위, 동작에 불과하다. 과화존신過化存神[3]의 묘妙는 귀신도 모르는 바다. 귀신도 모르거늘 하물며 사람이 알겠는가.

그러므로 중니仲尼[4]의 무리는 중니를 이렇게 찬미했다. "부자夫子(공자)의 문장은 들을 수 있지만 부자께서 성性과 천도天道에 대해 말씀하시는 것은 들을 수 없다."[5] 비록 쉽게 엿볼 수 없음을 찬미한 말 같지만[6] 실은 그 말씀을 듣지 못했던

---

1   소무蕭武: 양梁 무제武帝(464~549)를 말한다. 중국 육조시대 양나라의 초대 황제(재위 502~549)이다. 성씨가 '소'蕭이기에 '소무'蕭武라고 했다.
2   상봉했지만~된다: 『벽암록』 제1칙에 나오는 말. 양 무제는 달마를 만났지만 달마가 고승임을 알아보지 못했다(『임천가화』 제2화 참조). 그래서 훗날 자찬 묘문自撰墓文에 이렇게 썼다고 한다.
3   과화존신過化存神: 『맹자집주』「진심장구」 상上의 "대저 군자가 지나간 곳은 교화되고, 군자가 머문 곳은 신묘해진다"(夫君子所過者化, 所存者神)에서 유래하는 말로, 성인聖人의 덕이 성대해 마치 천지가 만물을 생육生育하듯 백성들이 알지 못하는 중에 큰 영향을 받는다는 뜻.
4   중니仲尼: 공자의 자字.
5   부자夫子의~없다: 『논어』「공야장」公冶長에 나오는 자공子貢의 말.
6   비록~같지만: 주희의 『논어집주』論語集註에는 "이는 자공이 부자夫子의 지극하신 말씀을 듣고 찬미한 것이다"라는 정자程子의 말이 실려 있다.

것이다. 아아! 성인聖人이 아니고서 어찌 성인을 알아보랴.

|

尊高僧者, 聖非, 聖則難遇. 蕭武有言曰: "逢之不逢, 遇之不
遇, 今之古之, 怨之恨之." 其直抒[7]中情而不隱者乎! 蓋常人之
所知, 不過日用視[8]聽施爲動作之間而已. 其過化存神之妙, 鬼
神有所不知. 鬼神猶且不知, 況於人乎?

　故孔仲尼之徒贊仲尼曰: "夫子之文章, 可得而聞也, 夫子
之言性與天道, 不可得而聞也." 蓋雖若贊其未易窺測, 而實不
可得聞也. 嗚呼! 非聖, 安能知聖乎?

7　抒: 원문에는 '杼'로 되어 있는데 바로잡았다.
8　視: 원문에는 '祝'으로 되어 있는데 바로잡았다.

제38화

부처의 도가 삼무三武의 난難[1]을 겪고도 실추되지 않은 것은 그 말이 이치에 맞기 때문이다. 천하의 사물이 이치가 아니면 항구恒久하지 못하고 도道가 아니면 장구長久하지 못한데, 부처의 도가 항구하고 장구한 것은 그것이 이치에 맞기 때문이다. 『주역』에 이르기를, "항恒은 형통하니, 허물이 없다"[2]라고 했는데, 정말 그 말이 맞다 하겠다.

어찌해 이치에 맞다고 하는가? 대개 천하의 사물은 다스려지면 어지러워지고, 성하면 쇠하고, 보존하면 멸망하니, 서로 모순됨이 하나가 아닌데, 부처의 도를 보면, 연대보좌蓮臺寶座[3]는 성대하지 않았고, 쌍수雙樹[4] 아래에서 빛을 감추어도 쇠하지 않았으며, 인천人天[5]을 위해 몹시 애를 썼으나 다스린 건 아니었고, 빛을 감추고 티끌 속에 섞여 지냈지만 어지럽지는 않았으며, 설법으로 중생을 제도했으나 보존한 건 아니었고, 천마天魔를 꺾었으나 멸망시킨 건 아니었다.

대저 성하지 않으면 쇠하지 않고, 다스려지지 않으면 어

---

1 **삼무三武의 난難**: 북조北朝의 위魏나라 태무제太武帝와 주周나라 무제武帝, 당나라 무종武宗이 불교를 억압하고 금지했기에 '삼무의 난'이라고 한다.
2 **항恒~없다**: 『주역』 항괘恒卦의 괘사卦辭에 나오는 말.
3 **연대보좌蓮臺寶座**: 연꽃으로 장식한 부처의 좌대座臺.
4 **쌍수雙樹**: 사라쌍수娑羅雙樹의 준말. 부처가 사라쌍수 여덟 그루가 둘씩 마주 서 있는 사이에 자리를 깔고 열반에 들었음.
5 **인천人天**: 인간계와 천상계의 중생을 말한다.

지러워지지 않으며, 보존하지 않으면 멸망하지 않거늘, 성盛을 알고 쇠衰를 알고 다스려짐(治)을 알고 어지러워짐(亂)을 알아 도에 이름으로써 인민을 교화해 무위無爲의 지경을 기약했으니, 누가 이보다 나을 수 있겠는가? 이 때문에 부처의 도는 이치에 맞아 항구한 것이다.

|

覺皇之道, 經三武而不墜地者, 以其言之中理也. 天下之物, 非理不恒, 非道不久, 覺皇之道久而恒者, 以其中理也. 『易』曰: "恒亨, 無咎." 信哉言乎!

何爲中理? 蓋天下之物, 治則亂, 盛則衰, 存則亡, 交相矛盾非一, 而覺皇之道, 華臺寶座而不爲盛, 雙樹潛輝而不爲衰, 撈摝人天而不爲治, 和光同塵而不爲亂, 說法度生而不爲存, 天魔摧撓而不爲亡.

夫不盛則不衰, 不治則不亂, 不存則不亡, 知盛知衰, 知治知亂, 以至道化斯民, 相期於無爲之域, 其孰能過之? 覺皇之道, 所以中理而恒久者, 以此.

제39화

세상의 한유와 구양수[1]는 우리 도[2]의 간성干城이다. 혹자가 이 말을 힐난해 말했다.

"한유는 「원도」原道를 지어 불교의 그릇됨을 몹시 배척해 '승려를 환속시켜 일반 백성으로 만들고, 사찰을 불사르고, 그 책을 태워 버려야 한다'[3]라고 했으며, 구양수는 일찍이 말하기를, '부처는 근거 없는 허튼 일 베풀기를 좋아한다'[4]라고 했거늘, 그대의 말은 어찌 그리 이치에 맞지 않소?"

청한자가 이리 대답했다.

"두 공公은 당송唐宋의 명유名儒로서 고古를 좋아하며 박식하고 전아하여 유교의 도를 넓히는 것을 자신의 소임으로 삼았으니 이단에 굽히지 않은 게 당연하오.

한유는 조주潮州에 있을 때 자주 대전大顚을 찾아뵌바, 편지를 보내기도 하고[5] 원주袁州로 떠나갈 때는 옷을 남기기도

---

1 한유와 구양수: 모두 당송팔대가에 속하는 빼어난 문인들로서 불교를 배척했다.
2 우리 도: 불교를 가리킨다.
3 승려를~한다: 원문은 '人其人, 火其廬, 焚其書'인데 「원도」에는 '人其人, 火其書, 廬其居'(승려를 환속시켜 일반 백성으로 만들고, 그 책을 불사르고, 그 거주지를 일반 집으로 만들어야 한다)로 되어 있다.
4 부처는~좋아한다: 이 말은 장상영의 『호법론』護法論에 보인다.
5 한유는~하고: 한유가 대전에게 보낸 편지 세 통이 주희朱熹가 고정考訂한 『한집고이』韓集考異에 「대전 스님에게 보낸 편지」(與大顚師書)라는 제목으로 실려 있다.

했는데,[6] '화상和尙의 문풍門風[7]이 높고 준엄하니 저는 시자侍子의 자리에 들어가 처해야 할까 봅니다'[8]라고 말한 바 있소.

구양수는 낙양에서 벼슬할 때 노복과 관리를 모두 물리치고 숭산에 노닐었는데 한 절에 보니 긴 대나무가 마루 앞에 가득하고 서리가 맑고 새가 우짖기에 불경을 보고 있는 승려를 찾았다가 언하言下에 깜짝 놀라 자기도 모르게 무릎을 꿇었지요.[9]

이 두 공은, 말이 만약 맞지 않으면 반드시 상대를 업신여기며 피했는데, 산야山野의 승려에게 한 마디 말을 하여 천고千古의 아름다운 자취가 되었지요. 그래서 우리 도의 '간성'이라 말한 거라오."

世之有昌黎·歐陽者, 其吾道之干城乎! 或難之曰: "韓子作「原道」, 深斥其非, 而曰: '人其人, 火其盧, 焚其書.' 歐陽子嘗言曰: '佛善施無驗不實之事.' 何其子言之乖剌耶?" 淸寒子曰: "二公, 唐·宋名儒, 好古博雅, 以弘道爲己任, 宜其不屈於異端也. 韓在潮日, 屢謁大顚, 致書留衣, 而曰: '和尙門風高峻,

---

6   원주袁州로~했는데: 한유가 조주를 떠날 때 대전에게 의복을 남겼다는 사실은 한유의 문집에 실려 있는 「맹상서에게 보낸 편지」(與孟尙書書)에 언급되어 있다.

7   화상和尙의 문풍門風: '화상'은 덕이 높은 승려를 이르는 말이고, '문풍'은 문하의 기풍이라는 뜻.

8   화상和尙의~봅니다: 한유의 이 말은 『오등회원』 권5 「석두천선사 법사」石頭遷禪師法嗣 중의 '조주 영산 대전 보통선사'潮州靈山大顚寶通禪師를 비롯한 선가의 여러 문헌에 보인다.

9   구양수의 이 고사는 『임간록』에 나온다.

〔愈〕[10]於侍者邊, 得个入處.' 歐陽宦洛中, 去僕吏, 游嵩山, 見一寺, 脩[11]竹滿軒, 霜淸鳥啼, 訪閱經僧, 言下大驚, 不自知縢之被屈. 彼二公者, 言若不中, 必唾而避焉, 能措一言於野僧, 以爲千古之芳蹤, 故曰干城."

---

10 愈: 원문에는 없는데 『오등회원』에 의거해 보충했다.
11 脩: 원문에는 '脩'로 되어 있는데 바로잡았다.

제40화

지극한 도는 말이 아니면 드러나지 않고, 지극한 말은 도가 아니면 존재하지 않는다. 말과 도가 서로 도와 불멸함은 사람이 있어서다. 아아! 마등摩騰과 축법란竺法蘭[1]이 중국에 오지 않았다면 어찌 일음一音[2]이 원묘圓妙한 줄 알겠으며, 달마[3]가 선禪을 전하지 않았다면 일미一味가 안한安閑한[4] 줄 어찌 깨달았겠는가. 말과 도가 서로 도와서 불멸함은 사람이 있어서다.

至道非言不顯, 至言非道不存. 言也,道也, 所以相資而不滅者, 其人歟! 嗚呼! 騰[5]蘭之未來, 安知一音之圓妙? 䮾䮴之未傳, 豈覺一味之安閑? 言也,道也, 所以相資而不滅者, 人乎!

1   마등摩騰과 축법란竺法蘭: 모두 인도의 승려로 후한後漢 영평永平 10년(67)에 함께 낙양으로 와 불교를 전했으며 역경譯經에 종사했다.
2   일음一音: 부처의 설법을 가리키는 말. 『유마경』「불국품」佛國品에 "부처는 일음으로 설법하지만 듣는 중생은 유類에 따라 각각 해석한다"라는 말이 나온다.
3   달마: 원문은 '䮾䮴'인데 달마를 가리킨다.
4   일미一味가 안한安閑한: '일미'는 부처의 설법이 겉으로 보면 다종다양하나 그 뜻은 하나라는 말이고, '안한'은 안한염정安閑恬靜을 말하니 무사안온無事安穩한 깨달음의 경계를 뜻한다.
5   騰: 원문에는 '藤'으로 되어 있는데 바로잡았다.

제41화

신통神通을 일삼아 돌아오지[1] 않는 사람은 표주박으로 바닷물을 되는 것[2]과 같다 성인이 백성을 단속하는 길이 단지 한 가지가 아닌데 그 가운데 신통은 난세의 형벌과 같다.

대개 지극히 잘 다스려지는 세상에서는 형벌이 없어도 백성이 죄를 범하지 않지만 난세에는 형벌을 무겁게 해도 백성이 두려워하지 않는다. 하지만 만일 형벌이 없으면 법도를 지키지 않는 백성이 있다. 그러므로 성인[3]은 이 때문에 부득이 도거刀鋸[4]와 회초리로 제어하고, 거기에 더해 훈계와 법령으로 경계하게 한다.

불경佛經이란 훈계와 법령에 해당하고, 신통이란 도거와 회초리에 해당한다. 신통을 보고서야 믿음을 일으키는 자는 형벌을 받은 뒤 법령을 좇는 자와 같으니, 그릇이 지극히 작은 자라 하겠다.

---

1 **돌아오지**: 불교의 본령으로 돌아옴을 말한다.
2 **표주박으로~되는 것**: 보잘것없는 지혜나 식견을 이른다.
3 **성인**: 여기서는 요, 순, 우, 탕과 같은 유교의 성인을 가리킨다. 김시습의 글에서 '성인'이라는 말은 맥락에 따라 유가의 성인을 가리키기도 하고 부처를 가리키기도 한다.
4 **도거刀鋸**: 칼과 톱. '칼'은 궁형宮刑에 쓰고, '톱'은 월형刖刑(발을 자르는 형)에 쓴다.

從事於神通而不返[5]者, 其猶量海而持蠡乎! 聖人之防民非一, 而其神通者則猶世亂之刑法也.

蓋至治之世, 不刑而民不濫, 衰亂之時, 刑重而民不畏. 然苟非刑罰, 民有不脩其法度者矣. 故聖人不得已爲之刀鋸·箠楚以馭之, 重之以訓誥·法令以誡之.

經者, 訓誥·法[6]令也; 神通者, 刀鋸·箠楚也. 神通而後起信者, 其刑罰而後趨於法令者, 器之至小者也.

---

5 返: 원문에는 '返'으로 되어 있는데 바로잡았다.
6 法: 원문에는 '去'로 되어 있는데 바로잡았다.

제42화

세상 사람들이 기뻐하며 부처를 섬기고, 정토淨土를 몹시 높임은 어째서인가? 그 성품이 탐욕스러워서다.

부처[1]는 탐욕에 빠져 인의仁義를 섬기지 않는 아사세왕阿闍世王[2]을 위해 그가 좋아하는 것으로써 유도해 점차 지극한 도에 이르게 했다. 그래서 방편으로 '극락'이라는 이름을 세웠으니, 칠보七寶라든가 아름다운 소리라든가 보화寶華라든가 멋진 누대와 전각殿閣이라든가 진귀한 음식이라든가 성대한 장식이라든가 괴로움이 없다든가 하는 이런 여러 가지 즐거운 일은 모두 지극히 탐욕스러운 자들이 몹시 기뻐하는 것들이다. 그런 것들을 통해 생각하도록 한 바는 무량수無量壽였다.

'무량수'란 지극히 묘한 도를 말한다. 지극한 도는 다함이 없고 장구하게 이어지므로 '무량'이라 칭한다. 옛사람은 이리 말했다.

도는 태극보다 먼저 있으나 늙지 않았고, 천지보다 먼저 있으나 높지 않다.[3]

---

1 부처: 원문은 '導師'인데 부처를 가리킨다. 중생을 진리로 이끄는 스승이라는 뜻이다. 이 단어는 「남염부주지」에도 보인다.
2 아사세왕阿闍世王: 중인도 마갈국摩竭國의 왕. 부왕을 감옥에 가두어 옥사시킨 뒤 왕위에 올랐다. 부친을 죽인 업보로 몸에 악창이 생겼는데 부처에게 참회하고 곧 나아 부처에게 귀의하였다. 부처가 죽은 뒤 불경을 1차 결집할 때 큰 도움을 주었다.

그러니 무량수임을 알 수 있다. 그래서 먼저 극락의 일로
유도하여 묘도妙道를 다하게 했으니 토끼를 잡고 나면 반드시
올가미는 잊어 버려야 하는 법이다.[4] 성인이 백성을 근심함이
깊다 하겠다.

世人喜事佛而競崇淨土者, 何也? 以其物性之貪慾也.[5]

　導師爲闍世王溺於貪慾, 不服仁義, 以其所嗜好者導之誘
入, 而漸造於至道. 故權立極樂之名, 而曰七寶也, 美音也,
寶華也, 臺殿也, 珍御也, 盛飾也, 無苦也, 種種樂事, 皆至貪
者之競喜也. 其所念則無量壽也.

　無量壽者, 道之至妙也. 至道無窮, 緜緜而長久,[6] 故稱無
量. 古人云: "道在大極之前而不爲老, 在天地先而不爲高."
則其壽之無量可知已. 故先誘極樂之事, 以究道妙, 必得兔而
忘蹄矣. 聖之憂民也, 深矣.

3　도는~않다:『장자』「대종사」大宗師의 말인데 본래의 글과는 좀 다르다. 본래
　의 글은 다음과 같다. "(도는) 태극보다 먼저 있으나 높지 않고, (…) 천지보
　다 앞서 태어났으나 오래되지 않았으며, 상고上古보다 더 됐으나 늙지 않았
　다."(在太極之先而不爲高,〔…〕先天地生而不爲久, 長於上古而不爲老.)
4　토끼를~법이다:『장자』「외물」外物에 나오는 말. 진리에 도달하면 진리에 도달
　하기 위해 사용한 모든 수단이나 방편은 다 버려야 한다는 뜻.
5　也: 원문에는 이 뒤에 '阿也'가 더 있는데 연문이다.
6　久: 원문에는 '夕'으로 되어 있는데 바로잡았다.

제43화

계율로 백성을 단속함은 어째서인가? 성인(부처)은 백성이 그 근원을 깨닫지 못할까 걱정하여 금지하는 법을 세워 그 욕망을 제어한 것이다. 계율의 근본은 정심正心(마음을 바르게 함)에 있고, 정심의 요체는 성의誠意(뜻을 참되게 함)에 있으며, 성의의 요체는 수신修身에 있으니, 수신이 곧 중생을 제도하는 근원이다.

자기 몸을 닦지 않으면서 뭇 중생을 제도하고자 함은 자기를 바르게 하지 않으면서 남을 바르게 하려는 것과 같다. 그러므로 삼취정계三聚淨戒[1]에 이르기를, "악을 끊으라" "선을 닦으라" "중생을 제도하라"라고 한 것이다. 중생을 제도하지 않고 선을 닦지 않고 악을 끊지 않는다면 그 마음이 광대하지 않다. 마음이 광대하지 않으면 중생을 제도할 수 없으니, 계율로 마음을 바르게 해 중생 제도에 힘써야 한다.

외물에 구구히 마음을 써 전경轉經[2]과 단식을 하거나, 앉으나 누우나 금지하는 일을 하지 않는 것을 계율이라 여겨, 일변一邊에 구속되어 있는 저 치들은 똥을 새겨 향香을 구하는[3]

---

1   **삼취정계三聚淨戒**: 대승보살의 계법戒法인 섭률의계攝律儀戒, 섭선법계攝善法戒, 섭중생계攝衆生戒를 말한다. '섭률의계'는 행위·언어·생각에서 악을 없애는 것이고, '섭선법계'는 선을 행하는 것이며, '섭중생계'는 중생을 제도하는 것이다.
2   **전경轉經**: 불경을 독송讀誦함을 말한다.
3   **똥을 새겨 향香을 구하는**: 이 말은 『청한잡저2』의 「6. 양 무제」에도 나오는데,

것과 뭣이 다르겠는가.

|

律以防民, 何也？ 聖人憂民之不了其源, 故立禁法以障其慾也. 律之本, 在乎正心, 正心之要, 在乎誠意, 誠意之要, 在乎脩身, 脩身乃度生之源也.

不脩其身而欲度群生, 是猶自不正己而正他人也. 故三聚淨戒曰：“斷惡也！ 修善也！”曰：“度生也！”不顧度生、修善、斷惡, 其心有所不溥矣. 心不溥則不能度生, 律以正心, 度生爲務.

彼區區於外事, 轉經斷食, 坐臥忌避爲律, 而縛於一邊, 與刻糞求香, 何以異哉？

원래『능엄경』에서 유래하는 말이다.

제44화

옥이 있어 산은 항상 윤이 나고, 구슬이 있어 시내는 마르지 않는다. 옛날의 현자賢者는 비록 무덤의 나무와 작은 흙 둔덕 사이에 외따로 살아도 빛이 나서, 사람들이 반드시 공손히 나아가 귀의해 문득 총림叢林[1]을 이루니, 하필 '아무 산' '아무 절' '청정한 아무 곳'을 일컫겠는가. 비록 더러운 못이나 풀이 우거진 땅이라 할지라도 지인至人이 있으면 승지勝地라[2] 할 것이다.

아! 지금 세상의 속류배俗流輩는 다만 명승名勝만 택하지고 절孤絶한 땅을 택하지 않으며, 공부에 도움이 안 되는 사람들을 사우師友로 삼아 산에 노닐고 물을 감상하는 것을 호사로 여기며 세월을 허송하고 있으니 슬픈 일이다.

山有玉而常潤, 川有珠而不渴. 古之賢者, 雖星居於塚樹培塿之間, 文彩騰籍, 人必響恭而歸之, 便成叢林, 何必曰某山也, 某寺也, 某境[3]淸淨也? 雖汚池草萊, 有至人則勝地矣.

1 　**총림叢林**: 원래 숲이라는 뜻으로, 많은 승려와 속인이 모인 것을 나무가 우거진 숲에 비유한 말.
2 　**지인至人이 있으면 승지勝地라**: '지인'은 깨달은 사람이나 도가 높은 사람을 말하고, '승지'는 훌륭한 땅을 말한다.
3 　**境**: 원문에는 '滰'으로 되어 있는데 바로잡았다.

噫! 今世之流輩, 但擇名勝之居, 而不擇孤截之境,[4] 以損者爲師友, 遊山翫水爲好事, 虛送光陰也, 悲夫!

4　**但擇名勝之居, 而不擇孤截之境**: 원문에는 '但擇孤截之境, 而不擇名勝之居'로 되어 있는데 앞뒤가 바뀐 것으로 판단된다.

제45화

옛사람은 객을 단과旦過[1]에 묵게 하여, 특별히 차 마시며 강론하는 자리를 마련해 서로 봤으니,[2] 예禮로써 대한 것이다. 예가 아니면 서로 상대하지 않았다. 그러므로 객 또한 주인을 공경하고 주인 또한 객을 공경해 서로 함부로 대하지 않았으니, 어찌 무례하게 상접相接했겠는가. 그런 까닭에 단과는 석 달은 문을 닫고 아홉 달만 문을 열었다. 이불을 햇볕에 말리고 주렴을 드리우고 창호窓戶의 종이를 손보는 것은 객을 공경해서다.

하지만 지금은 한 떼의 고삐 풀린 미친 코끼리 같은 자들[3]과 불 끄는 군인 무리가 철을 가리지 않고 뜨내기로 왔다 가는데, 혹 스스로 운수승雲水僧이라면서 무도히 날뛰기도 하고, 혹 스스로 화주化主라고 하면서[4] 이 마을 저 마을 찾아가 동냥하기도 한다. 심지어 장사하며 이익을 구하는 꼭 시골 백성 같은 자도 있는데, 해가 지면 오갈 데가 없어 절에 기숙寄宿한

---

1   **단과旦過**: 단과료旦過寮, 즉 행각승이 머물러 자는 곳을 이른다. 행각승이 저녁에 왔다가 아침에 떠나기 때문에 '단과'(아침까지 지낸다)라고 한다.

2   **특별히~봤으니**: 옛날 절에는 '다료'茶寮라고 하여 승려들이 모여 차를 마시는 공간이 있었다.

3   **한 떼의~자들**: 제어할 수 없는 자들을 이른다. 무뢰배를 가리키는 듯하다. '고삐 풀린 미친 코끼리'는 본래 제어하기 힘든 마음을 비유하는 말로, 당나라 규봉 종밀圭峰宗密이 저술한 『원각경도량수증의』圓覺經道場修證儀에 나온다.

4   **운수승雲水僧·화주化主**: '운수승'은 구름 가듯 물 흐르듯 떠돌아다니며 수행하는 승려를 말하고, '화주'는 민가에 나가 동냥해 절의 양식을 대는 중을 말한다.

다. 절 주인은 이들을 빈례賓禮⁵로 대하지 않으며, 객 또한 주
인에 대한 겸양의 예禮를 보이지 않는다. 어느 하나 온전한 게
없으며, 싸움박질을 해대며 원망하여 소리치니 가소로울 뿐
이다.

古人接客於旦過, 設特爲茶請相看, 禮以待之. 非禮則不相待
也. 故客亦敬主, 主亦敬客, 不敢相慢, 安可以無禮相接? 故旦
過門, 三月鎖鑰, 九月開鎖. 曬薦、垂簾、糊窓, 所以敬客也.

今也, 一隊無鉤狂象,救火軍輩, 不論冬夏, 朝東暮西, 或自
謂雲水, 奔馳無度, 或自謂幹化, 搜村獵縣. 至於興商求利, 劇
如村⁶甿, 日暮無聊, 寄宿於寺. 主未嘗以賓禮待之, 客亦不以
主禮讓之. 一不周全, 鬪鬨叫寃, 可笑也夫!

---

5 **빈례賓禮**: 손님에 대한 예禮.
6 **村**: 원문에는 '材'로 되어 있는데 바로잡았다.

제46화

옛날에 안거安居[1]의 예禮를 성대히 제정했다. 대저 안거란 운
수雲水처럼 떠돌며 수행하는 무리들이 땅을 파서 움막을 삼고
풀을 엮어 옷을 삼아서 나무 아래나 바위 틈에서 풍찬노숙하
지만 구도의 뜻은 조금도 느슨해지지 않으므로 보시하는 이
가 그 무리를 모아 총림을 세워 거주를 편안케 해 도를 기르
게 한 것이다. 그런 까닭에 거처하는 곳으로 운당雲堂과 중료
衆寮[2]를 두고 음식에 삼덕三德과 육미六味[3]를 두어 생활을 넉넉
하게 해 주어 "총림에서 도업道業[4]이 새로워지게 해 최상의 근
기根機를 지닌 사람은 한 생生에 깨닫고 중간 부류의 사람은
성태聖胎[5]를 길이 길러 비록 마음의 근원을 분명히 알지는 못
할지라도 하루를 또한 헛되이 버리지 않게 하기를"[6] 바랐으
니, 이것이 옛사람이 안거의 제도를 제정한 뜻이다.

　　하지만 지금의 속류배는 총림에서 방자하게 지내며 제 하

1　**안거安居**: 인도 바라문교에서 유래하는 제도로, 불교의 승려들이 여름 석달 동
　　안 한곳에 모여 외출을 금하고 수행하는 제도이다. 원래 남방불교에서는 여
　　름에만 안거를 했는데, 북방불교에서는 여름과 겨울 두 차례 안거를 한다.
2　**운당雲堂과 중료衆寮**: '운당'은 승려들이 좌선하는 곳인 승당僧堂을 말하고, '중
　　료'는 좌선하는 승려가 자유 시간에 경전이나 어록을 읽는 곳을 말한다.
3　**삼덕三德과 육미六味**: '삼덕'과 '육미'에 대해서는 제30화를 참조할 것.
4　**도업道業**: 불도의 수행.
5　**성태聖胎**: 부처의 종자를 품고 있는 몸이라는 뜻으로, 사람마다 지닌 불성을
　　말한다.
6　**총림에서~하기를**: 『치문경훈』 권6에 실린 「귀경문」에 나오는 말이다.

고 싶은 대로 하면서, 신심信心 어린 시주를 받은 값을 제대로 하기 어려움을 알지 못하고, 삼세三世의 인과에서 벗어나지 못함을 깨닫지 못하면서도[7] 스스로를 선류禪流[8]라 이르니, 오호라, 만일 지옥이 있다면 훗날 철위성鐵圍城[9]의 백 가지 형벌을 어찌 면할 수 있으랴.

古者, 有浩制安居之禮. 夫安居者, 雲水之侶, 穴土以爲室, 紉草以爲衣, 樹下巖寶, 風餐露宿, 而求道之志, 未嘗少弛, 故爲施者, 集其侶設叢林, 安其居, 養其道而已. 是以居有雲堂、衆寮, 食有三德六味, 以瞻[10]其賷用, 欲使"叢林之下, 道業惟新, 上上之機, 一期[11]取辦,[12] 中下之流,[13] 長養聖胎, 縱饒未了心源,[14] 時中亦不虛棄", 此古人之意也.

而今時流輩, 恣卧其間, 惟意之適, 不明信施難消, 不達因

7 하지만~못하면서도:『치문경훈』권2「석난문」釋難文에 "삼세의 인과를 알지 못하며, 자신의 성품을 깨닫지 못하고, 곡식 심어 거두는 어려움을 알지 못하고, 신심 어린 시주 받은 값을 제대로 하기 어려움을 알지 못하여 함부로 술 마시고 고기 먹고 재齋를 올리지 않고 계율을 범하고(…)"(不明因果, 不達己性, 不知稼穡艱難, 不念信施難消, 徒飮酒食肉, 破齋犯戒)라는 말이 나온다. 김시습은 비록 여기서 '삼세의 인과'를 언급하고 있기는 하나 뒤의 제59화에서 보듯 '삼세윤회'三世輪回는 권權이지 실實이 아니라고 보았다.

8 선류禪流: 선종의 승려.

9 철위성鐵圍城: 쇠울타리로 둘러친 지옥을 말한다.

10 瞻: 원문에는 '瞻'으로 되어 있는데 바로잡았다.

11 一期:「귀경문」에는 '一生'으로 되어 있다. 뜻은 같다.

12 辦: 원문에는 '辨'으로 되어 있는데「귀경문」에 의거해 수정했다.

13 中下之流:「귀경문」에는 '中流之士'로 되어 있다.

14 縱饒未了心源:「귀경문」에는 '至如未悟心源'으로 되어 있다. 뜻은 같다.

果難逃, 自謂禪流, 嗚呼! 地獄若設, 他日鐵圍百刑, 其可免乎?

제47화[1]

불문佛門에도 옛날에 등과登科[2]의 법이 있었으니 이른바 '선불'
選佛[3]이 그것이다. 단하丹霞[4]는 처음에 유학을 공부해, 과거에
응시하려고 장안에 들어가 여관에 묵었다. 마침 한 선객禪客
을 만났는데 그가 이리 물었다.

"수재秀才[5]는 어디 가오?"

단하가 답했다.

"관리에 뽑히러 가오."

선객이 말했다.

"관리로 뽑히는 게 어찌 부처에 뽑힘만 하겠소."

단하가 물었다.

"부처에 뽑히려면 어디로 가야 하오?"

선객이 말했다.

---

1   원문에는 이 47화가 독립되어 있지 않고 46화에 이어져 있으나 내용으로 볼
    때 독립된 이야기이다. 필사의 착오로 여겨진다.
2   등과登科: 원래 과거 시험에 급제함을 뜻하는 말인데 여기서는 불문에 들어가
    스승의 인가를 받는 것을 가리키는 말로 썼다.
3   선불選佛: '부처에 뽑히다'라는 뜻. 불법을 설하거나 닦는 곳을 '선불장'選佛場
    이라고 하는데 여기서 나온 말이다. 방 거사龐居士가 마조 도일에게 게偈를
    읊기를, "시방세계에서 같이 모여 / 모두가 무위無爲를 배우네 / 여기가 바로
    선불장이니 / 마음이 공空하면 급제해 돌아가리"(十方同聚會, 箇箇學無爲. 此
    是選佛場, 心空及第歸)라고 했다. 이 게는 『전등록』 권25를 비롯해 여러 선사
    의 어록에 보인다.
4   단하丹霞: 당나라 선사 단하 천연丹霞天然(736~824)을 말한다. '천연'은 스승
    인 마조 도일 선사가 지어 준 법명이다.
5   수재秀才: 과거 응시생.

"지금 강서江西에 마 대사馬大師가 출세出世했소.[6] 거기가 부처를 뽑는 곳(選佛場)이니 수재는 그리 가 보오."

단하는 마침내 곧장 강서로 가 마 대사를 보자마자 두 손으로 복두幞頭의 다리(脚)를 받치니[7] 마 대사가 돌아보며 말했다.

"나는 네 스승이 아니다. 남악南嶽(형산)의 석두石頭[8]에게 가라."

마침내 남악으로 가니 석두가 이리 말했다.

"행자실行者室로 가라."

단하는 감사의 절을 드린 뒤 행자실로 가 무리와 함께 3년 동안 일했다. 하루는 석두가 대중에게 이리 말했다.

"불당 앞의 풀을 베도록 하라."

이튿날 대중은 가래와 호미를 준비해 풀을 베었다.〔단하는 홀로 동이에 물을 담아 머리를 감고 석두 앞에 무릎을 꿇었다. 석두가 이를 보고 웃더니 머리를 깎아 주었으며 또한 계戒를 설하려고 했다.〕[9] 단하는 귀를 막고 떠나 강서로 가서

6 　지금~출세出世했소: '마 대사'는 마조 도일을 말한다. 속성이 '마'씨다. 남악 회양南嶽懷讓의 제자로 강서성 홍주洪州의 개원사를 도량으로 삼아 새로운 남종선의 조사가 되었기에 '강서마조'라고도 불린다. '출세'出世는 덕행이 높은 선승이 법당을 열어 설법하는 것을 이르는 말이다.

7 　두 손으로~받치니: 이는 석두石頭 선사가 제자를 접인接引할 때 하는 행동이다. 그래서 마조는 단하가 석두에게 맞다고 봐 석두에게 가라고 한 것이다. 복두는 모자의 일종으로, 사모紗帽와 같이 두 단으로 되어 있으며 뒤쪽의 좌우에 다리(脚)가 달려 있다.

8 　석두石頭: 당나라 선사 남악 희천南嶽希遷(700~790)을 말한다. 청원 행사靑原行思(?~741)의 법제자로 남악의 돌 위에 암자를 지어 거기서 늘 참선했으므로 '남악 석두'南嶽石頭라고도 불린다.

9 　〔 〕속의 말은 『임천가화』에는 없는데 『벽암록』 제76칙에 의거해 보충했다. 이 부분이 있어야 그 뒤의 "단하는 귀를 막고 나와 버렸다"가 이해될 수 있

마조馬祖를 알현했는데, 참례參禮도 하지 않은 채 승당僧堂으로
가 문수보살상의 목 위에 걸터앉았다. 대중은 경악했다. 마조
가 몸소 승당으로 와 본 뒤 말했다.

"내 아들이 천연스럽구나!"[10]

단하는 절을 올린 뒤 말했다.

"법명을 지어 주셔서 감사합니다."[11]

단하의 이 일은 곧 옛사람의 선불의 격식이 되는 사례이
다. 지금은 그렇지 않아 권세 있는 사람에게 빌붙어 의탁해
이곳 저곳 알현하고 쫓아다니며 외람되이 요행을 바라니, 꼭
벼슬길과 같다. 단지 이익만 구하니 어찌 불법을 펼 수 있겠
는가.

釋門登科, 古有其法, 所謂[12]選佛也. 丹霞初習儒業, 以擧子
應擧, 入長安, 宿於逆旅. 遇一禪客, 問曰: "秀才何往?" 霞
曰: "選官去." 禪客曰: "選官何如選佛?" 霞曰: "選佛當往何
所?" 禪客曰: "今江西馬大師出世. 是選佛之場, 秀才可往."
霞遂直造江西, 纔見馬大[13]師, 以兩手托幞頭脚, 馬師顧視曰:
"吾非汝師. 南嶽處去." 遂抵南嶽, 石頭云: "著槽廠去." 師禮

다. 필사 과정에서 빠진 듯하다.

10 내 아들이 천연스럽구나: 마조의 이 말에서 단하의 법명이 '천연'이 되었다.

11 이상은 『벽암록』 제76칙을 요약한 것이다.

12 謂: 원문에는 '以'로 되어 있는데 바로잡았다.

13 大: 원문에는 '犬'으로 되어 있는데 바로잡았다.

謝入行者堂, 隨衆作務三年. 石頭一日告衆曰:"刬佛殿草!"
至來日,[14] 大衆備鍬鋤刬草. 丹霞獨〔以盆盛水淨頭, 於師前跪
膝. 石頭見而笑之, 便與剃髮, 又爲說戒,〕掩耳而去, 往江西
謁馬祖, 未參〔禮〕,[15] 去僧堂, 騎聖僧頸, 大衆驚愕. 祖躬入堂視
之, 云:"我子天然!"霞作禮曰:"謝師安名."

此古人選佛之格例也. 今則不然, 附託權勢, 東謁西騁, 猥
參徼倖, 劇如宦途, 只欲求利, 其能弘法?

제48화

옛날에는 시주를 권하는 일이 없었으며 독자적으로 여름 한 철의 안거安居[1]를 준비했다. 총림의 전장田莊에서 나오는 곡식과 단월檀越[2]이 시주한 것과 죽은 승려의 재물은 고사庫司[3]에게 들어가는데, 이를 승기물僧祇物[4]이라 한다. 이것으로 시방의 승려들을 공양하는데, 만일 이것으로 부족하면 주지가 행걸行乞[5]하여 보충한다. 이를테면 우두 융牛頭融[6]이 단양丹陽에서 구걸하여 직접 쌀 열여덟 말을 짊어지고 80리 길을 걸어 아침에 갔다가 저녁에 돌아오기를 늘상 한 것이 그것이다.[7] 그중에는 노성한 형제나 오래 수행한 선지식으로서 절에 양식이 부족함을 깊이 알아 가방街坊(마을)을 돌아다니며 시주를 받아 절에 상주하는 중들을 돕는 이가 있다.[8] 이 일을 맡은 이

---

1 여름 한 철의 안거安居: 여름 90일 동안의 안거를 말한다.
2 단월檀越: 절이나 승려에게 재물을 바치는 사람. 산스크리트어 Dānapati의 음역.
3 고사庫司: 선원 총림의 총감總監으로 온갖 사무를 감독한다.
4 승기물僧祇物: 승려들에게 딸린 재물로 승려들의 공유물이다.
5 행걸行乞: 발우를 가지고 마을로 돌아다니면서 집집마다 먹을 것을 얻는 것을 이른다. '탁발'托鉢이라고도 한다.
6 우두 융牛頭融: 우두 법융牛頭法融(594~658)을 말한다. 달마의 4대 법손인 도신道信의 문하로 강소성 금릉金陵의 우두산에 있는 유서사幽棲寺 북쪽 바위 아래의 선실禪室에 있으면서 선풍을 크게 선양해 우두선牛頭禪의 개조開祖가 되었다.
7 이를테면~그것이다: 우두 법융의 이 고사는 『치문경훈』 권9의 「각범覺範 홍洪선사가 걸식하러 가는 승려에게 준 송서送序」(覺範洪禪師送僧乞食序)에 나온다.
8 그중에는~있다: 이런 소임을 맡은 승려를 '가방화주'街坊化主라고 하며, 줄여

는 저 시주하는 사람의 마음을 따라야 하며, 털끝만큼도 그에 어긋나서는[9] 안 되니, 아난阿難[10]이 마을을 다니며 가난한 여인의 해진 담요를 시주받아 와 부처를 봉양한 것과 같이 해야 한다.[11] 대개 위로는 일반 승려를 위하여 수고하는 장로長老[12]를 부지扶持하고, 아래로는 힘들게 수행하는 일반 승려를 긍휼히 여겨 그 힘을 쏟아 외호外護[13]해야 한다.

하지만 지금은 그렇지 않다. 시주를 권하기 위해 완악한 승려들을 여럿 이끌고 마을과 저자를 샅샅이 돌며 신심信心을 어지럽히기를 3년, 4년, 5년 내지 10년을 한다. 신물信物[14]을 쓰더라도 뻔뻔스럽게도 놀라거나 두려워하지 않는다. 햇수가 점점 쌓이면 사람들 입을 막으려고 성대히 안거했다가 안거를 풀지만 18현賢[15]이 있다는 말은 통 들리지 않는다. 안거를 풀면 당堂 앞에 이렇게 쓴 현판을 내건다.

서 '화주'라 한다.

9 어긋나서는: 원문은 '互'인데, 그릇되다·어긋나다의 뜻이다. 원나라 때 동림 술함東林戌咸이 편찬한 『선림비용청규』禪林備用淸規 권7에는 '易'(이)로 되어 있는데 '등한히 여기다'라는 뜻이다.

10 아난阿難: 부처의 10대 제자의 한 사람으로, 부처를 시종하며 가장 많은 말을 들어 '다문제일'多聞第一로 일컬어진다. 이 때문에 부처 사후 제1차 결집 때 가섭과 함께 중요한 역할을 했다.

11 저 시주하는~해야 한다: 『선림비용청규』 권7에 나오는 말이다.

12 장로長老: 사찰의 주지를 말한다. 「귀경문」에 의하면 총림에는 장로를 정점으로 12개의 상위직과 20여 개의 중하위직이 있다. 이들은 모두 일반 승려를 위해 복무한다.

13 외호外護: 수행과 홍법弘法을 위해 후원하고 돕는 일을 말한다.

14 신물信物: 신표信票로 주는 물품.

15 18현賢: 훌륭한 승려를 말한다. 중국 동진 때 여산廬山의 혜원이 백련사白蓮社를 조직해 123인과 함께 정진했는데 그중 빼어난 열여덟 사람을 말한다.

아무 해 아무 절 아무 계절에 안거했으며, 장로는 아무개이고, 수좌首座[16]는 아무개이며, 일반 승려는 아무개 아무개이고, 집로執勞[17]는 아무개 아무개이며, 화주는 아무개이고, 시주는 아무개 아무개이다.

한갓 헛된 이름을 적어 뒤에 보는 사람에게 과시하니 가소롭기 짝이 없다. 진실로 복전福田[18]을 심고 공경스레 일반 승려들을 도왔다면 설사 현판을 내걸지 않더라도 절로 용천龍天[19]의 기림이 있을 것이다.

古者無緣化, 獨辦[20]一夏. 叢林田莊之出, 檀越之施, 亡僧之財, 入於庫司, 號曰僧祇物, 以供十方僧衆, 不足則住持行乞以補之. 如牛頭融乞於丹陽, 自負米斛八斗, 行八十里, 朝去暮還, 率以爲常, 是也. 其中有老成兄弟, 久參知識, 深知其不足, 故

---

16 **수좌首座**: 옛날 총림의 제도에 장로(주지) 아래의 상위직으로 6두수頭首와 6지사知事가 있었는데, 6두수는 수좌, 서기書記, 지장知藏, 지객知客, 지욕知浴, 지전知殿이고, 6지사는 도사都寺, 감사監寺, 유나維那, 부사副寺, 전좌典座, 직세直歲이다. 이 중 수좌의 위치는 장로 다음이며, 선방禪房에서 일반 승려의 참선을 지도하는 역할을 해 '선두'禪頭 혹은 '수중'首衆으로 불렸다.
17 **집로執勞**: 노역의 소임.
18 **복전福田**: 여래나 비구 등 공양을 받을 만한 법력이 있는 이에게 공양하면 복이 되는 것이. 농부가 밭에 씨를 뿌려 다음에 수확하는 것과 같다고 해서 이르는 말.
19 **용천龍天**: 불법을 수호하는 여덟 신장神將인 천天, 용龍, 야차夜叉, 아수라阿修羅, 가루라迦樓羅, 건달파乾闥婆, 긴나라緊那羅, 마후라가摩睺羅迦를 말한다. 팔부중八部衆이라고도 한다.
20 **辦**: 원문에는 '辨'으로 되어 있다.

巡街坊以添助之. 隨彼施心, 毫釐無互,[21] 如阿難之歷街坊, 奉佛以貧女之破氈. 蓋上執長老爲人之勤, 下憫衆僧修行之苦, 宣其力以外護也.

今則不然. 爲緣化廣率頑髡, 遊獵村市, 侵擾信心, 或三四五年, 乃至十年云. 用信物, 恬不驚怖, 及其年紀漸遙, 欲塞人口, 旋浩旋解, 而三六之精, 蔑然無聞. 於其休解, 揭扳于堂前曰: "某年某寺某節安居, 長老某, 首座某, 衆僧某〔某〕,[22] 執勞某某, 緣化某, 施主某某." 徒記浮名以夸後觀, 可笑也哉! 若能眞植福田, 謹護衆僧, 雖不揭板, 自有龍天冥賀.

21　互:『선림비용청규』에는 '易'로 되어 있다.
22　某: 원문에는 없는데 보충했다.

제49화

기문記文[1]을 지어 비석을 세우든가 현판으로 거는 건 어째서인
가? 이는 백장百丈[2]이 총림을 세웠을 때부터 시작된 것으로 한
갓 과시하기 위한 게 아니다. 총림을 처음 세우매 이로 인해
날로 명현名賢이 배출되니, 신이한 일이 나타나면 그 연월年月
을 기록하고, 후배를 권면할 만한 것이면 그 세운 뜻을 기록
했거늘, 가히 귀감이 된다 이를 만하다. 가령 장 승상張丞相의
「보봉 선불당기」寶峰選佛堂記와 「영안 승당기」永安僧堂記,[3] 조령
금趙令衿의 「법륜 성행당기」法輪省行堂記,[4] 사 대제査待制의 「석문
승당기」石門僧堂記[5]와 같은 글은 듣고 보는 사람을 놀라게 하고

---

1   기문記文: 특정 건물을 새로 짓거나 중건重建하거나 중수重修한 경과를 적은
    글.
2   백장百丈: 백장 회해百丈懷海를 말한다. 제4화의 각주를 참조할 것.
3   장 승상張丞相의 「보봉 선불당기」寶峰選佛堂記와 「영안 승당기」永安僧堂記: '장 승상'
    은 북송 때 승상을 지낸 장상영張商英(1043~1122)을 말한다. 불교를 변호
    하는 『호법론』護法論이라는 책을 썼으며, 유·불·도 삼교합일을 주장하였다.
    '보봉 선불당기'는 「홍주 보봉선원 선불당기」洪州寶峰禪院選佛堂記를 말하고,
    '영안 승당기'는 「무주 영안선원 승당기」撫州永安禪院僧堂記를 말한다. 모두
    장상영이 지은 글로서 『치문경훈』에 실려 있다.
4   조령금趙令衿의 「법륜 성행당기」法輪省行堂記: '조령금'은 북송의 종실로 호는 초
    연거사超然居士이다. '법륜 성행당기'는 「남악 법륜사 성행당기」南嶽法輪寺省
    行堂記를 말하며, 조령금이 쓴 글이다. 이 글 역시 『치문경훈』에 실려 있다.
    '성행당'省行堂은 병든 승려들을 돌보는 공간을 이른다.
5   사 대제査待制의 「석문 승당기」石門僧堂記: '사 대제'는 북송 때 대제待制 벼슬을
    지냈으며 『책부원귀』冊府元龜의 편수에 참여한 사도査道를 가리킨다. '석문
    승당기'는 사도가 쓴 「자조총 선사가 양주 석문산에 있을 때 사 대제에게 청
    하여 쓰게 한 승당기」(慈照聰禪師住襄州石文請查待制爲撰僧堂記)를 말한다.
    이 글 역시 『치문경훈』에 실려 있다. '자조총 선사'는 임제종풍을 크게 선양

임천에 빛이 나, 그 한 말이 천고의 규범이요 만세의 훌륭한 계책이라 할 만하다. 이런 것이 기문의 훌륭한 격식이 되는 사례이다. 문자는 지리멸렬하고 뜻은 미진한 채 한갓 헛된 말만 기록해 이치를 아는 자의 웃음거리가 된다면 차라리 현판으로 걸지 않는 게 낫다.

作記立碑揭板, 何也? 自百丈建叢而始也, 非徒夸示也. 蓋建叢之始植, 因之日名賢間出, 神異感應, 則書錄其歲月, 可勵後輩, 則書創制之意, 可謂龜鑑. 則書如張丞相「寶峯選佛堂記」·「永⁶安僧堂記」, 趙令衿⁷「法輪省行堂記」, 査待制「石門僧堂記」等, 悚動觀聽, 輝映林泉, 其發語可謂千古之規範,萬世之徽猷. 此作記之格例也. 如其文字滅裂, 立意不盡, 徒記浮言, 以爲識理者之哂, 不如不揭之爲愈也.

한 곡은 온총谷隱蘊聰(965~1032)을 말한다. '자조'는 그 시호이다.
6   永: 원문에는 '求'로 되어 있는데 바로잡았다.
7   衿: 원문에는 '矜'으로 되어 있는데 바로잡았다.

제50화

승려들을 모아 경을 읽게 하는 것을 이름하여 '불사'佛事라고
한다. 불사에서 보시하는 사람은 하등의 부류(末流)로서 불법
佛法을 믿는 자이니, 승려들을 탐욕으로 내모는 실마리이다.

'불사'라고 말한 것은 부처의 일을 행하기 때문이다. 부처
는 세상에 79년 계시면서 설법을 350번 하셨고 8만 4천 법문
을 펴셨는데 곡진하고 순순하며 상대에 딱 맞는 말씀을 하셨
다. 그 가르침에 5시時 8교敎[1]가 있고, 9부部 12부部[2]가 있는데,

1 **5시時 8교敎**: 천태종의 교판敎判을 말한다. '교판'은 교상판석敎相判釋의 준말
로, 석가가 일생에 설한 교설을 그 말한 시기의 차례와 그 뜻의 얕고 깊음에
따라 분류 판별하는 것을 뜻한다. 교상판석을 어찌 하는가에 따라 중국 불교
의 종파가 갈린다. 김시습은 천태종의 교판을 중시했다. 천태종에서는 부처
의 1대 설법을 『법화경』을 설하기 위한 준비라 보았으며 『법화경』을 최고의
경전으로 간주해 부처의 설법 전체를 체계화했다. 그리하여 부처의 50년간
의 설교를 화엄시, 아함시, 방등시, 반야시, 법화·열반시의 다섯으로 시계열
화時系列化했다. 이에 대해서는 『임천가화』 제30화, 제32화의 각주를 참조할
것. '8교'는 설법의 형식에 따른 분류인 '화의化儀 4교'와 설법의 내용에 따른
분류인 '화법化法 4교'를 총칭해 이르는 말이다. 화의 4교는 돈교頓敎, 점교
漸敎, 비밀교秘密敎, 부정교不定敎를 말하고, 화법 4교는 장교藏敎, 통교通敎,
별교別敎, 원교圓敎를 말한다.

2 **12부部**: 12부경部經, 즉 부처의 일대 교설을 그 경문經文의 성격과 형식으로 구
분한 다음의 열두 종류를 말한다. ① '수다라'修多羅(계경契經, 법본法本으로
번역)라고 하는 산문체의 경전, ② '기야'祇夜(중송重頌, 응송應頌으로 번역)
라고 하는 산문체 경문 뒤에 나오는 운문의 노래, ③ '가타'伽陀(풍송諷頌, 고
기송孤起頌으로 번역)라고 하는 산문에 의하지 않고 바로 지은 4언 또는 5언
또는 7언의 운문, ④ '니타나'尼陀那(연기緣起, 인연因緣으로 번역)라고 하는
부처를 만나 설법을 들은 인연을 말한 것, ⑤ '이제목다가'伊帝目多伽(본사本
事로 번역)라고 하는 부처가 제자의 과거세過去世의 인연을 설한 것, ⑥ '사타
가'闍陀伽(본생本生으로 번역)라고 하는 부처가 자신의 과거세의 인연을 설

그 의미가 도道에 맞아 사람들의 눈과 귀를 열어 주었다. 급기
야 쌍림雙林³에서 입멸하시자 여러 큰 제자들이 부처를 계승하
여 금문金文⁴을 거듭 설했으며, 역대의 용상龍象⁵들이 신이함을
이따금 드러냈다. 법석法席의 맹주가 되어 법위法位⁶를 계승해,
발 받침대⁷를 딛고 올라 자리에 걸터앉아 불진拂塵(총채)을 떨
치면 소나무가 흔들리는데, 그 하는 말이 마치 강물과 같다.
이에 설법을 듣는 사부중四部衆은 옛날 부처님의 법회를 우러
러 사모하듯이 지금 용상이 하는 말을 기리며 기뻐 어찌할 줄
을 모른다. 굶주려 와서 배가 불러 가니 스스로 다행스레 여
김이 옛날과 다르지 않다. 여러 성대한 법회가 있을 때 대성大
聖(부처)이 가호를 내리며 우담화優曇華⁸가 피어 미혹에 빠진 중
생에게 길을 열어 보인다. 그러므로 '불사'라고 하는 것이다.

한 것, ⑦ '아부타달마'阿浮陀達磨(희유법希有法, 미증유법未曾有法으로 번역)
라고 하는 부처의 여러 가지 신통력, 불사의不思議를 기술한 것, ⑧ '아파타
나'阿波陀那(비유로 번역)라고 하는 비유로써 말한 것, ⑨ '우바제사'優婆提舍
(논의論議로 번역)라고 하는 교법의 이치를 논의하고 문답한 것, ⑩ '우타나'
優陀那(자설自說로 번역)라고 하여 남이 묻지 않는데 부처가 스스로 말한 것,
⑪ '비불략'毗佛略(방광方廣으로 번역)이라고 하는 방정하고 광대한 진리를
말한 것, ⑫ '화가라'和伽羅(수기授記로 번역)라고 하는 경經에 말한 것을 문
답으로 해석하고 보살이나 제자가 다음 세상에 성불할 것을 말한 것. '9부'는
12부에서 니타나, 아파타나, 우바제사 셋을 뺀 것을 이른다.

3　쌍림雙林: 석가가 입멸한 중인도 구시나게라성拘尸那揭羅城 발제하跋提河 언
　　덕에 있던 사라림娑羅林을 말한다. '사라림'은 사라수娑羅樹 나무의 숲.

4　금문金文: 부처의 말씀이 금과 같이 귀중하다는 뜻으로 경전을 이른다.

5　용상龍象: 용은 어족魚族의 왕이고 상(코끼리)은 짐승의 왕이니, 큰 스님을 비
　　유한 말.

6　법위法位: 승위僧位, 즉 승려의 지위.

7　발 받침대: 원문의 '등상'磴牀은 발돋음으로 쓰는 기구.

8　우담화優曇華: 우담바라. 불교에서 일컫는 신성한 꽃으로 3천 년에 한 번 꽃이
　　핀다고 한다.

바야흐로 이때 법회 중의 용상은 신명身命을 아끼지 않고 행도行道[9]와 참례懺禮[10]를 행하며 부지런히 정진한다. 그리하여 혹은 3일 만에 깨닫고 혹은 7일 만에 증과證果[11]를 얻기도 하고, 혹은 70일이 걸리기도 하고 혹은 90일이 걸리기도 한다. 시방의 시주들이 이를 듣고 경모敬慕하여 진기한 음식을 공양하고 금과 비단을 보시하느라 산문山門에 긴 줄을 이루어 혹 자기가 늦지 않았나 걱정하니 꼭 저 옛날 영산靈山 법회[12] 때 인천人天[13]이 보배와 주옥으로 만든 목걸이를 바치던 때와 흡사하다. 그러므로 '보시'라고 하는 것이다.

하지만 지금은 그렇지 않으니, 법회를 여는 이는 혹 망자를 천도하기 위해서이거나 혹 보안保安[14]을 빌기 위해서이니, 헛되이 법석法席을 펼치고 망령되이 불사를 열고 있다. 승려들 또한 시주를 탐해 동분서주하며 권세에 빌붙어 불러 주길 청한다. 급기야 법회에 와서는 군침을 질질 흘리고 탐욕스런 눈을 희번덕거리는데, 입으로 떠들어대며 몸이 마음을 구속하는지라 이로 인해 시주하는 이 또한 이들을 공경하지 않는다. 그래서 손으로 중을 가리키며 "아무개는 부지런히 하고 있고, 아무개는 쉬고 있고, 아무개는 내가 본디 알고, 아무개는 누구의 권세에 빌붙었다"라고 말한다. 이러할진댄 한갓

---

9   행도行道: 요불遶佛, 즉 경을 읽으며 부처의 주위를 도는 것을 말한다.
10 참례懺禮: 부처에게 참회하고 기도하여 복을 얻는 것을 말한다.
11 증과證果: 수행한 결과로 얻는 과보果報. 최고의 증과는 성불이다.
12 영산靈山 법회: 부처가 영산(영취산)에서 『법화경』을 설한 법회를 말한다.
13 인천人天: 제38화의 각주를 참조할 것.
14 보안保安: 보호하여 편안하게 하는 것.

재물과 곡식을 흩고 널리 사람의 귀를 현혹할 뿐이니 필경 무
슨 도움이 되겠는가.

聚僧讀經, 名曰佛事, 而布施者乃末流詿法, 而縱僧貪饕之階
也.

言佛事者, 行佛之事也. 佛住世七十九年, 說法三百五十
度, 演八萬四千法門, 曲順機宜. 其敎有五時八敎, 九部十二
部, 味味中道, 牖人耳目. 及其雙林示滅, 諸大弟子繼繼承承,
重演金文, 歷代龍象, 神異間出. 主盟斯席, 繼紹法位, 據座登
牀, 執塵搖松, 談辨如河. 於是聽者四眾,[15] 仰慕昔日金仙之會,
近賀此際龍象之談, 歡喜踊躍, 飢來飽去, 其自慶幸, 不異昔
日. 諸大會中, 大聖啓運, 現優曇花, 開示迷途, 故曰佛事.

方是時也, 會中龍象, 不惜軀命, 行道禮懺, 勤修精進. 或
三日取證, 或七日得果, 或至七旬, 或至九旬. 十方檀信, 聞者
敬慕, 供以珍羞, 襯以金帛, 絡繹山門, 唯恐或後, 宛如昔日靈
山法會人天獻寶瓔珞之時, 故云布施也.

今則不然, 設會者或因薦亡, 或因保安, 虛張法席, 妄開佛
事. 僧眾亦饞[16]於施利, 東馳西競,[17] 依勢請赴. 及至赴會, 饞涎
流頤, 婪眼閃電, 口吵身拘心, 則緣他施者亦不之敬, 乃以手
指僧曰: "某也勤, 某也息, 某也吾素知, 某也托某勢." 如是則

15　眾: 원문에는 '象'으로 되어 있는데 바로잡았다.
16　饞: 원문에는 '鑱'으로 되어 있는데 바로잡았다.
17　競: 원문에는 '驚'으로 되어 있는데 바로잡았다.

徒散財穀,廣衒人聽,竟何補益?

제51화

문자의 의미를 알지 못하면서 그냥 경전의 글귀만 보더라도
또한 공덕이 있을까?

『반야경』은 지혜로써 무명無明을 깨뜨리게 한다. 그럴진
대 능히 지혜를 행한다면 『반야경』을 언어 표현 밖에서 파악
하는 데 무슨 어려움이 있겠는가. 『법화경』은 일대사 인연一大
事因緣[1]으로 열어 보여 주어, 깨달아 부처의 지견知見 속으로 들
어가게 한다. 그럴진대 세제世諦[2]를 여의지 않고 실상實相을 관
觀한다면 『법화경』을 언어 표현 밖에서 파악하는 데 무슨 어
려움이 있겠는가. 모든 경전 또한 그러하니 모두 중생의 근기
根機를 이끌어 깨닫게 함을 종지宗旨로 삼는다.

그러하다면, 설사 경전의 글귀를 이해하지 못하더라도 언
어 표현 밖의 종지를 분명히 안다면 이른바 '항상 이와 같은
경經 팔만 사천 권을 읽고 있다'[3]는 것이 된다. 만일 대의大義

---

1   일대사 인연一大事因緣: 극히 중요한 인연이라는 뜻으로 부처가 중생 제도라는
    큰 일을 위해 이 세상에 나타나는 일을 말한다. 『법화경』「방편품」의 "제불
    諸佛과 세존世尊은 오직 일대사 인연으로 이 세상에 출현한 것이다. (⋯) 제
    불과 세존은 중생에게 부처의 지견을 열어 주어 청정清淨을 얻게 하고자 하
    여 출현했고 중생에게 부처의 지견을 깨닫게 하고자 하여 세상에 출현한 것
    이다. 중생에게 불지견佛知見의 도에 들어가게 하기 위해 세상에 출현한 것이
    다. 사리불舍利弗아! 이것을 제불은 일대사 인연을 위해서 세상에 출현한다
    고 한다"라는 말 참조.
2   세제世諦: 속제俗諦, 즉 세속인이 아는 진리.
3   항상~있다: 『종용록』從容錄 제3칙에 나오는 말. 해당 대목을 보이면 다음과 같
    다. "동인도 국왕이 27조祖 반야다라般若多羅를 재齋에 청했다. 왕이 물었다.

를 분명히 알지도 못하면서 시끄럽게 경을 읽으며 전독轉讀[4]이라고 한다면 참으로 가을 벌레가 밤에 우는 격이요 봄 새가 낮에 지저귀는 격이다. 이는 시속에 내몰린 것으로 아무런 의미가 없다. 하물며 무지한 무리는 입으로 경전의 글귀를 독송하며 속으로 악념惡念을 품거늘 설사 천 권을 읽는다 한들 무슨 도움이 되겠는가.[5]

不會文字意味, 而徒閱金文, 亦有功德乎?

曰: 『般若』, 以智慧破無明, 則能行智慧, 是持『般[6]若』於詮上乎何有? 『法華』, 以一大事因緣開示, 悟入佛之知見, 則不離世諦而觀實相, 是持『法華』於詮上乎何有? 諸經亦爾, 皆逗衆生機, 以證悟爲宗.

如是則雖不解金文, 了知詮上之旨, 所謂'常轉如是經八萬四千卷'也. 如其不了大義, 噪吵喧聒, 以爲轉讀, 正是秋蟲夜

'왜 독경하지 않으십니까?' 조사가 말했다. '빈도는 숨을 들이쉴 때 음계陰界에 있지 않고 숨을 내쉴 때 뭇 인연에 얽매이지 않으며 항상 이와 같은 경 백천만억 권을 독경하고 있습니다.'"(東印土國王, 請二十七祖般若多羅齋. 王問曰: "何不看經?" 祖云: "貧道入息不居陰界, 出息不涉衆緣, 常轉如是經百千萬億卷.") 다만 『종용록』에 '백천만억 권'으로 되어 있는 것이 여기서는 '팔만 사천 권'으로 바뀌어 있다. 같은 말이 『굉지선사광록』 권2에도 보인다.

4 전독轉讀: 소리에 높낮이를 두어 불경을 음송吟誦하는 것을 말한다.

5 만일~되겠는가: 비슷한 취지의 말이 장상영의 『호법론』에 보인다. 해당 대목을 보이면 다음과 같다. "봄 새가 낮에 지저귀고 가을 벌레가 밤에 우는 것과 무엇이 다르겠는가. 설사 백만 번을 읽은들 과연 무슨 이로움이 있겠는가."(何異春禽晝啼, 秋蟲夜鳴? 雖百萬遍, 果何益哉?)

6 般: 원문에는 '殿'으로 되어 있는데 바로잡았다.

鳴, 春禽晝啼, 風氣所使, 曾無意謂. 況無知之輩, 口誦金文,
內懷惡念, 縱讀千卷, 有何饒益?

제52화

북과 종의 제도는 서축西竺(서인도) 법중法衆[1]의 성대한 의례儀禮
이니, 『서경』의 우서虞書에 "당하堂下에는 피리와 도고鼗鼓[2]를
진열하고 (…) 생笙과 큰 쇠북을 번갈아 울린다"[3]라고 한 것과
같다. 인도의 옛날 법에 봉화烽火를 올려 승중僧衆을 모은 뒤
'건추'犍推[4]라고 하는 판자를 쳤다. 그 판자의 소리가 멀리 가
지 못하므로 종고鍾鼓와 어판魚板[5]을 만든 뒤 각기 제도를 두
었는데, 종을 울리고 어판을 쳐서 승중의 귀를 놀래키려는 게
아니었다. 종鍾은 어리석음을 일깨우니 한번 그 소리를 들으
면 뭇 괴로움이 모두 그치며, 북은 법화法化[6]를 펴니 한번 그
소리를 들으면 온갖 미망이 걷히거늘, 마치 봄 우레가 한번
떨치면 칩거하던 벌레들이 모두 깨어남과 같다. 그리하여 판
자로 승중을 모으고 영령鈴[7]으로 미혹을 일깨우며 목어木魚로 식
사 시간을 알리고 경磬[8]으로 현관玄關[9]에 통하니, 한 번 치기도

---

1   **법중法衆**: 불법을 따르는 승려 대중.
2   **도고鼗鼓**: 땡땡이북.
3   **당하堂下에는~울린다**: 『서경』 우서虞書 「익직」益稷에 나오는 말.
4   **건추犍推**: 산스크리트어 'Ghantā'의 역어로 시간을 알리는 나무로 만든 기구.
5   **종고鍾鼓와 어판魚板**: '종고'는 종과 북을 말하고, '어판'은 목어木魚, 즉 나무로
    만든 물고기 모양의 기구이다. 어판은 공중에 걸어 두고 공양할 때나 예불할
    때나 대중을 모을 때 막대기로 쳐서 소리를 낸다.
6   **법화法化**: 정법正法의 교화.
7   **영령鈴**: 불당에서 경을 읽을 때 치는 놋으로 만든 발우 모양의 기구.
8   **경磬**: 동발銅鈸, 즉 요발鐃鈸을 가리킨다. 우리나라에서는 '바라'라고 한다. 법
    회 때 쳐서 소리를 내는 구리로 만든 기구.

하고(一通) 세 번 치기도 하고(三通) 한 번 울리기도 하고(一下) 세 번 울리기도 하여(三下) 완급에 따라 치고 두드림에 저마다 법도가 있다.[10] 그러므로 선적禪寂[11]의 깊은 경지를 그 소리를 듣고 깨닫는 자가 이루 말할 수 없이 많았다. 심지어 차를 마시며 읍양揖讓[12]하고 종을 울리고 목어를 칠 때 예의를 잃지 않아 완연히 순임금의 조정과 같았으니,[13] 승려의 즐거움이 성대하다 이를 만하다.

혹 치고 두드림에 절도가 없어 정중淨衆[14]을 시끄럽게 하거나 심지어 재회齋會[15]를 벌여 향을 피우고 공양할 때 마구 흔들

---

9   현관玄關: 깊고 묘한 이치로 들어가는 관문

10 한 번~있다:『근본살바다부율섭』根本薩婆多部律攝 권11의 「비시식학처」非時食學處에, '발우공양 때가 되면 먼저 건추를 길게 한 번 치고(一通) 다시 세 번 울리는데 이를 이름해 삼하三下라고 한다. 건추를 치는 법은 또 다섯 가지가 있는데, 대중을 모을 때는 길게 세 번 치고(三通) 크게 세 번 울리며(三下), 절에서 일을 할 때는 길게 세 번 치고(三通) 크게 두 번 울리며(二下), 만일 비구가 죽었을 때는 길게 한 번 친다(一通)'라고 했다. 또 청나라의 율승律僧인 서옥書玉이 엮은『비니일용절요향유기』毗尼日用切要香乳記의 상권 「해문」解文 '명종문'鳴鐘門에는, '종을 한 번은 빨리 치고 한 번은 느리게 치는 것을 일통一通 삼통三通이라고 하는데 공히 백다섯 번이 되며 맨 끝에 세 번 울려(三下) 총 백여덟 번을 이룬다. 이로 말미암아 백여덟 가지 어리석음을 소리 소리마다 일깨운다'라고 했다.

11 선적禪寂: 고요히 사유하다, 즉 고요히 선정에 든다는 뜻.

12 읍양揖讓: 읍을 하며 겸손한 태도를 보이는 것.

13 심지어~같았으니:『서경』 우서 「익직」에 순임금의 신하 기夔가 다음과 같이 말한 것을 이른다. "옥경玉磬을 두드리고 거문고와 비파를 타며 노래를 읊으니 돌아가신 조부가 이르시며, 우虞나라의 손님이 자리에 있으면서 여러 제후들과 덕으로 사양하나이다. 당하堂下에는 피리와 도고를 진열하고, 음악을 시작하고 멈추기를 축柷과 어敔로써 하고 생笙과 큰 쇠북을 번갈아 울리니 새와 짐승이 너울너울 춤을 추며, 소소簫韶(순임금의 음악)를 아홉 번 연주하니 봉황이 와서 춤을 추나이다."(夔擊鳴球, 搏拊琴瑟以詠, 祖考來格, 虞賓在位, 羣后德讓. 下管鼗鼓, 合止柷敔, 笙鏞以間, 鳥獸蹌蹌, 簫韶九成, 鳳凰來儀.)

14 정중淨衆: 계율을 잘 지키는 청정한 승중.

고 어지러이 치면서 북은 '격통'擊桶이라 하고 바라는 '명전'鳴電[16]이라 하면서 머리를 까딱거리고 발을 동동거리며 미혹한 속인을 즐겁게 하는데, 이는 승려의 한가하고 고요한 모습이 아니다. 젊은 승려들은 의당 이를 자세히 알아야 할 것이다.

鼓鍾之制, 乃西竺法衆之盛儀, 如虞書"下管鼗鼓, 笙鏞以間"者也. 竺法古有烟燧以集衆, 仍之擊板名犍[17]推. 板聲未廣, 故有鍾鼓魚板, 各有制度, 非徒鳴擊以駭衆聽. 鍾者, 警昏憒,[18] 一聞其聲, 衆苦皆停. 鼓者, 宣法化, 一聆其響, 群迷豁開, 如春雷一振, 蟄虫咸啓. 乃至板以會衆, 鈴以警迷, 魚以報齋, 磬透玄關, 一通三通, 一下三下, 殺活槌搖, 各有準繩, 禪寂深扃, 聞聲領悟者, 不可勝數. 至若茶湯揖讓, 鳴鍾擊板, 不迷禮儀, 宛如虞庭, 其僧寶之樂, 可謂盛矣.

其或撞擊無節, 喧聒淨[19]衆, 乃至齋會焚修, 胡揮亂撞, 鼓曰擊桶, 鈸曰鳴電, 搖首抃足, 以娛迷俗, 非僧家閑靜之態. 年少宜詳!

---

15 재회齋會: 음식을 차려 승려와 일체 만령萬靈에게 공양하는 법회.
16 격통擊桶·명전鳴電: '격통'은 '두드리는 통'이라는 뜻이고, '명전'은 '울리는 번개'라는 뜻.
17 犍: 원문에는 '楗'으로 되어 있는데 바로잡았다.
18 憒: 원문에는 '衢'로 되어 있는데 바로잡았다.
19 淨: 원문에는 '靜'으로 되어 있는데 바로잡았다.

제53화

　재齋란 '엄숙히 함'[1]이니, 엄숙하지 않은 것을 엄숙히 함으로써 엄숙함을 이루는 것이다. 무릇 꿇고 절하며 바치는 것을 거꾸로 서서 받는 것은 자리自利의 덕이 없으니[2] 옳지 않다. 그러므로 반드시 심신을 정제整齊한 뒤에 시주를 받아야 한다.

　하지만 오늘날 재를 말하는 자는 그렇지 않으니 혹은 망자를 천도薦度하기 위해 혹은 보안保安을 빌기 위해[3] 승도僧徒를 널리 모아 음식을 대접하는 것을 '승재'僧齋라 칭하고, 시끌벅적하게 부처님께 공양하는 것을 '불공'佛供이라 칭하는데, 시주는 공경스럽지 않고 승려는 엄숙하지 않다. 남녀가 뒤섞여 어지럽고, 아이는 앙앙 울고 할미는 통곡하고, 개와 말이 시끄럽게 울고, 똥오줌이 낭자하고,[4] 밥과 떡이 땅에 널브러져 있는 중에 승려는 당돌하게 웃통을 벗고 있고, 속인은 난간에 기대 다리를 쭉 펴고 앉아 술주정을 하다가 코를 골며 잔다. 심지어 술 마시며 장기 두다가 고래고래 소리치며 싸우기도 하고, 목구멍에 밥을 권하기도 하고,[5] 게으름을 질책

1　엄숙히 함: 원문은 '제'齊인데 단정히 함, 바르게 함이라는 뜻도 있음.
2　무릇~없으니: 송나라 계환戒環이 저술한 『법화경요해』法華經要解 권1에 나오는 말이다. '거꾸로 서서 받는다' 함은 바르지 않음을 뜻하고, '자리'自利는 수행하여 스스로를 이롭게 함을 뜻한다.
3　혹은 망자를~위해: 같은 말이 제50화에도 나온다.
4　똥오줌이 낭자하고: 『금오신화』 「남염부주지」에 "남녀가 뒤섞여 똥오줌이 낭자해"(男女混雜, 矢溺浪藉)라는, 비슷한 표현이 보인다.
5　목구멍에~하고: 수륙재水陸齋를 베풀 때 유주무주有住無住의 외로운 혼령이나

하며 정근기도精勤祈禱[6]를 하기도 한다. 재가 파하는 날 주승主僧(주지)은 떡과 과일을 꾸러미에 싸서 장차 절에 오는 사람을 맞으니, 재의 본래 제도에서 벗어난 것이 너무도 심하다.

하지만 이뿐만이 아니다. 주승은 속가俗家[7]를 탐문해 만일 흉사凶事가 있다고 하면 먼저 그 자식의 집에 고하기를, "우리 절은 조촐하고 깨끗한데, 내가 그 주지다. 꼭 우리 절에서 재를 올리라"고 하니, 상사喪事를 기뻐해 신시信施[8]를 구하는 게 아니고 뭔가. 식자識者가 곁에서 본다면 어찌 부끄럽지 않겠는가. '재'라는 이름에 이미 하늘과 땅 만큼의 차이가 생겼다고 하겠다.

齋者, 齊也, 所以齊不齊而致其齊. 蓋擎跽而奉, 逆立而受, 非有己利之德, 不能當也. 故必齋整其身心, 而後可以受其施利也.

今之言齋者不然, 或因薦亡, 或因保安, 廣集僧徒, 以呧呧哺啜, 稱爲僧齋, 聒聒喧鬧, 稱爲佛供, 施不之敬, 僧不之齋. 乃至士女雜揉, 兒嫗啼號, 犬馬喧闐, 矢溺狼籍, 飯餅散地, 僧

아귀들에게 공양을 하는데 이를 가리키는 말 같다.

6 정근기도精勤祈禱: 독경讀經과 염불을 장시간 쉬지 않고 하는 기도법으로서, 재앙을 없애거나 병을 낫게 하거나 수명 연장 등의 복을 받으려는 것이 목적이다. 약사여래藥師如來에게 비는 약사정근기도, 관음보살에게 비는 관음정근기도 등이 있다.

7 속가俗家: 불가佛家에 상대되는 말로 승려가 아닌 사람의 집안을 말한다.

8 신시信施: 신앙심으로 돈이나 곡식 따위를 절에 내는 것.

亦襃袒搪挨, 俗亦倚欄箕踞, 宣氣睡鼾. 至有飮酒博⁹奕, 胡唱大喝, 勸飣嗌吭, 呵怠精勤. 而罷齋之日, 主僧苞苴餠果以邀將來, 違制已甚.

不徒如是, 主僧問俗家, 若有凶事, 先告子家曰："我寺蠲潔, 我其寺之主, 須設齋¹⁰我寺." 宛如喜喪以邀信施. 識者傍觀, 豈無慚赧? 齋之爲名, 已隔霄壤.

9   博: 원문에는 '傳'으로 되어 있는데 바로잡았다.
10   齋: 원문에는 '子'로 되어 있는데 바로잡았다.

제54화[1]

방참放參이란 선정禪定을 오래해 피곤할 때 조금 쉼을 이른다.[2]
시방十方의 선화禪和[3]가 하나의 승당僧堂에 구름같이 모여 본
분사本分事[4]를 참구하기를 머리에 붙은 불을 끄듯[5] 하다가 해
가 저물어 각자의 요사寮舍로 돌아가 피위被位[6]를 설설設設하여 띠
를 풀고 가사를 벗는다. 이에 고사庫司나 전좌典座[7]가 혹은 약
을 달이고 혹은 죽을 끓여 참선의 노고를 위로한다.

옛날에 장령 탁長靈卓 선사[8]의 회하會下[9] 법석이 엄숙하여

1 　원문에는 이 54화가 독립되어 있지 않고 53화에 이어져 있으나 내용으로 볼
　　때 독립된 이야기이다. 필사의 착오로 여겨진다.
2 　방참放參이란~이른다: '방참'은 참구參究를 잠시 놓는다는 뜻이다. 즉, 참선하
　　다가 조금 쉬는 것을 이른다. 이 글에서 말한 것과 달리 선사에서 주지의 사
　　고나 임시 기도 따위로 야참을 하지 않는 것을 이르기도 한다.
3 　선화禪和: 선승. '화'는 화상和尙.
4 　본분사本分事: 인간이 본래부터 가지고 있는 불성, 즉 본래심本來心.
5 　머리에~끄듯:『중아함경』中阿含經 권18에 나오는, 부처가 아난에게 한 다음 말
　　에서 유래한다. "아난아! 마치 어떤 사람이 불 때문에 머리가 타고 옷이 타면
　　빨리 방편을 구해 머리를 구하고 옷을 구하는 것과 같으니라."(阿難! 猶人爲
　　火燒頭燒衣, 急求方便, 救頭救衣.) 여기서 전성轉成되어『대반야바라밀다경』,
　　『화엄경』등의 여러 경전과 조사 어록에서는 쉬지 않고 수행 정진을 부지런
　　히 하는 것을 뜻하는 말로 쓰였다.
6 　피위被位: 수면 혹은 좌선하는 자리. 여기서는 잠자는 자리를 이른다.
7 　고사庫司나 전좌典座: '고사'는 총감總監으로 선원의 온갖 사무를 감독하는 일
　　을 하고, '전좌'는 일반 승려들의 상좌床座·와구臥具·음식 등의 사무를 관장
　　한다.
8 　장령 탁長靈卓 선사: 송대의 선사 장령 수탁長靈守卓(1065~1123)을 말한다.
　　임제종 황룡파에 속하며, 황룡 유청黃龍惟淸의 법을 이어 받았다.
9 　회하會下: 회중會中이라고도 한다. 스승 문하에서 수행하는 승려들을 이른다.

공양을 하지 않고 오직 안선安禪[10]을 좋은 식사로 삼고 야참夜參[11]을 약으로 삼았다. 그중의 어떤 납자衲子[12]가 배고픔을 견디지 못했다. 입승立僧 무시無示[13]가 탁 선사에게 고하기를, "사람은 식사가 먼저입니다. 이런 식으로 하면 납자들이 어찌 되겠습니까?"라고 하였다.[14] 옛날 선가의 풍격이 이와 같았으니 방참은 단지 음식만을 이른 게 아니었다.

지금은 그렇지 않으니 해질녘에 밥을 먹는 것을 '방참'이라고 한다. 해질녘은 가축에게 먹이를 줄 때다. 지금의 승중僧衆은 시주자의 재공齋供[15]을 받아 정오까지 배불리 먹으니 이때에 이르러 이전에 먹었던 것이 아직 소화가 안 되었는데 잠시 후 또 먹으니 이는 경전에서 말한 '아홉 가지 횡사[16]의 조짐이라 할 것이다. 아! '방참'이라고 이름한 뜻을 알지 못함이 심하도다!

---

10 안선安禪: 좌선하여 심신이 편안한 것.
11 야참夜參: 만참晚參이라고도 한다. 저녁에 조실祖室이 수행자를 모아 놓고 설법하는 것을 말한다.
12 납자衲子: 선종에서 납의衲衣를 입은 승려를 가리키는 말. 납승衲僧이라고도 한다. '납의'는 속인이 내다버린 여러 가지 낡은 헝겊을 모아서 누덕누덕 기워 만든 옷을 말하는데, 수행승의 청빈함을 보여 준다.
13 입승立僧 무시無示: '입승'은 입승수좌立僧首座를 말한다. 수좌의 한 종류로, 선사의 중승衆僧 가운데 도덕과 학식이 높은 사람이 맡는다. '무시'는 승려의 법명이다.
14 옛날~하였다: 이 장령 수탁의 일화는 『인천보감』에 나온다.
15 재공齋供: 부처 앞에 재반齋飯을 바치는 것.
16 아홉 가지 횡사: 『불설구횡경』佛說九橫經에 다음과 같은 아홉 가지 횡사의 원인이 설해져 있다. ①먹을 수 없는 밥을 먹음, ②먹는 양을 조절치 못함, ③먹어 보지 못한 것을 먹음, ④소화되기 전에 또 먹음, ⑤억지로 대소변을 참음, ⑥계행을 지키지 않음, ⑦나쁜 벗을 가까이 함, ⑧때가 아닌 때 마을에 들어감, ⑨유행병, 미친 개 등 피해야 할 것을 피하지 않음.

放參者, 蓋禪定久勞少歇之名也. 十方禪和, 雲聚一堂, 參本分事, 如救頭然, 至日晏, 散歸各寮, 安設被位, 解條抽脫. 於是庫司、典座, 或煮藥石, 或設饘粥, 以慰禪勞.

昔長靈卓禪師會下法席嚴肅, 不事堂廚, 唯安禪以當佳供, 夜參以當藥石. 其中衲子有不任其清[17]苦. 無示爲立僧, 告卓曰: "人以食爲先. 若是則衆將安乎?" 古之禪家風格如此, 則放參非但飮食之名.

今時則不然, 日暮而唅飯, 謂之放參. 蓋日暮, 饲養畜獸之時也. 今之僧衆, 逢施家齋供, 當午飽饜, 至此時, 舊食不消, 移時又唅, 此經文所謂'九橫之漸'也. 嗚呼! 其不識放參立名之意也甚哉!

---

17 清: 원문에는 '瀆'로 되어 있는데 바로잡았다.

제55화

선가에서 꼭 납의를 입는 것은 어째서인가? 그 시원始原은 부富를 버리고 두타頭陀[1] 수행을 한 가섭迦葉으로부터 비롯된다. 옛날에 열두 가지 두타행頭陀行이 있었으니, 분소의糞掃衣[2]를 입고 무덤 사이의 나무 아래 거주하거나 혹은 홀로 외로운 산봉우리에서 자며, 무리를 지어 거주함을 즐거워하지 않고 항상 혼자 지내는 것을 사랑한다. 행여 마을에 행걸行乞[3]하다 길가를 지나며 끊어진 삼베나 비단을 주워 누덕누덕 옷을 기워 찬 바람을 막으니, 옛날의 어느 덕행 높은 선사의 이른바 "끊어진 삼베 주워 구멍난 납의를 깁네"(拾得斷麻穿處補)[4]에 해당

---

1   **두타頭陀**: '두타'는 산스크리트어의 음역으로 '버리다'라는 뜻인데, 의식주에 대한 집착을 버리고 심신을 수련하는 것을 이르는 불교 용어다. 두타 수행법에는 12가지가 있으니 ① 인가와 떨어진 조용한 숲에 머물 것, ② 항상 걸식할 것, ③ 걸식할 때 빈부를 가리지 말 것, ④ 하루에 한 끼 먹을 것, ⑤ 과식하지 말 것, ⑥ 점심 이후에는 과즙이나 꿀도 먹지 말 것, ⑦ 헌 옷감으로 만든 옷을 입을 것, ⑧ 옷은 삼의三衣(중의重衣·상의上衣·내의內衣)만 소유할 것, ⑨ 무상관無常觀에 도움이 되게 무덤 곁에 머물 것, ⑩ 있는 곳에 대한 애착을 여의기 위해 나무 밑에서 쉴 것, ⑪ 나무 아래에서 자면 습기·새똥·독충의 해가 있으므로 한데(露地)에 있을 것, ⑫ 앉기만 하고 눕지 말 것이 그것이다. 이를 '12두타'라고 한다. '가섭'은 부처의 10대 제자의 한 사람이다. 큰 부잣집 아들로 부처에 귀의해 소욕지족少欲知足(욕심을 줄이고 만족함을 앎)을 실천해 부처의 제자 가운데 두타제일頭陀第一의 성자聖者로 꼽힌다.
2   **분소의糞掃衣**: '똥을 닦은 옷'이라는 뜻으로 속인이 버린 헌 옷을 주어다 빨아서 지은 가사를 이른다.
3   **행걸行乞**: 탁발托鉢, 즉 발우를 가지고 집집마다 다니며 먹을 것을 얻는 것.
4   **끊어진~깁네**: 송나라 선사 간당 행기簡堂行機의 다음 게송 "화로에는 불이 없고 양식은 떨어졌는데/저무는 한 해 눈이 버들개지처럼 오네/끊어진 삼베 주워 구멍난 납의 기우니/이 몸이 적막 속에 있는 줄 모르겠네"(地爐無火客

임천가화   379

하고, 또 이른바 "가사袈裟는 백 번 깁고 바라는 다섯 번 때웠네"[5]에 해당한다. 수행하는 사람은 세간世間을 그리워하지 않으며, 일반인의 복식을 하지 않는다.

가사는 처음 총림에 들어갈 때 입는 옷이다. 총림에 처음 들어가면[6] 삼사포의三事布衣와 열여덟 가지 물건을 항상 몸에 지녀야 하며 결여해서는 안 되니,[7] 몸가짐을 엄숙히 하고 옷차림을 정제해야 한다. 그러므로 중승衆僧과 더불어 선정에 들 때[8] 마치 물과 우유가 섞이는 것과 같고,[9] 뭇 사념이 일어

囊空, 雪似楊華落歲窮, 拾得斷麻穿壞衲, 不知身在寂寥中) 중에 나오는 말. 행기 선사는 강서성 번양에 있는 관산의 궁벽한 암자에서 17년 간 화전을 일구어 생활했는데 양식이 자주 떨어졌지만 밤낮 변함없이 참구했다. 이 게송은 그 때 지은 것으로 『인천보감』 권1과 『오등회원』 권20에 실려 있다.

5 가사袈裟는~때웠네: 장로 종색이 지은 「계세면문」誡洗麵文에 나오는 게송 "가사는 백 번 깁고 바라는 다섯 번 때웠으니/아침저녁 끼니의 좋고 나쁨 어찌 말하리/승려는 필경 가난해야 하니/좋은 의식衣食으로 수행하면 불도佛道가 성그네"(百衲袈裟五綴盂, 二時寧復計精粗, 沙門畢竟宜淸苦, 軟暖修行道業疎) 중에 나오는 말로, 『치문경훈』 권8에 실려 있다.

6 총림에 처음 들어가면: 원문은 '入衆'인데, 참선 수도를 위해 총림에 들어가는 것을 이른다.

7 삼사포의三事布衣와~안 되니: '삼사포의'는 '삼사의'三事衣 혹은 '삼사납'三事衲 이라고도 하는데 삼의三衣, 즉 승가리僧伽梨(大衣), 울다라승鬱多羅僧(中衣), 안타회安陀會(下衣)를 말한다. '승가리'는 마을에 들어가 공양에 응하거나 자리에 올라 설법할 때 착용하고, '울다라승'은 대중을 따라 예불하거나 경經을 읽을 때나 당堂에 들어가 음식을 받을 때 착용하고, '안타회'는 길을 왕래하거나 절에서 일을 할 때 착용한다. 『치문경훈』의 「대지 원조大智元照 율사가 의발을 보내면서 원조 종본圓照宗本 선사에게 준 편지」(大智照律師送依鉢與圓照本禪師書) 참조. '열여덟 가지 물건'이란 '비구 18물', 즉 비구가 언제나 몸에 지녀야 할 열여덟 가지 물건인 삼의三衣, 바루, 석장錫杖, 불상, 보살상, 경經, 율律, 부싯돌, 향로, 승상繩床(노끈으로 얽어서 만든 장방형의 상牀으로 앉거나 눕는 용도로 씀), 좌구坐具(앉거나 누울 때 까는 직사각형의 베), 녹수낭漉水囊(물을 거르는 주머니), 물병, 수건, 양지楊枝(치아를 닦는 버들가지), 비누, 작은 칼, 족집게를 말한다.

8 선정에 들 때: 원문의 '止'는 선정을 뜻한다.

나지 않는다.

　지금 어떤 까까머리 미치광이가 있어 운수승으로 자처하는데, 혹은 멀쩡한 비단을 찢어 누덕누덕 기워 입고, 혹은 떨어진 옷을 깁지 않아 바람에 휘날리는 도롱이[10]와 같다. 그런가 하면 방부榜附 들여 안거安居에 참여한[11] 어떤 납자는 몸에서 때 냄새가 폴폴 나고 몸이 땀에 절어 있으며 옷에 이가 기어다니는 데다 걸핏하면 인단鄰單[12]을 살핀다. 심지어는 불전佛殿에 오르고 참당參堂[13]을 하면서 조금도 부끄러워하는 기색이 없으며 자신을 고승에 비길 뿐만 아니라, 방종해 중승을 공경하지 않고 부처를 업신여긴다. 심할 경우 고운 비단으로 가사를 짓고 따뜻하고 좋은 내의[14]를 입어 화미華美함을 뽐내기까지 하니, 기롱하거나 논평할 가치조차 없다.

禪必衲衣, 何也? 蓋其源自捨富頭陁迦葉而始也. 古者十二頭陁, 著糞掃衣, 居塚間樹下, 或獨宿孤峯, 不樂群居, 常愛單棲. 幸因行乞村落, 經過道傍, 收拾斷麻殘帛, 重重補綴以

9　물과~같고: 화합하여 수행한다는 뜻. 『사분율소』四分律疏 권3에 "같이 한 스승에게 배우니, 마치 물과 우유가 섞이는 것과 같다"(同一師學, 如水乳合)라는 말이 나온다.
10　도롱이: 짚이나 띠 따위로 엮어 허리나 어깨에 걸쳐 두르는 비옷.
11　방부榜附~참여한: 객승이 입방入房 허락을 받아 안거에 참여함을 말한다.
12　인단鄰單: 이웃하는 단單, 즉 곁에 있는 승려. '단'은 승당僧堂 내의 중승의 좌위座位.
13　참당參堂: 승당 대중의 일원이 되어 함께 생활하는 것.
14　내의: 삼의三衣의 하나인 안타회를 말한다.

禦寒風, 古德所謂"拾得斷麻穿處補",[15] 又云:"百衲裂裟五綴盂." 蓋修道之人, 不戀世間, 不與衆集者之儀裝也.

裟裟,[16] 入衆之服飾也. 入衆則三事布衣, 十八種物常隨其身, 不可缺也, 而威儀嚴肅, 裝束整齊. 乃可與衆偕止, 如水合乳, 不動衆念.

今有一般狂髡, 自謂雲水, 或裂全帛, 疊疊重縫, 或不補綻裂, 飄如蓑衣. 或一衲參衆, 垢薰汗炙, 蟣蝨緣縫, 動念隣單. 至于登殿參堂, 略無慚愧, 自擬高僧, 縱不敬衆, 可慢聖容, 甚者細帛爲衲, 輕暖內服, 爭誇華美, 不足譏議.

---

15 **穿處補**:『인천보감』및『오등회원』에는 '補壞衲'으로 되어 있다.
16 **裟裟**: 원문에는 '非六和'로 되어 있는데 바로잡았다.

제56화

승상繩床이란 옛날 12두타를 할 때 무덤 사이나 나무 아래에 외따로 야인野人처럼 살든지 여러 곳에 노닐 적에, 빈 집이나 한데에 펼쳐 앉아 사지四肢를 편안히 하는 물건이다. 우리나라는 불법의 전래 이후 가람伽藍과 정사精舍[1]와 암굴巖窟과 선방禪房에 구들장과 평상이 곳곳에 있으니 설사 승상이 있다한들 어디에 쓰겠는가. 간혹 험한 길을 가거나 풍찬노숙할 때 잠시 승상에 의탁해 피곤한 다리를 편안히 한다. 승상은 견고하고 튼튼하지만 단정하게 앉기는 어렵다.

　지금의 속류배들은 본래의 제도를 알지 못해 승상 위에 다리를 오므려 웅그리고 앉는 것을 간편하게 여기는데, 또한 스스로 몸을 편안히 하거나 잠을 경계할 수 없으니 승상을 만든 본래의 취지를 크게 잃었다 하겠다. 게다가 심한 경우 석장錫杖과 함께 횃대에 걸어 두니 가소로운 일이다.

繩床者, 古者十二頭陁, 於塚間樹下星居野處, 或遊諸方, 於虛堂露地, 展之而坐, 以安四肢者也. 我國自法流以後, 伽籃精舍, 巖崛禪房, 板堗床座, 隨處嚴整, 縱有繩床, 何處可施? 其或間關道路, 風餐露宿, 暫假繩床以安疲脚. 要在堅緻牢實,

---

1　**정사精舍**: 사원의 다른 이름.

不可突兀難據.

　　今時流輩不知本制, 瘦脚窄坐以爲簡便, 而自亦不能安生警眠, 大失本意, 而甚者與杖俱掛於巾單之上, 可笑也哉!

제57화

좋은 벗¹은 만나기 어렵다. 대저 좋은 벗이란 반드시 성실하고 강직하며 진실된 말을 하는 자이다. 성실하고 강직하면 이익으로 유혹하기 어렵고, 진실된 말을 하면 사사로운 정으로 사귀기 어렵다. 대개 보통 사람의 경우 이익으로 유혹하면 기뻐하고, 사사로운 정으로 사귀면 친밀해진다. 하지만 좋은 벗은 이치에 맞으면 따르고, 이치에 어긋나면 따르지 않으며, 반드시 곧은 말로 충고한다. 충고해도 듣지 않으면 반드시 훌쩍 떠나 버리니 설사 따르게 하고자 해도 길이 없다.

善友難遭而難遇也. 夫善友者, 必諒直而忠言者也. 諒直則難以利誘, 忠言則難以情交. 蓋常人之情, 利誘則喜, 情交則厚. 彼善者, 當於理則從, 逆於理則違,² 必謇謇然諫諍. 諫諍而不聽, 則必浩浩然去矣, 雖欲從之, 末由也已.

---

1   **좋은 벗**: 여기서 '벗'은 불법을 함께 닦는 도반을 말한다.
2   **理則違**: 원문에는 '理違則'으로 되어 있는데 바로잡았다.

제58화

불법을 구하면서 밝은 스승을 만나는 것은 검부러기를 바늘 귀에 꿰는 것만큼이나 어렵다. 불법을 구하면서 삿된 스승을 만나면 반드시 밝은 가르침의 죄인이 된다.

대개 불법을 구해 출가하는 것은 본래 마음을 밝히기 위해서인데 마음은 밝히지 않고 한갓 머리 깎고 치의緇衣만 입은 자는 살아서는 삼강三綱의 죄인이요 죽어서는 저승의 궁한 귀신이 될 것이다. 비록 정신이 없어지지 않아 다시 사람으로 태어난다 할지라도 나는 그가 컴컴하니 아무 것도 모르는 존재가 되리라는 것을 안다. 하물며 한번 저승으로 돌아가면 다시 이 세상에 올 줄 헤아리지 못하거늘, 다시 태어나도 다시 태어난 줄 알지 못하니 '헛된 태어남'이라 이를 만하고, 죽어도 죽은 줄 모르니 '헛된 죽음'이라 이를 만하다.

저 삿된 스승이란 자는 스스로도 구하지 못하면서 오히려 남을 유혹해 어리석음의 구덩이로 끌어들여 한 통속을 만들지만 아둔해 반성할 줄 모르니 슬프도다!

求法而遇明師, 其猶纖芥之投針乎! 求法而遇邪師, 則必作明敎之罪人也.

蓋求法而出家, 本爲明心, 不明其心, 徒化髡緇者, 生爲三綱之罪人, 死作幽壤之窮鬼. 雖精神不滅, 再復爲人, 吾知其

爲闇闇無知之物矣. 況一返幽鄕, 莫測其再來者, 而生不知生,
可謂徒生, 死不知死, 可謂徒死.

彼邪師者, 自救不了, 猶且誘他引入癡坑, 牽連相累, 冥不
知返省, 悲夫!

제59화

한 번 태어나고 한 번 죽는 것은 고금에 두루 통하는 이치이거늘 불경에 삼세윤회三世輪回의 설이 있음은 어째서인가?

성인의 말씀에는 권權이 있고 실實이 있다.[1] '권'을 말하면 삼세윤회하여 다함이 없고, '실'을 말하면 한결같이 적연寂然하여 어디로 감이 없다. 단견斷見[2]을 깨뜨릴 땐 만법이 무궁하고 본래 묘하다는 것을 말하고, 상견常見[3]을 깨뜨릴 땐 일상一相[4]이 적연하고 이름이 없다는 것을 말한다. 만약 만법을 분명히 안다면 오직 마음이 일체一切이며[5] 언어는 모두 환설幻設이니, 윤회로 논해서도 안 되고 일적一寂[6]으로 알아서도 안 된다. 일체·제법諸法은 꿈과 같고 환幻과 같으며, 일체 방편은 종내 얻을 수가 없다. 그래서 이리 말했다.

---

1 성인의~있다: '권'權은 중생의 근기根機에 맞게 가설假設한 방편을 말하고, 수단이나 가설이 아닌 구경불변究竟不變의 진실을 '실'實이라 한다. '실'에 들게 하기 위해 '권'을 쓰므로 실상 권실불이權實不二라고 할 수 있다.

2 단견斷見: 사람이 죽으면 재나 흙이 되어 몸과 마음이 모두 없어져서 다시 뒷세상이 없다는 견해로 불교에서는 외도外道로 본다.

3 상견常見: 세계와 자아는 사후死後에도 없어지지 않으며, 오온五蘊은 과거나 미래에 상주常住하여 영구히 존재한다는 견해로 불교에서는 외도로 본다. 이를 단견과 함께 '이견'二見이라고 한다.

4 일상一相: 차별이 없는 한 모양. 진여眞如의 세계는 평등하여 차별이 없이 한 모양이다.

5 오직 마음이 일체一切이며: 『화엄경』에 '일체유심조'一切唯心造(모든 것은 오직 마음이 지어내는 것이다)라는 말이 있다.

6 일적一寂: 적멸寂滅 일리一理를 말한다. 상相을 여의었으므로 적멸이라고 한다.

일념一念[7]에 널리 무량겁無量劫을 관觀하니

감도 없고 옴도 없고 머무름도 없네.

이와 같이 삼세三世의 일을 분명히 안다면

모든 방편 뛰어넘어 십력十力[8]을 이루리.[9]

一死一生, 古今之通理, 而經有三世輪回之說, 何也?

曰: 聖人之語, 有權有實. 言權, 則三世輪回而不窮, 言實, 則一味[10]蕭然而無趣. 破斷見, 則言萬法無窮而本妙, 破常見, 則言一相寂然而無名. 若能了知萬法, 唯心一切, 語言皆是幻設, 不可以輪回論, 不可以一寂會. 一切諸法, 如夢如幻, 一切方便, 終不可得. 故云: "一念普觀無量劫, 無去無來亦無住. 如是了知三世事, 超諸方便成十力."

---

7 일념一念: 찰나의 순간. 혹은 일념심一念心, 즉 아주 짧은 순간의 마음.
8 십력十力: 부처만이 갖고 있다는 다음의 열 가지 능력. ① 이치에 맞는 것과 맞지 않는 것을 구별하는 능력. ② 선악의 행위와 그 과보果報를 아는 능력. ③ 모든 선정禪定이나 삼매의 순서와 깊고 얕음을 아는 능력. ④ 중생의 근기를 아는 능력. ⑤ 중생의 갖가지 욕구와 알음알이를 아는 능력. ⑥ 중생이 제각각 지닌 갖가지의 성질을 다 아는 능력. ⑦ 어떠한 수행으로 어떠한 상태에 이르게 되는지를 아는 능력. ⑧ 중생의 전생을 기억하는 능력. ⑨ 중생이 죽어 어디에 태어나는지를 아는 능력. ⑩ 번뇌를 다 소멸시키는 능력.
9 일념一念에~이루리: 『화엄경』「광명각품」光明覺品에 나오는 송頌.
10 味: 원문에는 '未'로 되어 있는데 바로잡았다.

제60화

부처를 보고 법法을 들어서(見佛聞法) 무생無生을 깨닫는 것은 어째서인가?[1]

'부처를 본다'는 것은 견성見性[2]을 말하고, '법을 듣는다'는 것은 오묘함을 깨닫는 것을 말한다. 성性이 본래 묘하다는 것을 깨달으면 무생을 단박에 깨치게 된다. 죽은 이의 영혼을 위해 이 말을 하는 것은 죽은 이를 일깨우고자 해서다. 사람이 갓 죽으면 정신이 비로소 흩어져 컴컴해 돌아갈 줄을 모르나, 이치에 통달한 사람은 한번 거량擧揚[3]하자마자 번뜩 깨달아 전날의 잘못을 크게 뉘우치고 지금의 길로 나아가니, 마치 맑은 못에 달이 비쳐 피차 막힘이 없는 것과 같다.

아둔한 무리들은 한갓 죽은 말(死語)만 해대니 무슨 도움이 되겠는가.【'죽은 말'이란 스스로 알지도 못하면서 옛 말을 설하는 것을 이른다.】[4] 죽은 이의 혼령을 위해 말을 하는 것은 혼을 일깨우기 위해서다. 항우가 오강烏江에서 자신의 목을 찌르고서 있었는데 유방이 일깨우자 스스로 쓰러져 죽었으며,[5] 가비

---

1 부처를~어째서인가: '견불문법'見佛聞法은 견불문도見佛聞道와 같은 말. '견불문도'는 『화엄경』, 『법화경』 등 여러 경전과 소疏에 자주 나온다. '무생'無生은 생멸生滅이 없음을 말한다. 제법諸法의 실상은 생멸이 없다. 열반은 생멸이 없으므로 무생이라고 한다.
2 견성見性: 자신이 본래 갖춘 불성佛性을 꿰뚫어 보아 깨닫는 것을 말한다.
3 거량擧揚: 설법할 때 죽은 사람의 영혼을 부르는 일.
4 【 】속의 말은 원주에 해당한다. 이하도 마찬가지다.

라迦毗羅가 수론數論을 지어 돌로 화化했는데 진나陳那가 깨우치자 스스로 깨져 버렸다.[6] 진실로 올바른 이치로 이끄니 목석木石과 조수鳥獸도 오히려 감응하거늘 하물며 훌쩍 허물을 벗어 완전히 공空이 된 자가 어찌 돌아갈 줄을 모르겠는가.

부처란 무엇인가? 부처란 깨달음이니,[7] 묘성妙性[8]을 스스로 깨달아 중생을 깨닫게 한다.

부처란 무엇인가? 부처란 열반에 대한 최고의 칭호다.[9] 열반이란 원적圓寂[10]이니, 원圓하면 갖추지 않음이 없고, 적寂하면 막힘이 없다.

5　항우가~죽었으며: 항우가 유방의 군사에 쫓겨 오강에서 스스로 칼로 목을 찔러 죽었다는 사실은 사마천의 『사기』 「항우본기」에 나오는데, 유방이 이때 항우를 일깨워 항우가 스스로 쓰러져 죽었다는 말은 출처 미상이다.

6　가비라迦毗羅가~깨져 버렸다: '가비라'는 25제諦를 세운 수론파數論派의 개조開祖로 불교에서 외도로 간주한다. 수론파는 인도 6파 철학의 하나로 '수론'數論, 즉 금칠십론金七十論을 신봉한다. 가비라는 수론을 지은 뒤 육신이 오래 머물 수 없고 또 자신이 지은 수론이 이교도에 의해 깨뜨려질까 두려워 하늘에 가서 수명을 연장하는 법을 구했는데 이에 하늘은 그를 돌로 화하게 했다. '진나'陳那(480~540년경)는 남인도 안드라국 출신이며 유식학唯識學을 확립한 세친世親(바수반두) 계통에 속하는 대승의 승려인데 불교 인식논리학인 인명론因明論을 저술했다. 진나가 가비라의 화신인 돌에다 글을 써서 그의 수론을 비판하자 돌이 땀을 흘리며 큰 소리로 울더니 깨져서 공중으로 날아 올랐다고 한다. 이 이야기는 영명 연수永明延壽(904~975)가 지은 『심부주』心賦註 권3에 보인다.

7　부처란 깨달음이니: 원문은 '佛者覺'인데 이 말은 당나라 법장法藏이 지은 『화엄경 탐현기』華嚴經探玄記, 당나라의 거사 이통현李通玄이 지은 『신화엄경론』新華嚴經論, 『종경록』 등 여러 글에 보인다.

8　묘성妙性: 본래의 마음, 곧 자성自性을 말한다.

9　부처란 열반에~칭호다: 송나라 회원懷遠이 엮은 『능엄경의 소석요초』楞嚴經義疏釋要鈔에 "부처란 열반이다"(佛也涅槃)라는 말이 보인다.

10　원적圓寂: 제덕諸德이 원만하고 제악諸惡이 적멸한다는 뜻. 곧 생사의 고품를 여의고 청정한 세계에 드는 것을 이름.

부처란 무엇인가? 부처란 무사無事[11]다. 무사란 무엇인가? 제법諸法이 얽매임 없이 자유로워 어디서든 무위無爲 아님이 없고, 적연히 상相을 여의어 큰 허공을 다하여 남김이 없고, 허공과 섞여 체성體性[12]이 되며, 해가 지고 달이 뜨고 추위가 가고 더위가 오고, 없어짐과 생김, 차고 빔이 다하지 않고, 생각도 없고 헤아림도 없고 다스려짐도 없고 어지러움도 없는 것, 이것을 '무사'라고 할 수 있을 것이다.

見佛聞法, 悟無生者, 何也?

見佛者, 見性也; 聞法者, 悟妙也. 悟性本妙, 則頓悟無生矣. 爲亡靈擧此言, 欲以警冥也. 人之始死, 精神初散, 冥不知歸, 達理之人, 纔一擧揚, 惺然解悟, 猛省前日之非, 趣向今時之路, 如淸潭月映, 彼此無礙.

如懵憧之輩, 徒說死語, 何益哉?【死語, 自不會而說古語也.】爲亡靈著語, 所以警魂也. 頂羽刎立於烏江, 漢帝警之而自仆, 毗羅著論而化石, 陳那解之而自碎. 苟以理導之, 木石鳥獸猶有感格, 況倏然脫殼, 了然爲空者, 可不知返乎?

佛也者, 何謂也? 佛者, 覺也, 自覺妙性, 覺悟群生也.

佛也者, 何謂也? 佛也者, 涅槃之極稱也. 涅槃也者, 圓寂

---

11 **무사無事**: 팔리어 nakaraṇiyam atthi의 번역어로 막힘이 없고 구하는 것도 없음을 이른다.
12 **체성體性**: 물건의 본질을 '체'體라 하고, 체의 변하여 바뀌지 않음을 '성'性이라 하니, 체가 곧 성이다.

也, 圓則無不備, 寂則無可礙.

佛也者, 何謂也? 無事者也. 無事也者, 何謂也? 諸法泠[13]
然, 無適無爲, 蕭然離相, 極大虛而無遺, 混虛空爲體性, 日往
而月來, 寒往而暑來, 消息盈虛之不窮, 無思無慮, 無治無亂,
其可謂無事也歟!

13 泠: 원문에는 '冷'으로 되어 있는데 바로잡았다.

제61화

세상 사람들이 나무나 돌로 부처의 상상像을 만듦은 어째서인 가? 그 도를 사랑하고 그 덕을 흠모하여 잊지 못해서다. 『시경』에 이르기를, "아! 전왕前王을 잊지 못하네"(於乎前王不忘)[1]라고 했다. 부처가 중생에 끼친 은혜는 두텁다. 높으샤 물물物을 다스림은 임금과 같고, 훌륭한 법으로 가르치심은 스승과 같으며, 자비로써 중생을 제도하심은 어버이와 같다. 이 셋을 함께 행하여 어긋나지 않으므로 그 상상像을 만들어 공경하고 그 일시日時를 기다려 제사지내며【열반에 드신 날, 탄신일, 성불하신 날을 이르니, 곧 제사를 지내야 하는 때다. 때가 아닌 때에 제사 지내는 것을 음사淫祀라고 한다.】 그 말씀을 흠모하여 풍송諷誦[2]한다. 그리하여 위로는 임금에게 복을 내리기를 기원祈願하고 아래로는 죽은 자와 산 자에게 은혜를 베풀 것을 구하니, 그 덕이 사람 속에 들어옴이 깊다 할 것이다. 그러니 잊지 못함이 당연하다.

世人以木石塑佛軀者, 何謂也? 愛其道、慕其德, 而不忘也.
『詩』云: "於戱! 前王不忘." 佛之於群生, 其恩厚矣. 其尊而馭

1 　아~못하네: 『시경』 주송周頌 「열문」烈文의 한 구절. 전왕의 어진 덕을 잊지 못한다는 말.
2 　풍송諷誦: 경전의 글귀에 가락을 붙여 읽는 것을 말한다.

物則君也, 其敎以善法則師也, 其慈以濟衆則親也. 與三者並
行而不悖, 故塑其像以敬之, 待其時以祭之【謂涅槃誕日成道, 乃當
祭之時也. 非時而祭, 是謂淫祀.】, 慕其言以諷誦之. 上以祝釐於君親,
下以資恩於死生, 德之入人深矣. 其不忘也宜哉!

제62화

법보法寶[1]를 산문山門에 두는 것은 어째서인가? 부처를 추모하
고 숭배하기 위해서다. 각황覺皇(부처)은 삼계三界[2]의 은사恩師
로 그 도덕이 민民을 적심이 두터우니, 민이 그 은혜를 입음이
오래다. 비록 의발衣鉢이나 장구杖屨나 사리라 할지라도 소홀
히 여겨서는 안 되며 높이 받들어야 한다. 그러니 마땅히 복
장服裝을 장식하고 그 남긴 것[3]을 존엄히 하며, 탑을 세워 존
숭하고,[4] 공경하여 보배롭게 여기며, 때에 맞춰 제사를 지낸
【정월 초하루, 청명일, 단오, 중추를 말한다.】 것이 비록 천여 년이지
만, 법신法身[5]은 성대해 불멸이니 진실로 그 기록된 말씀[6]이 없
다면 공경하는 마음이 무엇에 의거할 것인가.

法寶之留鎭於山門, 何也? 所以追遠也. 覺皇爲三界恩師, 道
德之霈民厚矣, 民受其賜久矣. 雖衣鉢·杖屨·遺身·寶骨, 不可
容易, 以尊奉之矣, 當崇飾其裝, 尊嚴其物, 塔以崇之, 敬以寶

1   **법보法寶**: 삼보三寶의 하나로 불경을 가리킨다.
2   **삼계三界**: 일체 중생이 생사윤회生死輪回하는 세 가지 세계인 욕계欲界, 색계
    色界, 무색계無色界를 말한다.
3   **남긴 것**: 사리 같은 것을 말한다.
4   **탑을 세워 존숭하고**: 사리는 탑에 안치한다.
5   **법신法身**: 빛깔도 형상도 없는 영원한 부처의 본체로 진여眞如·실상實相이라
    는 말과 같다.
6   **기록된 말씀**: 불경을 가리킨다.

之, 以時而薦掃之【謂元日․淸明․端午․中秋也.】, 雖千有餘載, 而法身
則洋洋乎不滅也, 苟無其標, 敬心何據?

제63화

암자를 지어 단청칠을 하는 것은 법도에 맞지 않다. 석가는 풀로 만든 둥근 집을 '암'이라고 이름했다. '암'菴은 '엄'奄('가리다'라는 뜻)이니 스스로를 가린다는 뜻이다. 옛날의 도가 있는 승려는 인간 세상을 하찮게 여겨 그것을 떠나 깊은 골짝에 초가를 짓고 살았다. 임금이 내리는 명리名利를 사양해 그것을 누리지 않았고 금옥金玉과 진기한 보석을 헌신짝처럼 여겨 좋아하지 않았으며, 오막살이 초가에서 풍우로부터 몸이나 가릴 뿐이었다. 그래서 '암'菴이라고 했다. 옛날 대매大梅[1]가 이런 게송을 지은 바 있다.

바야흐로 세상 사람들 내 거주하는 곳 아는지라
다시 띠집 옮겨 깊은 데 들어가 거처하네.[2]

화和 암주菴主[3]가 지은 시에는 이런 구절이 있다.

---

1 **대매大梅**: 마조 도일의 법을 이어받은 당나라의 선승 대매 법상大梅法常 (752~839)을 가리킨다. 절강성 사명四明의 대매산大梅山에 30년간 은거했으며, 만년에 호성사護聖寺라는 선원을 지어 문도들을 가르쳤다.
2 **바야흐로~거처하네**: 이 게송은 『오등회원』 권3의 「명주 대매산 법상선사자」明州大梅山法常禪師者에 보인다.
3 **화和 암주菴主**: 송나라의 사문沙門 지화知和를 가리킨다. '암주'는 암자의 주인을 말한다. 지화는 절강성 설두雪竇의 앞산에 있던 서운암栖雲菴에서 20여 년 거처했는데, 덕이 높았다.

늙으니 자주 객客을 대하기 싫어

덩굴 잡아 또 높은 산으로 올라가네.[4]

이것이 암자가 이름을 얻게 된 까닭이다. 이 두 사람은 설사 임금이 정사精舍를 잘 지어 그곳에 거주하기를 청해도 반드시 비웃으며 달아날 것이다.[5]

지금 명산의 빼어난 땅에다 집을 잘 단장해 암자라 이름하고 고승을 대우하고자 하나, 수리처럼 우는 봉황[6]이 거기에 거처하며 방자하게 으스댄다. 그는 화주승의 수고로움도 모르고 사람들이 재물을 시주한 이유가 복을 구해서인 줄도 모르고 있다. 그뿐만 아니라 시주를 한 사람과 화주승 역시 암자라 이름한 본뜻을 알지 못하고 있으니, 그 실상을 잃은 것이 심하다 하겠다.

創菴舍而塗金碧, 非法也. 釋名[7]草爲圓屋曰菴. 菴者, 奄也, 以自覆奄也. 古之有道之士, 唾謝人世, 草廬窮谷之間, 揖君親名利而不居, 屣金玉珍寶而不御, 處蓬茅之下以庇風雨而

---

4 늙으니~올라가네: 이 시는 송나라의 선사 운와 효영雲臥曉瑩이 저술한 『나호야록』羅湖野錄(『임간록』 비슷하게 선사들의 일화를 모은 책) 하권에 보인다.

5 명나라의 선사 운서 주굉雲棲袾宏(1535~1615)이 엮은 『황명명승집략』皇明名僧輯略 권1에 "당에는 대매가, 송에는 화 암주가, 한정閑靜과 넉넉한 정취가 있어 도만 닦았다"(唐有大梅, 宋有和菴主, 閑靜餘情, 養道而已)라는 말이 보인다.

6 수리처럼 우는 봉황: 제35화에 이 말이 나왔다.

7 名: 원문에는 이 뒤에 '曰'이 더 있는데 연자이다.

已. 故曰菴. 昔大梅有偈云: "剛被世人知住處, 更移茅屋[8]入深居." 和庵主詩云: "年老懶能頻對客, 攀蘿又上一崚嶒." 此庵之所以得名也. 彼二人者, 雖巧設精廬, 皇王請住, 必揶揄而避之矣.

今之名山勝境, 崇飾名菴, 擬待高僧, 而鴟鳴鳳翰者, 倡恣其間, 不知化緣之勞形, 不了施財之邀福, 而爲施爲化者, 亦不識名庵之本意, 其失實也甚矣.

---

8   **更移茅屋**: 『오등회원』에는 '更'이 '又'로, '屋'이 '舍'로 되어 있다.

제64화

총림叢林이란 무엇인가? 전단旃檀 나무[1]가 빽빽이 서 있는 것을 가리키는 말이다. 옛날에 도가 있는 승려는 외딴 산야山野에 거주하며, 땅을 파 움막을 지어 살든가 초가에 살아 물物에 마음을 두지 않고 세상을 잊었다. 그래서 뜻을 같이하는 바싹 마른 이들이 식량을 등에 진 채 짚신을 신고 찾아와 좇아 노님이[2] 날마다 많았다. 하지만 그 집은 바람과 해를 가리기에 부족했고 그 먹을 것은 조석을 잇기에도 부족했다. 이에 신심信心이 있는 무리들이 소문을 듣고 그 도의道義를 사모해 재물을 시주하고 곡식을 내어 보호하고 도왔다. 그 스승을 높이고자 방장方丈(주지)을 두고, 그 도반道伴들을 편안하게 하고자 중료衆寮[3]를 지었다. 무릇 주방, 곳간, 뒷간, 욕실 등 생활에 필요한 일체의 시설을 모두 갖추게 하고, 전답을 기부해 부족한 살림살이에 보태게 하며, 노비들을 시주해 받들어 모시게 했다. 신도들이 한갓 호사好事로 이리 한 것은 아니며, 대개 그 도덕을 존경해서였다.

하지만 지금의 속류배들은 얼음과 숯불이 뒤섞여[4] 스스럼

---

1   **전단旃檀 나무**: 인도에서 나는 향나무로 9미터 내외로 자란다.
2   **뜻을~노님이**: 『치문경훈』 권3에 실린 「무주 영안선원 승당기」에 "뜻을 같이하는 바싹 마른 이들이 천 리를 멀다 않고 식량을 싸서는 짚신을 신고 찾아와 좇아 노닐고자 했는데"(枯槁同志之士, 不遠千里, 裹糧躡屩來, 從之游)라는 말이 보인다.
3   **중료衆寮**: 중승衆僧이 거주하는 요사寮舍.

없이 지내니 오히려 용천龍天[5]에 부끄러운 일이다. 하물며 날마다 늘 좋은 것만 쓰는지라 마음이 번뇌[6]에 빠져 무명無明을 살피지 못하고 목숨이 단축됨을 알지 못하니, 좋은 시절 다하면 죽어서 저 악도惡道[7]에 떨어지게 된다. 대장부[8]는 부동심不動心[9] 얻음을 가장 이롭게 여긴다.

叢林者, 何也? 表旌檀林之叢立也. 古之有道之士, 星居山野, 穴土草廬, 不耦於物, 忘心於世, 則枯槁同志之士, 負粮蹣屬來, 從之遊者日衆, 而其所庇廕者, 不足以蔽風日, 其所資養者, 不足以贍[10]朝脯. 於是信心之徒, 聞風嚮道, 施財出穀, 以護助之. 設方丈以尊其師表, 營衆寮以安其學侶. 凡廚、庫、溷、浴一切資身之具, 使無不備, 納土田以助不給, 施臧[11]獲以令奉

---

4 얼음과 숯불이 뒤섞여: 서로 용납되기 어려운 두 부류의 승려들, 즉 바르게 정진하는 승려와 명리를 뒤쫓는 사이비 승려들이 혼재한다는 말.
5 용천龍天: 제48화의 각주를 참조할 것.
6 번뇌: 원문은 '蓋纏'으로 번뇌의 다른 이름. '蓋'는 착한 마음을 덮는다는 뜻이고, '纏'은 속박한다는 뜻.
7 악도惡道: '악취'惡趣라고도 한다. 나쁜 일을 한 업보로 태어나는 곳. '삼악도' 三惡道는 지옥·아귀·축생을 이르고, '오악도'五惡道는 지옥·아귀·축생·인人·천天을 이른다. 지옥·아귀·축생은 순전히 악업만 지은 이가 태어나는 곳이고, '인'과 '천'은 선업과 악업을 함께 지은 이가 태어나는 곳이다.
8 대장부: 유교 용어로만 알고 있지만 불경에도 많이 나오는 말이다.
9 부동심不動心: 번뇌에 속박되지 않는 마음을 이른다. 『화엄경』, 『마하반야바라밀경』, 『중아함경』 등 여러 경전에 이 말이 나온다. 『맹자집주』「공손추장구」公孫丑章句 상에서는 외물에 흔들리지 않고 늘 평상심을 유지한다는 뜻으로 쓰였다.
10 贍: 원문에는 '瞻'으로 되어 있는데 바로잡았다.
11 臧: 원문에는 '咸'으로 되어 있는데 바로잡았다.

侍. 其所以然者, 非徒好事也, 蓋尊其道德也.

今之流輩, 冰炭混居, 足履手撫, 猶愧龍天. 況日費常佳, 心泪蓋纏, 不察無明, 不知命縮, 韶盡遷謝, 墮彼惡道. 大丈夫猛利得不動心者哉!

제65화

근래 한 부류의 부끄러움을 모르는 무리가 있어 손가락을 자르거나 몸을 태워 스스로 그 신체를 훼손함으로써 세상에 이름을 구한다. 그리하여 죽어도 부끄러운 줄 모르니 슬퍼할 만하다. 증자曾子는 죽을 때 '이불을 열어 내 손과 발을 보라'는 말로 제자들에게 가르침을 남겼고, 악정자춘樂正子春은 '부모가 온전히 낳았으니 자식은 죽을 때까지 몸을 온전히 해야 한다'고 제자들을 가르쳤다.[1] 머리를 깎고 모양을 달리한 건 비록 석가의 가르침에 의한 것이라 할지라도 오히려 죄가 있다 하겠는데 하물며 그 목숨을 버리고 그 몸을 훼손해 어리석은 사람들을 놀라게 해서야 되겠는가.

아아! 그 마음이 만약 바르다면 설사 자신의 재능을 감추고 세속을 좇아 중생을 제도한다 할지라도 어찌 괴이함을 용납하겠는가. 그 마음이 만약 삿되다면 신통변화神通變化[2]는 또한 마귀의 짓과 동일하거늘 하물며 자신의 몸과 목숨을 해쳐 명성을 구하는 자야 말할 나위가 있겠는가. 불법이 동쪽으로

1 증자曾子는~가르쳤다: 『논어』「태백」泰伯에, 공자의 제자 증자가 죽을 때 문생들을 불러모아 자신의 손과 발을 보게 하면서 부모가 물려준 몸을 평생 조심히 간직해야 한다고 했다는 말이 나오며, 『소학집주』小學集註 권4 「계고」稽古에, 증자의 제자 악정자춘이 발을 다치고 나서 제자들에게 '부모가 온전하게 낳았으니 자식이 온전한 몸으로 죽어야 효라고 할 수 있다'라고 했다는 말이 나온다.
2 신통변화神通變化: 신통력에 의해 불사의不思議를 나타내는 것.

흘러온 지 2천여 년에 이치를 아는 군자가 더러 그것을 사모함은 그 이치가 혹 옳기 때문이다. 하지만 이처럼 손가락을 자르고 몸을 태우는 것과 같은 이치에 어긋난 일이 자주 있다면 뜻 있는 선비와 어진 사람이 어찌 불법을 취하겠는가.

단지 이것만이 아니다. 요사한 말과 괴이한 술법 등 황당 무계하고 상도常道에 벗어난 것이 이르지 않음이 없다. 그리하여 간사하고 흉악한 이들이 이익을 탐해 농락질을 하면 우매한 무리들이 이를 망령되이 믿어 귀복歸服한다. 그리하여 천하의 백성들이 어둡고 컴컴해져 예외없이 몸을 훼손해 일찍 죽는 부류 속으로 들어가니 그 무지함이 심하다 하겠다.

近有一等無愧之輩, 斷指燒身, 自殘其軀, 釣名人世, 死不知慚, 可悲也夫! 且曾子有啓手足之訓, 樂正子有父全子全之戒. 彼斷髮異形, 雖依釋訓, 猶且有罪, 況隕其命, 殘其形, 以驚動癡人者乎!

嗚呼! 其心若正, 雖混迹和光, 豈可容異? 其心若邪, 神通變化, 亦同魔作, 況害軀命以求名價者哉! 蓋佛法流東, 二千餘載, 識理君子, 猶或慕之者, 以其理之或當也. 若此悖逆之事, 比比有之, 志士仁人, 豈有取之者乎?

不特此耳. 妖言怪術, 荒誕不經, 無所不至. 於是姦兇之人, 貪利而簸揚之, 愚騃之徒, 妄信而歸服之, 則天下之民, 晦盲否塞, 靡有孑遺, 而胥入於殘形天閼之類矣, 其無知也甚矣.

제66화

약왕보살이 자기 몸을 태운 것은[1] 불법을 구하고자 해서였다. 그러므로 말하기를, "내가 두 팔을 버리면 반드시 여래의 금빛 몸을 얻을 것이다"[2]라고 했는데, '두 팔을 버린다'는 것은 유有와 무無를 버린다는 말이고, '여래의 금빛 몸을 얻는다'는 것은 중도中道를 얻는다는 말이다.[3] 이변二邊[4]을 버리고 중도를 얻으면 시방대지十方大地의 삼라만상 하나하나가 약왕보살의 본래 몸 아닌 것이 없다.

藥王之然身, 所以求法也. 故云: "我捨兩臂, 必得金色之身." 捨兩臂, 捨有無, 得金色, 得中道也. 捨二邊得中道, 十方大地森羅萬像, 頭頭物物, 無非藥王本來身也.

---

1 약왕보살이~것은: 이 일은 제3화를 참조할 것.
2 내가~것이다: 『법화경』 제22품 「약왕보살본사품」에 나오는 말.
3 두 팔을~말이다: 제3화에 비슷한 말이 나온다.
4 이변二邊: 유와 무를 말한다.

제67화

신광이 팔을 자른 것은 불법을 구하기 위해서였다. 고인古人은 한마디 말로써 자신을 인정해 줌을 천금보다 중하게 여기며,[1] 삼고초려三顧草廬의 은혜[2]는 전쟁에서 온 힘을 다하게 한다. 하물며 그 몸을 바침에랴.

눈 내린 뜨락에서 인가印可[3]를 받는 날에 다만 은혜를 갚아야 한다는 것만 알았지 몸이 중요하다는 것은 알지 못했다. 설산雪山에서 몸을 버리신 것[4]이나 『범망경』梵網經에서 '팔을 태운다'고 한 것[5]은 바로 이 때문이다. 만일 그렇지 않다면 모

---

1   고인古人은~여기며: 남이 자신을 인정하는 한마디 말을 할 경우 그를 위해 목숨을 바치기도 하는 것을 가리킨다. 이른바 '사士는 자기를 알아주는 사람을 위해 목숨을 바친다'는 것이 그것이다.

2   삼고초려三顧草廬의 은혜: 유비가 제갈량을 세 번 찾아간 것을 말한다.

3   인가印可: 스승이 제자의 득법得法을 증명하고 칭찬하여 허가하는 일. 여기서는 달마가 신광(혜가)을 제자로 받아들인 것을 말한다.

4   설산雪山에서 몸을 버리신 것: 『열반경』 권13에 이런 이야기가 나온다. 석가가 전생에 설산에서 수행하던 시절, 석가의 고행을 지켜보던 석제환인釋提桓因(제석천)이 석가를 시험하기 위해 흉악한 모습의 나찰로 변신해 과거세過去世의 부처들이 말씀하신 게송偈頌의 절반인 "제행무상/이는 생멸법이니라"(諸行無常, 是生滅法)를 읊조렸다. 석가는 마음속에 환희심이 일어나 나머지 구절을 들려주기를 청했다. 나찰은 배가 고프다며 석가가 자신에게 몸을 공양해야 나머지 구절을 말해 주겠노라고 했다. 이에 나찰은 나머지 구절인 "생멸이 소멸하면/적멸이 즐거우니라"(生滅滅已, 寂滅爲樂)라고 읊조렸다. 이 말을 들은 석가는 망설이지 않고 나무 위로 올라가 몸을 던졌다. 나찰은 석제환인의 몸으로 돌아가 공중에서 석가의 몸을 받아 평지에 내려 놓았다.

5   『범망경』梵網經에서~한 것: 『범망경』은 대승계大乘戒를 선양하는 가장 중요한 경전이다. 『범망경』 권2에 보살은 "몸을 사르고 팔을 사르고 손가락을 살라"(燒身, 燒臂, 燒指) 제불諸佛에게 공양한다는 말이 보인다. 불법을 받들고 깨달음을 얻기 위해 육신을 바치는 것을 불사한다는 말이다.

질고 경박한 사람일 것이다. 모질고 경박한 행실은 군자가 취하지 않는다.【앞[6]에서는 팔을 자른 것이 의심스런 설이라고 했다. 여기서는 단지 중요한 내용만 논했으니 꼭 시비를 따질 건 없다.】

神光之斷臂, 所以爲法也. 古人一言之賜, 重於千金, 三顧之惠, 效力百戰, 況其身乎!

當雪庭印可之日, 但知報恩, 不知有身也. 雪山捨身, 『梵網』煉臂, 正爲此耳. 不如是則殘忍薄行人也. 殘忍薄行, 君子棄之.【上言斷臂以爲疑說, 此則只論大綱, 不必論是非.】

제68화

승조僧肇[1]가 말하기를, "넓고 넓도다! 위로는 임금이 있고, 아래로는 신하가 있으며, 부자父子는 지위가 다르고, 존비尊卑는 순서가 다르다"[2]라고 했다. 승조는 도를 알았다 할 것이다. 인륜을 어지럽히면서 몸을 조촐히 한다고 말하는 저자들은 천하의 죄인이다. 부처가 사람에게 가르친 것은 인륜을 어지럽히라는 게 아니었으며, 인민으로 하여금 마음을 밝히게[3] 하려는 것이었다. 진실로 마음을 밝힐 수 있다면 삭발하지 않고 수를 놓은 옷을 입더라도 지극한 도의 묘함에 이를 수 있다.

만약 마음을 밝히지 못한다면 부모를 하직해 사랑을 끊는 것은 천륜을 무너뜨리고 어지럽히는 일이니 끝내 무슨 이로움이 있겠는가. 나는 이 사실을 일찍 깨닫지 못해 공자와 석가의 죄인이 된 것을 한탄한다.

---

1 **승조僧肇**: 동진의 승려로 구마라습鳩摩羅什(344~413)의 제자다. 구마라습에게는 3천 명의 제자가 있었는데 그중 우수한 제자가 80명이었다. 그 가운데 특히 뛰어난 제자 도생道生·도륭道隆·승예僧叡·승조 넷을 구마라습의 4철哲이라고 하는데, 승조는 4철 중에서 가장 뛰어나 중국 대승불교의 기초를 놓는 데 기여했다. 저서로는 『조론』肇論과 『보장론』寶藏論이 있는데, 20세기에 들어와 『보장론』은 8세기경 성립된 위서僞書로 밝혀졌다.
2 **넓고~다르다**: 원래 『보장론』에 나오는 말인데, 『대혜보각선사어록』 권18의 보설普說에도 실려 있다.
3 **마음을 밝히게**: 원문은 '明心'인데 사람마다 본래 갖고 있는 불성佛性을 깨닫는 것을 말한다. 제58화에도 이 말이 나온다.

肇之言曰: "寬兮廓兮! 上則有君, 下則有臣, 父子異其位,[4] 尊卑異其序."[5] 肇師其知道乎! 彼亂倫而曰潔身者, 天下之罪人也. 佛之教人, 非亂倫也, 蓋欲使民明心也. 苟能明心, 全鬚髮, 同象服, 可以臻至道之妙.

若不明心, 辭親割愛, 壞亂天常, 竟何益? 余恨不悟之早, 而爲孔釋之罪人也.

4　異其位:『보장론』및『대혜보각선사어록』에는 '親其居'로 되어 있다.
5　序:『보장론』및『대혜보각선사어록』에는 '位'로 되어 있다.

제69화

불법을 무너뜨리는 것은 속유俗儒가 아니라 승려들이다. 사자獅子의 몸 안에서 사자의 살을 먹는[1] 것은, 말류末流로서 승려가 된 자들이다. 승려가 가벼우면 법이 경시되고, 승려가 무거우면 법이 중시된다.

내호內護가 엄하면 외호外護가 반드시 근실謹實하며,[2] 내호를 엄히 하지 않으면 외호를 구하고자 해도 매우 위태롭다.[3]

壞佛法者, 非俗儒也, 乃髡類也. 師子身中蟲, 自食師子肉, 其末流之爲僧者乎! 僧輕則法輕, 僧重則法重.

內護旣嚴, 外護必謹, 不嚴內護, 而欲求外護, 殆哉岌岌乎!

1 　사자獅子의~먹는: '사자'는 부처를 비유하는 말. '사자獅子 몸 속의 벌레가 스스로 사자의 살을 먹는다'(獅子身中蟲, 自食師子肉)라는 말이 고승의 어록을 비롯해 여러 불서佛書에 보인다.

2 　내호內護가~근실謹實하며: '내호'는 몸(身)으로는 살생이나 도적질을 하지 않고, 입(口)으로는 거짓말이나 악한 말을 하지 않으며, 뜻(意)으로는 탐진치貪瞋癡를 짓지 않는 등 '안'을 지키는 것을 말하니, 신구의身口意 삼업三業을 청정히 함을 이른다. '외호'外護는 음탕한 여인의 집에 가지 않거나 부정한 사람과 가까이하지 않는 등 '밖'을 지키는 것을 말한다.

3 　매우 위태롭다: 원문은 '殆哉岌岌乎'이다. 『맹자집주』「만장장구」萬章章句 상에 나오는 말이다.

제70화

슬프다, 말법末法[1]을 어떻게 하기 어려우니! 속강俗講[2]을 하여 재물을 얻고, 불법佛法을 농락해 생계를 도모한다. 거주하는 집이 크고 넉넉하니 사사四事에 오만하고 무도해,[3] 큰 법이 깊고 넓은 줄 모르며, 불심佛心이 굉박宏博한 줄 깨닫지 못한다. 살아서는 어리석은 백성이요, 죽어서는 궁한 귀신이니, 장차 어쩌겠는가. 이는 자포자기한 자라 할 만하다. 옛날에 제비와 참새가 처마 밑에 집을 지어 스스로 즐거워하며, 굴뚝이 터져 들보가 불 타 화禍가 장차 이를 것을 알지 못했다고 한 것이 바로 이를 이른다.

哀哉, 末法之難調制也! 俗講而得貲, 弄法而求生. 居廈廣贍,[4] 四事傲慢無度, 不識大法之深廣, 不悟佛心之宏溥. 生爲癡氓, 死作窮鬼, 將何爲哉? 其自暴自棄者歟! 昔燕雀處堂, 自以爲樂, 突決棟焚, 不知禍之將至者, 正謂此也.

1   **말법末法**: 삼시三時의 하나로 부처가 세상을 떠난 지 오래되어 교법이 쇠퇴한 시기를 이른다. '삼시'는 정법시正法時, 상법시像法時, 말법시末法時를 말한다.
2   **속강俗講**: 속인을 대상으로 한 강경講經.
3   **사사四事에 오만하고 무도해**: 사사四事를 대하는 태도가 공경스럽지 않음을 말한다. '사사'는 의복, 음식, 와구臥具(침구), 탕약湯藥을 가리킨다. 승려의 생활 용품은 모두 시주에서 온 것이므로 늘 삼가고 공경하는 마음을 가져야 한다.
4   **贍**: 원문에는 '瞻'으로 되어 있는데 바로잡았다.

제71화

승려가 되는 데는 일곱 가지 법이 있으니, 학문, 달리達理(이치에 통달함), 위의威儀(훌륭한 행동거지), 언어, 수미粹美(순수함), 문장, 도덕이 그것이다. 이 일곱 가지가 구족具足한 뒤에야 큰 승려가 될 수 있고, 인천안목人天眼目[1]이 될 수 있고, 불법의 동량이 될 수 있으니, 견성見性하려고 하지 않아도 성性이 절로 원만해지고, 도를 닦으려 하지 않아도 도가 절로 높아진다.

　이 일곱 가지 가운데 하나도 없으면서 머리 깎은 것을 중으로 여기는 자는 머리 깎인 채 성城 쌓는 노역을 하는 죄인과 뭐가 다르겠으며, 멍하니 말뚝처럼 앉아 있는 것을 선禪이라 여기는 자는 목석木石과 뭐가 다르겠으며, 함부로 지껄이는 것을 강講이라 여기는 자는 시정市井 사람들과 돈을 논하는 것과 뭐가 다르겠는가. 그러니 불법의 쇠함을 앉아서 기다릴 만하다.

爲僧有法, 曰學問也, 曰達理也, 曰威儀也, 曰言語也, 曰粹美也, 曰文章也, 曰道德也. 七事具足, 然後可以爲大僧, 可以爲人天眼目, 可以爲佛法棟樑, 不期見性而性自圓, 不期修道而道自尊.

1　인천안목人天眼目: 인간계와 천상계 일체 중생의 안목이라는 뜻.

彼一無可擇於此者,剃去冠髮而以爲僧者,與城旦何以異?
癡坐枯椿而以爲禪者,與木石何以異?胡言亂說而以爲講,與
市井論貨者何以異?佛法之衰,可坐而待也.

제72화

온릉 계환溫陵戒環[1]의 『수능엄경요해』首楞嚴經要解에 이르기를,
"견도見道한 후에 수도修道하고, 수도한 후에 증과證果[2]한다"
라고 했는데, 대저 도道란 일상생활에서 늘 행하는 천리天理의
당연當然에 해당한다.

옛날에 남전南泉은 어떤 승려가 "무엇이 도입니까"라고 묻
자 "평상심이 도이니라"라고 답했고,[3] 약산藥山[4]은 이습지李習
之[5]가 "무엇이 도입니까"라고 묻자 "구름은 하늘에 있고 물은
병에 있소"라고 답했다.[6] 그러므로 도를 알면 움직임과 고요
함(動靜)의 근원을 알게 되고, 도를 알면 생사의 이치를 알게
된다.

대저 도란 천지를 품되 남음이 있고, 만유萬有를 포함하되
형체가 없으며, 만상萬像의 어머니가 되고, 중묘衆妙의 근원이
된다. 텅 비어 막힘이 없고, 고요하여 밝게 드러나니, 일에 베

---

1   **온릉 계환溫陵戒環**: 중국 송나라 온릉溫陵 개원련사開元蓮寺의 승려로 『묘법연
화경요해』妙法蓮華經要解, 『수능엄경요해』 등의 저술이 있다.
2   **증과證果**: 수행한 결과 과보果報를 얻는 것을 말한다. 최종의 증과는 성불成佛
이다.
3   **남전南泉은~답했고**: 남송의 회암 지소晦巖智昭가 편찬한 『인천안목』人天眼目
권2에 나오는 말. 『전등록』, 『오등회원』 등에는 '어떤 승려'를 남전의 제자인
조주趙州라고 했다.
4   **약산藥山**: 당나라의 선사 약산 유엄藥山惟儼을 가리킨다. 석두 희천石頭希遷의
제자다.
5   **이습지李習之**: 당나라 문인 이고李翶로, 한유의 제자이며 약산 유엄과 교유했다.
6   **약산藥山은~답했다**: 이 일화는 『전등록』 권14에 보인다.

풀면 어딘들 합당하지 않음이 없다. 그러므로 도를 분명히 알아 무위無爲에 이르러 조용히 자득自得하는 것을 비로소 이름하여 '수도'修道라고 하며, 또한 '목우'牧牛[7]라고도 한다. 수도하여 도와 함께해, 스스로 그러함(자연)에 모두 합치되어 신화神化[8]하는 것을 성聖이라고 하며, 또한 증과證果라고도 한다. 견도見道하지 못하고 입으로 수도하는 저자들은 도를 알지 못하는 자들이다.

溫陵疏『楞嚴』曰: "見道而後修道, 修道而後證果." 夫道者, 日用常行天理之當然也.

昔南泉因僧問 "如何是道", 泉云: "平常心是道." 藥山因李翺之問 "如何道", 云:[9] "雲在青天水在缾." 是故知道則知動靜之源, 知道則知生死之理.

夫道者, 涵天地而有餘, 包萬有而無形, 爲萬像母, 作衆妙源. 空洞而無礙, 冲漠而顯著, 措諸事業而無適不然. 故了知是道, 以至於無爲, 從容自得, 才始名曰脩道, 亦云牧牛. 脩道而與道俱, 合於自然而神化者, 聖也, 亦云證果. 彼不見道而口脩道者, 不知道者也.

---

7 **목우牧牛**: '소를 기른다'는 뜻으로, 여기서 '소'는 마음을 가리킨다. 그러므로 목우는 마음 수행을 뜻한다. 선禪을 닦아 깨달음에 이르는 순서를 표현한 〈십우도〉十牛圖에 이 말이 보인다.
8 **신화神化**: 신묘한 경지에 도달하는 것을 이른다.
9 **云**: 원문에는 없는데 보충했다.

부록 1

—

『林泉佳話』

東京 國立公文書館 內閣文庫 所藏 『梅月堂集』 別集 所收

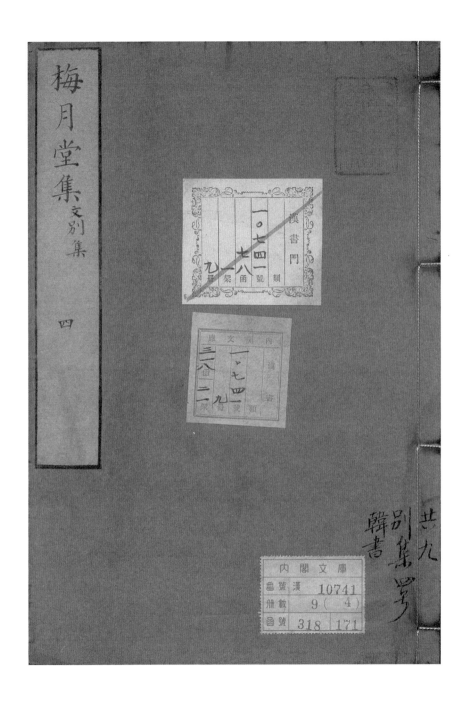

梅月堂集 文別集 四

別集罢
韓書
共九

禪那諸行之一耳何足以盡聖人之行事然而
當世之人亦莫測其大度傳之於習禪之例與
枯木死灰之徒為伍良可惜哉雖然聖人之行
非止於禪那而亦不離於禪那易之為卦非止
乎乾坤而亦不離乎乾坤
達摩來自西笠本欲為大乘根機振法於東當
時教法大盛覺淡因緣與志不諧故適梁五不
契又之魏魏又無人但喑喑嘿坐少室而已倘
然九載絕無跫音不有神光終年面壁容問達
摩一葦渡江之說是乎曰非也夫神通者小乘

梅月堂文藁卷一別集

林泉佳話

林泉佳話　清寒子曰議禪家消息以遣其
閒也凡諸禪林駢枝之淡教家不緼之
說訂以評之與古今人物龍蛇之混涇渭
之分議以辯之使達理舉一反三以趣於
端的蓋不能印可於諸參之黃卷聖賢也

菩提達摩自梁之魏徑行嵩山之下侍於少林
之室至于九年無可與話只面壁宴坐而已非
習禪也後之人莫測其故因以達摩為習禪夫

耳昔藥王然身曰我捨兩臂必得如来金色之
身兩臂則有無二邊金色身即中道也捨二邊
得中道此教家極則也此云斷左臂者左臂即
無義乃祖闢祖師闢會西来意也若
必以此而後求法禪宗一派定無完肌矣又云
遇賊斷臂者教家媒彼之說也立雪之義如宋
游楊初見伊川瞑目而坐侍立罷出門外雪深
一尺之意
晦堂老真率不樂從事有請者屢固辭不就謝
景溫守潭州虛大溈以請三辭不往謝囑彭汝

有為之事達摩於觀心一論已非之矣何復屑
屑於是哉且詩云誰謂河廣一葦航之言易渡
也柳達摩自梁適魏其心浩浩然無綣戀心其
渡江也如航一葦然耳不然柳達摩以葦束作
茷泛泛然渡之好事者欲誇羨先師加之以
一葦耶不可定考
神光立雪斷臂之說或云光欲報法恩潛取利
刀斷其左臂呈於師前或云遇賊斷臂以法御
心初無痛惱二說俱可疑也光於立雪既盡誠
矣又何必斷臂而後報恩哉如欲曲會定標法

月下嘯觀其語可想其為人也洪覺範云政公
超然奇逸人也故其高韻如光風霽月詞致清
婉而道味苦嚴
孔子東遊見兩小兒辯鬪問其故一兒曰日出
時去人近日中時去人遠一兒曰日出時去人
遠日中時去人近孔子因問其故一兒曰日初
出大如車輪日中小如盤盂此不為遠者小而
近者大乎一兒曰日初出蒼蒼涼涼及其中如
探湯此不為近者熱而遠者涼乎孔子不能
辨洪覺範有詩以叙之曰涼溫遠近轉增疑不

礪請問所以不應晦堂曰馬祖百丈已前無住
持事道人相求於空閒寂寞之濱而已其後雖
有住持王臣尊禮為人天師今則不然掛名官
府如有戶籍之民直遣伍伯追呼耳豈可復為
也彭以其言反命謝由是致書顧得一見不取
以住持相屈清寒子曰住持者住於山阿而持
佛法者也於書名何預哉愛名而求住持者與
俗士何異
餘杭政自寫照又為之贊曰兄古形疎倚杖藜
分明畫出須菩提解空不許離聲色似聽孤猿

3a

光陵朝舍利大盛至扵几案床卓上如撒沙相
似迷俗邪尼之居皆有之前後所得幾扵斗升
孝寧君尢信之至以起塔扵天寶山寺以鎮之
當時雖暫設法會無瑞應則譏之逐末之甚莫
有過扵當時
禪家淡泊志慮者多有歌頌偈讚以自樂如懶
瓚歌一鉢歌辭意雖好其言繁冗若寒山子詩
云重岩我卜居鳥道絶人迹庭除何所有白雲
抱幽石住茲凡幾年屢見春冬易寄語鍾鼎家
虛名定無益守安詩南臺靜坐一爐香終日凝

4b

當渠痛處錐尚逐小兒爭未已仲尼何事古難
知余亦解之曰遠近涼溫且莫論須知月出是
危言紛紛若欲從兒辨夸父由來渴死奔
千岩曰近來人不理會自已脚下事只求無益
之物夸耀眩惑於人以當平生黃瞎眼宗師往
往自謂修行靈驗於齒牙毛髮上有舍利直饒
你如世尊撒出八斛四斗偏滿天上天下正眼
看來亦是腐壞底臭骨頭還了得生死也無幻
住云有人謗稱遺髮中有他物此平生不喜聞
真足為来學者不學道而求舍利者之明訓

召之使者至其室宣言天子有詔尊者當起謝
恩殘方撥牛糞火尋煨芋而食寒涕垂頤未嘗
答使者笑曰觀尊者拭涕殘曰我豈有功夫對
俗拭涕耶竟不起使回奏德宗甚欽敬之師諱
明瓚常居食懶而衣殘號曰懶殘
道法師西京順昌人宣和詔改德士師與林靈
素抗辯邪正懑于朝廷忤肯流道州監防卒未
幾尋令逐便道由長沙邂逅寂音音以詩贈之
曰道公膽大過身軀敢送龍鱗上諫書以欲祖
肩擔佛法故甘引頸受誅鋤三年竄逐心無愧

然萬慮忘不足息心除妄想都緣無事可高量
如此等詩無圭角無煩弄而意味雍容辭不迫
切如小丸香衆香臭皆具一細碎珠可見眞寶
金剛山在東海峯巒壯麗水石清奇寶海外之
勝區山人懷正隱焉及正得道聲價聞于一世
國王迎之欲以為闍黎正出斷髮嶺路傍有一
皓叟立曰惜乎我見山中惟一懷正是道人終
不免為世所牽入於是非塵網可惜好山將無
人手歎訝移時不知所之

懶殘和尚居衡山石室中唐德宗聞其名遣使

過施為進諫者出于斯世使民物共躋仁壽之

域當補過格非勵施仁之政如蘊古魏徵可也

乃何當前朝衰慶之餘天假太祖用革舊染

無學以林下人出為王師遽出倭語先勸故令

使小人有所揚眉君子退而靉頓耶倘非太

祖天縱神武之姿幾導君於假仁以伯業肇基

實權與於此日也

元順帝皇后太子延胡僧指空於延華閣問佛

法空曰佛去自為學者為人主者專心御天下

幸甚幸甚又曰萬福萬福萬中缺一不可為天

萬里歸未貌不枯他日教門綱紀者近聞靴笏
趑朝趨時公卿大夫誦師有文武才略請加冠
冕補官序分領兵權恢復故疆師力韓朝廷知
其志不可奪奏賜雅号清寒子夫名者造物之
所忌也未有騰聲價而完全者也噫
超無學謂我 太祖曰今當開國之初陷於刑
辟者非一顧 殿下一視同仁悉皆宥之俾諸
臣民共躋仁壽之域此我國家無疆之福也清
寒子曰赦者小人之幸君子之不幸夫創業之
君當天造草昧之日法不可以輕措事不可以

佛影爭光膜拜蓋旭日初射山川灝氣感而成
形如噴水成光也非佛光也韓愈所謂佛光非
青黄赤白等是也
東海邊有圓石摩岩作白如鑀形每風濤怒號
時自相摩戞其聲如雷人以為當來佛出世飯
僧炊餁之鑀也不知當來佛果出於東海之邊
以石為鑀而飯僧乎是必茫昧無理之談不可
取也
愚昧之輩有云名山勝處有刻日造道之地蓋
妄談也凡修行在心上做功夫於地形于何有

下主兩觀珠玉皆不受清寒子曰為人主者當
勤儉節約以莅天下不暇問於桑門而自清淨
寡欲矣假使人主學桑門之法其可圓頂而方
袍手其可辭親而割愛乎其可去宮室而弃臣
妾乎有一于此不旋踵而滅亡其如治政之暇
留心方外當聘問之使高僧安閑於林下不可
方外之法雜乎先王之道如梁武陳宣之為也
指空其知道乎
余遊名山日初出時細雲密布則日光射映於
中儵成五色圓瑩如鏡人影徹照好事者以為

却問如何是汝佛性童子左右視惘然而去雲

菴曰不是住地煩惱若能了之即令成佛

凡看經教没解會處便是做解會處如法華經

云止止不須說我法妙難思便以難思為諸佛

妙理不能勦絕情塵殊不知難思處便是銀山

鐵壁亦難思想做得妙喜云凡看經教及入道

因緣心未明了覺得迷悶没滋味如咬鐵橛相

似時正好著力第一不得放捨乃是意識不行

思想不到絶分別減理路處尋常可以說得道

理分別得行處盡是情識邊事往往多認賊為

古之為道塚間樹下里居野處豈皆必造道之
地選佛之塲且其心若正雖比鄰屠肆可進千
道心若邪雖處名山無非闤闠故一宿覺云若
未得道而居山山中乃喧也亦修行非可刻日
畫分俲也雲菴居洞山時僧問華嚴論云以無
明煩惱為一切諸佛不動智一切衆生皆自有
之只為智體無性無依不能自了會緣方了且
無明住持煩惱如何便成諸佛不動智理極深
玄絶難曉達雲菴曰此最分明易可了辭時有
童子方掃地呼之曰回首雲菴 不是不動智

石間林間錄云老安國師云金剛經云應無所
住而生其心無所住者不任色不任聲不任迷
不住悟不住休不住用而生其心者即一切法
而顯一心若任善生心即善現若任惡生心即
惡現本心即隱沒若無所住十方世界雄是一
心信知曹溪大師云風幡不動是心動偹山主
云風動心揺樹雲生性起塵若明今日事昧却
本來人
梁武帝與妻約法師傳大師昭明太子特論真
俗二諦據教中説真諦以明非有俗諦以明非

子不可不知又云象禪人看經但虛却心不用
聲名句義上求玄妙求悟入若起此心即障却
自己正知見永劫無有入頭處盤山云此事如
㨹劒揮空莫論及之不及
有決定志而究經教雖錯解句逗可以證悟如
安楞嚴看楞嚴至知見立知即無明本知見無
見斯則涅槃處不覺破句讀云知見立　知即
無明本知無見斯則涅槃沈吟良久忽
然大悟後讀是經終身如所悟更不依經文勢
故云依了義不依不了義

一時普說剎說塵說三世一時說各逞辯才三
昧若了山色是清淨身盡大地情與無情皆是
顱力身依報身智身普現色身三昧然後塵沙
偈讚窮劫不盡演楊真妙乘逈沙揔持法不可
以言辯示人不可以分別指南矢坡雖俗漢有
設量辯才氣象故此什膽灸人口
伽耶山古新羅境山中有海印寺景致清勝孤
雲爾遊之境也其毗盧殿高宏壯麗甲於三韓
有容咏殿上風箏云欲識華嚴不思議看取毗
盧金殿上桐孫風伯作檀那四時不絕聲供養

無真俗不二即是聖諦第一義此是教家極妙

窮玄處便拈此話問達磨磨對以廓然無聖武

帝便眼自定動不知是何言說清寒子曰遂名

相究妙義於教家雖是極則於本分事了没交

涉所謂鼓噪磨唇討論不形之事耳求嘉云損

法財滅功德莫不由斯心意識又云分別名相

不知迴入海筭沙徒自困即謂此也

東坡遊山寺題云溪聲便是廣長舌山色無非

清淨身夜末四萬八千偈他日如何舉以人清

寒子曰若了溪聲是廣長舌盡大地森羅萬像

藥人人向什麼處著口

華嚴經偈云一切法不生一切法不滅若能如

是解諸佛常現前若論極處則佛亦安用又問

什麼處著腳知非子頌云吉祥入法門普首維

摩詰默然真不二萬法終歸一清寒子云歸一

底 吽

將心學佛何時待悟盡大地是無孔鐵鎚無絲

穿鑿處法華會上大通智勝佛十劫生道塲佛

法不現前不得成佛道所以竹卷云種穀不生

豆苗蒸沙豈能成飯大通智勝如來一笛擔板

11b

華嚴經偈云諸寶羅網相叩磨演佛音聲恒不
絕伊麼則非特桐孫風伯乃至石壁山林皆作
供養且道是供養耶演說耶若也會得許你一
生證華嚴境界已竟
一切眾生性相平等與實相不相違悖故華嚴
經云我今普觀一切眾生皆有如來智慧德相
但以妄想執着而不證得天童覺頌云天蓋地
載成團成塊周法界而無遺析虛空而無內及
盡玄微誰分向皆佛祖來償口業債問取南泉
王老師人人只喫一莖茶清寒子云且道一莖

是日光月光州云神光

寶塔現於虛空講者以為奔奇之事炫惑世人

怡不知憫夫妙法即是人个个清淨妙心此

心靈明洞徹純圓獨妙難解難知必假因緣方

現妙体多寶是本來具足真實法体也寶塔是

卓然獨照亘古亘今了無間斷者也法不自法

付緣而成你看六根門頭一切諸相麼緣生緣

滅無古無今便是多寶塔也而此寶塔常現性

空境界清淨具足了無欠少過念當念不滅不

生此是證聽之妙相也故古德有頌云多寶如

底漢清寒子云一切諸佛及一切佛阿耨多羅

法俱是擔板漢

法華會上佛放眉間光照東方八千世界靡不

周遍諸人還欲見白毫相麼若疑心欲見即隨

黑闇泥犂永劫不覩佛光縱饒曄曄騰輝何益

扴事如何佛光你諸人平常受用好生惡死喜

順違逆種種境界皆佛光常常熾然未曾暫歇

只為無明所覆不自見光佛祖教淨心法門令

汝回光返照徹見本性而此本性何曾減損不

見道問趙州如何是神光州云日光月光如何

12a

可消故世人遭苦常稱其号或無神驗以為妄
誏殊不知內了自心外境心若得了外境
皆虛故云一法繞通萬像盡歸方寸一輪有阻
千車戀滯俏途但自空心逆順無礙如人自知
罪當重科耳受不辭端本清源諸狹不到伊麼
則念名所以空諸罪性也了知問性本空住寂
滅際即是觀音現應了知苦業如幻到真實際
即是諸狹永消如諸幻事衆人觀之必生驚怪
幼歸自知是假了無異相大士現應亦爾圓通
境界即是常常真理愚人不了妄為異驗故經

13b

444

来在塔中法身真体本来空至今聽說何煩問

風動金鈴月滿空

諸大菩薩從地涌出何也法王出現一切智伴

如影有響彼時眾會來遠菩薩即是一切智体

也從地涌出從佛性地中湧無量義也法五啓

運故一切智從真如自性地行出無量妙義而

如是妙義非古非今性起常圓如今喫飯有起

節梡鉢及三德六昧著衣有柔暖輕霐衣裳裙

袴這介涌出有什麽久近

觀世音菩薩門品云若人遭難念其名号諸難

也圓說法也圓譬喻也圓授記也圓功德也圓

行持也圓一事一理成入圓妙故云圓教也

經有經師律有律師論有論師者傳道而度

人也資者受業而解惑也佛法流東千有餘載

而不減者其師資之有道乎若師不勤於傳資

亦慢乎師自挾斷簡妄附已意以為聖解曰夫

子未出於正至於傍訓詁以資談柄執方便以

蔑真如道之不行我知之矣

創寺寓高僧也高僧有十科曰譯經也曰解義

也曰習禪也曰明律也曰護法也曰感通也曰

云真觀清淨觀廣大智慧觀常願常瞻仰又永
明云如世有威名者若呼其名兒啼可止如王
鎮惡名號及杜子美手提髑髏血之句以愈瘧
瘧雖然不了本源徒念其號欲脫障難無有是
處

法華以為圓教何也圓者不礙之謂也天圓而
常轉物圓則無滯凡事物之理不滯於一隅乃
圓也法華自鹿苑漸漸誘人以至般若純一貞
實融通淘汰無一物礙於其間然後乃說法華
始於一光終於萬行中間轍迹無非圓妙神通

之尊僧甚難與治國任官何以異哉一開億倖

則奔競起一捼譊倖則方正退人主居九重深

遠之處彼臣妾百執事朝夕奉侍者猶或不知

賤否況林下人穴王紉草揖王侯者豈能盡知

優劣蓋高高之士語直心真門風高峻人或見

之必不能窺其墻伋中下之人言行矛盾甚者

至於文過飾非人必覺進而尊崇之矣義屈故

長驚於世行諂故常伺於利外假聖儀內窺奉

養倿臣愚俗莫不未辨薰蕕薦之於王矣其如

明君聖主則必擇是非而尊敬之矣闇主則徒

15b

448

遺身也曰讀誦也曰興福也曰雜科也十師各
能弘法驚天地感鬼神有生之類莫不歸信則
為之營居處以安之奉資養以供之使後之行
人來慕而學焉扶持季運不夭慧命故長蘆頤
曰行道之緣十分具足資身之具百色現成萬
事無慮一心為道世間尊貴物外優閒清淨無
為眾僧為最由是觀之凡創寺者所以寓僧寶
也若不得僧寶徒營虛閣雖累搆千百億伽藍
其於弘法濟人蔑然無聞
僧寶之隆替關於帝王之尊崇如何耳且帝王

顧其行解之臧否妄親昵而尊事之為僧者以
窺利釣名為事業妄出而濫膺之相欺相詐無
所不至一旦穢惡作起不能掩其不善必敬心
頓施乃相泛識之曰彼比丘猶且如此況其餘
者乎安知前日之懌今然文過飾非巧言令色
馴致今日之穢惡彰聞也歟
尊高僧者聖非聖則難遇蕭武有言曰逢之不
逢遇之不遇今之古之怨之恨之其直杼中情
而不隱者乎蓋常人之所知不過目用祝聽施
為動作之間而已其過化存神之妙鬼神有所

好事扵異道定不分菽麥而師之然後鷙鳴鳳
翰者莫不蕭翼奮鱗蔑萃于城市小而壞法亂
紀大而堅冰履霜從而漸起其末也將無如之
何也巳矣至如隱山懶殘之徒則煨芋糞火終
不告人至扵遣使聘召謝恩之風帝王卿
相雖以咸壓之必不得相屈矢縱固請之亦望
望然長徃何能俯眄塵埃拘扵世累乎鳴乎帝
王之不得高僧也如此
僧寶之早賤由於甿俗之妄信彼甿俗者朝夕
爭利而不厭見僧則曰是能謝世而忘利者不

16a

光同塵而不為亂說法度生而不為有天魔攫
撓而不為亡夫不盛則不衰不治則不亂不存
則不亡知盛知衰知治知亂以至道化斯民相
期於無為之域其孰能過之覺皇之道所以中
理而恒久者以此
世之有昌黎歐陽者其吾道之于城乎或難之
曰韓子作原道深斥其非而曰人其人火其廬
焚其書歐陽子嘗言曰佛善施無驗不實之事
何其子言之乖剌耶清寒子曰二公唐宋名儒
好古博雅以弘道為已任宜其不屈於異端也

不知鬼神猶且不知況於人乎故孔仲尼之徒
贊仲尼曰夫子之文章可得而聞也夫子之言
性與天道不可得而聞也蓋雖若贊其未易窺
測而實不可得聞也嗚呼非聖安能知聖乎
覺皇之道經三武而不隆地者以其言之中理
也天下之物非理不恒非道不久覺皇之道久
而恒者以其中理也易曰恒亨無咎信哉言乎
何為中理蓋天下之物治則亂盛則衰存則亡
文相矛盾非一而覺皇之道華臺寶座而不為
盛雙樹潛輝而不為衰撈攪人天而不為治和

17a

從事於神通而不返者其猶量海而持蠡乎聖
人之防民非一而其神通者則猶世亂之刑法
也蓋至治之世不刑而民不濫亂之時刑重
而民不畏然苟非刑罰民有不脩其法度者矣
故聖人不得已為之刀鋸箠楚以馭之重之以
訓誥法令以誡之経者訓誥去令也神通者刀
鋸箠楚也神通而後起信者其刑罰而後趨於
法令者器之至小者也
世人喜事佛而競崇淨土者何也以其物性之
貪慾也阿也導師為閻世王溺於貪慾不服仁

韓在潮日屢謁大顛致書留衣而曰和尚門風
高峻於侍者邊得个入處歐陽窪洛中去僕吏
游嵩山見一寺僧竹滿軒霜清烏啼訪閱狂僧
言下大驚不自知膝之被屈彼二公者言若不
中必唾而避焉能措一言於野僧以為千古之
芳蹤故曰干城
至道非言不顯至言非道不存言也道也所以
相資而不滅者其人歟嗚呼藤蘭之未來安知
一音之圓妙齬齫之未傳堂覺一味之安閒言
也道也所以相資而不滅者人乎

法以障其慾也律之本在乎正心正心之要在

乎誠意誠意之要在乎脩身乃度生之源

也不脩其身而欲度群生是猶自不正已而正

他人也故三聚淨戒曰斷惡也修善也曰度生

也不顧度生修善斷惡其心有所不溥矣心不

溥則不能度生律以正心度生為務彼區區於

外事轉經斷食坐卧忌避為律而溥於一邊與

刻糞求香何以異哉

山有玉而常潤川有珠而不渴古之賢者雖星

居於壞樹培塿之間文彩騰籍人必響恭而歸

義以其所嗜好者導之誘入而漸造於至道也
故權立極樂之名而曰七寶也美音也寶華也
臺殿也珍御也盛飾也無苦也種種樂事皆至
貪者之競喜也其所念則無量壽也無量壽者
道之至妙也至道無窮緜緜而長夕故稱無量
古人云道在大極之前而不為老在天地先而
不為高則其壽之無量可知已故先誘極樂之
事以究道妙必得免而志蹄矣聖之憂民也深
矣
律以防民何也聖人憂民之不了其源故立禁

19a

興商求利劇如材旳日暮無聊寄宿扵寺主未
嘗以賓禮待之容亦不以主禮讓之一不周全
鬪閧叫宽可笑也夫
古者有浩制安居之禮夫安居者雲水之侶穴
土以為室紉草以為衣樹下岩寶風餐露宿而
求道之志未嘗少弛故為施者集其侶設叢林
安其居養其道而已是以居有雲堂眾寮有
三德六味以瞻其資用欲使叢林之下道業惟
新上上之機一期取辦中下之流長養聖胎縱
饒未了心源時中亦不虛棄此古人之意也而

20b

之便成叢林何必曰某山也某寺也某澗清淨
也雖汙池草萊有至人則勝地矣噫今世之流
革但擇孤截之境而不擇名勝之居以損者為
師友遊山翫水為好事虛送光陰也悲夫
古人接客扵旦過設特為茶講相看禮以待之
非禮則不相待也故客亦敬主亦敬客不敢
相慢安可以無禮相接故旦過門三月鎖鑰九
月開鎖曬薦垂簾糊窻所以敬客也今也一隊
無鈎狂象敕大軍輦不論冬夏朝東暮西或自
謂雲水奔馳無度或自謂幹化搜村獵縣至扵

三年石頭一日告衆曰剗佛殿草至日大衆備
鍬鋤剗草丹霞獨掩耳而去往江西謁馬祖未
叅去僧堂騎聖僧頸大衆驚愕祖躬入堂視之
云我子天然霞作禮曰謝師安名此古人選佛
之格例也今則不然附託權勢東謁西騁猥參
儌倖劇如宦途只欲求利其能弘法
古者無緣化獨辦一夏叢林田莊之出檀越之
施亡僧之財入於庫司號曰僧祇物以供十方
僧衆不足則住持行乞以補之如牛頭融乞於
丹陽自負米斛八斗行八十里朝去暮還率以

21b

今時流輩恣臥其間惟意之適不明信施難消
不達因果難逃自謂禪流嗚呼地獄若設他日
鐵圍百刑其可免乎釋門登科古有其法所以
選佛也丹霞初習儒業以舉子應舉入長安宿
於逆旅遇一禪客問曰秀才何往霞曰選官去
禪客曰選官何如選佛霞曰選佛當往何所禪
客曰今江西馬大師出世是選佛之場秀才可
往霞遂直造江西纔見馬大師以兩手托幞頭
脚馬師顧視曰吾非汝師南嶽處去遂抵南嶽
石頭云著槽廠去師禮謝入行者堂隨眾作務

可笑也哉若能真植福田謹護衆僧雖不揭板

自有龍天冥賀

作記立碑揭板何也自百丈建叢而始也非徒

夸示也蓋建叢之始植因之日名賢間出神異

感應則書録其歳月可勵後輩則書創制之意

可謂亀鑑則書如張丞相寶峯選佛堂記求安

僧堂記趙令矜法輪省行堂記查待制石門僧

堂記等悚動觀聽輝映林泉其發語可謂于古

之規範萬世之徽猷此作記之格例也如其文

字減裂立意不盡徒記浮言以爲識理者之哂

22b

為常是也其中有老成兄弟久參知識深知其
不足故延街坊以添助之隨彼施心毫釐無互
如阿難之歷街坊奉佛以貧女之破甑蓋上䭈
長老為人之勤下憫眾僧修行之苦宣其力以
外護也今則不然為緣化廣率頑恖遊獵村市
侵擾信心或三四五年乃至十年云用信物恬
不驚怖及其年紀漸邅欲塞人口旋浩旋解而
三六之精㦮然無聞於其休解揭板于堂前曰
某年某寺其節安居長老某首座某眾僧某執
勞其其緣化某施主某某徒記淨名以矣後觀

日諸大會中大聖啟運現優曇花開示迷途故
曰佛事方是時也會中龍象不惜軀命行道禮
懺勤修精進或三日取證或七日得果或至七
旬或至九旬十方檀信聞者敬慕供以珍羞觀
以金帛絡繹山門唯恐或後宛如昔日靈山法
會人天獻寶瓔珞之時故云布施也今則不然
設會者或因薦亡或因保安虛張法席妄開佛
事僧眾亦鏡於施利東馳西鶩依勢請赴及至
赴會饑涎流頤婆眼閃電口吵身拘心則緣他
施者亦不之敬乃以手指僧曰某也勤其也息

23b

不如不揭之為愈也

聚僧讀經名曰佛事而布施者乃末流誕法而

縱僧貪饕之階也言佛事者行佛之事也佛佳

世七十九年說法三百五十度演八萬四千法

門曲順機宜其教有五時八教九部十二部味

味中道牖人耳目及其雙林示滅諸大弟子繼

繼承承重演金文歷代龍象神異間出至盟斯

席繼紹法位據座登林執麈摇松談辮如河扵

是聽者四象仰慕昔日金仙之會近賀此滌龍

象之談歡喜踊躍飢來飽去其自慶幸不異昔

23a

曾無意謂況無知之輩口誦金文內懷惡念縱

讀千卷有何饒益

鼓鍾之制乃西竺法衆之盛儀如虞書下管□鼓

鼓笙鏞以間者也笙法古有烟燄以集衆仍之

擊板名棙推板聲未廣故有鍾鼓魚板各有制

度非徒鳴擊以駭衆聽鍾者警昏儁一聞其聲

衆苦皆停鼓者宣法化一聆其響群迷豁開如

春雷一振蟄虫咸啓乃至板以會衆鈴以警迷

魚以報齋磬遂玄關一通三通一下三下殺活

槌櫨各有準繩禪寂深局聞聲領悟者不可勝

24b

某也吾素知其也　托其勢如是則徒散財穀廣
衞人聽竟何補盆
不會文字意味而徒閱金文亦有功德乎曰般
若以智慧破無明則能行智慧是持般若扵詮
上于何有法華以一大事因緣開示悟入佛之
知見則不離世諦而觀實相是持法華扵詮上
乎何有諸經亦尒皆逗衆生機以證悟為宗如
是則雖不解金文了知詮上之旨所謂常轉如
是經八萬四千卷也如其不了大義噪吵喧聒
以為轉讀正是秋虫夜鳴春禽晝啼風氣阿使

之齋乃至士女雜揉兒媼啼號犬馬喧闐失溺
狼籍飯餅散地僧亦褰裪攓俗亦倚攔箕踞
宣氣睡頓至有飲酒傳奕胡唱大喝勸飰醯呓
呵怠精勤而罷齋之日主僧苣苴餚果以邀將
来違制已甚不徒如是主僧問俗家若有出事
先告子家曰我寺蠲潔我其寺之主須設子我
之為名已隔霄壤故泰者蓋禪定久旁少歇之
寺宛如喜喪以邀信施識者傍觀豈無慚赧齋
名也十方禪和雲聚一堂条本分事如救頭然
至日晏散歸各察安設㪽位解絛抽腕枚是庫

散至若茶湯揖讓鳴鐘擊板不迷禮儀宛如虞
庭其僧寶之樂可謂盛矣其或撞擊無節喧聒
靜衆乃至齋會焚修胡揮亂撞鼓曰擊桶鈸曰
鳴電搖首抃足以娛迷俗非僧家閑靜之態年
少宜詳

齋者齋也所以齋不齋而致其齋蓋擎跽而奉
逆立而受非有已利之德不能當也故必齋整
其身心而後可以受其施利也今之言齋者不
然或因薦亡或因保安廣集僧徒以哑哑哺啜
稱為僧齋眈眈喧鬧稱為佛供施不之敬僧不

禪必衲衣何也盖其源自捨富頭陀迦葉而始
也古者十二頭陀著糞掃衣居塚間樹下或獨
宿孤峯不樂群居常愛單棲辛苦行乞村落經
過道傍收拾斷麻殘帛重重補綴以禦寒風古
德所謂拾得斷麻穿處補又云百衲袈裟五綴
孟盖修道之人不戀世間不與衆集者之儀裝
也非六和入衆之服飾也入衆則三事布衣十
八種物常隨其身不可缺也而威儀嚴肅裝束
整齊乃可與衆偕止如水合乳不動衆念今有
一般狂毖自謂雲水或裂全帛疊疊重縫或不

26b

司典座或煮藥石或設饘粥以慰禪勞苦長靈

卓禪師會下法席嚴肅不事堂廚唯安禪以當

佳供夜參以當藥石其中衲子有不任其潰苦

無示為五僧告卓曰人以食為先若是則象將

安乎古之禪家風拾如此則放參非但飲食之

名今時則不然日暮而咱飯謂之放參蓋日暮

呵養畜獸之時也今之僧眾逢施家齋供當午

飽饕至此時舊食不消移時又咱此經文所謂

九橫之漸也鳴呼其不識放參五名之意也甚

哉

窨坐以為簡便而自亦不能安生警眠大夫本
意而甚者與杖俱掛於巾單之上可笑也哉
善友難遭而難遇也夫善友者必諒直而忠言
者也諒直則難以利誘忠言則難以情交蓋常
人之情利誘則喜情交則厚彼善者當於理則
從進於理違則必謇謇然諫諍諫諍而不聽則
必浩浩然去矣雖欲從之末由也已
求法而遇明師其猶纖芥之投針乎求法而遇
邪師則必作明教之罪人也蓋求法而出家本
為明心不明其心徒化毀緇者生為三綱之罪

補綻裂飄如裘衣或一衲恭衆垢薰汗炙蟣蝨

綠縫動念隣單至于登殿叅堂略無慚愧自擬

高僧縱不敬衆可慢聖容甚者細帛爲衲輕暖

內服爭誇華美不足譏議

繩床者古者十二頭陀於塚間樹下星居野處

或遊諸方於虛堂露地展之而坐以安四肢者

也我國自法流以後伽藍精舍巖崛禪房板埃

床座隨處嚴整縱有繩床何處可施其或間關

道路風餐露宿暫假繩床以安疲脚要在堅緻

牢實不可突兀難擡今時流輩不知本制瘦脚

27a

可以輪迴論不可以一寂會一切諸法如夢如

幻一切方便終不可得故云一念普觀無量刼

無去無來亦無住如是了知三世事超諸方便

成十力

見佛聞法悟無生者何也見佛者見性也聞法

者悟妙也悟性本妙則頓悟無生矣為亡靈舉

此言欲以警冥也人之始死精神初散冥不知

歸達理之人緣一舉揚惺然解悟猛省前日之

非趣向今時之路如清潭月映彼此無礙如憺

憧之革徒說死語何益哉死語自不會而說古語也

人死作幽壞之窮鬼雖精神不滅再復為人吾

知其為闇闇無知之物矣況一返幽鄉莫測其

再來者而生不知生可謂徒生死不知死可謂

徒死彼邪師者自救不了猶且誘他引入窩坑

牽連相累冥不知返省悲夫

一死一生古今之通理而絰有三世輪回之說

何也曰聖人之語有權有實言權則三世輪回

而不窮言實則一未蕭然而無趣破斷見則言

萬法無窮而本妙破常見則言一相寂然而無

名若能了知萬法唯心一切語言皆是幻設不

治無亂其可謂無事也歟

世人以木石塑佛軀者何謂也愛其道慕其德

而不忘也詩云於戲前王不忘佛之於群生其

恩厚矣其尊而馭物則君也其教以善法則師

也其慈以濟眾則親也與三者並行而不悖故

塑其像以敬之待其時以祭之（謂涅槃誕日成時）

慕其言以諷誦之上以祝釐於（謂涅槃之時）

是謂淫祀　也非時而祭

君親下以資恩於死生德之入人深矣其不忘

也宜哉

法寶之留鎮於山門何也所以追遠也覺皇為

29b

為亡靈著語所以警塊也頂羽列立於烏江漢
帝警之而自仆毗羅著論而化石陳那解之而
自碎苟以理導之木石鳥獸猶有感拾況偷然
腕殼了然而為空者可不知返手佛也者何謂也
佛者覺也自覺妙性覺悟群生也佛也者何謂
也佛也者涅槃之極稱也涅槃也者圓寂也圓
則無不備寂則無可礙佛也者何謂也無事者
也無事也者何謂也諸法冷然無適無為蕭然
離相極大虛而無遺混虛空為體性日往而月
束寒往而暑束消息盈虛之不窮無思無慮無

29a

屋入深居和庵主詩云年老懶能頻對容攀蘿
又上一崚嶒此庵之所以得名也役二人者雖
巧設精廬皇王請住必揶揄而避之矣今之名
山勝境崇飾名卷擬待高僧而鴟鳴鳳翰者倡
恣其間不知化緣之勞形不了施財之邀福而
為施為化者亦不識名庵之本意其失實也甚
矣

叢林者何也表海檀林之叢立也古之有道之
士星居山野穴土草廬不耦於物志心於世則
枯槁同志之士貪粮躃蹻來從之遊者日衆而

三界恩師道德之霑民厚矣民受其賜久矣雖

衣鉢杖屨遺身寶骨不可容易以尊奉之矣當

崇飾其裝嚴其物塔以崇之敬以寶之以時

而薦掃之端午中秋也謂元日清明雖千有餘載而法身則

洋洋乎不滅也苟無其標敬心何據

創菴舍而塗金碧非法也釋名曰草為圓屋曰

菴菴者奄也以自覆奄也古之有道之士唾謝

人世草廬窮谷之間揖君親名利而不居矔金

玉珍寶而不御處蓬茅之下以庇風雨而已故

曰菴昔大梅有偈云剛被世人知住處更移茅

人世死不知慚可悲也夫且曾子有啓手足之
訓樂正子有父全子全之戒役斷髮異形雖依
釋訓猶且有罪況隕其命殘其形以驚動窺人
者乎嗚呼其心若正雖混迹和光豈可容異其
心若邪神通變化亦同魔作況害軀命以求名
價者哉蓋佛法流東二千餘載識理君子猶或
慕之者以其理之或當也若此悖逆之事比比
有之志士仁人豈有取之者乎不特此平妖言
怪術荒誕不經無所不至於是姦宄之人貪利
而簧揚之愚騃之徒妄信而歸服之則天下之

其所庇廕者不足以蔽風日其所資養者不足
以瞻朝脯於是信心之徒聞風嚮道施財出穀
以護助之設方丈以尊其師表營眾察以安其
學侶凡廚庫湢浴一切資身之具使無不備納
土田以助不給施咸獲以令奉侍其所以然者
非徒好事也蓋尊其道德也今之流革冰炭混
居足覆手撫猶愧龍天況日費常任心汨蓋緺
不察無明不知命縮韜盡遷謝隨役惡道大丈
夫猛利得不動心者哉
近有一等無愧之輩斷指燒身自殘其軀釣名

薄行君子棄之上言斷臂以為疑說此則
只論大綱不必論是非　則

肇之言曰寬兮廓兮上則有君下則有臣父子

異其位尊卑異其序肇師其知道乎彼亂倫而

曰潔身者天下之罪人也佛之教人非亂倫也

蓋欲使民明心也苟能明心全鬚髮同象服可

以臻至道之妙若不明心薙親割愛壞亂天常

竟何益余恨不悟之早而為孔釋之罪人也

壞佛法者非俗儒也乃髡類也師子身中自食

師子肉其末流之為僧者乎僧軽則法軽僧重

則法重內護既嚴外護必謹不嚴內護而欲求

32b

民晦盲否塞靡有子遺而昬入於殘形天闕之

類矣其無知也甚矣

藥王之然身所以求法也故云我捨兩臂必得

金色之身捨兩臂捨有無得金色得中道也捨

二邊得中道十方大地森羅萬像頭頭物物無

非藥王本來身也

神光之斷臂所以為法也古人一言之賜重於

千金三顧之惠效力百戰況其身乎當雪庭印

可之日但知報恩不知有身也雪山捨身梵綑

煉臂正為此耳不如是則殘忍薄行人也殘忍

尊彼一無可擇於此者剷去冠髮而以為僧者
與城旦何以異癡坐枯槁而以為禪者與木石
何以異胡言亂說而以為講與市井論貨者何
以異佛法之衰可坐而待也

溫陵跣楞嚴曰見道而後修道修道而後證果
夫道者日用常行天理之當然也昔南泉因僧
問如何是道泉云平常心是道藥山因李習之
問如何道雲在青天水在缾是故知道則知動
靜之源知道則知生死之理夫道者涵天地而
有餘包萬有而無形為萬像母作眾妙源空間

33b

外護殆哉岌岌乎

哀哉末法之難調制也俗講而得賢弄法而求

生居廈廣瞻四事傲慢無度不識大法之深廣

不悟佛心之宏溥生為癡䐳死作窶鬼將何為

哉其自暴自棄者欻昔燕雀處堂自以為樂突

決棟焚不知禍之將至者正謂此也

為僧有法曰學問也曰達理也曰威儀也曰言

語也曰粹美也曰文章也曰道德也七事具足

然後可以為大僧可以為人天眼目可以為佛

法棟樑不期見性而性自圓不期修道而道自

而無礙冲漠而顯著措諸事業而無適不然故
了知是道以至於無為從容自得才始名曰脩
道亦云牧牛脩道而與道俱合於自然而神化
者聖也亦云證果彼不見道而口脩道者不知
道者也

부록 2

—

「『首楞嚴經』跋」

—

「『法華經』跋」

『首楞嚴經』跋

佛如來忉忉怛怛服勞爲人者, 甚苦. 然所謂苦者指二乘爲苦耳. 乃諸遊戲神通之常樂也. 故如來憫頓敎, 二乘聾啞, 示現出世, 權說漸敎, 始於鹿苑, 次至『方等』, 說此『大佛頂密因了義首楞嚴經』, 以趣實. 是經蓋因慶喜示遇惡緣而說也, 始於徵心, 終於袪魔, 中間宣暢無非一切事究竟堅固底消息也.

壬子秋, 予訪西海之名山, 有故舊方外華嚴師智熙, 在萬壽山無量寺, 倩漢京能楷者朴耕書一部, 字楷精研. 刊梓始於丁未春, 訖于戊申秋. 鐫功旣畢, 請余跋.

余惟古皇之設敎也, 有權有實, 有敎有禪. 隨機逗敎, 權也; 終歸一相, 實也; 言說譬喻, 敎也; 不立文字, 禪也. 故語權則魚蝦盡擁, 入實則鹿兎均渡, 演敎則眼無全牛, 談禪則迥出言表, 此其宗要也.

今時鬧師匠, 四義名相混, 披經而說禪者有焉, 厥禪而語敎者有焉. 遂使權實駁雜, 眞俗泥混, 以斯經爲禪語, 披經語禪, 櫓頭作尾者, 多矣. 然業已濫觴, 不可遏者, 已數十餘年, 余甚憚之.

然熙公之意, 則非令講師·學士, 使依倚斯經, 以臆度語禪而已, 蓋欲人人敎揚佛化, 游刃於筋骸肯綮之間, 恢恢乎有餘地.

以此宣揚流布『大佛頂首楞嚴經』功德, 先願世祖惠莊大王, 貞熹王后, 睿宗襄悼大王, 德宗懷簡大王, 靑蓮座下, 菩薩同遊, 奉祝仁粹王大妃殿下椒闈衍慶, 仁惠大王妃殿下鳳歷遐長, 主上殿下聖躬萬歲, 王妃殿下睿算齊年, 世子邸下鶴齡千秋, 國泰民安, 法輪永轉.

大檀越德源君爲首, 諸隨喜人及幹化者, 生享五福, 終棲九蓮, 先亡父母經生安養. 然後願有無情咸蒙饒益, 言未開口已前, 已圓了也. 玆特土上加泥耳.

　　　　皇明弘治六年, 歲在癸丑仲春, 贅世翁 金悅卿謹跋.

성종 24년(1493) 무량사에서 간행된 『수능엄경』 말미에 있는 글이다. 2006년 4월에 보물 제1470-2호로 지정된 전남 영광군 불갑면 불갑사佛甲寺 소장 지장보살상·시왕상 복장전적地藏菩薩像十王像腹藏典籍에 이 간본이 포함되어 있어 이를 이용했다.

『法華經』跋

大雄氏初成正覺, 在寂滅場說頓敎, 法身大士同生異類如雲籠月, 二乘聲聞如聾如啞. 於是脫珍御服, 着弊垢衣, 權示化身, 隨機漸說, 及至『法華』純圓獨妙, 此終敎也.

凡物有始必有終, 心有終有始. 始之成, 終之得, 皆一揆也; 始之勞, 終之安, 皆一揆也. 頓不能自圓, 必因漸而成圓; 圓不能自頓, 以假漸而謂頓. 故昔之頓, 今之圓也; 今之圓, 昔之頓也. 故曰成與得一揆, 苦與安一致也.

然於寂滅場中, 成得勞安, 猶是說夢, 古今去來, 亦乃算甕. 古人云: "白髮顏如玉, 紅顏鬢似霜", 是也, 則蓋昔之舍那, 卽今之釋迦也. 頓之速, 漸之遲, 圓之融會, 方味雖殊, 機關不異也. 常說恒說, 卽身心不動之境也; 東照白毫, 乃寂滅場中之瑞也. 但凡夫爲無明所覆, 故所見異耳. 故曰速遲融會, 機關不異也.

由是而抽之, 則五流通中, 若讀誦一部, 受持一部, 書寫楷刊一部, 演說一部, 與龍宮海藏八萬四千琅函玉軸, 及刹說塵說磬盡流通, 無異矣.

華嚴智熙居萬壽山無量寺, 刊顯陵廟爲春宮有疾患所祈鑄字
『法華經』, 極妙, 乃重雕焉, 字體甚工, 鐫之異硏. 始於辛亥春
二月, 工訖于壬子夏五月, 非特處事精詳, 兼亦誠懇無二. 所
謂精者, 純一不雜之謂也；誠者, 眞實無妄之謂也；詳者, 悉
也；懇者, 至也. 精誠詳懇, 則能所不二矣, 能所不二, 則生佛
無間, 則我之流通, 卽佛之流通也, 佛之圓自在莊嚴, 卽我之
圓自在莊嚴也. 然則報恩四事, 拔苦三有, 猶似反掌也.

以此勝因回向, 奉爲世祖惠莊大王, 貞熹王后, 睿宗襄悼大王,
德宗懷簡大王, 靑蓮座下, 菩薩同遊, 仁粹王大妃殿下椒闈衍
慶, 仁惠大王妃殿下鳳歷遐長, 主上殿下聖躬萬歲, 王妃殿下
睿算齊年, 世子邸下鶴齡千秋, 國泰民安, 法輪常轉.

大檀越德源君爲首, 諸隨喜人及幹化者, 生享五福, 終棲九蓮,
先亡父母經生安養. 然後願有無情咸蒙饒益, 言未開口已前,
已圓了也. 玆特土上加泥耳.

　　　　　皇明弘治六年, 歲在癸丑仲春, 贅世翁金悅卿識.

성종24년(1493) 무량사에서 간행된 『법화경』 말미에 있는 글
이다. 이 책 역시 2006년 4월에 보물 제1470-2호로 지정된
전남 영광군 불갑면 불갑사佛甲寺 소장 지장보살상·시왕상 복
장전적地藏菩薩像十王像腹藏典籍에 포함되어 있는 것으로 알고 있

494

지만 필자가 직접 보지는 못했다. 에다 토시오江田俊雄, 『朝鮮佛敎史の硏究』(東京: 國書刊行會, 1977), 389~390면에 발문 전문이 소개되어 있어 이를 이용했다. 단, 몇 개의 틀린 글자는 바로잡았다.

1435년(세종 17), 1세

— 본관은 강릉, 자는 열경悅卿, 호는 동봉東峰·벽산청은碧山淸隱·췌세옹贅世翁·매월당梅月堂, 법호는 청한자淸寒子(혹은 청한淸寒), 법명은 설잠雪岑이다. 반궁泮宮 북쪽의 초가집에서 부친 김일성金日省과 모친 울진 장씨張氏 사이에서 태어나다. 조부는 김겸간金謙侃으로 오위부장五衛部將을 지냈고, 부친은 음보蔭補로 충순위忠順衛에 보임되었으나 병으로 출사하지 않았다. 오위부장은 오위五衛나 포도청에 속한 무관직이고, 충순위는 오위에 속한 병종兵種이다. 이로 보아 김시습은 무관 집안 출신으로서 신분이 한미했다고 여겨진다.

— 이웃에 살던 족조族祖 최치운崔致雲이 '시습'이라는 이름을 지어 주고 명설名說을 지어 외조부에게 주다.

— 외조부는 우리말을 먼저 가르치지 않고 『천자문』을 가르쳐 태어난 지 여덟 달만에 한자를 알다.

1436년(세종 18), 2세

— 봄에 외조부가 아직 말을 못 하던 김시습에게 초구抄句(유명한 문인의 시구를 뽑은 것)를 가르치다.

1437년(세종 19), 3세

— 봄에 비로소 말을 하기 시작했으며, 한시의 구절을 짓기 시작하다.

— 이후 『정속』正俗, 『유학자설』幼學字說, 『소학』小學 등의 책을 읽다.

1439년(세종 21), 5세

— 인근에 살던 수찬修撰 이계전李季甸의 문하에서 이계전의 자제와 함께 『중용』, 『대학』을 배우다.

— 인근에 살던 사예司藝 조수趙須가 '열경'이라는 자를 짓고 자설字說을 지어 주다.

— 인근에 살던 이분들로 인해 서울에 김시습이 신동이라는 소문이 나게 되다.
— 정승 허조許稠가 집으로 찾아와 김시습의 시재詩才를 확인하다. 이후 조정의 고관들이 김시습을 보기 위해 자주 집으로 찾아오다.
— 김시습이 '오세신동'으로 불린 것은 이에 연유한다.

1443년(세종 25), 9세
— 이 무렵 세종이 승정원 승지 박이창朴以昌으로 하여금 김시습을 대궐로 불러 그 재능을 확인케 하다. 김시습은 박이창 면전에서 시구를 짓고 글씨를 썼으며, 세종은 박이창을 통해 김시습에게 금포錦袍(비단 도포)를 하사하고 '훗날 이 아이를 크게 쓰겠다'는 말을 전한다.
— 이후 13세까지 인근에 살던 대사성大司成 김반金泮에게서 『논어』, 『맹자』, 『시경』, 『서경』, 『춘추』를 배우고, 역시 인근에 살던 겸사성兼司成 윤상尹祥에게서 『주역』, 『예기』, 사서史書를 배우다. 제자백가는 스승 없이 혼자 공부하다.

1449년(세종 31), 15세
— 모친 울진 장씨가 사망하다. 시골로 가 모친의 산소를 3년(만2년) 동안 지키다. 이때 외조모에게 크게 의지했는데 삼년상 중에 외조모마저 사망하다.

1452년(문종 2, 단종 즉위년), 18세
— 상기喪期를 마친 후 여름, 전라도 송광사에 머물며 준상인峻上人에게 매일 선禪에 대해 묻다.
— 서울로 올라와 안신安信, 지달하池達河, 장유의張有義, 장강張綱, 정사주鄭師周 등과 과거 공부를 하며 형제처럼 지내다.
— 이 무렵 훈련원 도정都正(정3품) 남효례南孝禮의 딸과 혼인하다. 남씨와는 일찍 사별한 듯하다.
— 병을 앓고 있던 부친이 재혼하다.

1453년(단종 1), 19세
— 봄에 소과小科에 응시해 낙방하다.

— 10월, 수양대군이 김종서 등을 살해하고 권력을 잡다. 이른바 계유정난癸酉靖難이다.

●   1455~1463 **방랑기**

1455년(단종 3, 세조 1), 21세

— 윤6월, 단종이 위협에 못 이겨 수양대군에게 왕위를 물려주다.
— 삼각산 중흥사重興寺에서 과거 공부를 하던 중 수양대군이 왕위를 빼앗았다는 소식을 듣자 문을 닫고 3일을 나오지 않다가 홀연 통곡하고 책을 다 불태워 버린 후 미친 시늉을 하며 측간에 빠졌다가 달아나다. 이후 삭발한 후 중이 되어 법명을 설잠이라 하다.
— 이후 1463년(29세) 경주 금오산에 정착할 때까지 송도松都, 관서關西, 관동關東, 호서, 호남 등지를 떠돌다.

1457년(세조 3), 23세

— 관서 유람 중 『성리군서』性理群書를 입수해 「성리군서를 얻고서」(得性理群書)라는 시를 짓다.
— 10월, 정조부사正朝副使로 중국에 가는 김수온金守溫에게 화답하는 시 「김문량의 운에 화답하다」(和金文良韻)를 짓다.
— 겨울(11월 이후), 『도덕경』과 『주심경』註心經을 얻다.

1458년(세조 4), 24세

— 가을, 관서 유람 때 지은 시를 수습해 『유관서록』遊關西錄을 엮고 후지後志를 붙이다. 후지 말미에 '청한'이라고 적다. 후지 중에 이런 말이 보인다: "어느날 홀연 감개한 일을 만나(수양대군의 왕위 찬탈을 말함) 속으로 이리 생각했다. '남아가 이 세상에 태어나, 도를 행할 만한 세상인데도 자기 몸 하나만을 깨끗이하며 인륜을 어지럽힌다면 부끄러운 일이요, 도를 행할 만한 세상이 아니라면 자기 한 몸의 선善만을 꾀함이 옳다.' 그래서 물외物外에 노닐며 도남圖南(송나라 때의 신선가인 진단陳搏)과 사막思邈(당나라 때의 신선가인 손사막孫思邈)의 풍모를 본받고자 했으나 우리나라 풍토에는 이런 일이 가능하지 않아 머뭇거리며 결

정을 못하고 있었다. 그러다가 어느날 저녁 문득 '승복僧服을 입고 중이 되면 소원을 채울 수 있다'는 사실을 깨달았다. 그리하여 (중이 되어) 마침내 송도로 향했다."

1459년(세조 5), 25세

— 관동關東으로 떠나 금강산을 구경하고 발길을 돌려 양주 회암사檜巖寺, 여주 신륵사神勒寺를 찾다.
— 이 무렵「네 마리 새의 우는 소리를 읊다」(咏四禽言)를 짓다.
— 회암사에서 지공指空과 나옹懶翁의 의발衣鉢을 예배하고, 『원각경』圓覺經을 읽다.

1460년(세조 6), 26세

— 오대산을 유람하고 발길을 돌려 강릉과 영월을 찾다.
— 9월, 관동 유람 때 지은 시를 수습해 『유관동록』遊關東錄을 엮고 후지를 붙이다.
— 10월, 호서湖西로 향하다.

1461년(세조 7), 27세

— 전라북도의 전주·변산, 전라남도의 진원珍原 등지를 유람하다.

1462년(세조 8), 28세

— 전라남도 영광, 나주, 광주 등지를 유람하고 송광사에서 준상인峻上人을 만났으며, 남원과 함양을 거쳐 해인사를 찾다.

•   1463~1470 금오산 시절

1463년(세조 9), 29세

— 경주 금오산金鰲山(남산) 용장사茸長寺에 우거하다.
— 가을, 호서·호남 유람 때 지은 시를 수습해 『유호남록』遊湖南錄을 엮고 후지를 붙이다.
— 가을, 책을 구입하기 위해 서울에 올라왔다가 효령대군孝寧大君의 요청으로 내불당內佛堂에서 열흘 동안 『묘법연화경』妙法蓮華經

의 언해諺解 사업을 돕다.
— 이해나 다음해에 『연경별찬』蓮經別讚을 쓴 것으로 보인다.

1465년(세조 11), 31세

— 봄, 터를 정해 금오산실金鰲山室을 짓다.
— 4월, 효령대군의 요청으로 원각사圓覺寺 낙성회에 참석하다. 이때 세조에게서 도첩度牒을 받다. 효령대군이 도성에 더 머물기를 청했으나 병을 칭탁해 고사하다. 또 도성 밖으로 나갈 때 세조로부터 걸음을 되돌리라는 명령을 받았으나 숙질宿疾을 칭탁해 고사하는 진정시陳情詩를 올리다.
— 교서관에서 『맹자』, 『성리대전』, 『자치통감』, 『노자』 등의 책을 구입하다.
— 김시습은 곧장 경주로 내려가지 않고 서울 근교의 동쪽 산에서 지내다가 가을에 금오산으로 돌아가다.
— 가을, 금오산으로 돌아와 「병으로 열흘 동안 누워 있었는데 가을이 깊어져서야 일어났다. 지금에 느낀 바가 있어 옛날을 생각해 감흥시를 짓다」(病臥彌旬, 至秋深乃起, 感今思古作感興詩) 13수를 창작하다.

1466년(세조 12)~1470년(성종 1), 32세~36세

— 1467년 경 『금오신화』金鰲新話를 쓴 것으로 보인다.
— 1468년 9월, 세조가 죽고 예종이 즉위하다. 예종이 이해 11월 죽어 성종이 즉위하다.
— 『금오신화』의 「남염부주지」南炎浮洲志에 보이는 불교 관련 언술은 김시습의 오랜 숙고 끝의 정론定論이라 할 만한데, 이와 표리관계에 있는 것이 이 무렵에 쓴 『청한잡저2』淸寒雜著二이다. 도교에 대한 비판적 관점을 담은 『청한잡저1』 역시 이때 썼다. 이로써 유교, 불교, 도교에 대한 김시습의 기본 관점이 정립되었다.

1471년(성종 2), 37세

— 봄, 누군가가 청하여 상경하다. 세조가 죽고 성종이 즉위해 벼슬할 뜻이 없지 않았던 듯하다.

1472년(성종 3), 38세

— 가을, 수락산의 폭천정사瀑泉精舍에 우거하다.

1473년(성종 4), 39세

— 봄, 금오산에 머물 때 지은 시들을 수습해 『유금오록』遊金鰲錄을 엮고 후지를 붙이다.

1475년(성종 6), 41세

— 『십현담요해』十玄談要解를 쓰다.

1476년(성종 7), 42세

— 이해 전후, 『화엄석제』華嚴釋題를 쓴 것으로 보인다.
— 이해에 『임천가화』林泉佳話를 쓴 것으로 보인다.
— 여름, 금오산에 있을 때인 1468년(세조 14, 예종 즉위년) 겨울에 지은 「산거집구」山居集句에 후지를 붙이다.
— 12월, 『대화엄일승법계도주』大華嚴一乘法界圖註를 쓰다.

1477년(성종 8), 43세

— 「감회」시를 써서 이전 삶과의 결별을 선언하고 장차 출사出仕하여 사대부로 살겠다는 결의를 드러내다.
— 이후 청한자라는 법호와 설잠이라는 법명을 더 이상 사용하지 않고, '동봉'東峰과 '벽산청은'碧山淸隱이라는 호를 새로 사용하다.

1480년(성종 11), 46세

— 이 무렵 남효온南孝溫과 교유하며 시와 편지를 주고받다.
— 교유하던 승려 계인契仁에게 「계인설」契仁說을 지어 주다. 당시 계인은 봉선사奉先寺에 머물고 있었다.

1481년(성종 12), 47세

— 머리를 기르고 환속했으며, 제문을 지어 조부를 제사지내다.
— 이 무렵 「이단변」異端辨을 쓴 것으로 보인다.

— 안씨安氏의 딸과 재혼하다.

1482년(성종 13), 48세

— 세상이 쇠한 것을 목도해 사람의 도리를 따르지 않고 여염간閭閻 間에 버린 사람이 되다(남효온, 『사우명행록』師友名行錄의 말). 김시습은 이해 8월 성종의 계비繼妃 윤씨가 부덕하다는 이유로 폐비廢妃된 후 사사賜死된 일에 큰 충격을 받았다.

— 길에서 만난 영의정 정창손鄭昌孫을, "네놈은 그만둬야 해!"라고 꾸짖다.

●   **1483~1491 관동 시절**

1483년(성종 14), 49세

— 3월, 다시 승려의 복장을 하고 관동으로 향하다. 스스로 농사 지 어 살고자 했으며 다시 서울로 돌아올 뜻이 없었다. 남효온이 떠 나는 김시습을 전별하다.

— 아내 안씨와는 이해 전에 사별한 듯하다.

1485년(성종 16), 51세

— 봄, 「독산원기」禿山院記를 짓다. 이 글에 처음 '췌세옹'贅世翁(세 상에 쓸모없는 노인)이라는 자호가 보인다. 이후 김시습은 주로 이 호를 썼다.

— 강릉, 양양, 설악산 등에 머물다 이 무렵 「동봉의 여섯 노래」(東峰 六歌), 「답답한 마음을 서술하다」(敍悶), 「일기」一氣, 「지성」至誠, 「주경」主敬 등의 시를 짓다.

— 『관동일록』關東日錄을 저술하다.

— 이 무렵 『잡설』雜說을 쓴 것으로 보인다.

1486년(성종 17), 52세

— 양양의 산골에서 농사를 지으며 살아가다.

— 이 무렵 『명주일록』溟州日錄을 저술하다.

1487년(성종 18), 53세

— 양양부사 유자한柳自漢의 환대를 받아, 관아로 찾아가기도 하고 편지를 주고받기도 하다. 「상유양양진정서」上柳襄陽陳情書는 이때 쓰였다.

1490년(성종 21), 56세

— 9월, 삼각산 중흥사에 잠시 머물 때 남효온·김일손金馹孫이 찾아와 함께 백운대와 도봉산을 유람하다.

1491년(성종 22), 57세

— 3월, 남효온·김일손의 전별을 받으며 설악으로 돌아가다. 김일손은 전별시에서 김시습의 청절淸節을 기렸다.

— 김일손이 소릉昭陵 복위 상소문을 올리다. 남효온도 1478년(성종 9) 소릉 복위 상소를 올린 바 있다. '소릉'은 단종의 어머니인 안동 권씨를 가리킨다. 문종이 세자였을 때 세자빈이었으며 단종을 낳은 후 죽었다. 세조 즉위 후에 서민으로 격하되어 신주神主가 종묘에서 철거되었다. 그러므로 소릉 복위를 주장함은 세조와 그에 동조한 세력의 정치적 정당성을 훼손하거나 부정하는 것이 된다.

•   **1492~1493 무량사 시절**

1492년(성종 23), 58세

— 가을, 서해의 명산을 유람하다가 옛 벗인 화엄 승려 지희智熙가 있는 홍산현鴻山縣 무량사無量寺에 가 머물다. 이 무렵 '매월당'梅月堂이라는 호를 처음 사용하다.

1493년(성종 24), 59세

— 2월, 지희의 청으로 『법화경』 및 『수능엄경』에 발문을 쓰다.

— 이 무렵 「자사진찬」自寫眞贊을 짓다.

— 2월, 숨을 거두다. 화장하지 말라는 유언을 남기다.

— 홍유손洪裕孫이 제문을 짓다.

— 절 근처에 묻히다. 제자 승려 조희祚熙가 묘표墓表를 세워 '五歲金時習之墓' 일곱 자와 「자사진찬」 4언 8구 32자를 새기다.

1495년(연산군 1), 사후 2년

— 김시습의 시신을 화장해 그 사리 1과顆를 안치한 부도를 세우다.

1502(연산군 8), 사후 9년

— 안동 용수사龍壽寺에서 『대화엄일승법계도주』를 간행하다.

1511년(중종 6), 사후 18년

— 이세인李世仁이 왕에게 유고 간행을 건의하다.

1521년(중종 16), 사후 28년

— 이자李耔가 김시습의 친필 시문을 모아 『매월당집』梅月堂集 3권을 엮고 그 서문을 쓰다. 이자의 서문에 의하면 김시습은 후세에 전할 뜻으로 손수 찬록纂錄해 놓은 시문 3권을 남겼다고 한다.

1524년(중종 19), 사후 31년

— 문경 쌍룡사雙龍寺에서 『연경별찬』과 『화엄석제』를 간행하다.

1548년(명종 3), 사후 55년

— 강화도 정수사淨水寺에서 『십현담요해』 언해본을 간행하다.

1559년(명종 14), 사후 66년

— 윤춘년尹春年이 『매월당집』과 『금오신화』를 간행한 것은 교서관 제조提調로 있던 이 무렵으로 여겨진다.

1562년(명종 17), 사후 69년

— 양산 통도사에서 『대화엄일승법계도주』를 재간再刊하다.

1582년(선조 15), 사후 89년

— 선조가 『매월당집』 편찬을 명하고, 이이李珥에게 「김시습전」을 지어 바치게 하다.

1583년(선조 16), 사후 90년

— 교서감에서 『매월당집』을 간행하다.

1624년(인조 2), 사후 131년

— 기자헌奇自獻이 엮은 『매월당시 사유록』梅月堂詩四遊錄이 간행되다.

1653년(효종 4), 사후 160년

— 일본에서 『금오신화』가 처음 간행되다.

1660년(현종 1), 사후 167년

— 일본에서 『금오신화』가 두 번째 간행되다.

1668년(현종 9), 사후 175년

— 박세당朴世堂이 김시습을 추모해 수락산에 석림암石林菴을 짓다.

1673년(현종 14), 사후 180년

— 일본에서 『금오신화』가 세 번째 간행되다.

1884년(고종 21), 사후 391년

— 일본에서 『금오신화』가 네 번째 간행되다.

1926년, 사후 433년

— 한용운韓龍雲이 설악산 오세암五歲庵에서 김시습의 『십현담요해』를 읽고 『십현담주해』十玄談註解를 짓다.

1927년, 사후 434년

— 후손 김봉기金鳳起가 『매월당집』을 간행하다.
— 최남선崔南善이 일본에서 1884년에 간행된 『금오신화』를 국내에 소개하다.

ㄱ

가구可久 99, 114, 236, 237

가방街坊 356

가비라迦毗羅 201, 391

가송歌頌 114, 267

가야산 300

가의賈誼 / 가생賈生 236

간화선看話禪 29, 30

「감회」感懷(1457) 44

「감회」感懷(1477) 93

「감흥시」 77~80, 82~84, 86~
88, 91

거량擧揚 390

건추犍推 370, 371

게찬偈讚 114, 267, 298

겐뽀오 엔류우玄峰淵龍 29

격물치지格物致知 55

격통擊桶 372

견도見道 108, 415, 416

견성見性 107, 144~146, 390, 413

결정심決定心 290

경敬 142

경계인 67, 100, 169

경사經師 322

「계사전」繫辭傳 34, 52, 53, 175,
216, 224, 225

계숭契崇 / 명교대사明教大師 35,
37, 41, 59, 66~68, 99, 114, 126,
196, 197, 217, 230, 237, 238

계율 71, 117, 118, 122, 222, 237,
324, 343, 350, 371

「계인설」契仁說 129, 131

고고苦 170, 391

「고금군자은현론」古今君子隱顯論
52

고사庫司 356, 376

고업苦業 317

공空 43, 56, 113, 146, 207, 224,
259, 312, 316, 317, 352, 391

공법空法 207

공안公案 29, 44, 303

공자孔子 / 중니仲尼 39, 51, 80, 81,
88, 89, 124, 125, 134, 151, 167,
173, 174, 176, 180, 194, 216, 224,
261, 262, 322, 331, 404, 409

과보夸父 262

과화존신過化存神 331

『관동일록』關東日錄 140, 141, 143

관선觀禪 42

관세음보살觀世音菩薩 113, 316~
318

「관세음보살보문품」觀世音菩薩普門
品 113, 316, 317, 319

관심觀心 43, 145

『관심론』觀心論 /『달마대사관심론』
達磨大師觀心論 101, 252